ISABELL MAY

Wir zwei in diesem Augenblick

Roman

FISCHER Taschenbuch

Aus Verantwortung für die Umwelt hat sich der S. Fischer Verlag zu einer nachhaltigen Buchproduktion verpflichtet. Der bewusste Umgang mit unseren Ressourcen, der Schutz unseres Klimas und der Natur gehören zu unseren obersten Unternehmenszielen.

Gemeinsam mit unseren Partnern und Lieferanten setzen wir uns für eine klimaneutrale Buchproduktion ein, die den Erwerb von Klimazertifikaten zur Kompensation des CO_2-Ausstoßes einschließt.

Weitere Informationen finden Sie unter: www.klimaneutralerverlag.de

FSC www.fsc.org MIX Papier aus verantwortungsvollen Quellen FSC® C083411

Originalausgabe
Erschienen bei FISCHER Taschenbuch
Frankfurt am Main, Januar 2022

Redaktion: Silke Reutler

Satz: Pinkuin Satz und Datentechnik, Berlin
Druck und Bindung: CPI books GmbH, Leck
Printed in Germany
ISBN 978-3-596-70665-5

Auf unsere zwei Wochen

Don't look back in anger, I heard you say.
(Oasis)

Prolog

Das Leuchten in deinem Blick stirbt. Verzweifelt suche ich danach und schaue gegen eine stumpfe, dunkelbraune Wand.

Die Liebe, die wir hatten? Verloren. Sie ist uns zwischen den Fingern zerronnen wie Wasser, sie zerrinnt jetzt gerade vor unseren Augen, und ganz gleich, wie sehr ich es auch versuche, ich kann sie nicht festhalten.

Das, was ich für stabil und beständig wie Beton gehalten habe, ist unter der Wucht der Wahrheit zersplittert. Es war doch kein Beton, nur filigranes Porzellan. Manche Dinge bleiben besser unausgesprochen, manche Geheimnisse besser unangetastet, aber wie hätten wir ahnen können, was unsere scheinbar harmlosen Worte ausrichten würden. Woher hätten wir es auch wissen sollen?

Und jetzt sitzen wir Seite an Seite, wie wir es so oft getan haben. Doch da, wo wir uns früher nah gefühlt haben, klafft nun ein Abgrund, den keiner von uns aufreißen wollte, der sich aber nicht mehr verschließen lässt. Unter unseren Füßen rauscht die Regnitz dahin. Ich schaue nicht aufs Wasser, ich schaue dich an und suche nach dem Mann, in den ich mich vor vier Monaten und drei Tagen verliebt habe, so wie ich mich noch nie verliebt habe. Aber ich kann diesen Mann nicht finden, und so bist du jetzt jemand, den ich mal kannte. Und das ist weder deine Schuld noch meine.

Da ist keine Wärme in deinem Blick und kein Lächeln um

deine Mundwinkel. Ich blicke in ein Gesicht so kalt und reglos wie Stein. Keine Tränen. Während ich kaum atmen kann, weil ich mich so sehr bemühe, nicht hemmungslos loszuheulen, mir die Tränen lautlos über mein Gesicht laufen und ich gleichzeitig das Gefühl habe, in tausend Teile zu zerspringen, sitzt du unbewegt neben mir.

»Anna«, sagst du und dann gar nichts mehr, weil es zwischen uns nichts mehr zu bereden gibt. Ich glaube, du weißt selbst nicht, was du sagen wolltest. Was es auch war, es wird nichts mehr ändern.

Unsere Hände liegen nebeneinander auf dem Asphalt. Es wäre so einfach, die Distanz zu überbrücken und dich zu berühren, und doch ist es unmöglich. Wir sind gescheitert, unsere Liebe ist gescheitert, und plötzlich halte ich es nicht mehr aus, so schweigend neben dir zu sitzen. Mein Körper fühlt sich fremd an, als ich aufstehe und mir den Schmutz von den Jeans klopfe.

Vergiss mich. Vergiss unsere Zeit. Vergiss unsere Küsse und meine Hand in deiner und deine Stirn an meiner. Vergiss unseren Spaß und unsere ernsten Momente.

Vielleicht bist du gerade schon dabei, all das zu vergessen. Vielleicht ist deswegen diese grenzenlose Leere in deinem Blick und diese Kälte in deinem Gesicht.

Ich gehe, lasse dich und all unsere gemeinsamen Träume zurück. Mit jedem Schritt wird der Asphalt unter meinen Füßen dünner. Die Welt löst sich auf.

Ich falle.

Teil 1

Anna

Sie setzt ihr Partygesicht auf und kontrolliert es sorgfältig im kleinen Klappspiegel, den sie mit einem gezielten Griff aus ihrer Handtasche geangelt hat.

Sie zieht die Mundwinkel hoch, damit niemand sie auffordert, doch mal etwas freundlicher zu gucken.

Zieht die Stirn glatt, um diese nervigen Fragen zu vermeiden, worüber sie denn jetzt schon wieder nachgrüble.

»Keine Sorge, du bist schön genug, Prinzessin. Die Männer werden bei deinem Anblick anfangen zu sabbern.«

Vor Schreck klappt sie den Spiegel zu und hätte sich beinahe die Nasenspitze eingeklemmt. Fee ist so plötzlich neben ihr aufgetaucht, als hätte sie sich hierherteleportiert – eine Erscheinung mit aquamarinblauen Locken, blumigem Parfum, Doc Martens und Jeanslatzrock.

Dumpfe Musik wummert durch die Tür. Annas Grimasse lässt keinen Zweifel daran, wie begeistert sie ist, auf diese Party zu gehen. »Ich habe keine Zeit für Männer.« Als sie Fee umarmt, kitzeln deren Haare ihre Wange. »Schon gar nicht für solche, die beim Anblick eines weiblichen Wesens sofort die Kontrolle über ihren Speichelfluss verlieren. Und außerdem …«

»Außerdem hast du keine Zeit für Partys. Ich weiß, ich weiß.« Ungeduldig verdreht Fee die Augen. »Aber wenn ich dich nicht hin und wieder zwinge, die Wohnung zu verlassen, setzt du Schimmel an.«

»Aber …«

»Ich weiß. Du verlässt die Wohnung. Ständig. Andauernd. Aber nur, um zu arbeiten oder zur Uni zu fahren. Ich rede hier von Spaß-Angelegenheiten.«

»Wenn du nicht so entsetzlich recht hättest, würde ich dir das übel nehmen«, mault sie. »Und wenn du nicht meine beste Freundin wärst, würde ich dich ein bisschen hassen.«

»Das weiß ich auch«, flötet Fee fröhlich, hakt sich bei ihr unter und zieht sie durch die Tür.

Der Geruch von feiernden Menschen schlägt ihr entgegen: Schweiß und billiges Aftershave, Bier und fragwürdiger Nacho-Schichtsalat, den jedes Mal irgendjemand mitbringt. Die Party verschluckt sie wie ein hungriges Tier, und einen Moment lang erlaubt sie sich, ihren Kopf auszuschalten und sich einfach treibenzulassen.

Juna, die ihr in der Montagsvorlesung immer einen Platz freihält, drückt ihr eine Flasche Radler in die Hand. Anna nickt ihr dankend zu und wippt im Takt zu irgendeinem Song, den außer ihr bestimmt jeder kennt. Das Radler ist eiskalt und erfrischend, sie trinkt einen großen Schluck, dann noch einen. Wenn Fee sie schon überredet hat, auf die Party zu gehen, kann sie auch versuchen, sie zu genießen.

Aus der Küche, in der Bier-Pong gespielt wird, dringt lautes Gelächter, und irgendein Idiot übergibt sich in die Spüle. Auf der Couch spielt jemand mit einer Gitarre gegen die Playlist aus dem Lautsprecher an. In einer Ecke knutscht Fee hemmungslos mit ihrer neuen Freundin Silke.

Anna weiß nicht einmal, in wessen WG sie gerade sind. Irgendwelche Freunde von Fee, die sie im Archäologie-Studium kennengelernt hat. Oder in einer Bar. Oder wo auch immer Fee die unzähligen Leute aufgabelt, die nach einer durchzechten

Nacht allesamt zu ihren engsten Freunden zählen und die begeistert Anekdoten von ihren gemeinsamen Abenteuern zum Besten geben, wenn man sie auf Fee anspricht.

Und kurz, nur ganz kurz, fühlt Anna sich leicht. So leicht, als hätte sie eine ganze Heliumflasche inhaliert und könnte jeden Augenblick abheben wie ein Luftballon.

Möglicherweise so, wie sich Fee fühlt. Ihre beste Freundin, die all das ist, was sie in manchen Momenten insgeheim gerne wäre: mutig. Spontan. Unbeschwert, so als wäre das Leben ein glitzernder, pastellfarbener Ponyhof.

Sie setzt sich zu den Leuten auf dem Sofa, hört dem Gitarrenspieler zu und summt den Refrain mit, ohne den Text zu kennen – ganz leise, dass niemand sie hört, nicht einmal der Typ neben ihr auf der Couch, der immer näher rutscht, bis er beinahe auf ihrem Schoß sitzt.

Aber der Moment ist vergänglich, er löst sich einfach auf und zerrinnt ihr zwischen den Fingern. Sie schaut auf ihre Armbanduhr, und eine kribbelnde Unruhe breitet sich in ihr aus.

»Hey, Anna, schau nicht so ernst. Lächle doch mal ein bisschen, das hier ist kein Begräbnis«, ruft ihr Annabelle gutmütig zu, während ihr Freund an ihrem Hals knabbert.

Sie kennt Annabelle, weil sie neben ihrem Germanistikstudium in der Unibibliothek jobbt. An seinen Namen erinnert sich Anna nicht, aber sie ist sich ziemlich sicher, dass er ihr auch schon mal auf dem Campus über den Weg gelaufen ist. Bamberg ist keine große Stadt – gefühlt ist sie jedem, der ungefähr in ihrem Alter ist, schon mal über den Weg gelaufen: in der Mensa, der Bibliothek, einer Studentenkneipe oder eben auf einer der Partys, auf die Fee sie schleppt, damit sie ›keinen Schimmel ansetzt‹. Die meisten Leute hier kommen ihr bekannt vor, ohne dass sie sagen könnte, woher, geschweige denn, wie sie heißen.

Ganz anders als Fee, die bestimmt zu jedem in dieser Wohnung einen ganzen Steckbrief parat hat.

Anna ringt sich gehorsam ein Lächeln ab und versucht mit einem verstohlenen Blick in den Spiegel, den sie in der Tasche aufklappt, ihr Partygesicht zurechtzurücken.

Es ist zu früh, um die Party guten Gewissens zu verlassen, und zu spät, um guten Gewissens zu bleiben. Sie versucht, dem Gitarrenspieler weiter zuzuhören, aber jetzt gelingt es ihr nicht mehr, sich darauf zu konzentrieren. Noch einmal schaut sie auf die Uhr, dann zur Tür und überlegt gerade, ob sie unauffällig abhauen kann, ohne dass Fee sie aufhält.

Fee erwischt sie, als sie sich gerade durch die Menge auf die Tür zuschiebt – als hätte sie einen eingebauten Sensor, der es ihr erlaubt, Annas Gedanken zu lesen. Natürlich. Fee kennt sie einfach zu gut. Energisch steuert sie auf Anna zu.

»Was machst du da, Fräulein?«

Anna zieht eine Grimasse. »Es ist schon spät.«

»Nicht mal Mitternacht. Die meisten Leute kommen jetzt erst her.«

»Die meisten Leute müssen auch nicht morgen früh bei ihrem Papa in der Firma sein und arbeiten. Die sitzen erst am späten Vormittag in irgendwelchen Vorlesungen.«

»Was du vielleicht auch tun solltest. Du könntest dir freinehmen.« Fee zuckt mit den schmalen Schultern.

Ebenso gut hätte sie Anna vorschlagen können, sich in einer von Mäusen gezogenen Kürbiskutsche nach Hause fahren zu lassen.

»Fee. Er braucht mich.«

»Ich weiß.« Für einen Augenblick wird auch Fee ernst.

Sie weiß tatsächlich, wie es ist.

Anna weiß, wie Fee darüber denkt.

Und beide wissen sie, dass eine Diskussion darüber die reinste Zeitverschwendung wäre.

»Na schön«, seufzt Fee. Ihr Blick fixiert einen Punkt hinter Anna, und schon grinst sie wieder. Das Blau ihrer Augen leuchtet mit dem ihrer Haare um die Wette. »Aber zuerst muss ich dir unbedingt jemanden vorstellen.« Fee deutet mit dem Kinn hinter Anna. »Anna, das ist Max.«

Anna dreht sich um – und ist blind. Gleißend helles Licht sticht ihr in die Augen, begleitet von einem Klicken und einem sonoren, warmen Lachen.

»Sorry, dummer Anfängerfehler. Das mit dem Blitz war keine Absicht.« Eine tiefe, angenehme Stimme. Jemand, der sich im Gegensatz zu ihr nicht darum bemüht, leise und dezent zu sein.

Stöhnend reibt sie sich über die Augenlider, hinter denen flirrende Punkte tanzen, und blinzelt dann in das Gesicht, das hinter dem blendenden Licht erscheint. Ausdrucksstark ist es – das ist das Erste, was ihr dazu einfällt. Geschwungene Lippen, die sich in den Winkeln kräuseln. Ausgeprägte Wangenknochen, ein Grübchen im Kinn. Die Art, wie die braunen Haare in die Stirn fallen, lässt ihn wie einen Sänger von diesen Britpop-Bands wirken, die sie mal rauf und runter gehört hat.

Augen, so warm wie dunkler Honig, die es ihr schwermachen, den Blick abzuwenden.

Und in diesen Augen blitzt es amüsiert, was sie mehr nervt, als sie sich selbst eingestehen will. Verstimmt mustert sie die Kamera, die er immer noch auf sie gerichtet hält.

»Anna, Max ist vor kurzem nach Bamberg gezogen und arbeitet in einer Medienagentur. Max, Anna ist meine Mitbewohnerin und studiert BWL«, spult Fee pflichtbewusst das Vorstellungsprogramm ab. Und schon ist sie weg, flattert hinüber zu Silke, um sie vor dem Schichtsalat zu warnen, weil die gerade drauf und dran ist, sich eine Portion davon zu nehmen.

»So. Max, der in einer Medienagentur arbeitet. Freut mich.« Annas Lächeln fällt dünn aus. Sie weiß genau, was Fee im Schilde führt, und das gefällt ihr überhaupt nicht. Es ist nicht das erste Mal, dass Fee der Meinung ist, sie hätte den perfekten Typen für Anna entdeckt und müsste ihrem Liebesglück auf die Sprünge helfen.

»Mich auch, BWL-Anna.« Sein Grinsen offenbart eine schmale Lücke zwischen den Schneidezähnen. Nur zu gerne würde sie sich einreden, das die ihn unattraktiv macht, aber die Wahrheit ist, sie lässt ihn nur noch charmanter aussehen. »Erzähl bloß niemandem, dass ich dir aus nächster Nähe ins Gesicht geblitzt habe. Wenn meine Kollegen das erfahren, kann ich den Job gleich an den Nagel hängen.«

»Dein Geheimnis ist bei mir sicher. Unter einer Bedingung.«

Fragend zieht er die Augenbrauen hoch, in seinen Augen funkelt es vergnügt. »So? Dein Schweigen ist käuflich?«

Es ist schwer, sich nicht einfach von seinem Grinsen anstecken zu lassen, das etwas so unfassbar Gewinnendes hat. Aber sie hat bereits beschlossen, ihn nicht zu mögen. Nicht nur weil es unhöflich ist, Fremden eine Kamera ins Gesicht zu halten, sondern auch weil Fee so selbstverständlich davon ausgeht, dass sie ihn zu mögen hat. Manchmal regt sich sogar in ihr so etwas wie Trotz. Das Einzige, was sie an ihm mag, ist sein verwaschenes Shirt, auf dem das Jurassic-Park-Logo prangt. Zumindest sagt sie sich das, während sie die Arme vor der Brust verschränkt und das Kinn vorreckt.

»Lösch das Foto.«

Um seine Mundwinkel zuckt es. »Sicher? So ein Foto kann eine schöne Erinnerung sein. Und ich bin ziemlich sicher, dass es hübsch geworden ist.« Er klappt ein kleines Display an der Kamera auf und schaut darauf.

Empört schnaubt sie und versucht sich die Spiegelreflexkamera zu schnappen, aber er hält sie über seinen Kopf und damit aus ihrer Reichweite. Ihr Gesicht glüht, und sie spürt, dass ihr das Blut in die Wangen schießt. Statt hochzuspringen und sich zum Affen zu machen, weicht sie einen Schritt zurück.

»Lösch es«, wiederholt sie leise.

»Na schön, na schön.« Er macht eine beschwichtigende Geste mit seiner freien Hand. »Aber verschone mich mit diesem Todesblick.«

Das Foto, das er ihr auf dem Display zeigt, ist tatsächlich nicht so schlimm, wie sie erwartet hat. Ein bisschen zu hell, ja, und sie reißt die Augen auf wie ein verschrecktes Reh im Scheinwerferlicht, aber dennoch scheint Max ein Händchen fürs Fotografieren zu haben. Trotzdem besteht sie darauf, dass er das Bild vor ihren Augen löscht.

Interessiert mustert er sie. »Zufrieden? Wie wäre es mit einem Bier als Friedensangebot? Ich könnte heute nicht ruhig schlafen, wenn ich wüsste, dass ich BWL-Annas Zorn nicht besänftigt hätte.«

Sie muss an ihren Vater und die Firma denken, ihre Pflichten im Blick behalten. Und ihr Entschluss, diesen Max nicht zu mögen, steht felsenfest.

›Nein‹, will sie sagen. Es gibt überhaupt keinen Grund, noch länger zu bleiben. Sie hat Wichtigeres zu tun.

»Na schön, wenn es deine Nachtruhe sichert«, hört sie sich sagen und weiß selbst nicht, warum sie sich darauf einlässt.

*

Es ist null Uhr achtunddreißig. Von der Wohnung sind es acht Minuten zu Fuß zur Bushaltestelle. Wo sie eine ganze halbe Stunde warten müsste, weil die Busse um diese Zeit nicht mehr so häufig fahren und sie den letzten gerade verpasst hat. Die Abfahrtszeiten stehen auf dem sorgfältig zusammengefalteten Zettel in ihrer Handtasche, die sie ausgedruckt hat, für den Fall, dass der Akku ihres Handys leer ist und die Powerbank, die – ja, selbstverständlich – auch in ihrer Tasche steckt, nicht funktioniert.

Sie sollte längst auf dem Heimweg sein. Sollte gleich ins Bett gehen, damit sie morgen fit und pünktlich im Büro ist und ihrem Papa beim Papierkram unter die Arme greifen kann. Stattdessen folgt sie Max in die Küche, wo er den Kühlschrank öffnet, der außer einem Glas Gewürzgurken nur Bier- und Radlerflaschen enthält. Bevor er zwei Flaschen herausnimmt, hält er mit der Kamera drauf.

Verstohlen mustert sie ihn von oben bis unten. Groß und schlank ist er, schlaksige Arme ragen aus den Ärmeln des Shirts. Als ihm eine widerspenstige Haarsträhne in die Stirn fällt, pustet er sie hoch.

»Und, was machst du bei dieser Medienagentur?«, fragt sie hastig, um zu überspielen, dass sie ihn angestarrt hat.

Smalltalk ist nicht ihre Stärke. Offensichtlich hat er das auch schon bemerkt – jedenfalls ist da wieder dieses Zucken um seine Mundwinkel, das so aussieht, als amüsiere er sich über sie.

»Ich bin Fotograf. People- und Fashionfotografie.« Geschickt greift er mit einer Hand zwei Flaschen und schiebt den Kühlschrank mit dem Knie zu.

Die Worte klingen stolz. Fast wirkt er ein bisschen andächtig, als könnte er es selbst noch gar nicht so richtig fassen, dass er es so weit gebracht hat. Als hätte er ihr gerade erzählt, er hätte den

Mars bereist und nebenbei ein Heilmittel für Krebs entwickelt. Aber vielleicht interpretiert sie zu viel in seinen Tonfall hinein.

»Echt jetzt?« Sie deutet auf die Kamera. »Ich meine … ist das nicht ein bisschen so, als würde ein Archäologe überall mit Hammer und Meißel rumlaufen?«

Unbekümmert zuckt er mit den Schultern. »Klar. Macht man das nicht so?«

Sie reibt sich mit der Hand über die Stirn. Er ist seltsam. Und sie mag ihn nicht.

Aber irgendwas an ihm mag sie *doch*. Und vielleicht bleibt sie nur, um herauszufinden, was es ist.

»Warte, ich suche einen Flaschenöffner«, sagt sie, als er ein Feuerzeug vom Fensterbrett angelt und unter dem Kronkorken ansetzt.

»Ach was, nicht nötig.« Geschickt öffnet er die Flasche und hält ihr das Bier hin.

»Danke«, murmelt sie, betrachtet die Wassertropfen, die außen an der Flasche schimmern, und fragt sich, warum sie noch hier ist.

Die zweite Bierflasche ist widerspenstiger. »Kacke«, Max verzieht das Gesicht, legt das Feuerzeug beiseite und schüttelt die Hand. Verlegen lacht er, »das ist jetzt eher mittelmäßig gut gelaufen.«

Niemand verletzt sich in ihrer Gegenwart beim Bierflaschenöffnen, ohne augenblicklich verarztet zu werden. Verblüfft reißt er die Augen auf, während sie in ihrer Tasche kramt und Jod, Pflaster und eine kleine Schere zum Vorschein bringt. Mit fliegenden Fingern räumt sie ein Stück der Küchenarbeitsplatte frei und drapiert sorgfältig ihre Utensilien.

»Lass mich mal sehen«, sagt sie leise, greift behutsam nach seiner Hand und begutachtet die kleine Wunde in der Handfläche. Es ist nicht schlimm, nur ein wenig Blut, aber sie hätte es beim besten Willen nicht geschafft, das zu ignorieren. Vorsichtig tropft sie Jod auf die Verletzung und klebt ein Pflaster darüber.

Gleich ist es wieder gut, hat sie ganz unvermittelt die Stimme ihrer Mutter im Kopf. Wie ein bittersüßer Geschmack breitet sich die Erinnerung in ihrem Mund aus, rinnt sirupdick ihre Kehle hinab – und zieht sie zusammen. So eng, dass ihr jeder Atemzug schwerfällt. Plötzlich hat sie ein Rauschen in den Ohren, das wie die Brandung des Ozeans an- und abschwillt und die Partygeräusche zu einem diffusen Hintergrundsummen verschwimmen lässt.

Ohne darüber nachzudenken, wendet sie die Methoden an, die ihr längst in Fleisch und Blut übergegangen sind. Atmet langsamer und tiefer aus. Zählt die Atemzüge. Schiebt unauffällig den Daumen unter das Haargummi, das sie immer am Handgelenk trägt, und lässt es auf ihre Haut schnalzen, um sich abzulenken.

Konzentriert sich ganz auf das Hier und Jetzt.

Und ›Hier und Jetzt‹ – das ist dieser Kerl, der ihr gegenübersteht, lässig an der Küchentheke lehnt und brav stillhält. Der Typ mit der winzigen Lücke zwischen den Schneidezähnen und dem nervigen Kameratick. Sie konzentriert sich auf das hauchfeine Netz der Linien in seiner Handfläche, auf die grünlichen Adern an seinem Handgelenk, auf die Wärme seiner Haut unter ihren Fingerspitzen. Und die rauschende Brandung in ihrem Kopf wird weniger und ebbt schließlich ganz ab.

Sie sind sich nah, Max und Anna. Das wird ihr in dem Augenblick erst richtig bewusst. Normalerweise wäre es ihr unangenehm, einem Fremden so nahe zu kommen, seine Hand zu halten. Aber jetzt? Jetzt ist sie einfach nur froh, dass ihr die kleine Schnittwunde einen Vorwand liefert, sich unauffällig an jemandem festzuhalten.

Vorsichtig blinzelt sie hoch. Hat er etwas gemerkt? Nein,

alles scheint in bester Ordnung zu sein. Er trinkt gerade einen Schluck Bier, während er aufmerksam beobachtet, was sie mit seiner Hand anstellt.

Er öffnet den Mund, und sie rechnet mit einem Dank, aber stattdessen legt er den Kopf in den Nacken und lacht dieses herzliche, schallende Lachen, das vorhin das Erste war, was sie von ihm wahrgenommen hat. Ein Lachen, das Schatten vertreiben kann und das ansteckend sein könnte, wenn sie nicht so pikiert darüber wäre.

»Gern geschehen«, sagt sie verschnupft.

Er gibt sich nicht einmal Mühe, betreten dreinzuschauen. Sein Grinsen reicht von einem Ohr bis zum anderen. »Sorry, aber … *das*? Wer hat denn bitte Erste-Hilfe-Zeug auf einer Party dabei? Und über meine Kamera hast du dich lustig gemacht.«

Und ehe sie sich versieht, hat er seine Kamera auch schon wieder gezückt und knipst ihre Erste-Hilfe-Utensilien, die auf der vollgestellten Arbeitsplatte, zwischen all den leeren Bierflaschen, wie Fremdkörper wirken.

Ihre Wangen glühen, hastig packt sie ihre Sachen wieder ein. »So, dann wäre das ja erledigt«, würgt sie hervor. Wenn er wüsste, was noch so alles in ihrer Tasche ist, würde er aus dem Lachen gar nicht mehr rauskommen. »Wie gesagt, ich wollte eigentlich gerade los.«

Max hält ihr seine Bierflasche entgegen. »Hey. Sei nicht gleich sauer, okay? Wenn man wütend ist, schmeckt das Bier nicht halb so gut. Und … Anna, danke für das Pflaster.«

Sie wirft einen Blick auf ihre Uhr. Denkt an ihren Wecker, der viel zu früh klingeln wird. Und schließt ihre Hand um das nasse, kalte Glas der Bierflasche.

*

Die Regnitz ist ein schwarz glänzendes Band, das die malerische Altstadt Bambergs teilt. Goldene Lichter tüpfeln die Dunkelheit und zeigen an, wo um diese Zeit Menschen noch wach sind – erleuchtete Fenster, hinter denen Leben stattfinden. Der laue Nachtwind hüllt Anna ein.

Das Bier in der Hand, stützt sie die Unterarme für einen Moment auf das rostige Geländer und schaut über die kleine Stadt. Hier draußen auf dem Balkon steht nichts außer einer Kräuterleiter mit ein paar Töpfen, aus denen vertrocknete Halme aufragen. Also setzt sie sich einfach auf den Boden, streckt die Beine zwischen den Streben des Geländers hindurch und lässt die Füße in der Luft baumeln.

Die Steinplatten unter ihr sind noch warm von der Sonne, die längst untergegangen ist. Durch die Balkontür, die sie hinter sich zugezogen haben, dringen die Musik und das Stimmengewirr nur noch ganz gedämpft. Anna nimmt einen großen Schluck vom Bier, dann lehnt sie ihre Wange an das raue Geländer und schließt die Augen.

Eigentlich mag sie gar kein Bier ohne Limo, aber jetzt gerade, in diesem Moment, genießt sie den herben Geschmack auf ihrer Zunge.

Eigentlich ist sie nicht der Typ, der länger als nötig auf Partys bleibt, wenn am nächsten Tag wichtige Dinge anstehen (und irgendetwas Wichtiges steht ja *immer* an), aber heute ist es anders. Es fühlt sich richtig an, noch hier zu sein.

Und eigentlich irritiert sie dieser Max, der so viel Spaß daran hat, sie aufzuziehen, aber, wenn sie ehrlich zu sich ist, interessiert er sie auch gerade deshalb.

Und das ist der Grund, warum sie noch hier ist, statt sich längst auf dem Heimweg zu befinden.

Sie spürt Max' Blick wie einen warmen Atemhauch in ihrem

Rücken. Er setzt sich neben sie, lehnt sich mit dem Rücken ans Geländer und streckt die Beine lang auf dem Balkonboden aus.

»Der beste Platz auf dieser Party«, seufzt er, legt den Kopf in den Nacken und schaut in den Nachthimmel.

»Ja, wirklich schön hier draußen.« Sie nimmt einen Schluck aus ihrer Flasche.

»Hey, Anna. Lass uns etwas spielen.«

»Spielen?« Etwas in seinem Tonfall lässt sie die Augen öffnen und ihn verständnislos anschauen.

»Eine Runde Wahrheit oder Pflicht.«

Ein Geräusch entfährt ihr, halb Lachen, halb Schnauben, und sie runzelt die Stirn. »Nicht dein Ernst.«

Ungerührt erwidert er ihren Blick, und da ist es wieder, dieses amüsierte Zucken um seine Mundwinkel, als machte er sich über sie lustig. »Mein voller Ernst.«

Sie sucht nach Worten. »Das ist … Wir sind doch keine vierzehn mehr. So etwas spielt man als Teenager, und das ist dann doch schon ein paar Jahre her. Ehrlich, Max, das ist doch total albern.«

»Ach ja, du erwachsene BWL-Anna? Hast du das als Teenager oft gespielt?«

Sie presst die Lippen zusammen, zuckt nur mit den Schultern. Hat sie nicht, nur ein paar Mal, aber auch nur, weil sie dazu genötigt worden war. Es war ihr damals schon zu albern gewesen. Aber das muss sie Max jetzt nicht unter die Nase reiben.

Nachdenklich tippt er sich an die Lippe, und jetzt erst fällt ihr die feine Narbe auf, die sich hier, im schwachen Lichtschein, silbrig von der umliegenden Haut abhebt.

»Na gut, na gut. Wahrheit oder Pflicht ist also albern. Es klingt auch wirklich ein bisschen kindisch, das stimmt schon. Okay, wie wäre es, wenn wir es anders nennen? Wenn wir einen ernsthaften und erwachsenen Namen für das Spiel finden, der es als das bezeichnet, was es ist?«

»Und zwar?«

Max denkt kurz nach. *»Seelenstriptease oder Blamage bis auf die Knochen.«*

»Klingt reizvoll. Wenn du das so sagst, kann ich natürlich nicht widerstehen.«

»Wahrheit oder Pflicht?«, hakt er sofort ein.

Sie sieht ihn an.

Er sieht sie an.

Ein bisschen so wie ein Kater, der es kaum erwarten kann, eine Maus zu verschlingen. Fehlt nur noch, dass er sich genüsslich die Lippen leckt.

Ihre Gedanken rasen, während sie versucht, das kleinste Übel zu ermitteln, und dabei schon weiß, dass es das in diesem Fall nicht gibt.

Ich hasse das.

Eigentlich.

Aber Max macht etwas mit ihr, das sie nicht richtig begreift. Er hat so eine Selbstverständlichkeit an sich und versprüht eine Leichtigkeit, dass sie gar nicht anders kann, als sich davon anstecken zu lassen. Sie hat Spaß, und niemand könnte darüber überraschter sein als sie selbst.

»Pflicht.«

Sein Grinsen wird immer breiter. Seine Augen funkeln im Mondlicht.

»Zeig mir, was sich in diesem mysteriösen, gigantischen Monster von Handtasche befindet. Außer den unverzichtbaren Basics wie Jod, Schere und Verbandszeug, versteht sich.«

Sie widersteht dem Drang, ihre Stirn gegen das Geländer zu schlagen.

Anna

Volltreffer. Seelenstriptease und Blamage in einem. Schlimmer geht's nicht, denkt sie.

Sie gibt sich einen Ruck, leert den Inhalt ihrer Handtasche auf den Balkonboden aus und kehrt damit ihr Innerstes nach außen. Ihre Wangen brennen.

Sie muss ihm zugutehalten, dass er sich vier, fünf Sekunden lang beherrscht, bevor er anfängt schallend zu lachen.

»Was ist das? Nadel und Faden?«, prustete er. »Für die schlimmeren medizinischen Notfälle, wenn du mit Jod und Pflaster nicht weiterkommst? Skalpell und Wundhaken hast du aber nicht dabei?«

»Mein Reise-Nähset«, berichtigt sie mit stoischer Miene. Fee macht sich regelmäßig über ihre Survivalausrüstung lustig und fällt ihr dann jedes Mal aus Dankbarkeit wieder um den Hals, wenn sie ihr damit wieder das Leben gerettet hat. Anna ist also schon darin geübt, ihr Pokerface aufzusetzen – auch wenn das jetzt stark erschwerte Bedingungen sind. »Man weiß nie, wann man mal einen Knopf annähen muss. Vielleicht gerade dann, wenn man unterwegs zu einem Vorstellungsgespräch ist.«

»Hattest du vor, heute zu einem Vorstellungsgespräch zu gehen?«

»Nein, aber man weiß nie, wann sich das nächste Vorstellungsgespräch ergibt.«

Grinsend stöbert er weiter und hält triumphierend seinen

nächsten Fund empor. »Türschlossenteiser. Das finde ich wirklich sinnvoll. Im *Winter.*«

»Aber …«

»Schon verstanden. Man weiß nie, wann man in die nächste Antarktis-Expedition stolpert.«

»Also eigentlich wollte ich sagen, dass ich womöglich vergessen würde, es rechtzeitig einzupacken, wenn der nächste Winter kommt. Und dann brauch ich ihn und hab ihn nicht dabei.«

»Nicht auszudenken.«

»Das wäre blanker Wahnsinn.«

»Also, BWL-Anna, du hast es nicht so mit Risiken, kann das sein?«

»Natürlich nicht, ich bin ja nicht verrückt. Niemand mag Risiken. Und überhaupt, war das gerade eine Frage? Ich bin dran. Wahrheit oder Pflicht?«

Bevor er weiter in ihren Sachen wühlen kann, packt sie sie eilig wieder ein: den Müsliriegel, falls sie dringend etwas essen muss, die Notfall-Liste mit den wichtigsten Telefonnummern (Papas Handy- und Firmennummer, Schlüsseldienst, Taxi und ein Pizzalieferdienst, der vierundzwanzig Stunden geöffnet hat), den zusammengefalteten Zettel mit den Buszeiten und ihr Skizzenbuch, das sich Max zum Glück nicht geschnappt hat, Kopfhörer, Ersatz-Kopfhörer und Powerbank. Eben alles, was man Tag für Tag bei sich tragen sollte, um für alle Eventualitäten gewappnet zu sein.

»Na schön, dann bitte einmal bis auf die Knochen blamieren: Pflicht.«

Er macht es wie sie, schiebt seine Beine ebenfalls zwischen den Geländerstäben hindurch und lässt seine Füße baumeln. Dann legt er sich zurück, verschränkt die Hände unter seinem Kopf und schaut in den Himmel. Sein Shirt rutscht ein Stück hoch und entblößt einen schmalen Streifen seines Bauchs. Die Nacht riecht nach warmem Teer und dem Lavendel, der auf dem Nachbarbalkon wächst. Sie nippt noch einmal am Bier, nimmt den herben Geschmack im Mund wahr, schluckt und überlegt.

»Sing mir etwas vor.«

Sie rechnet damit, dass er die Aufgabe schnell abhandelt, indem er ›Alle meine Entchen‹ zum Besten gibt. Das wäre jedenfalls, was sie tun würde.

Aber er zieht ächzend die Beine aus dem Geländer, springt auf, läuft in die Wohnung und kehrt gleich darauf mit der Gitarre zurück. Keine Sekunde lang ist er nervös oder verlegen, er räuspert sich nicht, holt nicht einmal tief Luft, sondern beginnt einfach zu spielen. Sie kann den Blick kaum von seinen Händen abwenden, die sie vorhin verarztet hat und die jetzt die Gitarrensaiten sanft zupfen.

Er hat eine schöne Stimme. Warm und dunkel. Sie erkennt die Melodie und die ersten Worte sofort: *Wonderwall* von Oasis. Und während Anna ihm zuhört, die Wange wieder ans Geländer gelehnt, spinnen die Klänge sie beide in einen hauchfeinen Kokon ein. Die Geräusche der Party sind gedämpft und fern. Und Max scheint näher zu rücken, obwohl er sich keinen Zentimeter von der Stelle bewegt. Die Haare fallen ihm in die Stirn. Sein Gesicht nimmt einen weichen Ausdruck an.

»Okay, ich bin beeindruckt«, sagt sie leise, nachdem er verstummt ist. »Spielst du noch was?«

Da ist es wieder, sein Grinsen. »Auf gar keinen Fall. Meine Pflichtaufgabe ist erledigt, jetzt darfst du wieder leiden.«

»Dafür, dass es nur ein Spiel ist, nimmst du die Regeln ganz schön ernst«, mault sie ihm hinterher, als er die Gitarre zurück in die Wohnung bringt. Und als er zurückkommt, fragt sie: »Hey, wie lange wohnst du eigentlich schon in Bamberg? Ich habe das

Gefühl, auf all diesen Partys trifft man immer die gleichen Leute. Aber dich habe ich noch nie gesehen. Daran könnte ich mich bestimmt erinnern.«

»Wegen meines blendenden Aussehens, nicht wahr?« Er strahlt sie an.

Sie verdreht die Augen. »Wegen deiner raumgreifenden Persönlichkeit.«

Aber tatsächlich ist sie sich absolut sicher – wenn sie Max schon mal gesehen hätte, würde sie sich an ihn erinnern. Und es liegt nicht etwa daran, dass er der bestaussehende Mann ist, der ihr je über den Weg gelaufen ist – auch wenn er das gerne hören würde. Es ist dieses Leuchten in seiner Ausstrahlung, seine Art sich zu bewegen, überhaupt seine ganze Art und Weise, wie er sich gibt. Irgendwas an ihm ist anders, hebt ihn von all den Leuten, die hier sind, ab. Und als seine braunen, warmen Augen sie jetzt anfunkeln, begreift sie, was es ist. Er ist so wunderbar frei, unbeschwert. Ein wenig erinnert er sie darin an Fee, doch ohne ihn wirklich zu kennen, hat sie das Gefühl, dass seine Freiheit noch kompromissloser ist. Er tut, was ihm gefällt, ohne sich den Kopf über Konsequenzen und Risiken zu zerbrechen.

»Das sagst du nur so. Und dann geht's doch nur ums Äußere«, sagt er gespielt leidend. »Aber um deine Frage zu beantworten, die übrigens regelwidrig ist, weil du überhaupt nicht mit Fragen dran bist – ich wohne seit genau drei Tagen hier. Zum Glück bin ich an Fee geraten, die Mitleid mit mir hatte, weil ich in der Stadt keine Menschenseele kenne, und es sich offenbar zum Ziel gesetzt hat, mich in die bessere Gesellschaft Bambergs einzuführen. Und hier bin ich.«

»Du hast da drin so gewirkt, als wärst du mit allen befreundet.« Sie könnte das nie – sich so selbstbewusst auf einer Party bewegen, auf der sie überhaupt niemanden kennt.

Er zuckt mit den Schultern. »Fremde sind nur Freunde, mit denen man noch kein Bier getrunken hat. Aber jetzt du – Wahrheit oder Pflicht?«

»Wahrheit.«

»In der Küche … Da hast du mit deinem Haargummi am Handgelenk gespielt und irgendwie angespannt gewirkt. Was hast du da gedacht?«

Sie beißt sich auf die Unterlippe. Sie war sich sicher, er hätte das nicht bemerkt. »Ich passe. Nächste Frage.« Es gibt Dinge, über die sie ganz bestimmt nicht mit einem fast völlig Fremden redet. Nicht einmal mit einem, mit dem sie gerade Bier trinkt.

Er zieht eine Grimasse. »Na schön. Etwas Einfaches. Hattest du als Kind ein Haustier?«

Das ist sicheres Terrain. »Einen Hamster. Mister Muffin.«

Er lacht auf. »Mein Gott, das arme Tier. Der Name ist … entwürdigend.«

Sie versucht, ihn streng anzufunkeln, aber das Kichern perlt in ihrer Kehle empor und lässt sich nicht zurückhalten. »Er hat sich nicht beschwert.«

»Stumm und tapfer hat er sein schweres Schicksal ertragen«, sinniert er.

Kichernd bewirft sie ihn mit einem vertrockneten Petersilienstängel, den sie aus einem Kräutertopf gepflückt hat. Er ist schrecklich.

Und sie mag ihn.

Das Bier wird allmählich warm und schal, aber sie trinkt einen großen, genussvollen Schluck. Ihr ist seltsam leicht zumute, als wäre ihr Kopf mit Helium gefüllt und als könnte sie jeden Augenblick abheben – ein bisschen so, als wäre sie beschwipst, aber an den paar Schlucken Alkohol kann es nicht liegen. Sie weiß genau, woran es liegt – oder an wem.

Plötzlich beugt er sich zu ihr vor, hebt die Hand. Seine Finger verharren kurz vor ihrem Gesicht.

»Darf ich? Du hast da …«

Ihr Körper weigert sich zu atmen, und damit erstirbt schlagartig jede Möglichkeit zu antworten. Kein Wort kommt über ihre Lippen. Ein Nicken ist alles, was sie zustande bringt. Das schwindelige Kribbeln in ihrem Kopf, das ihr das Gefühl gibt, betrunken zu sein, nimmt zu. Schmetterlingszart streicht Max über ihre Wange.

»Was war denn da?«, flüstert sie, als sie ihre Sprache wiederfindet.

»Nichts«, flüstert er.

Er lässt die Hand sinken, aber immer noch ist er ihr nah. Seine Pupillen sind geweitet. Im hellen Braun seiner Augen liegt ein Universum aus goldenen Funken. Der Duft dieser Nacht nimmt eine neue Nuance an, er wird süßer und üppiger, wie ein schweres Parfum.

»Wahrheit oder Pflicht?«, fragt sie.

»Pflicht«, sagt er.

Keiner von ihnen sieht weg. Längst gibt es für sie keine Party mehr, keine anderen Menschen, obwohl man sie immer noch lachen und feiern hört – ganz fern und gedämpft, als seien sie in einer anderen Welt.

Anna muss an damals denken. An dieses eine Mal, als ihr Papa mit ihr ins Schwimmbad gegangen ist. An ihren Anfall von Größenwahn, als sie die Leiter des höchsten Sprungturms emporgeklettert ist, Sprosse für Sprosse. Kaltes, feuchtes Metall unter ihren Handflächen und Chlorgeruch in der Nase. Und dann hatte sie da gestanden. Viel zu hoch oben, über einem viel zu kleinen Becken, das von oben so aussah, als könnte sie es im Sprung verfehlen.

Unten war ihr Papa und schaute stolz zu ihr hinauf. Hinter ihr irgendein nach Frittenfett riechender Kerl, der auch springen wollte und ungeduldig herumzappelte, weil sie so lange zögerte. Aber dann war alles um sie herum allmählich verschwommen. Sie hatte nur noch das kleine kristallblaue Viereck unter sich gesehen. Ihre Zehen hatten sich bis zur Kante vorgetastet.

Sie musste springen. Sie *wollte* springen – deshalb war sie schließlich hochgeklettert, über all diese Sprossen. Doch da lagen auf einmal unsichtbare Eisenringe um ihren Hals und ihre Brust, die ihre Lunge am Atmen und ihr Herz am Schlagen hinderten. Ein Rauschen verschluckte alle Geräusche um sie herum, das Kinderlachen, das Meckern des Kerls hinter ihr und die Stimme aus dem Lautsprecher, die dazu ermahnte, nicht vom Beckenrand zu springen – und es dauerte einen Moment, bis sie begriff, dass dieses Rauschen in ihr war. Niemand außer ihr konnte es hören.

Sie wusste nicht genau, wie lange sie da stand und in die Tiefe starrte. Wieder und wieder versuchte sie, sich zu überwinden.

Jetzt. Jetzt springe ich.

Aber der Turm war zu hoch und das Becken zu klein. *Sie* war zu klein.

Sie konnte es nicht. Konnte sich nicht ins Ungewisse fallen lassen. In eine Situation, über die sie keine Kontrolle hatte.

Also blieb sie stehen. Und irgendwann gelang es ihr, sich abzuwenden und zurückzugehen. Sie drückte sich am Frittenfettmann vorbei und kletterte die Leiter wieder hinunter. Sprosse für Sprosse.

Und jetzt steht sie wieder auf einem Sprungturm, der ihr viel zu hoch vorkommt. Zumindest fühlt es sich so an wie damals.

Aber jetzt, jetzt schafft sie es. Das spürt sie. Sie hält den Atem an – und springt.

»Küss mich.«

Charlotte

20. Oktober 1990

In der Galerie brummt es wie in einem Bienenstock. Die Vernissage hat sie alle angelockt: Künstler und Kunstliebhaber, Vertreter von Presse und Politik, Händler und Kuratoren. Die Beleuchtung setzt die kräftigen Farben der Gemälde eindrucksvoll in Szene und hebt jeden der kraftvollen Pinselstriche hervor. Ich habe die Werke eigenhändig ausgewählt und bis letzte Nacht akribisch daran gearbeitet, dass heute alles glatt über die Bühne geht.

Genussvoll tauche ich in die Menge ein, mache Smalltalk, lache über Witze und gebe kluge Kommentare zu interessanten Trends und vielversprechenden neuen Künstlern. Längst nicht jeder ist wegen der Bilder hier, es geht auch ums Sehen und Gesehenwerden. Ich bin umgeben von glänzenden, raschelnden Stoffen, Parfumwolken, Gelächter und Gläserklirren. Die flirrende Stimmung belebt mich, ich brauche diesen Trubel wie die Luft zum Atmen und bin ganz in meinem Element. Meine Absätze klackern über den Boden, das nachtschwarze Slipdress schmiegt sich kühl an meinen Körper.

Aber auch wenn ich mich scheinbar treiben lasse, bin ich ganz fokusiert und schaue mich sehr genau um. Ich bin schließlich nicht zum Spaß hier.

Ich suche *ihn.*

Sein Name variiert, genauso wie sein Aussehen. Manchmal

trägt er einen Anzug und stellt sein Vermögen zur Schau, eine Spur zu offensichtlich, um elegant zu sein. Manchmal kleidet er sich ganz in Schwarz und gibt den geheimnisvollen Kunstkenner. Mal hüllt er sich in eine Aura aus Extravaganz.

Aber was er auch trägt, ich erkenne ihn jedes Mal, den Kerl mit zu wenig Kunstkenntnis und zu viel Geld in den Taschen. Mein Opfer. Auf so gut wie jeder Vernissage lungert einer von dieser Sorte herum und wartet nur darauf, viel Geld in Kunst zu investieren, die er nicht richtig versteht, die sich aber hervorragend dazu eignet, seine Geschäftspartner und seine Bekanntschaften zu beeindrucken.

Nele fängt meinen Blick ein und grinst mir über die Menge hinweg zu, als ich zielstrebig auf den Mann zusteuere. Mit ihrem Sektglas prostet sie mir zu, ihre brombeerenfarben geschminkten Lippen formen die Worte »Schnapp ihn dir«. Ich hebe als Antwort ebenfalls mein Glas – gefüllt mit alkoholfreiem Sekt – stelle mich dann neben den Mann und tippe mir nachdenklich mit dem Zeigefinger ans Kinn, während ich scheinbar gedankenversunken das Gemälde betrachte.

Er wird sofort auf mich aufmerksam, statt des Bildes betrachtet er mich. Er taxiert mich von Kopf bis Fuß. Ich weiß, mein Kleid ist geschickt gewählt. Sein Reiz liegt in seiner Schlichtheit, die Spaghettiträger betonen meinen schlanken Hals und das zierliche Schlüsselbein, der seidige Stoff schmiegt sich lasziv um meinen Körper.

Ein paar Monate später wäre sein Blick bestimmt an meinem Bauch hängengeblieben, aber noch ist die Wölbung so klein, dass nur ich sie bemerke – und wenn ich ganz ehrlich bin, könnte das auch einfach daran liegen, dass ich jeden Abend vor dem Spiegel den Bauch rausstrecke und mich nach Kräften bemühe, etwas zu erkennen.

Er sieht auch nicht übel aus, das muss ich zugeben. Ganz elegant mit den grauen Schläfen, dem gut geschnittenen Anzug und der breiten Krawatte. Ich bin überhaupt nicht interessiert – aber er muss ja nicht wissen, dass ich glücklich verheiratet bin.

»Was halten Sie davon?«, frage ich bedeutungsvoll und fahre mir mit der freien Hand durch den schwarz gefärbten, sorgfältig glattgefönten Bob.

Er räuspert sich, leckt kurz über seine Unterlippe, und ich wäre nicht erstaunt, wenn er jetzt versuchen würde, mich zu beeindrucken. Dass mich mein Namensschild als Mitarbeiterin der Galerie ausweist, hält ihn nicht davon ab, den Kunstexperten markieren zu wollen. »Es hat etwas Kraftvolles. Wenn man den Pinselstrich betrachtet, sieht man die Leidenschaft des Künstlers förmlich.«

Da hat er nicht ganz unrecht. Er zitiert ja auch sinngemäß meine Formulierungen aus dem Katalog. Zumindest hat er sich die Zeit genommen, den Informationstext zur Ausstellung zu überfliegen.

Mein Lächeln hätte einen ganzen Raum erhellen können. »Das empfinde ich ganz genauso. Ich sehe darin eine gewisse Maskulinität, die sich in der Wahl der Farben und der Technik manifestiert.«

Und zack! Ich habe ihn in der Tasche. Er macht es mir beinahe zu einfach, aber wer bin ich, mich darüber zu beschweren? Ich spüre seinen Blick in meinem Rücken, als ich mit wippenden Schritten und siegessicherem Lächeln davongehe.

*

»Er wird es kaufen.« Mit dem Daumen deute ich über meine Schulter hinter mich in die Galerie.

Nele lacht rau und kehlig. »Natürlich. Ich habe keine Sekunde daran gezweifelt. Ich könnte ein Dutzend Kindergartenkritzeleien aufhängen, und du würdest jede einzelne davon verkaufen. Du bist unglaublich.«

Ich mache eine wegwerfende Handbewegung, die den alkoholfreien Sekt beinahe überschwappen lässt. Allzu schade wäre es nicht darum – das Zeug ist widerlich süß. »Kinderspiel. Der Kerl ist versessen darauf, sein Geld für irgendetwas auszugeben, was bei den Ladys Eindruck macht und ihn kultiviert wirken lässt.«

»Was, wenn ich dich einfach nicht gehen lasse? Diese Galerie braucht dich.« Nele ist nicht der Typ für herzerweichende Dackelblicke, aber sie gibt ihr Bestes.

Ich muss lachen. »Klar, das wird großartig. Ich nehme das Kind dann einfach mit zur Arbeit. Wenn es dann zwischen den kostbaren Gemälden rumkrabbelt, während ich arbeite, wird ihm zumindest nicht langweilig.«

Nele schüttelt sich sichtbar bei der Vorstellung, und schmunzelnd frage ich mich, was sie schlimmer findet: die Vorstellung, dass den Kunstwerken etwas zustoßen könnte, oder den Gedanken an Kinder überhaupt. Ich kann es ihr nicht verübeln, bis vor kurzem hab ich das genauso gesehen wie sie. Zwischen vor kurzem und jetzt liegen ein geplatztes Kondom, tränenreiche Krisengespräche mit Thomas und eine Entscheidung, die alles verändert hat.

»Klingt reizvoll. Gibt es nicht diese Leinen, mit denen man Kinder in Schach halten kann?«

»Hunde. Du meinst Hunde«, berichtige ich sie.

»Wie auch immer.« Sie seufzt tief.

Es ist kühl hier draußen und mein Kleid bestimmt nicht die optimale Bekleidung für einen solchen Herbstabend, aber nach der stickigen, von Menschenkörpern aufgeheizten Luft in der Galerie tut die Kälte ganz gut. Noch einmal nippe ich an meinem Kindersekt, verziehe das Gesicht und schiele neidisch auf das perlende Getränk in Neles schlankem Glas, das sie gerade achtlos auf einem Mülleimerdeckel abgestellt hat.

Ein Klicken, dann ein rotglühender Funke. Bläulicher Rauch hüllt uns ein, als Nele an ihrer Zigarette zieht.

»Auch eine?«, sie streckt mir die Packung entgegen. Der Oktoberwind lässt ihren wildgemusterten Seidenkimono mit den weiten Ärmeln, den sie als Kleid ausgibt, flattern.

»Danke.« Kopfschüttelnd deute ich auf meinen Bauch, obwohl mich bei dem Geruch die Gier packt. Dass ich damit aufgehört habe, ist noch nicht lange genug her, als dass mir der Verzicht leichtfiele.

Sie zuckt mit den Schultern, lässt ihre Zigarette einfach fallen und tritt sie mit dem Stiletto aus. »Ist ohnehin eine scheußliche Angewohnheit. Ich sollte auch aufhören.«

Kurz schweigt sie, bevor sie mich eindringlich anschaut und hinzufügt: »Aber mal im Ernst, Charlie.« Sie ist die Einzige, die mich so nennt. In der Grundschule wurde ich mal Lotte genannt, aber ich hatte mich geweigert, darauf zu hören. Außer meiner besten Freundin spricht mich jeder mit meinem vollen Namen an – sogar mein Ehemann. »Du weißt, wenn du es dir anders überlegst, kannst du jederzeit zurückkommen, okay? In der Galerie wird es immer einen Platz für dich geben, falls du dein altes Leben zurückhaben willst.«

Die Worte hängen zwischen uns und verfliegen mit dem letzten Hauch des Zigarettenqualms. Nele sieht mich ungewohnt ernst an, und zum ersten Mal fallen mir die feinen Fältchen auf, die sich über die letzten Jahre um ihre dunklen Augen gebildet haben, und von denen auch Kajal und exzentrischer Schimmerlidschatten nicht ablenken, ebenso wenig wie die feuerrote, wallende Mähne mit dem Micropony, der aussieht, als hätte der Friseur ihn mit Hilfe eines Lineals geschnitten.

»Danke. Ehrlich. Ich weiß das zu schätzen. Aber mein Entschluss steht fest, jetzt gibt es kein Zurück mehr. Thomas und ich, wir haben entschieden, dass es der richtige Schritt ist. Auf dem Land hat das Kind es viel besser. Soll es denn in der Stadt zwischen Autos und Mülltonnen spielen? Und mir wird es auch guttun. Das Landleben. Die frische Luft. Die Ruhe und die viele Zeit für die Familie. Immerhin werden wir genau das sein – eine richtige kleine Familie.«

Ich merke, dass sich meine Zunge selbständig gemacht hat und die Argumente runterrattert, die ich mir in den letzten Wochen ständig selbst vorgebetet habe. All diese vernünftigen Worte, die sich so plausibel anhören und sich in meinem Mund trotzdem sperrig und fremd anfühlen.

Immer noch sieht Nele mich reglos an – so reglos, wie ich sie noch nie erlebt habe – und mir ist klar, dass sie mir meine Zweifel so deutlich ansieht, als seien sie in Leuchtschrift auf meine Stirn geschrieben. Aber sie sagt nichts mehr, und dafür bin ich ihr dankbar.

Ich schwinge die Arme vor und zurück, wobei ich ganz vergesse, dass ich ein halbvolles Glas in der Hand habe. Das süße Zeug schwappt über mein Handgelenk. »Na schön, ich gehe dann wieder rein. Hier draußen ist es schweinekalt, und der Künstler wartet schon. Ich wollte mich noch mal mit ihm unterhalten. Kommst du mit?«

Geistesabwesend holt sie eine weitere Zigarette aus der Packung. »Geh du schon mal rein, ich komme gleich.« Und ich bin froh, ihrem forschenden Blick zu entkommen, der manchmal so viel mehr sieht, als ich preisgeben will.

Anna

Die Worte sind ausgesprochen, sie lassen sich nicht mehr zurücknehmen.

Küss mich.

Und Max zögert nicht. Die Distanz zwischen ihnen schmilzt dahin. Und einen Moment lang ist sie so überrascht, dass sie sich fragt, ob sie träumt.

Und dann fragt sie sich gar nichts mehr, sie fühlt nur noch: Seine Lippen auf ihren. Seine Hand, die an ihrem Kinn entlangfährt und sich sanft in ihr Haar wühlt. Das Wummern ihres Herzens, das wild, beinahe gewalttätig schlägt.

Sogar das Mondlicht glaubt sie auf ihrer Haut zu fühlen, kühl und seidenglatt, als sich ihre Münder voneinander lösen. Stirn an Stirn sitzen sie da, ihre Augen geschlossen, seine Hand an ihrem Nacken. Ihre Lippen fühlen noch den Kuss. Sein Atem mischt sich mit ihrem, ihre Haut prickelt unter seiner Berührung.

»Begleitest du mich nach Hause?«

Sie weicht zurück, so dass sie ihm ins Gesicht sehen kann, und zieht eine Augenbraue hoch. Versucht der Frage, die jetzt zwischen ihnen in der lauen Sommernachtluft steht, ihre Größe zu nehmen. »Soll das eine Pflicht-Aufgabe sein?«

Aber dieses Mal grinst er nicht. »Ich will nicht, dass diese Nacht schon endet«, sagt er leise.

Dass sie je endet, fügt sie in ihrem Kopf hinzu, und sie weiß nicht, ob es ihr eigener Gedanke ist, oder das, was sie in seinem Satz mithört.

Niemals. Nie im Leben.

Das ist das Letzte, was sie täte. Mitgehen. Zu ihm nach Hause.

Sie ist die Anna, die spätestens um dreiundzwanzig Uhr im Bett liegt, weil der Schlaf vor Mitternacht der Wichtigste ist. Die eine nach Prioritäten sortierte Checkliste im Kopf hat und jede Entscheidung zuerst mit dieser Liste abgleicht. Und die, wenn überhaupt, frühestens nach drei Dates küssen würde, weil man erst ausschließen können sollte, dass der andere ein geisteskranker Serienmörder ist.

Aber heute Nacht hat sie plötzlich das Gefühl, einen Moment lang nicht diese Anna sein zu müssen, sondern sein zu können, wer verdammt nochmal sie will.

Sie haben getanzt auf dem Weg zu seiner Wohnung. Anna ist betrunken, immer noch. Und immer noch liegt es nicht am Alkohol. Es ist, als läge etwas in der Luft, was sie berauscht und ihr dieses federleichte Gefühl im Kopf schenkt.

»Du bist verrückt«, hat sie gekichert, nachdem er sie in einer formvollendeten Salsa-Drehung – oder dem, was sie dafür hält – herumgewirbelt hat.

»Ich danke sehr.« Seine Verbeugung war nicht minder formvollendet. Die braunen Haare waren ihm dabei in die Stirn gefallen wie ein Vorhang, und seine Augen hatten sie darunter hervor angefunkelt.

Sie sind über Parkbänke gesprungen und haben am Flussufer eine Taube aufgeschreckt. Anna hat seine Hand genommen, oder er ihre, und gemeinsam haben sie über Dinge gelacht, die sie Minuten später schon wieder vergessen hatten.

Und jetzt sind sie hier.

Sie hätte gedacht, dass diese seltsame, heliumgefüllte Traumstimmung verfliegt, sobald sich die Tür hinter uns schließt, aber das passiert nicht. Die Dunkelheit seiner Wohnung empfängt sie wie eine samtige Umarmung. Und dann umfangen sie Max' Arme.

Neugierig schielt sie über seine Schulter hinweg und versucht einen Blick auf die Wohnung zu erhaschen, in der Hoffnung, sich ein genaueres Bild von ihm machen zu können. Sie reden seit Stunden und sie fühlt sich ihm nahe, aber gleichzeitig ist er ihr fremd und so flüchtig, dass sie ihn nicht fassen kann. Nur eine Zufallsbegegnung, an der sie festhalten, weil sie beide den Moment nicht loslassen wollen.

Nach einem Moment haben sich Annas Augen so weit an die Dunkelheit gewöhnt, dass sie Umrisse erkennt. Max' Lippen wandern über ihren Hals, während sie ihren Blick über die spärliche Einrichtung wandern lässt – oder zumindest über das, was das wenige Licht von Mond und Straßenbeleuchtung enthüllt, das zwischen den Lamellen der Jalousien hindurchfällt und blasse Streifen in die Dunkelheit malt.

Minimalistisch scheint er eingerichtet zu sein, so viel erkennt sie. Aber er hat seine eigenen vier Wände für sich, keine typische Studentenbude und keine WG wie sie und Fee.

»Schön hast du es.« Da wären sie wieder bei Annas famosen Smalltalk-Skills. Hätte sie ihr Notizbuch zur Hand, würde sie jetzt sofort den Erwerb eines Smalltalk-Selbsthilfebuchs auf ihre To-do-Liste setzen. Dummerweise rutscht ihr die Tasche mitsamt Notizbuch gerade von der Schulter und landet auf dem Boden.

Sein Grinsen spürt sie mehr auf ihrer Haut, als dass sie es sieht. »Danke. Mein kleines Reich.« Und wie vorhin, als er über seinen Job gesprochen hat, hört sie auch jetzt diesen Stolz in seiner Stimme.

Sie will noch etwas sagen, aber als Max' Mund ihre Lippen erreicht, vergisst sie, was es war. Sie schlingt die Arme um seinen Nacken, drängt sich an ihn und küsst ihn, bis sie beide nach Luft ringen. Irgendetwas fällt polternd um, als sie eng umschlungen weiter in die Wohnung taumeln, aber keiner von ihnen sieht sich danach um. Annas Rücken schrappt über die raue Tapete. Hastig schieben Max' Hände ihr Shirt hoch und scheinen glühende Spuren auf ihrer Haut zu hinterlassen.

Irgendwie sind sie ins Schlafzimmer geraten, aber sie kann sich nicht daran erinnern, bewusst hineingegangen zu sein. Ohne einander loszulassen, fallen sie aufs Bett.

Max stützt sich neben ihr auf und schaut sie an. Sein Blick ist eine Frage, ihrer eine Antwort. Und um ganz sicherzugehen, dass er diese Antwort auch wirklich verstanden hat, nickt sie und schiebt sich noch enger an ihn. Ihr Gesicht passt in die Kuhle zwischen seinem Kinn und seinem Hals, als wäre ihr Körper dazu gemacht, seinem ganz nah zu sein. Sie atmet den Duft seiner Haut, fühlt die Wärme seines Körpers, fiebert jeder Berührung entgegen.

Dass sie ihn kaum kennt, spielt keine Rolle. Sie kennt sich selbst nicht – und sie genießt es.

Er gibt ihr die Nähe, die sie in dieser Nacht braucht. Und sie schwebt, sie schwebt mit ihm.

Eine warme Hand liegt auf ihrem Bauch, direkt unterhalb ihres Nabels. Lächelnd spürt sie dem Echo des Traums nach, der sie durch die Nacht begleitet hat.

Nur – dass es kein Traum war. Die Hand bewegt sich, und schlagartig ist sie hellwach. Die Realität hat sie wieder. Sie schnellt im Bett hoch, sitzt aufrecht und schaut sich hektisch um.

Der Kerl, der neben ihr im zerwühlten Laken liegt, hat einen gesunden Schlaf, das muss man ihm lassen. Er murmelt etwas Unverständliches und dreht sich auf die andere Seite, ohne die Augen zu öffnen.

Max. Das war sein Name. Und er liegt splitterfasernackt neben ihr. Die Decke verhüllt gerade so das Nötigste – nein, tut sie nicht, wie ihr ein zweiter Blick verrät. Himmelherrgott! Was hat sie getan? Und vor allem: *Warum?*

Die aufkommende Katerstimmung ist wohl die logische Konsequenz des bizarren Betrunkenheitsgefühls von letzter Nacht. Stöhnend fasst sie sich an die Stirn und versucht, einen mehrstufigen Deeskalationsplan zu entwickeln.

Schritt eins: Herausfinden, wie spät es ist.

Die Decke hat sich um ihre Beine geschlungen und verwandelt sich in eine Falle, als sie sich leise aus dem Bett schleichen will. Wie ein nasser Sack plumpst sie auf den Boden und verharrt mit angehaltenem Atem, aber von Max kommt nur ein unwilliges Grunzen. Gepriesen sei sein tiefer Schlaf. Das Letzte, was sie jetzt gebrauchen kann, ist ein peinliches Am-Morgen-danach-Gespräch.

Vorsichtig steigt sie über die Klamotten, angelt mit dem Fuß nach ihrem Slip, den sie im Halbdunkel neben dem Bett erspäht, und dreht so vorsichtig wie möglich am Jalousien-Wendestab. Das grelle Sonnenlicht, das hereinfällt, nimmt ihr die vage Hoffnung, es sei noch ganz früh am Morgen.

»Verdammt!«, entfährt es ihr. Halb Jammern, halb Flüstern. Sie sollte, nein, sie *muss* pünktlich in der Firma sein. Ihr ist übel und ganz elend zumute, so schwer wiegt das schlechte Gewissen auf ihren Schultern.

Die Fitnessuhr, die auf Max' Nachttisch lädt, reagiert, als sie mit ihrem Zeigefinger darauf tippt: halb acht. In einer halben

Stunde sollte sie in der Firma sein, was angesichts der Entfernung absolut unrealistisch ist. Sie schnappt nach Luft und starrt auf die leuchtende Uhrzeitanzeige, bis die wieder von selbst erlischt.

Warum war sie nur so dumm, so unvernünftig? Was ist in sie gefahren? Selbstvorwürfe prasseln auf sie ein wie Hagelkörner, sie kann sie förmlich spüren und krümmt sich zusammen. Ihr Vater *braucht* sie! Sie weiß doch, dass er sie braucht. Und trotzdem treibt sie sich mit irgendeinem Kerl herum, statt abends rechtzeitig ins Bett zu gehen und morgens pünktlich in der Firma zu sein.

Ihr ist zum Heulen zumute. Oder, alternativ und noch besser, danach, sich selbst zu ohrfeigen. Aber weder das eine noch das andere würde sie jetzt in irgendeiner Form weiterbringen, stattdessen muss sie sich aufs Wesentliche konzentrieren. Sie hat jetzt keine Zeit, sich von ihren Gefühlen überrollen zu lassen – denen hat sie letzte Nacht die Kontrolle überlassen, und man sieht ja, wohin sie das geführt hat. Gestern war sie sich selbst fremd, aber jetzt kennt sie sich wieder. Die Realität mit all ihren Verpflichtungen und Terminen hat sie wieder im Griff, vereinnahmt sie voll und ganz und lenkt ihren Verstand in klare, strukturierte Bahnen.

Schritt zwei: Abhauen, ohne Max zu wecken und sich in blamablen, zeitraubenden Smalltalk verwickeln zu lassen.

Während sie durch die Wohnung tappt, mit fliegenden Fingern ihre Sachen einsammelt und sich anzieht, kann sie der Versuchung nicht widerstehen, sich umzusehen. Zeitdruck hin oder her, ein bisschen neugierig ist sie schon, wie der erste One-Night-Stand ihres Lebens so wohnt.

Ihr erster Eindruck von letzter Nacht war schon ganz richtig. Die Einrichtung ist eher minimalistisch gehalten. Jalousien verdunkeln die breite Fensterfront, doch zwischen den Lamellen fällt die Morgensonne herein und stanzt Lichtstreifen ins Dunkel. Staubkörner flirren wie Feinstaub in den goldenen Strahlen, verleihen sogar den leeren Energydrinkdosen und dem Pizzakarton auf dem Couchtisch etwas Verwunschenes und tauchen die ganze profane Szenerie in einen fast magischen Schein.

Vor einer unverputzten Ziegelsteinwand stehen ein dunkelgrünes Sofa und ein deckenhohes Regal, in dem sich zerfledderte Zeitschriften und dicke Bücher stapeln, auf der anderen Raumseite befindet sich eine mit dem Nötigsten ausgestattete Küchenzeile. Einen Tisch sieht sie nicht – weder einen Ess- noch einen Schreibtisch. Außer diesem Raum gibt es noch das Schlafzimmer, aus dem sie gerade kommt, und ein schmales Bad.

Etwas irritiert sie, irgendetwas fehlt ihr. Und dann weiß sie auch was. Bei einem so begeisterten Fotografen hätte sie Bilder an den Wänden erwartet – aber Fehlanzeige. Abgesehen von einer Ukulele, die in einer Halterung hängt, sind die Wände nackt.

So nackt wie Max und ich letzte Nacht, fügt ihr Gehirn hilfsbereit hinzu und entlockt ihr noch ein gequältes Stöhnen. *Und so nackt wie er jetzt gerade immer noch ist, während er friedlich schläft.*

Ihre Handtasche liegt im Flur auf dem Boden. Anna schnappt sie sich und presst sie an ihre Brust wie einen Schutzschild, der sie gegen ihre eigenen aufgewühlten Gefühle abschirmen kann. Ihr Blick wandert zwischen der Wohnungstür und der angelehnten Schlafzimmertür hin und her, zwischen Disziplin und Verlockung.

Nur ein Blick. Einen letzten Blick gestattet sie sich, bevor sie wieder ganz ihren Pflichten nachgeht. Mit angehaltenem Atem, um bloß kein Geräusch zu machen, öffnet sie noch einmal die

Schlafzimmertür. Aber vermutlich wäre das gar nicht nötig – wenn ihn ihre unelegante Bruchlandung aus dem Bett und das hektische Hantieren in seiner Wohnung bisher nicht geweckt haben, könnte sie jetzt auch auf Steppschuhen ins Schlafzimmer tänzeln, und Max würde weiterschlafen.

Und tatsächlich lässt er sich nicht stören. Jemand, der so friedlich und fest schläft, kann keine Sorgen kennen, schießt es ihr durch den Kopf.

Vielleicht werden sie einander nicht wiedersehen – es sei denn, sie laufen sich zufällig in Bamberg über den Weg. Aber sie wird ganz bestimmt nicht versuchen, mehr aus diesem One-Night-Stand zu machen. Also, womöglich ist es das letzte Mal, dass sie ihn sieht. Doch als sie jetzt in der Tür steht, weiß sie, dass sie ihn nicht vergessen wird. Sie prägt sich seinen Anblick und die Bilder der letzten Nacht ein wie einen Schatz, den sie in sich verschließt.

Max liegt auf der Seite. Die braunen Haare fallen ihm ins Gesicht, die vollen Lippen sind leicht geöffnet. Unwillkürlich hebt sie eine Hand an ihre eigenen Lippen, die sich bei der Erinnerung an all die Küsse auf einmal warm anfühlen. Das Licht reicht aus, um die kleine Narbe an seiner Oberlippe zu erkennen – und ein paar blasse Sommersprossen, die ihr gestern gar nicht aufgefallen waren. Der Schlaf macht seine Gesichtszüge weich und unschuldig, aber sogar jetzt ist da dieser amüsierte Ausdruck um seine Mundwinkel, als machte er sich selbst im Traum über jemanden lustig.

Das Verlangen, bei ihm zu bleiben und sich einfach wieder zu ihm zu legen, überkommt sie so unerwartet, dass sie unwillkürlich einen Schritt in den Raum hineingeht. Sie betrachtet seine Haare und denkt daran, wie weich sie sich zwischen ihren Finger angefühlt haben. Sieht seine Arme an, unter deren gebräunter Haut sich Muskeln abzeichnen, und kann spüren, wie sie sie letzte Nacht festgehalten haben. Sie lässt den Blick über seine Haut wandern und erinnert sich an ihre Hitze, ihren Duft, ihren Geschmack.

Wie von selbst fährt ihre Hand in ihre Tasche und tastet nach Stift und Papier. Sie könnte ihm ihre Nummer dalassen, in der Hoffnung, dass er sich meldet. Es einfach drauf ankommen lassen und schauen, wohin das führt, ohne vorher einen Plan zu schmieden, aber auch ohne allem von vornherein einen Riegel vorzuschieben.

Aber den Mut hat sie nicht.

Max

Der Platz neben mir ist leer. Meine Hand tastet über das kühle Laken und sucht nach Annas Wärme, doch der glatte Stoff lässt keine Rückschlüsse darauf zu, ob sie wirklich hier gelegen hat, oder ob die vergangene Nacht nur ein Traum gewesen ist. Unwillkürlich seufze ich enttäuscht, dabei kann ich nicht einmal behaupten, sonderlich überrascht zu sein.

›Ich bin eigentlich echt nicht der Typ für so etwas‹, hat sie in meinen Armen gestammelt, staunend und mehr zu sich selbst als zu mir, und auch wenn es wie eine Plattitüde geklungen hat, ist es wahrscheinlich die Wahrheit. So gut habe ich sie letzte Nacht zumindest kennengelernt, dass ich mir sicher bin, dass sie nicht der Typ für bedeutungslose One-Night-Stands mit Fremden ist.

»Als wäre ich das«, murmele ich und schwinge die Beine aus dem Bett.

Meine Klamotten liegen auf dem Boden verteilt, ihre hingegen sind verschwunden – alle eingesammelt von dieser Frau, die geradezu neurotisch gut strukturiert und organisiert wirkt.

BWL-*Anna mit der gigantischen Handtasche, die wahrscheinlich alles für einen spontanen Kurztrip an jeden beliebigen Ort auf der Welt beinhaltet.* Das Grinsen will überhaupt nicht von meinem Gesicht verschwinden, als ich ins Bad gehe, den Partygeruch der letzten Nacht abdusche und mir meine Zahnbürste schnappe.

Es verblasst erst, als ich die acht verpassten Anrufe und die WhatsApp-Nachricht auf meinem Handydisplay sehe. Kein Wunder, die Anrufe sind von meiner Mutter, die Nachricht von meiner Schwester.

›Um Himmels willen, Max. Sie hat gerade das dritte Blech Kekse in den Ofen geschoben und malt jetzt wie besessen an einem Mandala. Wenn du dich nicht bald meldest, dreht sie komplett durch. Keine Ahnung, was dann kommt. Vielleicht wieder Improvisationstheater, Gott bewahre‹, hat Leonie getextet, gefolgt von einem Emoji, das die Augen verdreht.

Ich seufze aus tiefstem Herzen und verdrehe ebenfalls die Augen, bevor ich die Nummer meiner Mutter wähle.

»Schätzchen! Da bist du ja. Ich habe schon befürchtet, du wärst in der großen Stadt verschollen.« Ihr Lachen, eine Spur zu schrill, verrät, dass sich sehr wohl eine Spur Wahrheit hinter ihrer scherzhaften Bemerkung verbirgt. Die Fröhlichkeit in ihrer Stimme klingt aufgesetzt. Sie ist nach dem ersten Klingeln rangegangen – vermutlich hat sie wie ein Geier neben dem Handy gelauert und auf ein Lebenszeichen von mir gewartet. Ein nervöser, angespannter Geier mit Sorgenfalten im Gesicht.

»Mama. Bamberg ist wohl kaum eine Großstadt. Wenn ich es so viele Jahre geschafft habe, in München nicht verloren zu gehen, wird mir das in Bamberg ganz bestimmt nicht passieren.« Ich klemme das Handy zwischen Ohr und Schulter, während ich ein Stück Butter in die Pfanne werfe und drei Eier aufschlage und vorsichtig ins brutzelnde Fett gleiten lasse.

»Schon klar, mein Großer. Hör mal, ich wollte dich eigentlich nur fragen, wann du am Freitag hier bist. Wir freuen uns alle wie verrückt auf dich. Ich dachte, am Freitag gibt es Lasagne, was meinst du? Die isst du doch so gerne. Am Samstag wollen wir gemeinsam zum Italiener um die Ecke. Und am Sonntag …«

Früher oder später muss ich es ihr sagen. Also, warum nicht jetzt?

»Mama, sorry, am Freitag schaff ich es nicht. Wir wollen mit ein paar Kollegen nach der Arbeit etwas trinken gehen, da will ich nicht außen vor sein. Am Samstag komme ich aber gerne vorbei. So gegen Mittag? Und am Sonntag muss ich wieder früh zurück, ich muss noch etwas für die Arbeit vorbereiten.«

Am anderen Ende der Leitung ist es kurz ganz still, nicht einmal Atemzüge sind zu hören. Ich kneife die Augen zu, drücke mit Daumen und Zeigefinger auf meine Nasenwurzel und presse mit der anderen Hand das Handy ans Ohr. Das war mir vorher schon klar. Es hat ihr zugesetzt, nichts von mir zu hören, und jetzt setzt es ihr zu, dass ich nicht das ganze Wochenende zu Hause verbringen werde.

Zu Hause ist jetzt hier, korrigiere ich mich in Gedanken. Welchen Sinn hat ein Neustart mitsamt Umzug in eine neue Stadt, wenn man im Kopf haargenau da bleibt, wo man die letzten zweieinhalb Jahrzehnte gewesen ist?

»Oh. Ach so. Das ist schön, man muss sich ja schließlich integrieren, nicht wahr? Sonst wird man zum Außenseiter, und das will nun wirklich niemand.« Und da ist sie wieder, diese aufgesetzte Fröhlichkeit, die niemanden über ihre Enttäuschung hinwegtäuscht.

»Ja, Mama. Also, dann bis Samstag. Ich freu mich.«

»Bis dann, Schätzchen. Und … pass auf dich auf.«

Das ist nicht der richtige Moment, um ihr klarzumachen, dass es nicht jedes Wochenende so laufen wird und ich bestimmt nicht jedes einzelne Wochenende zwischen Bamberg und München hin und her fahren werde. Darauf muss ich sie behutsam vorbereiten, von Angesicht zu Angesicht und mit vorsichtig gewählten Worten, damit sie nicht einknickt und sich Hals über

Kopf ins nächstbeste verrückte Hobby stürzt, um sich zu trösten. Jetzt noch schaudert es mich bei dem Gedanken an ihre Improvisationstheaterphase, die meine Schwester vorhin erwähnt hat.

»Fuck«, knurre ich und ziehe hektisch die Pfanne vom Herd. Erst der beißende Rauchgeruch hat mich aus meiner Starre und meinen Gedanken gerissen und mich an mein geplantes Frühstück erinnert. Mit einer Gabel hebe ich eines der verbrannten Spiegeleier an, betrachte es kopfschüttelnd, überlege kurz und entsorge es dann schulterzuckend im Müll. Da ist nichts mehr zu retten, auch mit viel gutem Willen und einer gehörigen Portion Optimismus nicht.

»Der Morgen wird immer besser und besser«, murmele ich vor mich hin.

Aber als ich mich gerade auf den Weg zur Agentur machen will, fällt mein Blick auf etwas Kleines, Weißes auf dem Couchtisch. Ich muss grinsen. Das Gespräch mit meiner Mutter hat mich kurz von den Gedanken an die letzte Nacht abgelenkt, aber nun bin ich wieder ganz bei Anna.

Sie hat eine Fährte in meiner Wohnung hinterlassen, ist doch nicht ganz so spurlos verschwunden, wie ich gedacht habe. Und irgendwie passt das zu dem Eindruck, den ich von ihr gewonnen habe.

Sie ist pflichtbewusst. Zu pflichtbewusst, um sich einfach aus einer Wohnung zu stehlen, ohne zumindest höflich auf Wiedersehen zu sagen, und sei es nur in schriftlicher Form.

»Guten Morgen«, steht da, nur diese beiden Worte. Daneben hat sie eine kleine Sonne gezeichnet. Irgendetwas an der kurzen Notiz und der naiven Zeichnung reizt mich zum Lachen, so wie ich letzte Nacht mit ihr gelacht habe, während wir händchenhaltend durch die Stadt gelaufen sind.

Großartig. Jetzt lache ich also wie ein Idiot in die Stille meiner menschenleeren Wohnung. In der Bamberger Luft muss irgendetwas sein, was mir nicht guttut. Fehlt nur noch, dass ich an der Notiz schnuppere wie ein Irrer aus einem Horrorfilm, um einen Hauch ihres Dufts zu erhaschen. Und ich bin wirklich kurz davor, es zu tun.

Immer noch grinsend, schnappe ich mir meine Sachen und verlasse die Wohnung. Doch nicht, ohne die Nachricht, die im Moment alles ist, was ich noch von ihr habe, in meine Hosentasche zu stecken.

Charlotte

3. Oktober 1989

Weite, grüne Flächen waren mir schon immer suspekt. Es hat etwas Beruhigendes, aus dem Fenster zu schauen, dabei auf die gegenüberliegende Häuserfront zu blicken und zu wissen, dass dort Menschen leben – eine anonyme Menge fremder Schicksale, in der man untertauchen kann. Man ist nie wirklich allein und hat doch genug Abstand zu den anderen, und wenn man beispielsweise um ein Uhr nachts akute Gelüste auf einen Cheeseburger verspürt, ist die Wahrscheinlichkeit in der Stadt, also in München, hoch, dass man irgendwo einen bekommt.

Hier hingegen ist es ziemlich weit und sehr grün. Skeptisch betrachte ich die Landschaft, die draußen am Autofenster vorbeizieht und sich immer mehr verändert, je weiter wir fahren.

Thomas' Hand auf meinem Oberschenkel reißt mich aus meinen Gedanken. »Immer noch riesigen Appetit auf Cheeseburger? Ich sollte mir angewöhnen, immer einen dabeizuhaben. Für den Notfall.«

Damit entlockt er mir ein Grinsen, und meine Laune wird gleich besser. »Meine Güte, das würde dich in die Liga der perfekten Ehemänner aufsteigen lassen. Ich kann mir gerade nichts Reizvolleres vorstellen, als einen kalten, zerdrückten Burger vom Vortag zu essen.« Die grausame Wahrheit ist, dass das nicht einmal richtig gelogen ist. Die Schwangerschaft macht seltsame

Dinge mit Miss Kaffee-und-Zigaretten-sind-eine-vollwertige-Mahlzeit.

»Moment mal, in welcher Liga bin ich denn jetzt?«, protestiert er.

Ich ziehe seine Hand an meine Lippen und küsse sie sanft, bevor er sie zurück aufs Lenkrad legt, weil die Straße kurviger wird. »Jetzt bist du ganz okay«, sage ich liebevoll.

Er murmelt etwas, was sich nach einer Beschwerde anhört und reicht mir einen Schokoriegel, den er aus der Türablage fischt.

»Du bist der Beste«, seufze ich, reiße sofort das Papier auf und beiße in die Süßigkeit. Dann versuche ich, eine bequemere Position zu finden, streife die Schuhe ab, nehme die Füße hoch und schaue zu Thomas.

»Ich weiß.« Das Lächeln zaubert einen warmen Klang in seine Stimme und sympathische Fältchen um die haselnussbraunen Augen, die immer etwas verträumt wirken.

Wir sind direkt nach seiner Arbeit losgefahren, um es noch bei Tageslicht zum Grundstück zu schaffen, darum trägt er noch seinen Anzug. Und wie immer, wenn ich ihn in seiner Arbeitskleidung sehe, habe ich das Gefühl, dass sie ihm irgendwie zu groß ist, obwohl sie eigentlich passt. Er kommt mir vor wie ein Junge, der den Anzug seines Vaters angezogen hat und noch Zeit braucht, um in das Kleidungsstück und in dieses Erwachsenenleben hineinzuwachsen. Ich frage mich, ob sich das je ändern wird. Wird Thomas jemals so sein, dass ich nicht mehr den großen Jungen in ihm sehe?

»Was grinst du denn so?«

»Nichts. Ich frage mich nur, was wir beide hier eigentlich machen.«

»Das Richtige«, entgegnet er im Brustton der Überzeugung.

Und als ich ihn so von der Seite betrachte, während er das Auto – einen vernünftigen Passat, gegen den wir unseren klapprigen, winzigen Opel Corsa eingetauscht haben – umsichtig steuert, glaube ich ihm. Der positive Schwangerschaftstest hat auch für ihn etwas verändert. Seit jener Nacht, in der ich ihm heulend den angepinkelten Teststreifen unter die Nase gehalten habe und wir gemeinsam die bisher größte Entscheidung unseres Lebens getroffen haben, strahlt er eine ruhige Zuversicht aus, die auf mich abfärbt. Als ich wie ein Häufchen Elend auf den Test gestarrt habe, hat er mich in den Arm genommen und gefragt, ob ich ihn heiraten und den Rest meines Lebens mit ihm verbringen will.

Wir haben nicht nur ein Auto gegen ein größeres eingetauscht, sondern auch unsere Reiseträume gegen den Traum vom Eigenheim, die Stadt gegen das Kaff, meinen geliebten Job gegen ein Dasein als Hausfrau und Mutter, Thomas' gerade begonnenes zweites Studium gegen eine Festanstellung. Es sind Opfer, die wir bringen, alle beide. Aber Thomas jammert nicht, er tut einfach, was nötig ist, und mit ihm an meiner Seite fühlt es sich auch für mich richtig an, was wir da machen.

»Das mag ja sein, aber … Memmelsdorf! Wie das schon klingt«, pruste ich los, als wir das Ortsschild passieren. »Da schauen bestimmt die Kühe übern Gartenzaun.«

Wie auf Kommando, um meine Worte zu unterstreichen, tauchen in dem Moment Kühe auf einer Weide am Straßenrand auf und schauen uns gleichmütig hinterher.

»Aber mal ehrlich, da gibt es sicher unangenehmere Nachbarn. Mir sind sie sympathisch. Man hört selten, dass eine Kuh einen Nachbarschaftsstreit wegen eines über den Zaun ragenden Obstbaumes oder wegen irgendeines anderen unwichtigen Krams angezettelt hat«, scherzt er.

»Hör bloß auf«, stöhne ich. »Wenn neben uns solche Spießer einziehen, gebe ich mir die Kugel.«

Oder ziehe in die Stadt zurück und bitte Nele auf Knien um meinen alten Job, fügt eine Stimme in meinem Hinterkopf hinzu. Eine, die ich rasch zum Schweigen bringe, denn es gibt Entscheidungen, die sich nicht rückgängig machen lassen, und das Kind in meinem Bauch zählt dazu. Hastig lege ich die Hand auf die kleine Wölbung, die mittlerweile auch dann zu erkennen ist, wenn ich den Bauch nicht krampfhaft herausstrecke, als könnte ich dem Baby so die Ohren zuhalten, damit es meine Gedanken nicht hört. Thomas legt seine Hand auf meine und umschließt sie sanft mit seinen Fingern.

Beim ersten Mal haben wir das Grundstück bei Regen besichtigt. Der Ort war eine einzige matschige und trostlose Einöde. Damals war es mir schwergefallen, Thomas' Optimismus nachzuvollziehen, der mir mit leuchtenden Augen die Vorzüge der Lage und das Potenzial des geplanten Neubaugebiets dargelegt hat. Aber als wir jetzt aus dem Auto in den klirrend-klaren Oktobersonnenschein treten, schlinge ich lächelnd die Arme um mich.

»Es ist wirklich ein ganz hübsches Fleckchen«, gebe ich zitternd zu. »Gar nicht so übel für eine von Kühen umgebene Einöde am Arsch der Welt.«

»Ich weiß.« Er legt mir seinen Mantel um die Schultern und verzichtet darauf, mir unter die Nase zu reiben, dass er mir gleich gesagt hat, mein todschicker pfirsichfarbener Parka sei nicht warm genug für dieses Wetter.

Wir sind zu früh und haben noch Zeit, uns ein wenig umzusehen, bevor der Makler kommt. Mit großen Schritten stiefelt Thomas über die Wiese und läuft die Grenze unseres Grundstücks ab, wobei mir schleierhaft ist, woran genau er sich orientiert und woher er weiß, wo unser zukünftiger Garten endet und der des Nachbarn beginnt. Für mich ist das alles Wildnis. Aber als meine Stiefelspitze gegen einen Grenzstein stößt, muss ich grinsen – es sieht so aus, als hätte sich Thomas locker um drei Meter verschätzt.

Natürlich bringe ich es nicht übers Herz, ihm das zu sagen. In seinen guten Lederschuhen und dem Anzug, der um die Schultern etwas zu locker sitzt, wirkt er auf der ungemähten Wiese wie ein Fremdkörper, aber sein Enthusiasmus sprüht aus jeder Bewegung. Seine Augen leuchten vor Begeisterung, als er den Rand unseres kleinen Reichs – oder dessen, was er dafür hält – abläuft und mir an jeder Ecke zuruft: »Bis hier! Alles bis hierher gehört uns!«

Als er wieder auf mich zukommt, ruft er mir entgegen: »Charlotte, nächstes Jahr wird das alles nicht wiederzuerkennen sein!« Er streckt beide Arme aus, als wollte er das ganze Memmelsdorfer Neubaugebiet (›Wie unsexy das klingt‹, stöhnt Nele in meinem Kopf) umarmen. »Überall da, wo jetzt nur Gras, Steine und Matsch sind, werden Häuser stehen. Hübsche, gepflegte Häuser mit netten Familien darin. Unser Krümel wird mit den anderen Kindern herumtoben, wir werden mit den Nachbarn grillen oder uns im Garten sonnen.«

Der Wind verwuschelt seine Locken, er kneift die Augen zusammen, um gegen die Sonne schauen zu können, und mir wird schwindelig vor Liebe. Dieser zerzauste, schlaksige Kerl ist nicht länger nur mein Freund, er ist mein Mann, meine Familie.

Und trotzdem wird mir ganz anders. Das alles hier, das ist so groß, so beängstigend. Wir ketten uns an Grund, Besitz und aneinander und geben unsere Freiheit für einen kleinen Menschen auf, den wir noch überhaupt nicht kennen. Ich war nie sonderlich ängstlich, aber jetzt habe ich Angst. Angst davor, einen falschen Weg einzuschlagen, von dem es kein Zurück gibt, und irgendwann alles zu bereuen.

Doch da spüre ich es zum ersten Mal: Eine zarte Bewegung in mir, ein leichtes Kitzeln, als hätte ein Schmetterling mich mit seinen Flügeln gestreift. Ich atme scharf ein, lege eine Hand auf meinen Bauch und greife mit der anderen rasch Thomas' Hand, um sie danebenzulegen.

»Spürst du das?«, flüstere ich.

Wortlos nickt er, auf seinem Gesicht liegt ehrfürchtiges Staunen.

»Wir werden uns hier wohlfühlen. Versprochen«, sagt er, die Hand immer noch auf meinem Bauch.

Gemeinsam blicken wir über unser Grundstück, das ziemlich weit und sehr grün ist und auf dem bald ein Haus stehen soll, in dem wir beide mit unserem Kind wohnen werden.

*

Der Mann ist ganz plötzlich da, steht zwischen den hohen, sich im Wind wiegenden Gräsern, und ich frage mich, wie lange wir ihn schon übersehen haben. Er übersieht uns aber auch, denn er ist ganz in seine Betrachtungen versunken. Keine Ahnung, was er da so nachdenklich anschaut, denn abgesehen von endlos weitem Grün und ein paar Bäumen ist hier nichts zu sehen, aber irgendetwas fesselt seine Aufmerksamkeit.

»Das ist nicht der Makler, oder?« Ich schirme meine Augen mit der Hand ab, um ihn besser sehen zu können.

Thomas zuckt mit den Schultern. »Vielleicht lässt er sich heute von einem Kollegen vertreten.«

Aber ich bin mir sicher, dieser Kerl ist kein Makler, er ist aus einem anderen Grund hier.

Im Gegensatz zu uns wirkt er hier nicht wie ein Fremdkörper. Mit den breiten Schultern und den großen Händen macht er den Eindruck, als könnte er gut anpacken. Er ist ganz sicher keiner von den Typen, denen ich in der Galerie ein sündhaft teures Gemälde verkaufen könnte. Wahrscheinlich würde er ein modernes Kunstwerk anschauen und aufrichtig erstaunt anmerken, dass sein Kind etwas ganz Ähnliches fabriziert habe.

In dem Moment bemerkt er uns, schaut neugierig herüber, hebt eine Hand zum Gruß und stiefelt geradewegs auf uns zu. Seine Füße stecken in derben Arbeitsschuhen mit dicken Sohlen, die viel besser in diese grüne Landidylle passen, als Thomas' Lederschuhe oder meine Stiefeletten.

»Hallo zusammen! Sagt bloß, euch gehört das Grundstück da?«, duzt er uns auf Anhieb, obwohl er uns noch nie gesehen hat.

Ich erwidere sein Lächeln, das den Sonnenschein hier beinahe überflüssig macht. »So gut wie, nur die Unterschrift fehlt noch.«

»Na dann: Herzlich willkommen, Nachbarn!« Mit dem Kopf deutet er auf das Grundstück neben unserem. »Meine Friederike und ich, wir bauen direkt nebenan.«

Thomas reicht ihm seine Hand, die, verglichen mit der Pranke des Mannes, geradezu zart wirkt – ebenfalls übers ganze Gesicht strahlend und voller Freude, die erste Bekanntschaft in unserem pittoresken Neubaugebiet in spe zu schließen. »Freut mich sehr. Thomas. Und das hier ist meine Frau …«

»Charlotte«, falle ich ihm ins Wort. Das Recht, mich selbst vorzustellen, habe ich zum Glück nicht gegen Ehering und Babybauch eingetauscht, herzlichen Dank.

»Martin.«

Seine Haare sind hell wie sonnengebleichtes Stroh, die Augen, blau wie der klare Oktoberhimmel, mustern mich mit einer Direktheit, die mir gefällt. Angenehm warm und fest schließt sich seine große Hand um meine.

»Schön, euch beide kennenzulernen. Das mit der Nachbarschaft ist ja so 'ne Sache.« Beim Grinsen verengen sich seine Augen ein wenig, als blinzele er gegen die Sonne. »Wenn man da Pech hat, kann man sich auch gleich am nächsten Apfelbaum aufknüpfen.«

Grinsend werfen Thomas und ich uns einen Blick zu, bevor ich mich wieder Martin zuwende. Sieht so aus, als wären wir mir unseren Häuslebauer-Sorgen nicht allein.

»Und? Was glaubst du? Hast du Glück oder Pech?« Ich lege den Kopf schief und lasse mir nicht anmerken, dass der Schokoriegel von vorhin in meinem Bauch rumort. Keine Ahnung, warum man von Morgenübelkeit spricht – mich überfällt sie zu jeder verdammten Tages- und Nachtzeit.

Unbeschwert zuckt er mit den Schultern. »Was soll ich sagen? Ich bin Optimist.«

Was auch immer ich gerade Geistreiches antworten wollte, es ist wie weggeblasen, als die Übelkeit aufwallt und ich mich würgend neben den Grenzstein zwischen unseren Grundstücken übergebe.

Max

»Wusstest du, dass der Penis der Argentinischen Ruderente so lang ist wie ihr gesamter Körper?«

»Zur Hölle, Ben.« Grinsend schaue ich von meinem Bildschirm auf. »Nein, wusste ich nicht. Wollte ich auch nicht wissen.«

Ben lümmelt auf seinem Bürostuhl, die in Nikes steckenden Füße auf den Schreibtisch gelegt, und scrollt auf seinem Handy durch nutzlose Fakten, ohne sich darum zu kümmern, dass ihn in dem offen gestalteten Großraumbüro sämtliche Kollegen beim Faulenzen sehen. Geschäftig eilen Mitarbeiter über die hochglänzenden Böden der modern eingerichteten Medienagentur, die von viel Schwarzweiß, knalligen Farbakzenten und Glaselementen dominiert ist.

»Etwas mehr Dankbarkeit, wenn ich bitten darf. Ich sorge hier für deine Allgemeinbildung.«

Amüsiert lache ich auf. »Allgemeinbildung? Hoffnungslos überbewertet. Ich meine, sieh mich doch an. Wozu sollte ich mit diesem Gesicht so etwas wie Bildung brauchen?«, scherze ich, mache einen Kussmund und blinzele verführerisch.

Auch Ben spitzt die Lippen, kommt immer näher und zuckt im letzten Moment lachend zurück. »Elender, vom Schicksal begünstigter Schönling. Aber weißt du, wann dir deine albern hübsche Visage nichts bringt? Wenn es darum geht, Vanessa zu beeindrucken. Für die zählt nur Leistung, Leistung, Leistung.

Also komm mal in die Pötte.« Die Chefin der Medienagentur gibt sich gerne betont locker, ist aber dafür bekannt, mit harter Hand zu regieren, wenn etwas nicht nach Plan läuft.

»Sagt der, der seit einer Stunde nichts anderes tut, als verstörende Fakten zu recherchieren, von denen man lieber nichts gewusst hätte.«

»Seit siebzehn Minuten.«

Unwillkürlich zucke ich zusammen und weiß im ersten Moment gar nicht, warum mich die exakte Zeitangabe so trifft, doch dann fällt es mir wie Schuppen von den Augen – denn natürlich erinnert die mich an die Frau, die ihren Tagesablauf vermutlich sekundengenau im Kopf hat. Als sei es nötig, mich zu erinnern. Die Nacht, die sich so besonders angefühlt hat, spukt ohnehin in meinem Kopf herum.

»Na schön, siebzehn Minuten vergeudete Lebenszeit«, versetze ich.

»Mona hat mir den Link geschickt. Nichts, was sie mir schickt, ist vergeudete Lebenszeit.« Bens Stimme nimmt einen warmen Klang an, wie immer, wenn er von seiner Frau spricht. Und automatisch stelle ich mir die Frage, ob ich auch einmal eine Frau finden werde, bei der es mir so geht.

»Du siehst nicht aus wie ein verheirateter Mann«, stelle ich fest und schiebe den Entwurf, den ich gerade gemacht habe, auf den zweiten großen Monitor, um ihn Ben zu zeigen.

Er zieht die aschbraunen Augenbrauen über den spiegelnden Brillengläsern zusammen und macht sich am Entwurf zu schaffen. »Fehlende Bierplauze? Falsche Sneakers-Marke? Oder was genau fehlt mir, deiner Meinung nach, zum typischen Ehemann?«

Wieder muss ich grinsen. »Keine Ahnung. Ich denke, du wirkst zu glücklich und zu verliebt.«

Kopfschüttelnd lacht er. »Okay, ich frage jetzt nicht, woher du dein Bild von der Ehe hast. Heb dir die Story für deinen Psychologen auf.«

Im Gegensatz zu mir ist er seit Jahren hier in der Agentur tätig. Von meinem ersten Tag an hat er mich unter seine Fittiche genommen, ständig besorgt, dass ich mich hier als Neuling auch nicht einsam und verloren fühle, obwohl ich immer wieder betone, dass alles okay ist.

Manchmal kommt es mir fast so vor, als würde er mich als Übungsobjekt benutzen, um seine väterlichen Skills zu trainieren. Mona ist so kugelrund, dass ich mir kaum vorstellen kann, dass es noch zwei Monate bis zur Geburt des Babys dauern soll. Sieht für mich so aus, als könnte es jede Sekunde so weit sein. Als wir gestern Abend durch die Kneipen gezogen sind, war ich quasi in permanenter Bereitschaft, ihr sofort zu Seite zu springen und bei der Entbindung zu helfen, wenn es losgehen sollte.

»Wusstest du, dass der regelmäßige Verzehr von Karottenkuchen die Lebenserwartung erhöht?« Gierig schielt Ben auf meinen Kuchen, den ich auspacke.

»Das hast du dir ausgedacht.« Ich breche das große Stück einfach mit den Händen entzwei und reiche ihm eine Hälfte.

Als hätte meine Mutter das gespürt, vibriert mein Handy in dem Augenblick in meiner Hosentasche – sie schickt eine WhatsApp. ›*Schatz, isst du auch genug? Vergiss den Karottenkuchen nicht, der wird sonst trocken. Dein Papa bringt morgen ein neues Fresspaket zur Post.*‹

Statt eine Antwort zu schreiben, halte ich kurz mit der Handykamera auf den Kuchen und schicke ihr ein Foto.

Als ich durch die Bilder scrolle, fällt mein Blick auf eines der letzten Fotos, die ich geschossen habe – gestern habe ich noch alle Fotos von der Spiegelreflexkamera auf dem Handy hochgeladen – Annas Tascheninhalt. Beinahe lache ich laut los. Sie ist seltsam, schon etwas verschroben, aber auf die hinreißendste Art, die ich mir vorstellen kann. Sehr besonders.

»Geheimnisse?«, fragt Ben schlicht.

Aber dieses Geheimnis behalte ich für mich.

Klackende Absätze verraten, dass sich Vanessa nähert. Sofort ändert sich die Dynamik im Großraumbüro, in allen Arbeitsnischen nehmen die Leute Haltung an, Ben zieht die Füße vom Tisch, ich lasse den Kuchen verschwinden. Wir konzentrieren uns wieder voll und ganz auf das, weswegen wir eigentlich hier sind: die Werbekampagne für einen Getränkehersteller. Dafür müssen wir uns ein Konzept überlegen, und das sollen wir dann nächste Woche im Team vorstellen. Und ich werde dafür die Fotos schießen. Mit Feuereifer steigen wir in die Thematik ein, spielen Ideen-Pingpong und lassen unserer Kreativität freien Lauf. Ben kann man leicht unterschätzen. Mit seinem mausbraunen Haar, der Informatiker-Körperhaltung und den letzten Pubertätspickeln auf der Stirn wirkt er noch viel jünger, als er ist, doch hinter den unscheinbaren, grauen Augen verbirgt sich ein scharfer, schneller Verstand. Anerkennend nickt Vanessa, als sie im Vorbeigehen einen Blick auf die Ergebnisse unseres Brainstormings wirft.

Und plötzlich ertappe ich mich bei dem Wunsch, dass meine Eltern mich hier sehen. Wären sie beruhigt, weil ich es entgegen aller offenkundigen Bedenken schaffe, in einer fremden Stadt und einem neuen Job zu bestehen, ohne unterzugehen? Oder sogar stolz? Kurz sonne ich mich in dieser Phantasie.

Aber nein, nichts kann die unaufhörlichen Sorgen meiner Mutter lindern.

Mein Vater? Würde sich wie üblich ihrer Meinung anschließen. Hat er überhaupt eine eigene, oder kreist sein Leben mittlerweile nur noch um meine Mutter, ihre Probleme, ihre Ängste, ihr Wohlergehen?

Und schon habe ich ihre Stimme im Ohr: ›Werbung? Plakative Mittel, um den Konsum anzuheizen, Konzernen zu mehr Geld zu verhelfen und die breite Masse zu manipulieren? Warum verschwendest du deine Gabe? Warum nutzt du dein Talent nicht, um etwas Gutes, etwas Wahres zu schaffen – um Kunst zu machen und unsere Welt zu bereichern?‹

»Weil ich nicht mein Bruder bin«, würde ich am liebsten brüllen und tue es nur nicht, weil ich Ben damit den Schock seines Lebens versetzen würde. Und weil diejenige, für die diese Worte bestimmt sind, sie ohnehin niemals hören wird.

Anna

Neun Uhr sechsunddreißig.

Sie ist so was von zu spät, das geht auf keine Kuhhaut.

Ihr Seitenstechen ignoriert sie und beißt die Zähne zusammen. Jetzt stellt sich nichts und niemand mehr zwischen sie und ihre Pflichten, die sie so sträflich vernachlässigt hat. Ihre Schritte, abgefedert von den Sohlen ihrer Vans, hallen vom Asphalt wider, als sie die Straße hinunterhetzt, die Tür aufreißt und ins Gebäude stolpert. Ihr Blick fällt auf die Wanduhr: neun Uhr achtunddreißig.

»Sorry«, bringt sie hervor, während sie an ein paar Mitarbeitern vorbeistürmt, obwohl die kaum hochblicken und es ihnen sicher kaum gleichgültiger sein könnte, zu welcher Uhrzeit Anna ankommt.

Sie steuert geradewegs die Tür am Ende des Gangs an – die zum Büro des Chefs. Schnaufend wie ein Güterzug taumelt sie hinein, stützt die Hände auf die Oberschenkel und ringt vorgebeugt nach Luft.

Ihr Vater schaut erschrocken hinter seinem Laptop hervor, dann klappt er das Gerät so ruckartig zu, dass ihr das laute Klacken durch Mark und Bein geht. Das Gerät hat er sich endlich zugelegt, nachdem sie ihm monatelang in den Ohren gelegen hat, er müsse mit der Zeit gehen. Höchste Zeit, denn sein Uralt-PC hätte bestimmt jeden Augenblick den Geist aufgegeben und Unmengen wichtiger Daten mit sich in den Tod gerissen. Aber wenn ihr Vater das Ding jedes Mal so hektisch zuklappt, wenn sie in sein Büro kommt, wird der Laptop auch nicht lange überleben.

Warum klappt er den so schnell zu? Will er nicht, dass ich den Bildschirm sehe? Hat er etwas zu verbergen? Das schießt ihr durch den Kopf, aber nach letzter Nacht ist sie zu aufgewühlt, um über diese Fragen nachzudenken.

»Himmel, Anna, was ist denn los? Ist was passiert?«

»Tut mir leid«, japst sie, sobald sie wieder atmen kann. »Bin zu … spät. Aber jetzt bin ich da, wir können mit der Besprechung beginnen.«

Immer noch starrt er sie an, dann lacht er. »Hast du dich etwa deswegen so abgehetzt? Ach, Anna. Kein Grund, dich so zu stressen, wir sind längst fertig. Es gab ohnehin fast nichts zu besprechen. Nichts Wichtiges jedenfalls.«

Fertig? Ohne sie? Nichts Wichtiges zu besprechen? Eher friert die Hölle zu. Sie ist die Frau, die die Fäden in der Hand hält und dafür sorgt, dass hier alles glattläuft. Die einzige Person, die diese Firma vor dem völligen Chaos bewahrt, in der sie sonst zweifellos versinken würde.

Irritiert blinzelt Anna. »Aber … die Sache mit den Lieferanten«, bringt sie schwach hervor. »Und der große Auftrag für die Dachsanierung im Gemeindehaus …«

Als er lächelt, zeigt sich ein Netz aus feinen Fältchen um seine Augen, und Grübchen bilden sich in seinen Wangen. »Alles erledigt. Ich weiß, es fällt dir schwer, das zu glauben, aber hier geht nicht sofort die Welt unter, wenn du mal nicht da bist.«

»Aber …« Sie ist irritierter, als sie sich eingestehen will.

Allmählich kommt sie wieder zu Atem. Die Welt ist nicht untergegangen, natürlich nicht – bei einer verpassten Besprechung passiert das ja auch nicht gleich. Aber sie ist noch nie zu spät zur Arbeit gekommen, ebenso wenig, wie sie zu spät zu Vorlesungen kommt. Und jetzt? Es ist sogar noch später geworden als befürchtet. Nachdem sie Max' Wohnung auf Zehenspitzen verlassen hat, musste sie noch einen Umweg machen, zu Hause schnell unter die Dusche springen und etwas Frisches anziehen, um den Duft seines Körpers von ihrer Haut zu waschen. *Der Duft seiner Haut* – nein, verdammt, der Gedanke ging in die ganz falsche Richtung.

Das ist alles Max' Schuld. Keine Ahnung, was er mit ihr gemacht hat – doch, sie weiß es genau, und es hat ihr gefallen – aber sie war gestern gar nicht sie selbst, und dafür ist nur er verantwortlich. Zumindest würde sie das gerne glauben. Die Wahrheit ist natürlich, dass sie niemandem außer sich selbst die Verantwortung in die Schuhe schieben kann.

Ihr Vater steht auf und schaut sie skeptisch an. Sie bemerkt, dass sein kariertes Hemd über dem Bauch spannt – seit sie nicht mehr zu Hause wohnt und kocht, geht er viel zu oft zur Schnitzelbude an der Ecke –, aber er ist immer noch eine stattliche Erscheinung: groß, mit einem gutmütigen, braungebrannten Gesicht. Mit breiten Schultern und einem breiten Mund, der schön lächeln kann. Seine weizenblonden Haare sind immer noch genauso voll wie vor zwanzig Jahren. Sie ist sich sicher, dass er mit Leichtigkeit wieder eine Frau finden könnte, wenn er nur wollte. Ihr entgeht nicht, wie die Frauen im Dorf und Mirella, die einzige weibliche Mitarbeiterin, ihn anschauen. Aber seit dem Tod ihrer Mutter hat er keine Frau mehr in sein Leben gelassen. Manchmal fragt Anna sich, ob es ihm guttun würde, sein Herz wieder zu öffnen – er ist viel zu viel allein in dem großen Haus –, aber wie soll man das tun, wenn man die große Liebe gefunden und wieder verloren hat? Mittlerweile glaubt sie, dass er für immer Single bleiben wird. Aber er ist ja nicht allein, er hat sie.

»Anna, ist wirklich alles okay?« Er kneift die Augen leicht zusammen, als begutachte er eine fremdartige Lebensform, ohne sie zu begreifen. Anna hat keine Ahnung, was er täte, wenn sie ›nein‹ sagen würde. Vermutlich in Panik geraten, Mirella um Hilfe bitten und das Internet nach Ratschlägen durchsuchen. Sein Blick fleht sie an, ja zu sagen – zu groß ist seine Angst, dass er sich mit Dingen auseinandersetzen muss, die ihn überfordern. Er ist ein guter Kerl, aber jeder Mensch hat seine Grenzen, und das sind seine.

»Alles bestens.«

»Prinzessinnenschwur?« Er streckt ihr die Hand entgegen, den kleinen Finger abgespreizt.

»Prinzessinnenschwur.« Anna schiebt ihren kleinen Finger unter seinen und sie haken ein. Wie oft haben sie das seit Mamas Tod gemacht? Sie sieht sich als kleines Mädchen, den kleinen Finger ausgestreckt, wie sie ihrem Papa verspricht, dass sie *alles* überstehen und weiterleben werden, was auch passiert.

Sie setzt ihr Alles-ist-gut-Gesicht auf. Es ist mindestens so überzeugend wie ihr Partygesicht, das weiß sie genau, weil sie es ebenso oft vor dem Spiegel geübt hat.

Das fehlt noch, dass ihr Papa erfährt, wo sie sich letzte Nacht herumgetrieben hat. Enge Familienbande hin oder her, es gibt Dinge, die muss auch er nicht wissen. Schlimm genug, dass Fee ausgerechnet heute ihre innere Frühaufsteherin entdeckt hat und schon wach war, als Anna hereingeschneit ist, um zu duschen und sich umzuziehen. Fees Blick hat Bände gesprochen, aber Anna hat die hundert Fragen, die darin lagen, im Keim erstickt, indem sie einfach an ihr vorbeigerauscht ist und dabei energisch den Kopf geschüttelt hat. Auf Dauer wird sie diesen Fragen allerdings nicht entrinnen, das ist ihr klar.

Ihr Vater atmet hörbar auf und fährt sich mit der Hand durchs

Haar, das mal wieder einen Schnitt vertragen könnte. Sie verkneift sich eine weitere Entschuldigung, und schon sitzt sie an ihrem Schreibtisch, geht Anfragen und Rechnungen durch, beantwortet Mails und telefoniert. Wann immer sie eine freie Minute hat, zieht sie ihren Uni-Ordner aus der Handtasche und lernt für die nächste Klausur – die letzte vor den Semesterferien, wo sie in Vollzeit in der Firma arbeiten will.

Sie hat also mehr als genug zu tun, um ihren Kopf beschäftigt zu halten. Sollte man meinen. Aber ihre Gedanken sind nicht zu halten, rollen wie Murmeln wild durcheinander und dann doch alle in eine Richtung, bergab, unaufhaltsam demselben Ziel entgegen – Max.

Charlotte

2. Juni 1990

Es ist das perfekte kleine Haus in einem perfekten kleinen Garten.

Na ja, noch ist der Garten eine Schlammwüste, zerfurcht von Auto- und Baggerspuren, aber vor meinem inneren Auge kann ich bereits sehen, wie es hier sein wird, wenn wir Rasen säen und die zarten Halme zu wachsen beginnen und alles in saftiges Grün tauchen. Wir werden einen Sandkasten in den Garten stellen, und eine Schaukel und meinetwegen auch einen ganzen gottverdammten Ponyhof. Alles, was Jan braucht, um glücklich zu sein.

Ich wippe den Kinderwagen leicht vor und zurück. Jan gluckst zufrieden. Sein süßes Gesicht mit den runden, rosigen Wangen lugt zwischen den Decken hervor, in die ich ihn gewickelt habe, und ich kann gar nicht anders, als ihn anzulächeln.

»Schön ist es hier.« Nele zieht neben mir gierig an ihrer Zigarette und lässt den Blick über unseren Rohbau schweifen, dessen Dachstuhl vor ein paar Tagen fertiggestellt wurde.

Grinsend versetze ich ihr einen Knuff. »Tu doch nicht so. Du findest das alles doch schrecklich spießig.«

»Ekelhaft spießig«, bestätigt sie fröhlich. »Aber hübsch ist es trotzdem. Sehr grün. Bestimmt ein netter Ort, um ein Kind großzuziehen.« Was ihr persönlicher Albtraum sein dürfte und bis vor etwas weniger als einem Jahr auch meiner gewesen ist und sich dann zu einem ganz passablen Traum gemausert hat.

Mehr als nur passabel, rufe ich mir schmunzelnd mit einem Blick in Jans Pausbäckchengesicht in Erinnerung und stecke ihm den Schnuller, den er gerade verloren hat, zurück in den Mund.

Die bunten Bänder am Richtkranz flattern im Wind, der den Duft nach frisch gemähtem Gras mit sich bringt. Das Neubaugebiet wächst aus dem Boden, als wäre es ein einziger, riesiger Organismus, der sich entwickelt, wuchert und dabei immer verändert. Jedes Mal, wenn wir in Memmelsdorf vorbeischauen und unserem Haus einen Besuch abstatten, sieht es ein kleines bisschen anders aus als beim letzten Mal. Einigen von unseren zukünftigen Nachbarn sind wir schon über den Weg gelaufen, wenn sie – wie wir – ihre Bodenplatten, Wände oder Fensteröffnungen inspizieren.

»Die sind genau wie wir«, hat Thomas letztens begeistert gesagt. Kleine Familien mit großen vernünftigen Autos, die eifrig an ihren Traumhäusern bauen. Männer mit seriösen Jobs und Frauen mit runden Bäuchen, Babys in Tragetüchern oder kleinen Kindern an der Hand. Eben Leute wie wir.

Ein paar von ihnen sind heute hier, um mit uns das Richtfest zu feiern. Von unseren alten Freunden und Bekannten aus der Stadt ist kaum jemand gekommen. Es ist, als hätten wir mit einem scharfen Messer einen Schnitt gemacht, die Vergangenheit fein säuberlich abgetrennt und alles, was wir waren, hinter uns gelassen, um uns Hals über Kopf in unser neues Leben zu stürzen.

Aber nicht Nele, das nehme ich mir ganz fest vor. Diesen Teil meines bisherigen Lebens will ich nicht zurücklassen, an ihr halte ich fest.

»Hey, wer ist der Kerl dort drüben?« Nele deutet aufgeregt mit der Zigarette in Richtung des Hauses und kümmert sich nicht um die Asche, die auf ihren Handrücken fällt.

Ich runzle die Stirn. »Erkennst du jetzt etwa Thomas nicht mehr?«

Ungeduldig verdreht sie die Augen. »Nicht Thomas. Der andere! Der, mit dem er gerade redet.«

»Ach so. Martin Geiger. Chef der Holzbaufirma, die dieses Prachtstück da gezimmert hat.« Ich deute mit dem Kinn auf den Dachstuhl. »Und nebenbei auch unser zukünftiger Nachbar.«

»Ja, ein Prachtstück«, wiederholt sie und gibt keine Sekunde lang vor, das Dach zu meinen. Ihre geschminkten Lippen verziehen sich zu einem Grinsen, vielsagend zieht sie eine Augenbraue hoch. »Und, ist Thomas schon nervös?«

Ich mache mir nicht einmal die Mühe, die Augen zu verdrehen, und schnaube nur leise. »Ich bitte dich. Frau Lorenz, Sie projizieren Ihre Gelüste auf Ihre Mitmenschen. Ich bin nicht interessiert.«

Ihr wallendes, buntes Seidenkleid bläht sich im Wind auf wie ein Segel und leuchtet mit ihren knallroten Haaren um die Wette. Ihre lange Mähne ist neulich, in einer Spontanaktion, der Schere zum Opfer gefallen, jetzt betont ein Pixie-Cut ihren schlanken Hals und die markanten Gesichtszüge. Nur der penibel geschnittene Micropony ist von ihrer alten Frisur übrig geblieben.

Sie lacht ihr kehliges Lachen. »Was mich betrifft, hast du nicht unrecht. Was dich betrifft – willst du nicht noch mal darüber nachdenken? Dieser Martin sieht aus wie einer, der anpacken kann. Das ist ziemlich sexy, wenn du mich fragst.«

»Ich würde ja sagen, schnapp ihn dir. Aber er ist verheiratet.«

Während sie darüber laut nachzudenken beginnt, dass das für

manche Menschen kein Hindernis sei, winke ich Thomas zu. Er fängt meinen Blick auf und winkt freudestrahlend zurück. Heute leuchtet er förmlich von innen heraus, die Begeisterung für den Hausbau lässt ihn schweben. Wir schaffen uns hier unser eigenes kleines Reich, Stein für Stein, und mit stolzgeschwellter Brust betrachtet Thomas all die Etappen, die uns diesem Ziel näher bringen.

Martins tiefe Stimme erhebt sich über die Szenerie. Ich kann mich nicht auf seine Worte konzentrieren, weil Jan schon wieder seinen Schnuller ausspuckt und das Gesicht zum Weinen verzieht – hier muss schnell gehandelt werden, das hat mich die Erfahrung gelehrt –, aber ich kriege mit, worum es in etwa geht. Martin hält eine kurze Ansprache, dankt uns, also den Bauherren, und bittet um Gottes Segen für das Haus. Eine seltsame, altmodische Tradition, von deren Existenz ich bis vor kurzem nichts wusste. Seine Haare leuchten im Sonnenschein fast wie ein Heiligenschein, als er sein Schnapsglas erhebt, es mit einem Zug leert und es dann in hohem Bogen vom Dach wirft. Das Klirren, mit dem es am Boden zerspringt, geht mir durch Mark und Bein, und unwillkürlich zucke ich zusammen. Warum Splitter Glück bringen sollen, ist mir schleierhaft. Was soll so positiv daran sein, wenn alles in Scherben geht?

Er reicht Thomas einen Hammer. Mein Mann ist hibbelig wie ein kleiner Junge, nimmt das Werkzeug entgegen und macht sich bereit, den letzten Nagel ins Holz zu schlagen. Er streckt die Arme, lockert die Schultern, atmet durch. Als sich die Männer so gegenüberstehen, kann ich gar nicht anders, als zu bemerken, wie gegensätzlich sie sind. Thomas ist schlank und hochgewachsen, aber neben Martin wirkt er beinahe schmächtig. Wie ein halbstarker Bücherwurm neben einem gestandenen Macher, von dem er jetzt gerade geduldig erklärt bekommt, wie die Welt funktioniert – oder in dem Fall, an welcher Stelle er den Nagel ins Holz hauen soll.

Wie von selbst setzt sich mein Körper in Bewegung.

»Pass mal kurz auf.« Mit diesen Worten schiebe ich Nele den Kinderwagen hin und steuere zielstrebig auf Thomas und Martin zu, vorbei am provisorisch aufgebauten Buffet mit Bier, Leberkäsesemmeln und Tramezzini. Hinter mir höre ich Jan schreien, und als ich kurz über die Schulter zurückblicke, trifft mich Neles strafender Blick, die hektisch den Kinderwagen vor und zurück schaukelt, während ihr die Zigarette im Mundwinkel hängt. Jans Geschrei bohrt sich wie ein Dorn in den Teil meines Herzens, in dem das schlechte Gewissen sitzt, aber in dem Fall will ich nicht zurückstecken. Dieses Mal nicht.

»Wartet mal. Nicht so eilig.« Herausfordernd recke ich das Kinn vor. »Es gibt hier doch nicht nur einen Bauherrn.«

Martin mustert mich grinsend von Kopf bis Fuß und nickt anerkennend. Lachend streckt Thomas mir den Hammer entgegen. Beide schließen wir die Hände um den Griff und führen den Schlag gemeinsam aus – was mich ans Anschneiden unserer Hochzeitstorte erinnert.

Warm streift Thomas' Atem mein Ohr. »Hey, das ist ein bisschen wie damals«, flüstert er schmunzelnd und versucht, seine Hand über meine zu legen.

Mein empörtes Schnalzen geht in einem Lachen unter, als ich mich bemühe, die Oberhand zu behalten. Schlussendlich liegen unsere Hände nebeneinander, Daumen an Daumen, was die Sache beträchtlich erschwert, aber trotzdem gelingt es uns, den letzten Nagel gemeinsam in unseren Dachstuhl zu schlagen.

*

Ich mag Friederike auf Anhieb. Sie ignoriert meine ausgestreckte Hand und umarmt mich einfach herzlich, noch bevor Martin uns einander vorstellt. »Meine Frau Friederike. Rike, das sind Charlotte und Thomas.«

»Willkommen hier in Memmelsdorf.« Ihre Stimme ist so warm wie der Blick aus ihren dunklen Augen. »Ihr werdet euch hier bestimmt auch wohlfühlen. Klar, das ist keine Großstadt, aber dafür das reinste Paradies.«

»Ihr seid von hier?«, frage ich überrascht. Irgendwie bin ich davon ausgegangen, dass sie – wie wir und viele andere Nachbarn auch – aus der Stadt kommen, auf der Suche nach mehr Ruhe, Idylle und einem beschaulichen Fleckchen, um den Nachwuchs großzuziehen.

»Meine Familie wohnt seit geschätzt fünfzigtausend Generationen hier.« Friederike lacht. »Zumindest, wenn es nach meinem Vater geht.«

»Und der neigt höchstens minimal zu Übertreibungen«, schaltet sich Martin ein. »Aber in dem Fall dürfte er nah an der Wahrheit sein.«

»Beeindruckend. Mein Stammbaum lässt sich mit Mühe und Not eine Generation zurückverfolgen, dann ist aber auch schon Ende.« Lachend wippe ich Jan auf der Hüfte. Er hat sich in dem Moment beruhigt, als ich ihn aus dem Kinderwagen gehoben habe. Beim Blick in sein verweintes Gesichtchen hat mir das schlechte Gewissen noch einen Stich versetzt, aber jetzt gluckst er wieder fröhlich.

Um uns herum wird gefeiert. Die Handwerker und eingeladenen Nachbarn plündern das Buffet und stürzen sich auf die Leberkäsesemmeln, die Biervorräte leeren sich zusehends. Nele stöckelt auf ihren Absatzschuhen beneidenswert agil über das unwegsame Gelände und schnappt sich eine Sektflasche. In ihrem Seidenkleid wirkt sie hier wie ein Fremdkörper – wie ein exotisches Geschöpf aus einer unbekannten Welt, das sich zufällig in unsere schnöde Realität verirrt hat.

Thomas legt mir den linken Arm um die Schultern, mit der Rechten schüttelt er eifrig Friederikes Hand. »Es freut uns wirklich unglaublich, euch kennenzulernen! Nette Nachbarn sind so viel wert«, beteuert er.

»Ja, wenn man neben vernünftigen und netten Leuten wohnt, lässt es sich in der grünen Einöde sicher besser aushalten.« Die Worte sind mir einfach rausgerutscht. Aber als ich Nele aus den Augenwinkeln sehe, die leibhaftige Verkörperung meines geliebten Großstadtlebens, überrollt mich die Sehnsucht nach Trubel, Asphalt, nächtlicher bunter Straßenbeleuchtung.

Zum Glück scheine ich Friederike nicht verletzt zu haben. Sie lächelt nur freundlich und wendet dann ihre ganze Aufmerksamkeit Jan zu.

»Und wer ist das denn?«, gurrt sie begeistert, streckt vorsichtig die Hände aus und jauchzt vor Entzücken, als sich Jans kleine Finger um ihren Zeigefinger schließen.

Als ich ihn ihr kurzerhand in den Arm drücke – froh über die kurze Entlastung für meinen Rücken – tritt ein versonnener Ausdruck auf ihr Gesicht. Ein Blick in ihre Augen, und mehr ist nicht nötig, um die Sehnsucht zu sehen, die aus ihnen herausstrahlt. Und plötzlich verspüre ich eine tiefe Dankbarkeit dafür, dass Thomas und mir etwas in den Schoß gefallen ist, wovon andere Menschen so inständig träumen.

Martin

3. Juni 1990

»Und, was hältst du von ihnen?« Sie wäscht sich die Spuren des Tages aus dem Gesicht und schaut ihn mit tropfnassem Gesicht an. Der rostrote Lippenstift, den sie für das Richtfest aufgelegt hat, ist verschmiert. Ansonsten ist sie ungeschminkt.

Er schaut von seinen Schuhen auf, die er noch nicht ausgezogen hat, ganz in die Überlegung versunken, ob er noch für einen Abendspaziergang hinausgehen oder sich stattdessen gleich mit einem Buch ins Bett legen soll. »Wer?«

»Na, die neuen Nachbarn. Die Leute, die ab jetzt neben uns wohnen werden. Wirklich, Martin, manchmal frage ich mich, wo du deinen Kopf hast.« Tadelnd schnalzt Friederike mit der Zunge.

»Wirken ganz nett.«

Sie lacht. »Ganz nett? Das ist so eine typische Männer-Antwort.«

Aber tatsächlich hat er sich schon so seine Gedanken über die beiden gemacht, auch wenn Rike bestimmt davon ausgeht, dass er sich gestern nur für das Dach und das Bier interessiert hat.

»Ich weiß nicht so recht, ob sie hierher passen«, meint er schließlich nach kurzem Nachdenken.

»So?«, fragt sie verwirrt, zieht einen frischen Pyjama aus dem Schrank und macht es sich auf dem Bett gemütlich. Auf dem

Nachttisch liegt der Liebesroman bereit, den sie schon zum dritten Mal liest – so gut gefällt er ihr. Gestern erst hat sie Martin den Plot mit all seinen Wendungen ausführlich nacherzählt. »Gerade meintest du noch, sie wären nett.«

Er seufzt. »Ja, klar. Das ist doch kein Widerspruch. Ich frage mich nur …« Er sucht nach Worten. »Ob sie die Art von Leuten sind, die hier glücklich sein können.«

Ihre dunklen Augen werden groß und rund. »Warum denn nicht? Hier gibt es doch alles, was man zum Leben braucht. Und dabei ist es viel weniger stressig und laut als in der Stadt. Bestimmt ist es für sie eine Wohltat, aus München rauszukommen. Der Lärm, die Abgase, das Gedränge … Das ist vielleicht für ein paar Jahre okay, aber doch nicht für immer.«

Er kennt sie gut genug, um zu wissen, dass es keinen Sinn hat, ihr das zu erklären. Memmelsdorf ist Friederikes ganze Welt, und sie hat noch nie das Bedürfnis gehabt, etwas anderes kennenzulernen. Die paar Städtetrips und Schulreisen hat sie brav, pflichtbewusst und mit permanentem Heimweh hinter sich gebracht. Während eines Frankreichurlaubs vor ein paar Jahren hatte sie Martin täglich mit traurigem Hundeblick gefragt, wie denn das Wetter zu Hause wohl sei und ob er glaube, die Nachbarn kümmerten sich gut um die Pflanzen. Spätestens da hatte er verstanden, dass seine Frau so fest in ihrem Dorf verwurzelt ist, dass sie eingehen würde, wenn man versuchen sollte, sie zu verpflanzen. Dass andere Menschen dieses beschauliche Dörfchen nicht als Nonplusultra empfinden, will ihr nicht in den Kopf.

Trotzdem versuchte er es. »Thomas kenne ich ja ein bisschen. Ihn habe ich ein paar Mal getroffen oder mit ihm telefoniert, wenn es etwas wegen des Dachstuhls abzuklären gab. Netter Kerl … eigentlich ein Stadtmensch, wie er im Buche steht, aber ich glaube, er hat richtig Bock auf das alles hier. Auf diesen Neuanfang, das Haus, den Umzug. Aber Charlotte? Aus ihr werde ich nicht richtig schlau.«

Friederike streckt sich. Das Oberteil des gestreiften Pyjamas rutscht hoch und gibt einen schmalen Streifen ihres gebräunten Bauchs frei. Das Buch liegt unbeachtet neben ihr auf der Bettdecke, die neuen Nachbarn interessieren sie gerade mehr als der Liebesroman. »Wie meinst du das denn? Ich finde sie reizend. So eine hübsche Person. Und der süße Junge erst …« Sie schluckt.

Seine Miene wird weich. Sie beide wünschen sich ein Kind, aber Friederike leidet viel mehr als er darunter, dass sich dieser Wunsch noch nicht erfüllt hat. Sie sind jung, sie haben Zeit – das sagen sie sich immer wieder. Es ist auch nicht so, als würden sie es schon ewig versuchen. Und trotzdem erkennt er jeden Monat aufs Neue an ihrem traurigen Blick, dass sie wieder ihre Periode bekommen hat, und wenn Freundinnen ihr freudestrahlend offenbaren, dass sie schwanger sind, muss sie sich jedes Mal einen Moment sammeln, bevor sie gratulieren kann. Er setzt sich auf die Bettkante, zieht sie an sich und gibt ihr einen Kuss auf die Schläfe.

»Ja, wirklich süß«, murmelt er. »So wie der kleine Junge, den wir eines Tages haben werden. Daran zweifelst du doch nicht, oder?«

»Keine Sekunde.« Sie lächelt schon wieder. »Zurück zu unseren Nachbarn. Was wolltest du über Charlotte sagen?«

Ja, was hat er sagen wollen? Hübsch ist sie, da hat Friederike recht. Die Art, wie sie einen mit ihren Katzenaugen ansieht, hat etwas Hypnotisches – etwas so Eindringliches, als könnte sie Gedanken lesen, während sie selbst hinter dem glasklaren Grün Geheimnisse verbirgt, die ihr niemand entreißen kann.

Unschlüssig zuckt er mit den Schultern. »Ich weiß nicht genau. Ich frage mich, ob sie hierhergehört, das ist alles. Irgendwie ist sie … zu groß für diesen Ort, meinst du nicht?«

Sie lacht verblüfft. »Was? Wie meinst du das denn?«

Sein Lächeln ist schief und verlegen, er fährt sich durchs blonde Haar, das ganz zerzaust war. »Oder als wäre Memmelsdorf zu klein für sie. Sie wirkt wie jemand, der mehr braucht.«

Ihr gutmütiger Blick verrät, dass sie nicht versteht, was er meint. Natürlich nicht. Friederike ist niemand, der jemals *mehr* braucht oder will.

»Vielleicht«, entgegnet sie unverbindlich. »Wie auch immer. Ich glaube, sie werden sich hier sehr wohl fühlen, und wir werden uns gut mit ihnen verstehen.« Zufrieden mit dieser Erkenntnis greift sie nach ihrem Buch und schlägt es auf.

Er hat sich zu einer Entscheidung durchgerungen, steht auf und schnappt sich einen Pullover aus dem Schrank. »Ich gehe noch mal raus. Spazieren.«

»Jetzt noch?« Sie klingt nicht einmal richtig überrascht, schüttelt nur schmunzelnd den Kopf. »Du findest aber auch keine Ruhe. Manchmal frage ich mich, wovor du so unermüdlich davonläufst.«

»Vor meinem Hausdrachen natürlich«, neckt er sie zärtlich.

Die Wahrheit ist, dass er selbst nicht weiß, woher die kribbelnde Unruhe kommt, die ihn manchmal quält, und wovor er davonläuft – oder hinter was er herrennt.

Max

Die Pflastersteine unter meinen Füßen vibrieren förmlich, die ganze Stadt pulsiert vor Leben.

»Bamberg, so ein Kaff, was willst du denn da?«, haben meine Eltern gefragt.

Und wie falsch sie liegen. Bamberg lebt, und ich fühle mich hier lebendig. Ich atme die Stadt ein, mit all ihren Facetten, ihren Lichtern und Gerüchen, ihren Stimmungen, bis meine Lunge fast platzt, und weiß einfach, dass es richtig gewesen ist, hierherzukommen.

Zurückzukommen.

In die kleine, aber besondere Stadt zu ziehen, über die ich nichts weiß, außer, dass ich hier zur Welt gekommen bin.

Die Straßenmusiker, an denen wir vorbeikommen, spielen ein Medley aus Songs, die ich kenne und mag, einen wilden Mix aus alten Punk-Songs und 70er-Jahre-Schlager, der so wirr ist, dass er gerade deshalb funktioniert. Genauso bunt zusammengewürfelt ist die Gruppe selbst, beinahe zu bunt, um real zu sein. Würde ich eine solche Konstellation in einem Film sehen, würde ich sie als überzogen empfinden: den Rocker in Motorradkluft mit seinem Akkordeon; das zierliche Mädchen, das auf den ersten Blick wie ein Kind wirkt, auf den zweiten Blick aber wohl Mitte zwanzig ist, mit einer Gitarre, die beinahe größer ist als sie selbst; der schlanke, hellblonde Anzugstyp, der die Texte mit erstaunlich rockiger, kehliger Stimme grölt; die beinahe übernatürlich schöne Schwarzhaarige im Kilt, die dazu Ausdruckstanz mit einem Hula-Hoop-Reifen performt.

Ohne darüber nachzudenken, ziehe ich die Kamera hervor, halte das Objektiv auf die skurrile Szene und mache ein Foto. Ein Moment, konserviert auf meiner Speicherkarte und davor bewahrt, einfach zu vergehen und unwiederbringlich verloren zu sein.

Spontan schnappe ich mir meine Ukulele, die ich, wie der Zufall es will, im Rucksack dabeihabe, stelle mich zur Gruppe und mache einfach mit. Sie nicken mir kurz grinsend zu und nehmen mich wie selbstverständlich in ihre Mitte auf.

»Waterloo«, singe ich lachend im Duett mit dem Anzugstypen und genieße das Gefühl der Freiheit, das mich durchströmt.

»Wusstest du, dass das Karlovy Lázně in Prag, Mitteleuropas größte Diskothek, in einem ehemaligen Badehaus untergebracht ist?« Ben scrollt auf seinem Handy, während wir weitergehen.

»Lass uns dort feiern, heute Abend«, platzt es aus mir heraus. Ja, warum nicht? Alles ist möglich, Prag nur einen Katzensprung entfernt, die Welt klein und wunderbar groß zugleich. »Morgen früh nehmen wir den ersten Flug zurück und sind immer noch halbwegs pünktlich in der Agentur.«

Ben prustet los und schüttelt dann den Kopf, als ihm klarwird, dass ich es ernst meine. »Sorry, da bin ich raus. Pizza-und-Zombiefilm-Abend mit Mona.«

Pizza und Filme auf der Couch, wenn man ein Abenteuer erleben kann? Darüber kann ich nur den Kopf schütteln und setze zu einer Antwort an, als ich *sie* plötzlich sehe. Anna.

Mit kleinen, schnellen Schritten eilt sie über die Brücke, den Blick gerade nach vorne gerichtet, einen entschlossenen Ausdruck im Gesicht. Sie sieht mich nicht. Sie sieht überhaupt nichts, außer die vor ihr liegende Straße, und dabei strahlt sie etwas so Zielstrebiges aus, dass ich, auch ohne sie wirklich zu kennen, ahne, darin einen Ausdruck ihrer Persönlichkeit zu sehen. Sie neigt nicht zum Schlendern – es gibt immer irgendein Ziel, das sie vor Augen hat.

Zusätzlich zu ihrer überdimensionalen Handtasche trägt sie noch eine zweite Tasche an einem Riemen über der Schulter, eine Art Reise- oder Sporttasche. Anna schleppt genug Kram für einen zweiwöchigen Urlaub mit sich herum. Grinsend frage ich mich, was sie in dieser zweiten Tasche dabeihat. Einen Campingstuhl mitsamt Campingtisch? Ein Wurfzelt? Ein komplettes, nagelneues Besteckset, weil man nie weiß, wann man es mal brauchen kann? Die gesamte Brockhaus-Enzyklopädie? Nichts davon würde mich ernsthaft erstaunen.

Die Erinnerungen an unsere gemeinsame Nacht ziehen wie ein Film vor meinem inneren Auge vorbei, an jeden Blick und jede Berührung von ihr kann ich mich erinnern. Ein sachtes Kribbeln breitet sich in meiner Magengrube aus, und ich kann nicht anders, als zu grinsen wie ein Depp.

»Du grinst wie ein Depp«, stellt Ben in dem Moment fest, der verdammte Gedankenleser. Er hält sich die flache Hand schützend über die Augen und blinzelt gegen die Sonne. »Wer ist sie?«

»Ein Mädchen, das ich kenne. Nein. Das ich nicht kenne, wenn ich ehrlich bin.«

»Aber das du gerne kennen willst.«

Ich zucke mit den Schultern. Wozu das Offensichtliche leugnen?

Mein erster Impuls ist es, zu ihr zu gehen und sie anzusprechen, ohne zu wissen, was ich überhaupt sagen soll. Kann sein, dass es peinlich ist, einem One-Night-Stand plötzlich bei Tageslicht gegenüberzustehen und Smalltalk zu machen, aber das hält mich nicht zurück. Was mich dennoch zögern lässt, ist der Ausdruck auf ihrem Gesicht, diese stille, ernsthafte Entschlossenheit.

Sie ist einfach verschwunden nach unserer Nacht. Nicht etwa, weil sie der Typ ist, der sich geschmeidig und völlig leichtfertig von einer belanglosen sexuellen Begegnung zur nächsten schwingt, das bestimmt nicht – davon bin ich fest überzeugt. Aber warum dann? Weil es aus ihrer Sicht keine schöne Nacht gewesen ist? Das kann ich mir nicht vorstellen. Warum also dann? Weil sie in ihrem Leben zu viel zu tun hat, um auch nur eine weitere Minute an mich zu verschwenden? Unsicher bleibe ich stehen.

Zögere zu lange. Stehe da, bis sie um die nächste Ecke verschwunden ist.

Dann renne ich los, hetze ihr hinterher, ohne einen Gedanken daran zu verschwenden, was Ben denken könnte.

Und komme doch zu spät. Als ich die Ecke erreiche, ist Anna wie vom Erdboden verschluckt. Und ich? Ich bin enttäuschter, als ich wahrhaben möchte.

»Du wirst sie schon wiederfinden.« Tröstend klopft Ben mir auf die Schulter. »Bamberg ist klein. Man trifft sich immer zweimal im Leben.«

Ich straffe die Schultern und atme tief durch. »Stimmt. Man sieht sich immer zweimal.«

Ich brauche nicht lang. Nicht lang, um zum Flughafen zu kommen, auf dem Weg dorthin per Handy den nächsten Flug zu buchen, es im letzten Moment durch die Sicherheitskontrolle zu schaffen, zum Gate zu sprinten, mich ins Flugzeug zu setzen und die Welt von oben zu betrachten.

Dröhnende Musik fließt durch meine Adern und berauscht

mich. Tanzende Körper um mich herum. Alkohol in meinem Mund und in meinem Blut. Lachende Münder und eine Frau, die mich meine Handynummer auf ihr Dekolleté kritzeln lässt. Ich vergesse ein paar Ziffern – egal, es spielt keine Rolle. Es geht nicht um ein Später, nur um das Jetzt und um das Hier.

Geblendet blinzele ich ins Morgenlicht, als ich irgendwann später aus dem Club torkele. Die aufgehende Sonne verwandelt die Moldau in ein abstraktes Gemälde aus flammenden Farben, die sich unter der Karlsbrücke, auf der ich stehe, langsam hindurchwälzen. Der kühle Wind vertreibt den Rausch und lässt mich nachdenklich zurück.

Ich mache kein Foto. Dieses Mal nicht. Meine Augen sind wie eine Kameralinse, durch die ich alles um mich herum festhalte. Eine rasante Abfolge unzähliger Schnappschüsse, alle vergänglich und nur in meinem Kopf.

Die Welt ist weit.

So viele Orte, die man erleben kann. So viele Menschen, die man kennenlernen kann.

Aber meine Gedanken wandern schon wieder zu einem bestimmten Menschen, zu einer Frau mit meerblauen Augen und blonden Haaren, die sich weich wie Seide anfühlen.

Ich hätte sie gerne hier bei mir, merke ich mit einem Mal. Um mit ihr zu reden, sie mit Fragen zu löchern, vielleicht auch, um einfach nur mit ihr zu schweigen. Um sie besser kennenzulernen oder den Arm um sie zu legen. Verdammt, ich hätte nicht einmal etwas dagegen einzuwenden, mit Anna, so wie Ben und Mona, den Abend mit Pizza und Filmgucken zu verbringen.

Warum ausgerechnet sie? Weil der Sex gut gewesen ist? Nein. Nicht deswegen.

Wegen unserer Stunden auf dem Balkon, auf sonnenwarmen Fliesen, neben Töpfen mit Lavendel und toten Kräutern. Wegen ihrer skurrilen Handtasche, in der so vieles steckt, was man nicht darin erwartet, und weil sich mir beim Blick in ihre Augen der Eindruck aufgedrängt hat, dass auch in ihr viele Überraschungen stecken. Wegen der Art, wie sich ihr warmer Atem an meinem Hals angefühlt hat – und der Art, wie *ich* mich mit ihr gefühlt habe.

Anna

Exakt fünfzig Minuten, exakt hundert Bahnen. Abwechselnd Brustschwimmen und Kraulen. Jedes Mal, wenn sie die Nordseite des Beckens erreicht, an der man durch die hohe Fensterfront hinaus zum Freibadbereich mit der Spielwiese schauen kann, hebt sie kurz den Kopf und wirft einen Blick auf die Wanduhr, um sicherzugehen, dass sie gut in der Zeit liegt. Eigentlich teilt ihr auch der wasserfeste Fitnesstracker an ihrem Handgelenk die Uhrzeit mit, neben ihrem aktuellen Puls, aber doppelt hält besser.

Es ist dasselbe Schwimmbad, in dem ihr Papa damals ein paarmal mit ihr gewesen ist. Aber mittlerweile lässt sie den Sprungturm und die Wasserrutsche links liegen und steuert direkt das Sportbecken an.

Jeden Mittwoch kommt sie hierher, weil es ihr arbeitsfreier Tag ist, nach den Vorlesungen und bevor sie sich abends noch mal zum Lernen in die Unibibliothek setzt. Manchmal auch samstags, wenn sie Zeit und Lust hat. Das entscheidet sie spontan – tatsächlich.

Spontan, denkt sie, schnaubt leise, kommt aus dem Rhythmus und muss sich am Beckenrand festhalten. Das ist wirklich das Letzte, was man über sie sagen kann. Die einzige nennenswerte Situation, in der sie spontan gewesen ist, war, als sie Max getroffen hat.

Und ihr ist immer noch ganz schwindelig, wenn sie daran denkt.

Sie schaut hinüber zum Sprungturm, an dem sie in ihrer Kindheit gescheitert ist. Damals hat sie es nicht über sich gebracht zu springen. Mit Max hat sie den Sprung ins kalte Wasser gewagt. Ganz kurz denkt sie darüber nach, jetzt die Leiter zum Turm hochzuklettern, doch dann schüttelt sie den Kopf über ihre eigenen Gedanken.

Sie setzt die Schwimmbrille wieder auf, stößt sich vom Rand ab, taucht ganz ins kühle Wasser ein und lässt alle Gedanken hinter sich zurück. Mit gleichmäßigen, kraftvollen Bewegungen gleitet ihr schlanker Körper durch das Becken. Durch die Brille sieht sie nur klares, helles Türkisblau. Ein dumpfes Rauschen ist alles, was sie hört, als sie mit ihrem Kopf unter Wasser ist.

Und genau das ist es, was sie will. Dieses Schweigen in ihrem Kopf. Das Schwimmen hilft ihr, alle Gedanken für einen Moment auszublenden. Für fünfzig Minuten, um genau zu sein.

Das weiche Handtuch um ihren tropfnassen Körper geschlungen, kommt sie wenig später am Spiegel an der gekachelten Wand in den Umkleiden vorbei. Unzählige Male ist sie schon an ihm vorbeigelaufen, ohne ihr eigenes Spiegelbild eines Blickes zu würdigen, doch jetzt bleibt sie stehen, geht näher und legt eine flache Hand auf das kalte Glas, während sie mit der anderen das Badetuch an ihrer Brust festhält.

In ihrem Gesicht sucht sie nach ihrer Mutter, ohne zu wissen, was sie ausgerechnet jetzt dazu bewegt. Sie sucht zwischen den Sommersprossen und Grübchen, zwischen den Wassertropfen auf ihrer Haut und den ersten, hauchfeinen Fältchen um die Augen, die sich noch kaum erkennen lassen. Aber sie sucht vergebens.

Ihren Vater, den findet sie. Sie sieht ihn im Himmelblau ihrer Augen, das je nach Licht grünlich schimmert, und im Weizenblond ihrer Haare, auch wenn diese gerade nass und dunkel an ihrem Kopf und den Schultern kleben. Sie hat seinen entschlossenen Zug um den Mund, nur dass sie viel seltener lächelt als er.

Sie bleibt stehen und sucht weiter, während Leute an ihr vorbeigehen und die Zeit voranschreitet. Der Geruch von Chlor und Frittenfett liegt in der Luft, genau wie damals, als sie als Kind mit ihrem Vater hier gewesen ist. Wasserplätschern, das Quietschen von Flip-Flops und Adiletten, Kinderlachen. Das Rauschen der Wasserpumpen.

Laut ihrem persönlichen Zeitplan sollte sie schon in der Bibliothek sitzen und büffeln, aber sie steht und sucht. Und wird fündig. Als sie sich lange genug anstarrt, sieht sie ihre Mutter. Nicht nur in den Sommersprossen, die sich im kalten Kunstlicht dunkel von der blassen Haut abheben – unregelmäßig verteilt wie Farbspritzer auf einer Leinwand. Sondern auch in ihren Augen. Nicht etwa in der Farbe, die sie eindeutig von ihrem Vater geerbt hat. Sie schaudert, als ihr bewusst wird, dass das, was sie an ihre Mutter erinnert, die Traurigkeit in ihrem Blick ist.

Sie denkt nicht an Max.

Sie denkt nicht an ihn, während sie auf der Arbeit Aufträge bearbeitet, mit Bauherren telefoniert und Lieferanten und Handwerker organisiert. Sie denkt in ihren Vorlesungen nicht an ihn und auch nicht, als sie später ihr Gehirn mit dem Stoff für die nächste Klausur beschäftigt. Er ist nicht in ihrem Kopf, als sie unter der Dusche steht und plötzlich zusammenzuckt, weil die Wärme des Wassers sie so überdeutlich an seine Finger auf ihrer nackten Haut erinnert. Sie denkt nicht an ihn, als sie sich an ihre Zeichensachen setzt und kurz darauf feststellt, dass all die gezeichneten Comicfiguren Max' Gesichtszüge haben.

Den ganzen Tag denkt sie angestrengt und hochkonzentriert überhaupt nicht an ihn. Bis sie wieder nach ihren Lernunterlagen greift und sieht, dass jemand seinen Namen in die untere

Ecke des obersten Blatts gekritzelt hat, und sie begreift, dass sie die Einzige ist, die diese Unterlagen in der Hand hatte.

Und jetzt gesteht sie sich ein, dass sie die ganze Zeit an ihn denkt, nur an ihn denken kann, seitdem sie diese Stunden gemeinsam verbracht haben, die mehr Traum als Realität waren.

Und jetzt erst lässt sie die Frage zu.

Nicht etwa die Frage, warum er sich so hartnäckig in ihrem Kopf festgesetzt hat. Die Antwort darauf liegt ja auf der Hand. Mit ihm hat sie den ersten unverbindlichen, bedeutungslosen, superspontanen Sex ihres Lebens gehabt. Kein Wunder also, dass sie ein paar Tage daran zu knabbern hat und darüber nachdenkt.

Sondern die Frage, warum es sie so schrecklich stört, dass er sich mit Widerhaken in ihrem Kopf festgesetzt hat. Warum sie es nicht einfach zulässt. Vielleicht sogar genießt. Und versucht, Max wiederzusehen.

Es könnte so einfach sein. So einfach. Fee hat wie zufällig einen Zettel mit seiner Telefonnummer auf dem Küchentisch liegen lassen und zur Sicherheit – für den Fall, dass Anna es nicht auf Anhieb begreift – seinen Namen in Großbuchstaben dazugeschrieben. Subtilität ist nicht Fees Stärke.

Anna könnte ihn anrufen, einfach mal hallo sagen und sehen, wohin das führt. Ihn ganz lässig in irgendein Gespräch verwickeln, als wären One-Night-Stands mit Fremden für sie das Normalste der Welt. Warum sie das nicht tut? Vielleicht, weil Lässigkeit nicht *ihre* Stärke ist.

Ihr Magen macht so laut knurrend auf sich aufmerksam, dass sie irritiert auf die Uhr schaut. Sie vergisst sonst nie zu essen! Fee macht sich manchmal sogar darüber lustig, dass man eine Uhr nach ihren Essgewohnheiten stellen könnte, die ebenso durchgetaktet sind wie so ziemlich alle anderen Bereiche in Annas Leben. Aber heute ist sie völlig neben der Spur. So sehr, dass sie den ganzen Tag noch nichts gegessen hat, und das, ohne es überhaupt zu bemerken.

Der Kühlschrank gibt nichts her, außer einem Einmachglas mit einer undefinierbaren braunen Masse, die vermutlich ein Sauerteigansatz von Fees Freundin Silke sein soll. Glücklicherweise gibt es den Dönerladen vorne an der Ecke. Keine zwanzig Minuten später kehrt sie in ihre Wohnung zurück und hat reiche Beute gemacht: eine randvolle Falafelbox. Obwohl ihr Magen immer lauter knurrt, nimmt sie sich die Zeit, das Essen ordentlich auf einem Teller anzurichten, statt es direkt aus der Pappbox zu verschlingen. Fein säuberlich trennt sie die einzelnen Komponenten voneinander, pflückt die Kichererbsenbällchen aus dem Tomaten-Petersilien-Salat und kratzt den Hummus davon ab, um ihn als Klecks in der Mitte des Tellers zu platzieren. Es sieht so herrlich aus, dass ihr das Wasser im Mund zusammenläuft. Ein würzig-frischer Duft hängt in der Luft. Voll Vorfreude hebt sie die Gabel, visiert ein besonders großes Falafelbällchen an – und in dem Moment wird die Tür aufgerissen. Wie ein frischer Frühlingswind wirbelt Fee herein. Ihr Shirt leuchtet im gleichen Grünblau wie ihre Haare, dazu hat sie einen bordeauxroten Cordrock mit Netzstrümpfen kombiniert.

»Anna! Du glaubst nicht, was ich gerade erlebt habe«, sprudelt sie los. »Ich bin gerade mit Hugo Gassi gegangen und am Campus vorbeigekommen, und da hat mich dieser seltsame Kerl angesprochen. Pascal … oder hieß er Thorben? Irgendwie so in der Art. Jedenfalls meinte er, das wäre ja ein toller Hund und ob ich ihn nicht gegen seine AirPods eintauschen will. Nicht nagelneu, aber in tadellosem Zustand. Kannst du dir das vorstellen? So ein Spinner.« Sie lacht. »Gewissenhaft wie ich bin, habe ich ihm natürlich erklärt, dass der Hund aus dem Tierheim ist und ich nur mit ihm spazierengehe. Und dass er ihn unter gar keinen

Umständen haben kann. Aber ich bin auch geschäftstüchtig, wie du weißt, also habe ich ihm stattdessen mein Käsebrot angeboten.«

Grinsend versucht Anna dem Redeschwall zu folgen und wundert sich nicht einmal. Fee stolpert dauernd in die seltsamsten Situationen, sogar wenn sie nur ehrenamtlich mit den Hunden aus dem Tierheim eine Runde spazieren geht. Irgendwie scheint sie so etwas magisch anzuziehen. Nicht einmal, wie man die Namen Pascal und Thorben verwechseln kann, erstaunt Anna. Im Grunde hat sie es bei Fee längst aufgegeben, sich über irgendetwas zu wundern, und beschränkt sich aufs Lächeln und Nicken – das macht ihre Freundschaft wesentlich unkomplizierter.

»Was er natürlich abgelehnt hat, wenn er kein völliger Idiot ist. Niemand, der bei halbwegs klarem Verstand ist, tauscht Kopfhörer gegen ein schnödes Käsebrot«, sagt Anna schließlich, als ihr aufgeht, dass Fee auf eine Reaktion wartet und ihr Schweigen nicht nur eine dramatische Kunstpause ist.

Fees Grinsen reicht von einem Ohr bis zum anderen. Geschickt wirft sie die AirPods mit einer Hand hoch und fängt sie wieder auf. »Ich muss dazusagen, es war alles andere als ein schnödes Brot. Da waren Sprossen drauf, Anna. Sprossen! Noch mehr fancy kann ein Brot wohl kaum sein. Mehr fancy? Fancier?«

»Formidabler?«, schlägt Anna hilfsbereit vor.

»Überaus formidables Pumpernickel mit Edamer, getrockneten Tomaten und Sojasprossen. Ich würde behaupten, Thorben-Pascal hat kein schlechtes Geschäft gemacht. Und Hugo ist sicher und wohlbehalten zurück im Tierheim. Alle sind glücklich und zufrieden, nur mir knurrt der Magen. Sag mal, isst du das noch?« Bevor Anna etwas sagen kann, hat Fee sich eines der

Falafelbällchen in den Mund gesteckt. Das große, das Anna gerade essen wollte.

»Wenn du nicht meine beste Freundin wärst …«

»Dann würdest du mich hassen. Ein bisschen.« Fee setzt sich im Schneidersitz zu ihr auf die Küchenbank.

»Enorm.« Anna verteidigt ihr Essen mit der Gabel, als Fee nach dem nächsten Falafelbällchen greifen will. »Wenn du nicht auch deine guten Seiten hättest, wärst du längst tot.«

»Sagt Silke auch.« Und obwohl ihr Tonfall so leichtherzig wie immer ist, kommt es Anna auf einmal so vor, als huschte ein Schatten über Fees Gesicht. Nur ganz kurz, dass sie nicht sicher ist, ob sie es sich nur eingebildet hat.

Während sie Fee noch skeptisch mustert, verengen sich plötzlich deren Augen und scheinen etwas zu fixieren. Hektisch schiebt Anna ihre Zeichnungen unter ihre Lernunterlagen – Wirtschaftsmathematik und Statistik – in der Hoffnung, dass Fee die vielen Max-Skizzen nicht gesehen hat. Doch deren Blick ist auf etwas ganz anderes gerichtet.

»Du kannst ein ganz schöner Sturschädel sein, weißt du das?« Sie tippt auf den Notizzettel mit Max' Telefonnummer.

»Oh. Keine Ahnung, was das ist. Ist mir bisher nicht aufgefallen«, heuchelt Anna Gleichgültigkeit.

»Und eine schlechte Lügnerin bist du auch.« Fee macht keinen Hehl aus ihrer Unzufriedenheit. »Und stumm wie ein Fisch. Komm schon, du lässt mich am ausgestreckten Arm verhungern! Jetzt erzähl!«

Geistesabwesend schiebt Anna ihr ein Kichererbsenbällchen in den Mund und verliert dabei fast einen Finger, so gierig schnappt Fee danach. »Da gibt es gar nicht so viel zu erzählen.«

Fee verdreht die Augen und schnaubt. »Dein Ernst, Frau Durchgeplant? Zufällig weiß ich, dass du nach der Party die ganze Nacht weggeblieben bist. Und dass du am nächsten Morgen wie eine Diebin hier hereingeschlichen bist. Und seitdem schweigst du das Thema tot.«

»Und du bist meine Anstandsdame?« Das kam schärfer als geplant.

Fee lässt sich nicht aus der Ruhe bringen. »Ich bin die Frau, die dir jeden Kerl auf der Welt von Herzen gönnt, die aber gerne wissen will, was los ist. Oh, und übrigens deine beste Freundin ist.«

Anna seufzt und lässt die Schultern hängen. »Ich war … bei Max.«

»So viel habe ich mir schon zusammengereimt. Habt ihr …«

Annas Nicken entlockt Fee ein Quietschen. »Anna! Sag bloß, du wirst erwachsen.«

Sie zieht eine Grimasse. »Weiß auch nicht, wie das passieren konnte.«

»Und war es nicht gut? Willst du deswegen nicht darüber reden? Rufst du ihn deswegen nicht an?«

Anna drückt sich die Zeigefingerspitzen gegen die Schläfen. »Warum bist du nur so besessen von diesem Max?«

Fees Schulterzucken lässt sie wie ein kleines Waldtierchen wirken. »Ich kenne ihn ja selbst kaum. Habe nur ein paar Worte mit ihm gewechselt. Aber irgendwie hatte ich das Gefühl, ihr könntet euch gut verstehen. War nur so eine Eingebung. Aber offenbar lag ich falsch, wenn du mit ihm die schlimmste Horrornacht deines Lebens verbracht hast.«

»Habe ich nicht.« Da ist sie, die Wahrheit. »Keine Horrornacht. Ganz im Gegenteil. Es war … umwerfend. *Er* war umwerfend. Alles hat sich so richtig angefühlt. Ich meine, du kennst mich, Fee! Ich würde nicht einfach mit irgendjemandem ins Bett hüpfen, den ich gar nicht kenne, nur weil es sich so ergibt.«

»Niemals. Er müsste erst dein zehnstufiges Kennenlernprogramm zur frühzeitigen Identifikation und Prävention von Serienmördern absolvieren.«

Es sind nur fünf Stufen. Abgesehen davon hat sie recht.

»Aber mit Max … Das war irgendwie anders.« Anna versucht Worte für das zu finden, was sie nur fühlen, aber nicht denken kann. »Ich kenne ihn überhaupt nicht, aber er hat sich vertraut angefühlt. Ich wollte ihm nah sein, und in dem Moment schien überhaupt nichts dagegenzusprechen. Also bin ich mit ihm mitgegangen.«

Fees Augen verengen sich wieder. »Und dann, als es zur Sache ging, hat er es verkackt?«

Anna schluckt und schüttelt den Kopf. Denkt an seine Berührungen und seinen Körper. An seine nackte, erhitzte Haut, an ihre stürmischen Küsse und zitternden Hände.

»Im Gegenteil«, bringt sie hervor.

Fee schenkt ihr ein träges, breites Alligatorengrinsen. »Du wirst ja ganz rot.«

Anna atmet tief durch und versucht sich zu sammeln. »So, bist du jetzt zufrieden? Ich habe mit Max geschlafen, und es war gut. Mehr als gut.«

In Zeitlupe schiebt Fee den Notizzettel auf Anna zu, ihre aquamarinblauen Augen funkeln. »Also dann, was hält dich zurück?«

»Kann es nicht einfach etwas Einmaliges bleiben? Sex ohne Verpflichtungen und ohne Konsequenzen?«, versucht Anna sich rauszureden.

»Klar. Aber nicht bei dir«, stellt Fee schlicht fest und beweist damit, dass sie Anna kennt. »Du bist einfach nicht der Typ dafür. Anna, ich will dich ja nicht bedrängen oder so! Ich möchte nur verstehen. Wenn es doch so eine schöne Nacht war, warum rufst du ihn nicht an?«

Der Zettel knistert in Annas Hand, als sie danach greift. Sie dreht ihn zwischen ihren Fingern hin und her. »Weil ich Angst habe«, sagt sie leise.

»Davor, dass er doch ein Psychokiller sein könnte?« Fees Einwurf ist eher mittelmäßig hilfreich. Das merkt sie auch. »Sorry.«

Anna braucht einen Moment, um zu erklären, was sie meint. »Das an dem Abend, das war gar nicht ich. Ich war mir selbst so fremd. Eine andere Anna, die auf einmal die Kontrolle übernommen hat. Die nicht pünktlich ins Bett wollte und nicht an die Arbeit gedacht hat, die mit einem Fremden gelacht hat und mit ihm nach Hause gegangen ist. Mit ihm war ich … anders.«

»Und hat sich das gut angefühlt?« Ohne die Antwort abzuwarten, meint Fee schulterzuckend: »Vielleicht ist es keine andere Anna gewesen, sondern nur eine andere Seite von dir. Eine, die du bisher nicht gekannt hast.«

*

Vielleicht hat Fee recht. Vielleicht nicht.

Fakt ist, dass Max etwas mit Annas Kopf gemacht hat, was sie nicht versteht, und was ihr nicht behagt.

Fakt ist aber auch, dass Fee irgendetwas auf dem Herzen hat. Diese kurze Finsternis in Fees Blick, als sie Silke erwähnt hat – die hat sie sich nicht nur eingebildet.

»Alles gut zwischen euch?«, hat sie schließlich geradeheraus gefragt.

Und Fee hat keinen Witz gerissen, Annas Bedenken nicht zerstreut, sie einen Moment lang einfach nur schweigend angesehen. Und dann gesagt: »Lass uns ein bisschen spazieren gehen, okay?«

Mit jedem Meter, den sie zurücklegen, wächst Annas Sorge. Fee lacht fast so viel wie immer, auf den ersten Blick ist sie ihr übliches regenbogeneinhornglückliches Selbst, aber mittlerweile ist Anna sich sicher, dass sie sich den Schatten auf dem Gesicht ihrer besten Freundin nicht nur eingebildet hat. Irgendetwas stimmt nicht. Dabei ist Silke nach einer Reihe von belanglosen Affären die erste Frau, bei der Fee so richtig angekommen zu sein scheint. Sie sind noch nicht lange zusammen, aber seit Silke in Fees Leben getreten ist, hat sie komplett aufgehört, mit anderen zu flirten.

Anna dachte, die beiden passen perfekt zusammen. Sie dachte, sie wären glücklich. Aber jetzt gibt es etwas, worüber Fee nicht reden will, und das ist kein gutes Zeichen. Sie will *immer* über *alles* reden, zu jeder möglichen und unmöglichen Uhrzeit.

»Hey. Fee, wenn irgendetwas ist, kannst du mir das sagen, das weißt du?«

Fee nickt. Sieht sich etwas angespannt um. Beschleunigt ihren Schritt. Steuert auf eine Parkbank zu.

Und da ist er: Max. Er sitzt in der Sonne, schaut zu ihnen herüber, lächelt breit, kommt auf sie zu. Die Luft scheint heißer und dicker zu werden, mit jedem Schritt, den Max zurücklegt.

»Ich würde dich hassen…«, presst Anna zwischen zusammengebissenen Zähnen hervor.

Fee strahlt übers ganze Gesicht. »Wenn ich nicht deine allerbeste Freundin wäre, die es nur gut mit dir meint.« Und schon ist sie im Laufschritt hinter der nächsten Ecke verschwunden.

Nur sie beide sind noch da. Sie und er. Anna und Max.

*

Sie stehen einander gegenüber, kaum eine Armlänge voneinander entfernt. Max ist stehen geblieben, als wäre er mitten im

Schritt eingefroren. Sie sehen einander an wie zwei Fremde, die nicht wissen, was sie voneinander zu halten haben.

In Annas Kopf ist das Echo seines Lachens, auf ihrer Haut das Echo seiner Berührung. Und zwischen ihnen ein Schweigen, das in der Luft hängt wie kühler Nebel. Sie waren einander zu nah, um jetzt unbefangen von vorne anzufangen. Das, was in ihrer gemeinsamen Nacht das Natürlichste der Welt war, muss im grellen Tageslicht neu bewertet werden. Mit jedem Atemzug wird das Schweigen größer und tiefer.

Aber dann lächelt er wieder, und dieses Lächeln nimmt das Schweigen. Ganz wie von selbst spiegelt ihr Gesicht seine Mimik.

»Das ist seltsam, oder?«, fragt er mit entwaffnender Offenheit. »Sich jetzt so wiederzusehen.«

»Ja, o Gott, und wie«, stöhnt sie. »Dafür wird Fee leiden.«

»Bring sie nicht um, es war meine Schuld. Ich habe sie mehr oder weniger angefleht, mir deine Nummer zu geben. Eher *mehr* als *weniger*, um ehrlich zu sein. Sie hat sich standhaft geweigert, aber als ich kurz davor war, mich vor ihr auf die Knie zu werfen, hat sie sich erbarmt und dieses unglaublich geschickte Treffen arrangiert.«

»Sie hat mir deine Nummer gegeben.« Sie beißt sich auf die Unterlippe.

»Aber du hast trotzdem nicht angerufen.« Verlegen fährt er sich durch die Haare. »Was ich wahrscheinlich als Korb betrachten und mit Würde tragen sollte.«

»Ich dachte einfach, dass es seltsam wäre, sich wiederzusehen«, verteidigt sie sich lahm. All die guten Gründe, warum sie sich so sehr dagegen gesträubt hat, ihn anzurufen, verlieren in ihrem Kopf an Sinn.

»Was es auch ist. Seltsam. Aber nachdem wir nun schon einmal da sind und uns unbehaglich anschweigen« – von Schweigen kann keine Rede mehr sein, aber darauf weist sie ihn nicht hin – »kann ich dir auch die Frage stellen, wegen der ich Fee so verzweifelt um deine Nummer angefleht habe. Es gibt da nämlich etwas Wichtiges, was ich dich unbedingt fragen muss.«

»Und zwar?« Automatisch erwartet sie das Schlimmste. Vielleicht eine Fortsetzung des *Seelenstriptease-oder-Blamage-bis-auf-die-Knochen*-Spiels mit einer Frage, die all ihre unangenehmsten Geheimnisse ans Tageslicht zerrt.

»Willst du mit mir etwas essen gehen?«

»Warum?«, rutscht ihr raus, bevor sie es sich verkneifen kann.

»Weil ich neugierig auf dich bin«, ist die schlichte Antwort, und das ist genug – mehr als genug.

*

»Weißt du, was ich mich frage? Warum genau BWL?«

Überrascht blinzelt sie. »Ist das so abwegig? Es ist eine vernünftige, solide Wahl. Ein Studium, mit dem man eine Menge anfangen kann. Klingt im ersten Moment vielleicht nicht wahnsinnig aufregend, aber da gibt es viele interessante Berufsfelder.«

»Mag ja alles stimmen, aber das ist nicht der eigentliche Grund«, sagt er mit einer Bestimmtheit, die gar nicht den Verdacht aufkommen lässt, es sei eine Frage.

»Nein? Und woher willst du das wissen? Du kennst mich doch gar nicht.«

»Gut genug, um zu erkennen, dass das eine auswendig gelernte Standardantwort war.«

Ertappt.

Gras dämpft ihre Schritte. Die Luft ist heiß und schwer und so dick, dass sie alle Geräusche zu schlucken scheint. Sogar das

Kinderlachen vom Spielplatz klingt wie durch einen samtigen Schleier zu ihnen herüber und wirkt träge. Eigentlich war für heute Regen angesagt, aber die Sonne scheint mit einer solchen Kraft herab, als wollte sie die Erde versengen.

Nebeneinander spazieren sie durch den Park. Locker schwingen seine Arme an seiner Seite, so dicht, dass sie ganz einfach nach seiner Hand greifen könnte. Aber natürlich tut sie das nicht. Sie sind einander schon so nah gewesen, dass sie sich jetzt nicht mehr unbefangen nahekommen können.

»Na schön, dann anders. Mein Papa hat eine Holzbaufirma. Dachstühle und so. Ich arbeite da, und irgendwann werde ich die Firma übernehmen. Deshalb.«

»Eine Holzbaufirma?« Verblüfft starrt er sie an. »Hätte nicht gedacht, dass das deine große Leidenschaft ist.«

Als sie mit den Schultern zuckt, streift sie mit ihrem Handrücken doch ganz sachte seinen Arm. Nur für einen Moment. Nur ganz leicht und zufällig. Doch es reicht aus, um ihr Herz hektisch flattern zu lassen. Obwohl sie stur geradeaus schaut, spürt sie seinen Blick auf ihrem Gesicht.

Eilig räuspert sie sich und konzentriert sich auf die trockenen Fakten. »Es ist eben das Familienunternehmen, könnte man sagen. Mein Papa hat es aufgebaut, ich werde es weiterführen.«

»Du weißt aber schon, dass wir nicht mehr in einer Zeit leben, in der der Sohn des Schmieds selbstverständlich auch Schmied und die Tochter des Holzbauers Holzbauerin werden muss, oder?« Sie muss ihn nicht ansehen, um zu wissen, dass er grinst. »Wir können unseren eigenen Weg einschlagen. Gott sei Dank.«

Sie verdreht die Augen. »Ja, der Gedanke ist mir auch schon gekommen.« Ist er eigentlich nicht. Eigentlich war ihr von Anfang an klar, dass das ihr Weg ist, der da eindeutig und unausweichlich vor ihr liegt. Aber zumindest theoretisch weiß sie, dass sie etwas ganz anderes hätte machen können. Zur Sicherheit fügt sie noch hinzu: »Es gefällt mir. Ich mag das. Und du, Max? Warum die Medienagentur?«

Der Wind wird stärker, aber er kühlt die Luft kaum ab. Wie ein warmer Fön pustet er durch Annas Haare und über ihre Haut und trägt einen Hauch von Max' Duft zu ihr herüber. Unwillkürlich atmet sie tiefer ein.

»Um die geht es mir gar nicht«, sagt er. »Es geht ums Fotografieren, ums Bilder machen.«

»Und woher kommt das? Warum ausgerechnet Fotografie?«

»Weil Bilder wichtig sind.«

Eine kurze Antwort, aber sie spürt, dass sie an etwas dran ist. An einem Puzzlestück, das ihr helfen könnte, das Rätsel Max zu entschlüsseln. Was er verschweigt, interessiert sie mehr als das, was er sagt.

Aber bevor sie nachhaken kann, und bevor er die Chance hat, ihr das Puzzlestück zu offenbaren, öffnet der Himmel seine Schleusen. Ein sommerwarmer Platzregen prasselt auf sie und den Park herunter und spült alles, was Max möglicherweise im Begriff war, ihr zu erzählen, mit sich fort. Lachend fliehen sie vor dem Regen, rennen einfach los, obwohl es ihnen beiden nichts ausmacht, nass zu werden. Wie von selbst findet seine Hand ihre und zieht sie ziellos mit sich durch den Sommerregen.

*

Seine Haare haben die Farbe von nassem Sand angenommen und kleben ihm in der Stirn. Regentropfen sammeln sich an den Spitzen, fallen auf seine Wangen und hinterlassen glänzende Spuren auf seiner Haut.

Sie sind in einem Schnellrestaurant gestrandet, in dem sie

beide bisher noch nie waren. Bei der Einrichtung scheint es nur ein Motto zu geben: Je bunter, desto besser. Sie sitzen auf farbenfrohen Plastikstühlen, die alle unterschiedlich geformt sind. Die kunterbunten Bilder, mit denen jeder Quadratzentimeter der Wände bedeckt ist, stecken in roten und violetten Rahmen. Die Lampions an der Decke leuchten in strahlenden Nuancen von Sonnengelb, Orange und Kirschrot, ebenso wie die Gerberas, die in alten Weinflaschen auf den Tischen stehen. So viele Farben, dass man das Gefühl bekommt, sie hätten in der beengten Bude kaum Platz.

Serviert werden hier aber keine verrückten exotischen Spezialitäten, was Anna in so einem Ambiente erwartet hätte, sondern Spätzle. Hausgemachte, frische Spätzle, serviert in Pappschalen, bestreut mit Schnittlauch und Röstzwiebeln.

Sie haben ein schlechtes Gewissen, als sie so patschnass durch die Tür stolpern, aber der Inhaber – ein junger Typ mit muskulösen Oberarmen und Glatze – winkt sie lachend herein und bedeutet ihnen, sich zu setzen.

Beinahe ohne es zu merken, rücken sie mit ihren bunten Stühlen näher aneinander. Stecken die Köpfe zusammen, lachen über ihre wilde Flucht und bibbern ein bisschen, obwohl es nicht kalt ist.

»Wie lange schon?«, fragt der Muskeltyp, als er schwungvoll zwei Pappschalen vor sie auf den schmalen Tisch stellt: Spätzle mit Speck und Bergkäse für Anna, die Variante mit Frühlingszwiebeln und frischen Chilis für Max. Das kleine Schild an seiner breiten Brust weist ihn als Thorsten aus. »Wie lange seid ihr beiden schon zusammen?«

»Gar nicht! Wir sind nicht zusammen!«, stößt sie hervor, als Max sagt: »Fünf Jahre. Wir sind in den Flitterwochen.«

Als sie einander anschauen, müssen sie wieder lachen. Thorsten klopft Max auf die Schulter, zündet das Teelicht auf dem Tisch an und verschwindet wieder hinter dem Tresen.

Und als Max Anna fragt, ob sie ihn wiedersehen will, würde sie so gerne glauben, dass sich ihre Bedenken einfach aufgelöst hätten. Sie fühlt sich gut, so unfassbar gut, wenn sie bei ihm ist. Und mehr als nur gut – sie fühlt sich stark. Aber in ihrem Leben ist kein Platz für ihn, jeder Quadratmillimeter und jede Sekunde sind bereits verplant. Da ist kein Raum für Unvorhergesehenes, nicht einmal dann, wenn es mit honigdunklen Augen und einem atemberaubenden Lächeln daherkommt. Als ihr das wieder bewusst wird, vergeht ihr der Appetit.

Max bemerkt die Veränderung, die in ihr vorgeht, noch bevor sie die Pappschale entschieden von sich schiebt.

»Was ist los?«

Sie schüttelt leicht den Kopf. »Ich will nicht, dass da irgendwie Missverständnisse aufkommen. Ich bin nicht auf der Suche nach etwas Festem.«

Sein linker Mundwinkel zuckt hoch. »Wonach suchst du dann?«

Auch nicht nach einer losen Affäre – falls er das so verstanden haben sollte.

»Eigentlich nach nichts«, gesteht sie. »Ich habe längst alles gefunden, was ich in meinem Leben brauche.«

Martin

10. Mai 1991

Er versucht gar nicht erst, sie nicht anzustarren. Es ist aussichtslos. Alles, was er hoffen kann, ist, dass sein Starren nicht auffällt.

Das Feuer taucht ihr Gesicht in einen rötlichen Schein und lässt ein wildes Spiel aus Licht und Schatten über ihre Züge tanzen. Sie ist hübsch – nein, nicht hübsch, sondern *schön*. Bisher hat er nicht gewusst, dass das einen Unterschied macht. Und auch nicht, dass er so empfänglich für diese Art von Schönheit ist.

Fast die ganze Nachbarschaft hat sich heute zu einer Grillfeier versammelt, die zu einem feuchtfröhlichen Gelage ausgeartet ist. Satt und größtenteils leicht angetrunken sind sie jetzt ums Lagerfeuer versammelt.

Die meisten anderen Eltern – wenn Martin ehrlich ist, dann in erster Linie nur die Mütter – sind vorhin verschwunden, um ihre Babys und kleinen Kinder ins Bett zu bringen. Nur ein paar von ihnen sind zurückgekehrt: die Mutigen, die der modernen Technik vertrauen und sich eines der Babyfons gekauft haben, die in der Reklame so groß angepriesen werden. Eine kleine Armee von diesen Geräten steht auf dem Biertisch, auf dem sich die Reste von Koteletts und Würstchen neben Bier- und Limonadenflaschen, ein paar einsamen Kuchenstücken und mehreren

Schüsseln mit Nudelsalat befinden. Wann immer eines der Babyfons knackt und ein grelles, blechernes Stimmchen die Idylle durchbricht, springen die Mütter – ja, und auch ein paar Väter auf –, stürzen zum Biertisch und versuchen hektisch herauszufinden, wessen Nachwuchs da so herzzerreißend schreit.

Aber nicht Charlotte. Das ist eine der vielen Punkte, in denen sie sich von all den anderen unterscheidet – zumindest in seinen Augen. Entspannt schaukelt sie ihr Baby auf den Knien und ist dabei ganz in eine Diskussion über Motorräder vertieft. Sie gestikuliert lebhaft und streicht sich immer wieder das glänzende, dunkle Haar zurück und gibt den Blick auf ihren schlanken Hals frei.

Weich und warm schmiegt sich Friederike an ihn. Der Apfelduft ihres Shampoos steigt ihm in die Nase, als er den Arm um sie legt.

»Martha hat mich gerade nach dem Rezept für meinen Kirschkuchen gefragt«, erzählt sie ihm fröhlich. »Er ist so gut angekommen. Das ist toll, oder? Unser altes Familienrezept. Wir haben überlegt, mit ein paar Frauen aus der Nachbarschaft einen kleinen Backclub zu gründen. Dann treffen wir uns immer abwechselnd bei einer von uns, backen gemeinsam, tauschen Rezepte aus …« Sie lacht glucksend. »Na ja, ehrlich gesagt tratschen wir wahrscheinlich die meiste Zeit.«

Er muss über sie schmunzeln. »Klingt perfekt. Genau das Richtige für dich. Deine Kuchen sind der Wahnsinn. Damit wirst du der Star eurer Tratsch-Treffen.«

Sie ist immer schon die Geselligere von ihnen beiden gewesen. In der heimeligen Atmosphäre der neuen Nachbarschaft blüht sie förmlich auf. Sie trifft sich gerne mit den anderen Frauen und engagiert sich in der Gemeinde. Dass ihren Eltern das Stück Baugrund direkt in Memmelsdorf gehört hat, war ein riesiger Glücksfall. Besser hätte es für sie gar nicht laufen können: sie haben einander gefunden, können immer auf die Unterstützung durch Friederikes Eltern zählen, haben nun ihr gemütliches Häuschen, mit seiner Firma läuft es gut – kurzum, ihnen fehlt nur noch eines zum vollkommenen Glück, und daran arbeiten sie.

Zufrieden kichert Friederike. »Ich weiß. Wegen meiner Kuchen hast du mich doch auch geheiratet.«

»Nicht nur. Da gibt es noch deinen phantastischen Sauerbraten. Oh, und nebenbei bist du auch noch hinreißend.«

Charlottes und Thomas' Baby beginnt zu schreien.

»Soll ich ihn nehmen?«, bietet Thomas sofort an und breitet die Arme aus, aber Charlotte zuckt nur lässig mit den Schultern. »Lass nur, der Kleine hat Hunger. Kein Wunder, wenn er uns die ganze Zeit beim Essen zugucken muss.«

Und statt sich zurückzuziehen und einen ruhigeren Ort zum Stillen zu suchen, knöpft sie kurzerhand ihre schmalgeschnittene Bluse auf, die betont, wie schlank sie jetzt schon wieder ist. Geschickt drapiert sie ihren Seidenschal so, dass niemand etwas sehen kann. Trotzdem wendet Friederike peinlich berührt den Blick ab, ebenso wie einige der Nachbarn, die ringsumher auf Bierbänken und Plastikstühlen sitzen. Aber Martin schafft das nicht. Selbst, wenn er es versuchten würde, könnte er es nicht: Wie magnetisch zieht Charlotte seinen Blick an. Und als spüre sie das, schaut sie kurz herüber und grinst ihn an.

»Hey, wie habt ihr beiden euch eigentlich hier eingewöhnt?«, nutzt Martin die Gelegenheit, sie anzusprechen. »Ist das Landleben noch sehr ungewohnt für euch Großstadtpflanzen?«

Thomas schüttelt sofort den Kopf. »Ganz im Gegenteil. Es ist, als hätten wir schon immer hier gewohnt. Ich kann mir gar nicht mehr vorstellen, dass wir bis vor kurzem noch in der Stadt gewohnt haben. Man gewöhnt sich schnell an das alles – den vielen Platz, die frische Luft, die Ruhe. Das ist schon ein richtiger Luxus. Das alles fühlt sich so … Ich weiß auch nicht, so viel echter an.« Die Begeisterung ist ihm anzuhören.

Charlotte grinst breit. »Ich sag mal so, es ist eine ganz neue Form der Gelassenheit, die man kennenlernt, wenn man den Kühen beim Grasen zuschaut, statt ins Theater oder ins Museum zu gehen. Oder wenn man abends anstelle von Autolärm, Stimmen und Straßenmusik nur die zirpenden Grillen hört. Sehr meditativ.«

»Ja, nicht wahr?«, schaltet sich Friederike enthusiastisch ein. »Hier kann man das Fenster beim Schlafen weit offen lassen.«

»Ja, und wer braucht schon Spinning-Kurse oder Aerobic, wenn er tagtäglich im Garten schuften kann?«

Friederike lässt sich nicht beirren. »Nach Bamberg ist es ja nur ein Katzensprung, da gibt es alles. Sportkurse, Kino, Theater. Aber braucht man das?« Ihr Tonfall lässt keinen Zweifel.

Charlotte seufzt. »Ja, wirklich gut, so eine kosmopolitische Stadt gleich vor der Tür zu haben.«

»Eine pulsierende Metropole«, kann sich Martin den Kommentar nicht verkneifen.

Friederike lacht. »Du musst gerade reden. Du bist doch auch kaum aus Memmelsdorf rausgekommen.«

Er verzieht den Mund, dann wendet er sich an Charlotte. »Was genau hast du dort eigentlich gemacht? Du hast in einem Museum gearbeitet, oder?«

Ihre katzengrünen Augen leuchten auf. »Ich bin … war … in einer Galerie tätig. Habe mit Kunst gehandelt, Ausstellungen organisiert, mit Künstlern und Sammlern aus aller Welt gearbeitet.«

Und als er sie so sieht – ins flackernde Licht des Feuers getaucht, mit dem um die Schultern geschlungenen Schal, so viel anmutiger als alle Menschen um sie herum – denkt er, dass sie selbst ein Kunstwerk ist.

Wieder zuckt sie mit ihren zierlichen Schultern, ohne dass der Schal verrutscht, der ihr Baby und ihre Brust verdeckt. »Aber damit ist es jetzt vorbei. C'est la vie, nicht wahr? Dafür habe ich jetzt diesen kleinen Engel hier.« Sie richtet geschickt ihre Kleidung, lächelt auf das Baby in ihren Armen hinab und reicht es dann – satt und schläfrig – an Thomas weiter, der es mit dem Köpfchen auf seine Schulter bettet und mit wippenden Storchenschritten zwischen den Sitzenden hindurchspaziert.

Die Hofmanns, die ein Stück die Straße runter wohnen, haben einen Ghettoblaster mitgebracht und ein Verlängerungskabel organisiert, das sich wie ein schwarzer Wurm durch die halboffene Terrassentür ins Haus schlängelt. Kuschelrock dringt aus den Boxen – nicht zu laut, man will ja niemanden stören, auch wenn sich ohnehin fast die gesamte Nachbarschaft hier versammelt hat. So leise und gedämpft, dass die Musik im Knacken des Feuerholzes fast untergeht.

Trotzdem stöhnt Charlotte. »Wollen wir nicht lieber ewas Vernünftiges hören? Thomas, im Auto müsste doch noch etwas von den Stones herumfliegen.«

Erst, als die Musik gewechselt hat, nickt sie zufrieden. »Danke. Viel besser. Den Schmusekram hält doch keiner aus.«

Friederike ist die Musikauswahl unterdessen gleichgültig, sie hat sich an Martins Schulter gelehnt, und ihr fallen immer wieder die Augen zu. Sie ist kein Nachtmensch, nie einer gewesen, und schon seit den frühen Morgenstunden auf den Beinen. Geistesabwesend streichelt er über ihre Haare, während sein Blick wie von selbst wieder zu Charlotte wandert.

In ihren Augen blitzt es, als sie in ihre Tasche greift und ein kleines Päckchen zum Vorschein bringt, das sie auf ihre Knie legt und auswickelt.

Er spürt, dass sich Friederike neben ihm versteift. »Was ist das denn?«

Aber er hatte es schon erkannt. »Das ist Gras. Marihuana.« Verschwommene Erinnerungen an ein paar längst vergangene Nächte kommen ihm in den Sinn – er und die anderen Halbstarken aus seiner Klasse, im Mondschein auf dem See, den Geschmack von Bier im Mund und das Kratzen von Zigarettenrauch in der Kehle. Susis kaugummisüße Küsse und die Musik der Misfits. Wie cool und rebellisch sie sich damals vorgekommen waren, als sie sich nachts davonschlichen, zwischen Feldern hindurchradelten und sich am See getroffen hatten. Ein paar der Mädchen hatten sich bis auf die Unterwäsche ausgezogen, die Brüste dabei aber verschämt mit den Armen verdeckt und sich dann laut kreischend und lachend in den See gestürzt.

Und dann, der Höhepunkt ihrer Rebellion, die ihm im Nachhinein gar nicht so wild und abenteuerlich erschien: Sie hatten Gras geraucht. Er wusste noch, dass ihm davon schlecht geworden war, aber sich vor Susi die Blöße zu geben, war natürlich völlig ausgeschlossen gewesen. Ganz undenkbar. Also hatte er markig verkündet, er müsste mal pinkeln, war hinter das nächste Gebüsch gestiefelt und hatte sich dort übergeben, nur um sich danach den Mund mit Bier auszuspülen und so zu tun, als sei nichts gewesen.

Die Erinnerung lässt ihn grinsen. Jahrelang hat er nicht mehr an diese Sommernächte gedacht, damals, kurz bevor sie alle mit der Schule fertig geworden waren und den Schritt ins Erwachsenenleben gemacht hatten. Aber jetzt spürt er sie wieder, die Abenteuerlust und Aufbruchstimmung, den Reiz der Unvernunft und das Gefühl, die ganze Welt stehe ihm offen, und er sei an der Schwelle zu etwas ganz Großem, etwas Wildem und Unvorhersehbarem.

Natürlich ist die Realität, die auf ihn gewartet hatte, nicht so groß, wild und unvorhersehbar gewesen. Und natürlich hat er seither nicht mehr gekifft, er ist immerhin erwachsen, und Erwachsene tun so etwas nicht.

Aber da sitzt Charlotte, eine erwachsene Frau und Mutter eines kleinen Kindes, und rollt seelenruhig und mit großer Sorgfalt einen Joint auf ihren Knien. Ihr Feuerzeug klickt, dann breitet sich der unverkennbare, herb-süße Kräutergeruch aus, der sogar den Lagerfeuerduft übertüncht und die Bilder in seinem Kopf noch stärker und farbiger aufflammen lässt. Die glimmende Glut, als Charlotte am Joint zieht, intensiviert die rötlichen Lichtreflexe auf ihrem Gesicht und lässt sie für einen Moment wie eine Diva aus einem dramatischen Film wirken. Der ausgeatmete Rauch steigt vor ihr auf und verliert sich in der Sommernachtsluft, und durch die grauen Schlieren hindurch trifft ihn wieder ihr Blick – nur ganz kurz und beiläufig, doch es durchzuckt ihn wie ein Stromstoß.

Unbehaglich schaut er weg. Er sollte nicht so empfinden, sollte überhaupt nicht so fasziniert von ihr sein. Aber wenige Augenblicke später ertappt er sich wieder dabei, sie anzusehen, als sie den Joint weiterreicht, nachdem sie den einen Zug genommen hat.

»Verdammtes Stillen«, meint sie mit einem Schulterzucken und schaut dem Joint bedauernd hinterher, der die Runde macht. »Da muss man so schrecklich vernünftig sein. So macht das Leben nur halb so viel Spaß. Wird Zeit, dass ich abstille.«

Schwungvoll steht Friederike auf und klatscht einmal in die Hände. »Ihr Lieben, mir fallen die Augen zu. Ich bin dann mal weg.«

Fragend sieht sie ihn an. Er weiß, sie fühlt sich unwohl, findet

Kiffen kindisch und unvernünftig und hofft, dass er mit ihr ins Haus geht, statt bei so einem Blödsinn mitzumachen. Doch das ist nicht der einzige Grund, warum sie ihn bei sich wissen will, wenn sie jetzt ins Bett geht. Ihr Zykluskalender steht zu Hause deutlich sichtbar auf der Kommode, die fruchtbaren Tage sind jeden Monat mit rosafarbenem Stift eingekreist.

»Ich komme gleich nach. Ein bisschen noch.« Er kann sich einfach noch nicht losreißen. Nicht vom lauen Sommerabend, dem Feuer, der leisen Rockmusik und dem süßen Nachgeschmack der Erinnerungen an andere Zeiten.

*

Sie wirft den Kopf in den Nacken. Ihr Lachen gefällt ihm, es ist so herrlich frei und laut. Ein Lachen, das seine Mundwinkel automatisch hochzucken und ihn grinsen lässt.

Feuerfunken tanzen in den Himmel, an dem der Mond bleich und voll steht. Es ist spät – oder schon sehr früh? Beinahe unbemerkt ist die Zeit verflogen. Falls Friederike auf ihn gewartet hat, schläft sie mittlerweile bestimmt, und das schlechte Gewissen versetzt ihm bei diesem Gedanken einen Stich.

Nach und nach leert sich der Garten, immer mehr Nachbarn ziehen sich in ihre Häuser und Betten zurück, immer mehr Plastikstühle und Bierbänke stehen leer herum. In stillem Einvernehmen hat man sich darauf verständigt, das Aufräumen auf den nächsten Morgen zu verschieben. Diejenigen, die jetzt noch hier sind – der harte Kern –, rücken enger zusammen. Ralf, Marthas Mann, ist im Sitzen eingeschlafen, der Kopf ist ihm auf die Brust gesunken, und er schnarcht lautstark.

Das Feuer ist schon weit heruntergebrannt. Thomas, immer noch mit dem schlummernden Baby auf dem Arm, stochert in der Glut, dass sie sich prasselnd aufbäumt und nach den letzten brennbaren Holzstücken greift. Die Scorpions singen *Wind of Change*. Die Kassette ist schon mehrmals umgedreht worden, weil niemand Lust hat, aufzustehen und eine andere zu holen.

»Mal angenommen, man würde tatsächlich wiedergeboren und man könnte sich aussuchen, was man im nächsten Leben sein möchte – wofür würdet ihr euch entscheiden?« Charlottes Frage ist aus dem Nichts gekommen. Sie hat sich mittlerweile eine Wolldecke mit Aztekenmuster um die Schultern gehängt, die irgendjemand auf einer der Bänke liegen gelassen hat und die an ihr wie ein extravagantes Kleidungsstück wirkt.

»Hund«, sagte Lars Hofmann wie aus der Pistole geschossen. »So ein dicker, verwöhnter wie unser Charly, der den ganzen Tag nur in der Sonne herumliegen muss, den Bauch gekrault bekommt und sich nur aufrafft, wenn es etwas Leckeres gibt.«

»Als tätest du in deinem jetzigen Leben etwas anderes«, schnaubt seine Frau Nicole.

»Da hast du jetzt aber eine Steilvorlage geliefert«, meint Martin grinsend, bevor Lars protestieren kann.

»Und du? Martin?« Seinen Namen aus Charlottes Mund zu hören, ist elektrisierend.

Der zweite Joint macht die Runde. Oder ist es der dritte? Als Charlotte sich vorbeugt, um ihn an Martin weiterzureichen, berühren sich ihre Finger für einen Moment.

»Adler.« Bilder von Freiheit spuken ihm im Kopf herum.

Ein Grinsen umspielt ihre Mundwinkel, oder kommt ihm das nur so vor? Er kann es ihr nicht übel nehmen, wenn sie sich insgeheim über seine lahme Klischee-Antwort amüsiert. Vermutlich beantwortet jeder Zweite die Frage so.

»Adler«, wiederholt sie nachdenklich. »Um jederzeit überall hinfliegen zu können?«

Er nickt und wünscht, er hätte eine klügere, kreativere Antwort gegeben – aber warum eigentlich? Es gibt keinen Grund, sie beeindrucken zu wollen, sie ist nur eine Nachbarin.

»Und du?«, lenkt er von sich ab.

Die schlanken Beine hat sie auf den Gartenstuhl gezogen und elegant übereinandergeschlagen. Jetzt streckt sie sich, dass ihr die Decke von den Schultern rutscht, legt den Kopf in den Nacken und schaut hoch zum Nachthimmel. »Pinsel.«

Thomas prustet los und verstummt dann eilig, als das Baby auf seinem Arm zu quengeln beginnt. Kopfschüttelnd und mit einem breiten Grinsen sieht er seine Frau an. Er himmelt sie an, das verrät jeder seiner Blicke. Und wer könnte es ihm verübeln? Er kann sich glücklich schätzen, schießt es Martin durch den Kopf.

Was auf ihn natürlich auch zutrifft. Friederike ist eine wunderbare, warmherzige Frau, und sie geben ein großartiges Team ab.

Wieder lacht Charlotte ihr ansteckendes Lachen. »Mein voller Ernst. Über Kunstwerke zu streichen, während pure Farbe durch mich fließt … Rund um die Uhr die Luft eines Ateliers zu atmen. Etwas Besseres kann ich mir nicht vorstellen.«

»Du spinnst«, sagt Thomas zärtlich und setzt zu einer neuen Runde im Storchengang an.

Du bist herrlich unkonventionell, einfach alles an dir ist faszinierend, denkt Martin. Und hinter Thomas' Rücken treffen sich ihre Blicke erneut.

Bevor er sie kennengelernt hat, hat er sich schon für einen Frühaufsteher gehalten, aber in ihr hat er seinen wahren Meister gefunden. Die ersten Sonnenstrahlen färben den Horizont gerade erst rosa, da reißt sie schon schwungvoll das Fenster auf, streckt sich genüsslich und atmet tief ein.

Er gähnt herzhaft. »Mein Gott, Friederike, von dir können sich Hahn und Hennen noch eine Scheibe abschneiden. Ich glaube, du bist das erste Lebewesen im gesamten Dorf, das jetzt schon auf den Beinen ist.«

»Was soll ich sagen? Der frühe Vogel fängt den Wurm«, antwortet sie munter, setzt sich an die Schminkkommode und kämmt ihr kräftiges Haar, das dunkel glänzend über ihren vanillegelben Morgenmantel fällt.

Er stöhnt. »Wie kann man um diese Zeit nur so gut gelaunt sein?«

Ein leicht tadelnder Blick trifft ihn aus dem Spiegel. »Du wolltest dir ja unbedingt die Nacht um die Ohren schlagen. Habe ich eigentlich noch viel verpasst?«

Er stützt sich hoch auf den Ellenbogen, die Bettdecke rutscht ihm bis zum Bauch. Die frische Morgenluft lässt ihn angenehm frösteln. »Eigentlich nicht.«

»Hab ich mir schon gedacht. Ich muss sagen, das hätte ich nicht von Charlotte gedacht. Ich meine, ich finde sie ja echt nett, und ihr kleiner Jan ist ein unglaublich süßer Engel, aber das mit den Drogen …« Missbilligend schüttelt sie den Kopf.

Sofort spürt er das Verlangen, Charlotte zu verteidigen. »Du tust ja so, als hätte sie Heroin verteilt. Es war doch nur etwas Gras, wirklich nichts Schlimmes.«

Sie dreht sich zu ihm herum. »Hast du etwa auch etwas davon genommen?«

»Nur ein, zwei Züge.«

Ihre dunklen Rehaugen werden traurig, und sofort versetzt ihm das schlechte Gewissen einen Stich. »Nun schau nicht so, Rike. Ich werde doch nicht gleich auf die schiefe Bahn geraten und zum Junkie werden. Keine Sorge.«

Einen Moment lang sieht sie ihn noch ernst an, dann kehrt

das sanfte Lächeln zurück, das er so sehr an ihr liebt. »Nein. Natürlich nicht. Keine Ahnung, ich mag es einfach nicht, wenn Leute in irgendeiner Form berauscht sind. Ob nun durch Alkohol oder was auch immer. Das ist …«, sie zuckt mit den Schultern, »unheimlich.«

Es passt nicht in ihre heile Welt, und das ist auch in Ordnung. »Sorry. Kommt nicht wieder vor, wenn du das nicht magst.«

Lächelnd wirbelt sie am Bett vorbei, haucht ihm einen Kuss zu, viel zu munter und gut gelaunt für diese Uhrzeit, und zieht eines ihrer geliebten knielangen Blumenkleider aus dem Schrank. Sein Blick wandert über ihre Haut, die sogar im Winter nie wirklich blass wird und jetzt, im Hochsommer, tief gebräunt ist, und von der sich ihr Höschen strahlend weiß abhebt. Sie beeilt sich mit dem Umziehen: Obwohl sie schon seit Jahren ein Paar sind, ist es ihr unangenehm, sich nackt zu präsentieren. Das Kleid, marineblau mit Gänseblümchendruck, gleitet über ihre Hüften, von denen er weiß, dass sie sie selbst zu breit und rund findet, ganz gleich, wie viele Komplimente er ihr macht.

»Weißt du was? Ich glaube, Charlotte ist hier einfach noch nicht richtig angekommen. Vielleicht vermisst sie ihre alten Freunde und ihren Job. Sie braucht bestimmt jemanden, der sie ein bisschen an die Hand nimmt. Ich werde sie fragen, ob sie bei unserem Backclub mitmachen will. Und vielleicht hat sie ja Lust, sich ein bisschen in der Gemeinde zu engagieren.«

»Das ist sehr nett von dir.« Er kann sich Charlotte nicht so recht beim geselligen Kuchenbacken vorstellen, aber andererseits – was weiß er schon von ihr? Vielleicht ist Friederikes gut gemeintes Angebot genau das, worauf sie wartet.

Sie ist jedenfalls ganz freudig bei der Aussicht darauf, jemandem zu helfen. »Und weil ich so nett bin, mache ich uns einen

Kaffee und brate ein paar Eier. Das wird dich Morgenmuffel aus dem Bett locken.«

»Warte kurz«, bittet er, richtete sich im Bett auf und greift nach ihrer Hand, als sie an ihm vorbei zur Schlafzimmertür hinauswill. »Rike, sag mal, wenn du dir aussuchen könntest, als was du im nächsten Leben wiedergeboren wirst, für was würdest du dich entscheiden?«

Sie starrt ihn an, als hätte er den Verstand verloren. Wahrscheinlich fragt sie sich, ob der Joint gestern bleibende Schäden in seinem Gehirn hinterlassen hat.

»Es ist nur ein Gedankenexperiment«, versucht er ihr begreiflich zu machen. »Sag das Erste, was dir in den Sinn kommt.«

Verständnislos schüttelt sie den Kopf und lacht herzlich. »Also manchmal bist du wirklich komisch.« Gut gelaunt und immer noch kopfschüttelnd läuft sie die Treppe hinunter, wo er sie in der Küche hantieren hört. Als sich der köstliche Duft gebratener Spiegeleier durchs Haus zieht, liegt er entgegen seiner üblichen Gewohnheit immer noch im Bett, die Arme hinter dem Kopf verschränkt, den Blick zur Decke gerichtet.

Anna

Was sie an der Bibliothek am meisten liebt, ist der Duft von Papier.

Am zweitmeisten liebt sie die Ruhe, die nur von gelegentlichem Rascheln, Tastaturklappern und gedämpftem Flüstern unterbrochen wird. In der Stille der Umgebung rasen ihre Gedanken, sie verschlingt Informationen und lernt Fakten auswendig, steigt hinter schwierige Sachverhalte und hakt Punkt für Punkt auf ihrer To-do-Liste ab, auf der sie den Lernstoff für die Klausur fein säuberlich aufgelistet hat.

Dass jemand neben ihr steht, merkt sie erst, als er sich räuspert.

»Max«, flüstert sie, noch bevor sie den Blick hebt. Irgendetwas sagt ihr, dass er es ist, niemand anders. Und natürlich hat sie recht. Natürlich sind es seine dunklen Augen, die sie verschmitzt anfunkeln. Das Schmunzeln, das ihr allmählich vertraut wird, umzuckt seine Mundwinkel, als er auf ihre Unterlagen hinabblickt.

»Meine Güte, was für ein staubtrockenes Zeug. Wie schaffst du es, dich mit so einem Kram zu beschäftigen, ohne daran zu ersticken?«

Er spricht laut, ohne jede Zurückhaltung. Hektisch schaut sie sich um, aber kaum einer der anderen Studenten schaut hoch. Einige sitzen mit ihren Laptops in der Lernecke, andere recherchieren an einem der Bibliotheks-PCs, und wieder andere streifen suchend durch die Regalreihen. Die studentische Hilfskraft, die an der Ausleihe sitzt, hat sich über die Theke vorgebeugt und plaudert leise mit ein paar Jungs.

Blut schießt Anna in die Wangen, als sie die Unterlagen hektisch zusammenschiebt und die Unterarme darüberlegt. »Nicht halb so trocken, wie man auf den ersten Blick denkt. Um das zu erkennen, ist aber ein zweiter Blick nötig.«

Er lacht. »Das Leben ist zu kurz für die vielen Blicke, die ich bräuchte, um da durchzusteigen.«

Was Anna in Bibliotheken überhaupt nicht mag, sind Leute, die sich hierher verirren und sich nicht an die ungeschriebenen oder geschriebenen Regeln halten, die ganz klar besagen, dass jedes laute Wort eines zu viel ist.

Sie verdreht die Augen. »Wie hast du mich gefunden? Fee?« Im Gegensatz zu ihm flüstert sie. Mit einer Geste bedeutet sie ihm zu schweigen, bevor er überhaupt antworten kann. »Nein, sag nichts. Was tust du hier? Ich bin hier gerade beschäftigt. Wirklich, wirklich beschäftigt.« Ihr Flüstern klingt wie ein Zischen.

Lässig lehnt er sich an die Tischkante. In dem Moment, in dem er aufgetaucht ist, ist die Temperatur im Gebäude gestiegen. Die Sonne, die durch die Fenster hereinscheint, hat an Kraft gewonnen. »Es ist ein schöner Tag. Zu schön, um hier drin zu sitzen und über Lernkram zu brüten.«

»Pst!«, zischt sie und reißt die Augen auf. Wie kann er in der Bibliothek nur so laut reden? Kapiert er nicht, dass das ein Sakrileg ist? Und jetzt sind es tatsächlich mehr Leute, die den Blick heben und zu ihnen herüberschauen. »Max, ich will nicht unhöflich sein, aber ich muss hier wirklich dringend vorankommen.«

»Jeder weiß, wie wichtig regelmäßige Pausen sind.« Mit unverminderter Lautstärke spricht er weiter, das Blitzen in seinen

Augen verrät, dass ihm sehr wohl bewusst ist, wie verrückt er sie damit macht. »Wie wäre es mit einem Spaziergang?«

Fassungslos schüttelt sie den Kopf, obwohl ein Teil von ihr gerne genickt hätte.

»Komm schon.« Seine Stimme nimmt einen spielerischen Tonfall an und ist im gesamten Raum zu hören. »Wirklich nicht? Ich verspreche dir, es ist wunderschön draußen. Mein Wort drauf.«

Wenn er nur endlich still wäre. Anna bildet sich bestimmt nicht ein, dass immer mehr Blicke auf sie beide gerichtet sind. Max ist das offensichtlich völlig gleichgültig, ihm kommt es nicht in den Sinn, die Stimme zu senken.

Ihre Gedanken überschlagen sich. Sie schiebt Termine, Fristen und Deadlines vor ihrem geistigen Auge hin und her, bis sie einen Timeslot freigeschaufelt hat. Wie Felsbrocken lasten die Pflichten auf ihren Schultern, doch für einen Moment kann Anna sich von ihnen befreien. Das tut sie nur, damit er endlich die Klappe hält – zumindest möchte sie sich das gerne einreden.

»Na schön, dann komm. Fünfunddreißig Minuten, mehr kann ich mir nicht erlauben«, zischt sie, rafft ihre Unterlagen zusammen, versenkt sie in der Handtasche und flieht mit gesenktem Blick aus der Bibliothek, gefolgt von einem hochzufriedenen Max.

Schlanke Gräser haben sich zwischen den Pflastersteinen hindurchgebohrt und wiegen sich sachte im Sommerwind. Max nimmt einen flachen Kiesel, dreht ihn kurz in der Hand hin und her und lässt ihn dann über die Wasseroberfläche schnellen, wo er dreimal aufhüpft, bevor er in der Regnitz versinkt. Anna lacht leise und weiß selbst nicht genau, warum.

Seite an Seite spazieren sie am Ufer entlang, jeder mit einem

Eis in der Hand. Der Tag schmeckt nach Erdbeere und Buttermilch-Kirsch. Der Geruch nach Sommer hat den von Papier vertrieben.

»Was denkst du?«

Max' Frage trifft sie unerwartet. Sie spürt seinen Blick wie eine Berührung auf ihrem Gesicht, eine warme, prickelnde Berührung. Noch nie hat sie erlebt, dass jemand sie so ansieht. Max hat eine ganz eigene Intensität in allem, was er tut. Sein Blick ist so direkt, so neugierig, dass er ihr unter die Haut geht.

»Nichts«, entgegnet sie erstaunt.

Und das stimmt. Wie auch immer er das gemacht hat, irgendwie ist es ihm gelungen, das Karussell anzuhalten, das sich sonst fast immer dreht – schnell, manchmal viel zu schnell dreht.

Eine solche Ruhe findet sie sonst nicht einmal im Schlaf, wenn überhaupt, dann beim Schwimmen. Eben noch war sie im Hamsterrad gefangen, zwischen Lernstoff und Seminararbeit, zwischen Masterarbeit und Firma. Gerade ist sie ein freier Hamster, denkt sie lächelnd. Jetzt ist ihr Kopf einfach … leer. Und auch wenn sie weiß, dass es immer eine Menge gibt, worüber man sich gut und gerne den Kopf zerbrechen kann und muss, fühlt es sich in diesem Moment himmlisch an. Max' Lachen wehrt die Felsbrocken ab, die auf sie herabzustürzen drohen. Es spannt sich wie ein schützender Schirm über sie und hält jegliche Sorgen und Pflichten für den Moment ab.

»Ich sorge für Leere im Kopf? Großartig!«, lacht er. »Ich weiß ja nicht, ob das ein Kompliment ist.«

»Ist es, glaub mir.«

Aber schon ist dieser Moment vorbei, und jetzt, wo ihr dieser Umstand bewusst wird, ziehen sich die Wolken sofort wieder zusammen. Wird sie es nachher schaffen, die fünfunddreißigminütige Pause aufzuholen? Welchen Betreuer soll sie für ihre

Masterarbeit wählen? Für welches der drei Themen, die sie sich überlegt hat, soll sie sich entscheiden? Hat ihr Vater heute schon etwas Vernünftiges gegessen? Kommt er allein zurecht?

Ein Ausflugsboot fährt vorbei. Menschen winken ihnen gut gelaunt zu, und Anna und Max winken zurück. Außer ihnen ist niemand hier am Ufer. Sie haben die belebte Innenstadt hinter sich gelassen und sind der Regnitz in ruhigere Gegenden gefolgt.

Die fünfunddreißig Pausenminuten neigen sich dem Ende zu, aber Anna möchte am liebsten nicht daran denken, dass sie gleich in ihren eng getakteten Alltag zurückkehren muss. Noch ein paar Minuten, nur noch ein kleines bisschen Zeit mit Max.

Ein Stück weiter liegen Boote vertäut, kleine Ruderboote, und unerwartet läuft Max los und macht sich an der Anlegestelle zu schaffen. Anna japst nach Luft. »Was soll das werden?«

Über seine Schulter hinweg grinst er sie an. »Eine Bootstour. Oder wonach sieht es aus?«

Fassungslos hebt sie die Arme und lässt sie wieder fallen. »Was?«, quietscht sie, rennt ihm hinterher und zieht an seiner Schulter. »Bist du verrückt? Du kannst doch nicht … Wir dürfen doch nicht …«

»Was kann ich nicht?«

»Ein Boot stehlen, um Himmels willen!«

Unbeschwert zuckt er mit den Schultern. »Ist doch nichts dabei. Wir leihen es doch nur aus.«

»*Wir* tun hier ohnehin gar nichts.« Abwehrend hebt sie die Hände und ringt nach Atem. »Gottverdammt, Max, glaubst du ernsthaft, ich helfe dir, ein Boot zu stehlen?«

»Leihen, nicht stehlen.« Er stellt einen Fuß auf den Rand, strahlt übers ganze Gesicht und hält ihr einladend die Hand hin. »Darf ich bitten?«

Anna verschränkt die Arme vor der Brust, versteckt sogar die

Hände in den Achselhöhlen und schüttelt energisch den Kopf. »Du kannst nicht ernsthaft glauben, dass ich da mitmache. Herr im Himmel, Max.«

»Herr im Himmel«, wiederholt er lachend. »Wer sagt denn so was?« Sein Grinsen wird noch breiter. »Sag mir lieber – Wahrheit oder Pflicht?«

Sie lacht ungläubig auf. »Echt jetzt? Meinst du wirklich, so einfach ist das? Meinst du, ich wähle jetzt Pflicht, und du kannst mir auftragen, in diese Nussschale zu steigen, und ich mache das dann tatsächlich auch?«

Aber er steht nur weiter da, streckt ihr die Hand entgegen, und auf einmal handelt ihr Körper ohne ihr Zutun. Sie *will* es. Sie will mit ihm in diesen winzigen Kahn klettern, der ihnen nicht gehört, obwohl das irrsinnig, unvernünftig und illegal ist. Und schon liegt ihre Hand in seiner und er hält sie sicher, als das Boot unter ihren Füßen bedrohlich schwankt.

Warum?, fragt sie sich benommen. *Warum mache ich das? Was mache ich da?*

Aber sie findet keine Antwort darauf. Jedenfalls nicht in diesem Moment.

*

Die tiefersinkende Sonne zaubert Feenstaub und Juwelen auf das Wasser, sie lässt die Goldsprenkel in Max' Augen glitzern und das Braun hell wie Bernstein leuchten. Anna streckt die Arme weit über den Kopf und atmet ein, immer tiefer, bis die Luft kaum mehr in ihre Lunge passt. Dann lehnt sie sich zurück, legt sich auf die Holzbohlen, verschränkt die Arme hinter dem Kopf und blinzelt hoch zu den Wolken, die der Wind übers Blau treibt.

Mit gleichmäßigen Zügen steuert Max das Boot über den

Fluss, mit einem leisen Platschen tauchen die Paddel ein. Gluckernd schlägt das Wasser von unten gegen den Bug, nur durch ein wenig Holz von Annas Kopf getrennt. Sie kann nicht behaupten, dass es wirklich gemütlich wäre, und doch genießt sie jede Sekunde.

»Ich kann nicht fassen, dass wir das machen«, murmelt sie und folgt mit dem Blick den Vögeln, die schattenrissgleich über den Himmel sausen.

»Dass wir was machen?« Auch ohne ihn anzuschauen, kann sie in seiner Stimme förmlich die Unschuldsmiene sehen, die er gerade zieht.

»Ein Boot klauen! Das ist … Das ist Diebstahl.«

Er prustet los, wird von so heftigem Lachen geschüttelt, dass ihm Tränen in die Augen schießen. Atemlos zieht er die Paddel hoch und hält sich den Bauch. Unwillig stemmt sie sich auf die Ellenbogen hoch und funkelt ihn an. »Was ist denn jetzt lustig?«

»Du, Anna. Im besten Sinne. Du bist wundervoll. Denkst du wirklich, wir stehlen ein Boot?«

Wortlos starrt sie ihn an, schaut hinunter aufs Holz, blickt Max wieder an, der sie jetzt breit angrinst.

»Es schmeichelt mir beinahe, dass du mir das zutraust. Aber nein. Das Ding gehört Ben, einem Kollegen von mir. Hab ihm vorhin kurz geschrieben und ihn gefragt, ob ich es ausleihen kann. Dein Gesichtsausdruck war es wert.«

Sie verdreht nur die Augen und lässt sich wieder rückwärts sinken. Selbst wenn sie wollte, könnte sie ihm nicht böse sein, dazu ist dieser Ausflug viel zu schön.

»Wahrheit«, sagt Max, als sie ihn vor die Wahl stellt.

Versonnen betrachtet sie die vergänglichen Bilder, die die Wolken malen. »Was hast du letzte Nacht geträumt?«

Auf ihre Frage folgt kurzes Schweigen, nur das Plätschern des

Wassers ist zu hören. »Ich passe«, lautet dann seine unerwartet knappe Antwort.

»Was? Echt jetzt?« Erneut stemmt sie sich hoch und sucht seinen Blick, irritiert von seiner Reaktion auf diese harmlose Frage. Und kurz, nur für einen winzigen Moment, sieht sie die Traurigkeit, die wie ein Schatten über seine Augen huscht.

Er schweigt kurz, legt die Paddel beiseite, kommt dann auf sie zu und legt sich neben sie. Seite an Seite liegen sie in der hölzernen Nussschale, lassen sich einfach treiben und schaukeln. Schlagartig verpufft Annas Interesse an den Wolken, die sie gerade noch beobachtet hat. Der enge Innenraum des Bootes reicht gerade so aus, um nebeneinander zu liegen, ohne sich zu berühren, doch jede kleine Bewegung würde die geringe Distanz zwangsläufig aufheben. Das Atmen fällt ihr schwer, als ihr der Duft seiner Haut in die Nase steigt und Erinnerungen an ihre gemeinsame Nacht auflodern lässt.

Zeitgleich, als hätten sie sich abgesprochen, wenden sie sich einander zu, immer noch ohne jede Berührung, doch ihre Nasenspitzen sind nur ein winziges Stück voneinander entfernt. Längst sind die fünfunddreißig Minuten vorbei, aber Anna schiebt den Gedanken energisch beiseite, nur ein sachtes Mahnen in ihrem Hinterkopf bleibt davon übrig.

»Du hast gesagt, du suchst nichts«, sagt Max leise. Das Flirren im Gold seiner Augen scheint ein Eigenleben zu haben, wie gebannt sieht sie hin. Ihre Lippen öffnen sich wie von selbst, als sein Atem sie leicht streift. »Aber sollen wir es nicht trotzdem probieren? Einfach herausfinden, was das ist, was wir da gefunden haben, oder was uns gefunden hat?«

Sie hat keine Zeit, will sie sagen, keine Zeit für Männergeschichten, für Bootsfahrten und Spiele. Aber die Worte kommen ihr nicht über die Lippen. Max streckt die Hand aus, ganz sachte wandern seine Fingerspitzen über ihre Stirn, die Schläfe, ihren Wangenknochen. Folgen dem Schwung ihrer Nase, streichen zärtlich über ihre Sommersprossen. Hinterlassen glühende Linien und Schnörkel auf ihrer Haut, durch die Anna ihren eigenen Herzschlag spürt, und seinen Herzschlag, und dann seinen Mund auf ihrem. Es gibt keine Distanz mehr zwischen ihnen.

Immer schneller ziehen die Wolken über ihnen dahin, und plötzlich hat Anna das Gefühl zu fallen. Sie fällt, stürzt in etwas, das sie nicht einschätzen und nicht planen kann. Schmerzhaft krampft sich ihr Magen zusammen. Sie schließt die Augen, versucht tief zu atmen und breitet in Gedanken die Arme aus. Wenn sie schon fällt, dann zumindest mit offenem Herzen und mutig – das nimmt sie sich vor.

Max

München ist bei weitem nicht New York oder Bangkok, und trotzdem ist mir die Stadt zu viel. Zu viel von allem. Zu viele Menschen. Zu viel Lärm. Und zu viele Autos um mich herum, die sich, wie ich, auf das Zentrum zuwälzen.

Und zu viel Nähe zu meiner Familie.

Meine Eltern haben die Großstadt immer schon geliebt. Ich hingegen habe mich nie so recht damit anfreunden können, obwohl ich hier in München aufgewachsen bin, in den verschiedensten Stadtteilen und Wohnungen, immer nur für ein paar Jahre, bevor es meine Mutter in den Fingern zu jucken begann und sie wieder Wohnungsanzeigen durchstöberte, auf der Suche nach einem noch optimaleren Nest für die Familie.

Wie anders ist da Bamberg – von allem genau so viel, um ein Zuhause sein zu können. Verwinkelt genug, um sich in den Gassen der Altstadt verlieren zu können, und überschaubar genug, um immer wieder zurückzufinden. Alt genug, um ehrwürdig zu sein, gleichzeitig jung genug, um vor Leben zu pulsieren.

Aber das alles sind nicht die einzigen Gründe, warum ich mich dort wohlfühle. Der Hauptgrund hat flachsblondes Haar und Sommersprossen auf der Nase. Blaue Augen, die je nach Licht manchmal einen türkisfarbenen Schimmer haben.

Mit den Fingern trommele ich aufs Lenkrad und schüttele den Kopf über mich selbst. Flachsblond, was ist das überhaupt für ein altmodisches Wort? Aber es passt perfekt, um Annas seidiges Haar zu beschreiben.

Was sie wohl gerade macht? Während ich mich durch den Großstadtverkehr kämpfe, sind meine Gedanken bei ihr. Und sie? Denkt sie auch an mich? Oder freut sie sich schon auf die Party, zu der Fee sie heute Abend schleppt, und verschwendet gar keinen Gedanken an mich? Nirgends wäre ich heute lieber als bei ihr. Aber wenn ich das komplette Familienwochenende abgesagt hätte, das ich schon so drastisch verkürzt habe, würde meine Mutter mir das nie verzeihen.

Auf der Suche nach einer Parklücke muss ich ein paar Runden drehen und die Nebenstraßen abklappern. Direkt in der Kastanienallee ist selten etwas frei. Zentrale, aber ruhige Lage. Geschmackvoller Altbau. Mit großen Schritten eile ich die Treppe hinauf. Die Parkplatzsuche hatte mich Zeit gekostet. Nicht so viel, dass mein Zuspätkommen grob unhöflich ist, aber mit Sicherheit genug, um meine Mutter in Sorgen zu stürzen.

Schon vor Jahren ist mir aufgefallen, dass ich jedes einzelne Mal unwillkürlich die Luft anhalte, wenn ich die Wohnung betrete, so als würde ich unter Wasser tauchen. Ich bemerke es immer, aber ich kann mich nicht gegen diese Reaktion meines Körpers wehren. Auch diesmal sammele ich meinen Atem und verharre einen Moment auf der Schwelle, die geschwungene Klinke in der Hand, die Miene starr. Dann gebe ich mir einen Ruck und trete ein.

Blicke treffen mich. Ein Gesicht schaut mir von unzähligen Fotos entgegen. Die sanften, braunen Augen scheinen mir zu folgen, wohin ich mich auch wende. Ich schlucke. Atme. Senke den Kopf, um den vielen Blicken aus all den braunen Augen auszuweichen, die sich unbarmherzig in meine Seele bohren und sich in den hintersten Winkel meines Kopfes schlängeln.

Die Wohnung ist ein verdammtes Museum. Foto reiht sich an Foto. Nein, kein Museum, korrigiere ich mich in Gedanken. Ein Mausoleum. Es gibt einen Geist, der hier wandelt. Einen allgegenwärtigen Geist, der meine Familie bei jedem Umzug verfolgt, wie Nebel durch die Räume wabert und als kalter Hauch zwischen den Wänden hängt.

»Max! Na endlich«, zwitschert Leonie überschwänglich und wirft sich mir entgegen, als sei ich das erste menschliche Wesen, das sie seit einer Ewigkeit sieht.

Grinsend umarme ich meine Schwester. »Meine Güte. Hast du dich als Panda verkleidet? Trägt man das heute so?« Mit dem Zeigefinger wedle ich vor ihrem Gesicht herum.

»*Ich* trage das so«, verkündet sie gut gelaunt. Die Unmengen an Kajal, die sie um ihre Augen aufgetragen hat, mit denen sie jetzt treuherzig blinzelt, lassen sie wie eine Figur aus einem Tim-Burton-Film wirken.

Ich senke meine Stimme. »Und, wie nimmt sie es auf?«

Leonie zuckt mit den rundlichen Schultern. »Dass du weggezogen bist, oder dass du nicht das gesamte Wochenende hierbleibst? In beiden Fällen – sie wird es überleben. Irgendwann müssen wir alle erwachsen werden.«

Als hätte meine Mutter gespürt, dass es gerade um sie geht, taucht sie aus ihrem Atelier auf. Farbkleckse zieren ihre Hände und Unterarme, ein Fleck prangt sogar auf ihrer Wange. Die lackschwarz glänzenden Haare hat sie mit einem Band zurückgenommen, was ihre scharfen, attraktiven Gesichtszüge betont. Bei meinem Anblick nehmen ihre smaragdgrünen Augen einen warmen Glanz an.

»Schätzchen! Da bist du ja schon. Ich habe gar nicht gemerkt, dass es schon so spät ist.«

Aber ich weiß, dass sie die Uhrzeit sehr wohl im Blick hat. Vermutlich hat sie immer wieder auf die große Wanduhr in ihrem Atelier geschaut, von der irrationalen Angst getrieben, ich könnte auf dem Weg einen Autounfall haben oder einfach spontan beschließen, dieser Familie auf immer den Rücken zu kehren und nicht hier aufzutauchen.

Sie drückt mich an sich. Ihr Malkittel, dessen weite Ärmel sie bis zu den Ellenbogen hochgeschoben hat, riecht nach Lösungsmittel und Acryl, doch darunter nehme ich ihr elegantes Parfum wahr.

Mit zwei Fingern hält sie mein Kinn fest und schaut mir prüfend ins Gesicht, auf der Suche nach Spuren und Zeichen, die ihrer permanenten Sorge neues Futter gegeben könnten.

»Mama. Es geht mir gut. Der Job ist toll, die Kollegen auch. Alles ist bestens. Ich erzähle dir gleich alles beim Essen ganz detailliert.« Meine Stimme ist ebenso fest wie mein Lächeln.

Sie gibt mir einen Kuss auf die Wange und hält mein Gesicht noch einen Moment lang fest. »Wunderbar. Lass mich nur rasch das Ding hier ausziehen, dann können wir auch schon essen. Die Lasagne steht im Ofen, sie müsste jeden Augenblick fertig sein. Übrigens, ich habe dir ein paar Sachen für die nächste Woche vorgekocht. Oh, und einen Karottenkuchen habe ich für dich gebacken! Vergiss ihn aber nicht wieder und warte nicht, bis er ganz vertrocknet ist. Du bist in letzter Zeit so dünn geworden, das gefällt mir nicht.«

Schmunzelnd seufze ich. »Das letzte Mal, dass ich ein Stück Karottenkuchen im Rucksack vergessen habe, war in der Grundschule. Und abgemagert bin ich in der einen Woche, die ich nicht mehr hier wohne, auch nicht.«

Liebevoll wuschelt sie durch meine Haare. »Ach, du warst davor schon zu dünn, und besser ist das in der letzten Woche nicht geworden. Ich glaube, meine Sorgen, dass du in der Fremde verhungerst, sind durchaus berechtigt. Und jetzt komm, schlag keine Wurzeln, lass uns die Lasagne retten!«

Als ich mit ihr und Leonie in die Küche gehe, folgen mir die Blicke des Jungen auf den Fotos.

*

Sie ist keine herausragende Köchin, aber was ihr möglicherweise an Talent fehlt, macht sie durch Enthusiasmus wett. Wir sitzen schon beim Essen, als mein Vater nach Hause kommt, mit windzerzaustem Haar und zerstreutem Blick.

»Tut mir leid, ihr Lieben«, schnauft er und stellt die Ledertasche mit den abgewetzten Ecken auf dem Boden ab. »Ich wollte nur schnell noch ein paar Unterlagen aus der Kanzlei holen. Dabei habe ich wohl irgendwie die Zeit vergessen. Als ich wieder auf die Uhr geschaut habe, waren fast zwei Stunden vergangen.«

Meine Mutter schenkt ihm ein Lächeln. »Nicht so schlimm, Schatz. Verzeih, wir haben schon angefangen zu essen. Aber ich hab dir eine Portion warmgehalten.« Als er sich einen Teller nehmen will, springt sie hastig auf. »Ach, ich mach das schon! Setz dich einfach.«

Er erwidert ihr Lächeln. »Das ist doch nicht nötig, ich kann selbst … Na schön, danke, lieb von dir.«

»Max hat uns gerade von seinem Job erzählt. Er macht sich wirklich gut dort! Nicht, dass ich das je bezweifelt hätte. Schätzchen, erzähl Papa doch von deinen ersten Arbeitstagen!«

Mit gemischten Gefühlen betrachte ich den Tanz, den meine Eltern aufführen, seit ich mich erinnern kann. Sie lächeln. Sie sind höflich und freundlich. Gehen zuvorkommend miteinander um, geradezu vorsichtig, als befürchten sie, ein falsches Wort oder eine falsche Bewegung könnte irgendetwas kaputtmachen. Aber irgendwie scheinen sie dabei stets aneinander vorbeizuschauen, statt einander richtig in die Augen zu sehen.

Und auch ich mache mit. Lächle. Erzähle wie gefordert noch einmal alles ganz genau, wie es mir auf der Arbeit ergangen ist und wie mir die Agentur bisher gefällt. Betone immer wieder, wie schön Bamberg ist, und bemerke doch die sorgenvollen Mienen meiner Eltern, die beide alles andere als begeistert gewesen sind, als ich ankündigt habe, dass ich meine Studenten-WG in München verlasse und einen Job in Bamberg annehme.

»Wieso Bamberg? Da gibt es doch interessantere Städte. Warum bleibst du nicht einfach hier? Gibt es in München keine guten Jobs für Fotografen?«, hatte meine Mutter gesagt und danach jeden einzelnen Tag versucht, mir das Vorhaben auszureden, bis zu dem Moment, als ich meine wenigen Umzugskarton gepackt und die Fahrt angetreten hatte.

Aus ihrem Mund hat mich das nicht überrascht. Was auch immer ich in meinem bisherigen Leben angefangen habe, meine Mutter hat immer Einwände, die aus ihrer Sicht auch immer berechtigt sind. Fraglos gut gemeint, aber doch so einengend, dass ich irgendwann das Gefühl bekommen habe zu explodieren, wenn sie mich noch einmal mit diesem sorgenvollen, tieftraurigen Blick ansieht.

Aber in diesem Fall hat sogar mein Vater, der sonst immer gute Miene zu allem macht und dessen Eingreifen sich üblicherweise darauf beschränkt, zwischen sämtlichen Parteien zu vermitteln, Bedenken angemeldet. Nicht einmal er war begeistert, als ich von meinen Bamberg-Plänen erzählt habe. Kummervoll haben meine Eltern mich angeschaut, als hätte ich verkündet, ich wollte mich in der Bronx als Straßenkünstler durchschlagen und nicht eine Festanstellung in einer mittelgroßen Stadt im idyllischen Franken annehmen.

»Es ist wirklich schön dort, nicht so piefig, wie man vielleicht denken könnte. Eine Menge Studenten, die halten die Stadt jung«, erzähle ich und zeige Fotos auf meinem Handy.

Ihr könnt stolz auf mich sein. Ich habe einen Job. Eine eigene Wohnung. Ich lebe mein Leben. Aber das spreche ich nicht laut aus.

Leonie hört geduldig zu und betrachtet die Fotos, doch irgendwann platzt es aus ihr heraus: »Übrigens, ich habe auch etwas zu erzählen!« Sie strahlt mit ihrem glitzernden Lippenpiercing um die Wette. »Maike und ich wollen im Juni aufs Nova Rock Festival. Sie hat uns sogar schon Tickets organisiert.«

»Du und Rock?«, ziehe ich sie auf. »Sag bloß, du wirst erwachsen und entwickelst einen vernünftigen Musikgeschmack. Du weißt schon, dass da keine von deinen verheulten Emo-Bands spielt, oder?«

»Man sollte sich musikalisch eben nicht zu sehr festlegen«, gibt sie hoheitsvoll zurück.

Ich zucke mit den Schultern. »Besser so. Emo ist doch eh längst tot.«

Sie kichert. Sosehr ich es auch immer wieder versucht habe, es gelingt mir einfach nicht, sie wirklich zu ärgern. Nicht einmal, wenn ich ihren Musikgeschmack runtermache. »Emo wird niemals tot sein.« Sie legt eine Menge Pathos in ihre Stimme und zupft bekräftigend mit den schwarz lackierten, abgeblätterten Fingernägeln an ihrem gleichfarbigen MCR-Shirt.

»Das ist ein schlechter Scherz, oder?« Die schrille Stimme meiner Mutter lässt uns verstummen. Ihre Augen sind weit aufgerissen, ihre schmalen Wangen mit den ausgeprägten Wangenknochen haben jegliche Farbe verloren. Sie öffnet den Mund, als wolle sie noch etwas sagen, klappt ihn dann aber wieder zu und schüttelt vehement den Kopf. An der Stirn klebt immer noch ein Rest getrockneter Acrylfarbe, der mir jetzt erst auffällt.

Leonie bleibt ruhig. »Kein Scherz. Das wird toll, Mama.«

»Toll? Mein Gott, du bist gerade mal siebzehn, nicht mal volljährig! Hast du eine Ahnung, was zwei jungen Mädchen auf so einem Festival zustoßen kann?« Ihre Hände krampfen sich um die Tischkante.

Ich beiße die Zähne fest zusammen. So schnell kann die Stimmung kippen. Meine Kehle ist wie zugeschnürt. Ich will Leonie beispringen, bringe aber kein Wort hervor. Es ist ein Film, der vor meinen Augen abläuft und den ich wie ein unbeteiligter Beobachter verfolge, obwohl ich das nicht möchte.

Genau diese Diskussionen habe ich zur Genüge mit meiner Mutter geführt – hin und her gerissen zwischen dem brennenden Verlangen nach Freiheit und dem ständigen unbehaglichen Wissen, der Frau, die alles für mich tut, Kummer zu bereiten. Seit meiner Kindheit habe ich diskutiert und gestritten, durch die ganze Pubertät hindurch, während meines Studiums und der Ausbildung zum Fotografen – und ich habe das Gefühl, dass das niemals wirklich endet.

Mein Vater legt beschwichtigend die Hand auf die seiner Frau und sieht aus, als wolle er irgendetwas sagen, presst dann aber doch schweigend die Lippen zusammen.

Abrupt reißt sie ihre Hand weg. »Willst du nichts sagen, gottverdammt? Ein Festival!« Beinahe überschlägt sich ihre Stimme. Wild starrt sie Leonie an.

Doch die bleibt entspannt. »Mama, jetzt dreh doch nicht gleich durch. Wenn es auf dieser Welt zwei vernünftige Mädchen gibt, dann sind das Maike und ich. Lass uns bei Gelegenheit noch mal darüber reden«, sagt sie fröhlich.

Und ich habe jetzt schon das sichere Gefühl, dass sie zum Nova Rock fahren wird. Wie macht sie das nur? Es ist mir unbegreiflich, wie sie es schafft, nicht aus der Haut zu fahren. In ihrem Alter habe ich mir wilde Streitgespräche mit meiner Mutter geliefert, die meist damit endeten, dass ich brüllend hinausgestürmt bin und die Tür hinter mir zugeknallt habe – nur um am nächsten Tag reumütig um Verzeihung zu bitten, weil es mir beinahe körperlich weh getan hat, ihr das Herz zu brechen. Hab ich denn nicht gewusst, dass sie es nur gut meint? Hab ich nicht kapiert, dass sie in ihrem Leben genug durchgemacht hat? Ist mir nicht klar gewesen, dass sie Gründe hat, triftige Gründe für alles, was sie sagt und tut?

Aber dann kam der nächste Tag. Der nächste Konflikt. Das nächste unsinnige Verbot, das mich aufbegehren und gegen meine Fesseln hat ankämpfen lassen.

Aber nicht so bei Leonie. Sie bringt das Kunststück fertig, sich an diesen kräftezehrenden Streits vorbeizuschlängeln und schlussendlich doch immer ihren Willen zu bekommen. Das, was mich stets belastet hat, scheint sie überhaupt nicht wahrzunehmen. Wie hat sie es geschafft, sich ihr sonniges Gemüt zu bewahren? Manchmal quält mich das schlechte Gewissen, weil ich sie hier zurückgelassen habe – hier in diesem Geisterhaus, in dem die Vergangenheit unheilvoll ihre Schatten bis in die Gegenwart wirft.

Wird sie ihre rührende Unbeschwertheit jemals ablegen, die sie wie einen Panzer um sich trägt? Manchmal frage ich mich das. Und ich weiß nicht, ob ich es ihr wünschen soll, oder besser nicht.

*

Ein Kaleidoskop aus Farben und Formen. Konzentriert starrt sie auf die Leinwand, taucht den Pinsel immer wieder in die Acrylfarbe und füllt das komplexe, vorgezeichnete Muster Pinselstrich für Pinselstrich auf. Ihre Bewegungen sind ruhig und kontrolliert, die schmalen Schultern angespannt.

Und an den Wänden – wieder Bilder. Keine der fertiggestellten, bunten Mandalas, die liegen eingerollt auf dem farbbekleckten Tisch. Sondern auch hier sind es gerahmte Fotos. Ich vermeide es, sie anzusehen, und trotzdem spüre ich den Blick des Jungen auf meiner Haut.

Aus dem Bluetooth-Lautsprecher, den ich ihr zu Weihnachten geschenkt habe, tönen fremdartige Worte. Der Norwegisch-Sprachkurs, ihr neuester Spleen, dem sie sich mit Feuereifer widmet. Trotz der drückenden Wärme trägt sie den übergroßen, pechschwarzen Pullover, den sie im letzten Winter in ihrer kurzen, aber leidenschaftlichen Strickphase selbst gemacht hat.

Ich weiß, dass sie mich bemerkt und nur vorgibt, es nicht zu tun. Sie wartet auf mich. Wartet darauf, dass ich den ersten Schritt mache und sie anspreche.

Es ist ein schwerer Moment für sie. Das macht es auch zu einem schweren Schritt für mich, wohl wissend, dass rein gar nichts an dieser banalen Situation in irgendeiner Form schwer sein sollte. Für keinen von uns.

»Ich fahre dann jetzt, Mama.«

Sie dreht sich zu mir herum, auf ihrem Gesicht ein so seidendünnes Lächeln, durch das ich ohne Mühe hindurchblicken kann. »Ich weiß. Hast du gesehen? In der Küche steht ein kleines Paket für dich bereit. Den Auflauf kannst du einfach aufwärmen. In der großen Tupper-Box ist der Schokopudding, den du so gerne magst. Und denk an den Karottenkuchen, ja?«

»Mache ich.« Ich muss grinsen. Der Schokoladenpudding ist ein Relikt meiner Kindheit. Meine Mutter wird nicht müde, mir in Erinnerung zu rufen, dass ich als kleiner Junge monatelang nichts anderes essen wollte, bis sie vor lauter Sorge, ich könnte Mangelerscheinungen haben, den Kinderarzt konsultiert hat.

Ist sie immer schon so zierlich, so dünn gewesen? Das frage ich mich, als ich sie zum Abschied umarme. So filigran, als wären ihre Knochen nicht dicker als die eines kleinen Vogels und als könnte ein starker Windstoß sie einfach zerbrechen.

Aber sie ist zäh, das weiß ich genau. Wäre sie es nicht, dann wäre sie jetzt schon nicht mehr am Leben. Es gibt Dinge, die man nur übersteht, wenn man zäh ist. Ganz gleich, was für Konflikte wir manchmal haben: Ihre Stärke ringt mir Bewunderung ab.

»Pass auf dich auf, Max. Fahr vorsichtig. Mach nichts Dummes.« Liebevoll stupst sie den Zeigefinger gegen meine Stirn. Sie versucht, ihrer Stimme einen leichten Klang zu verleihen, aber ich bin nicht taub und höre den ernsten Unterton.

»Natürlich nicht«, entgegne ich fest. »Ich bin immer vernünftig. Wie Leonie übrigens auch. Aber wir können uns nicht in Watte packen und zu Hause einsperren.«

»Ich weiß, ich weiß.« Sie seufzt. »Aber …« Als abgerissenes, loses Ende hängt das Wort in der Luft. Ich weiß auch so, was sie sagen will. Es ist nicht so, als könnte ich sie nicht verstehen – bei all dem Ärger und Streit begreife ich doch immer, warum sie nicht aus ihrer Haut kann. Aber das macht es auch nicht leichter.

»Und, mein Lieber, bevor du wieder in die Ferne entschwindest – willst du mir erzählen, was du bisher nicht erzählt hast?« Sie hält mich auf Armeslänge von sich weg und legt fragend den Kopf schief.

»Was?« Der Themenwechsel überrumpelt mich.

Leise lacht sie. »Komm schon, du Geheimniskrämer. Du hast vom Job erzählt, von deinen neuen Bekannten, von der Altstadt, sogar vom Fitnessstudio, in dem du dich vielleicht anmelden willst. Aber weißt du, was meistens das Interessanteste ist? Das, was die Menschen nicht von sich aus erzählen.«

Ich habe ihr nie etwas verheimlichen können. Ihre mandelförmigen Augen verengen sich, als sie mir forschend ins Gesicht schaut. Ihr Blick sucht, forscht und findet. Es ist manchmal beinahe unheimlich, wie gut sie in Menschen lesen kann. Dann erinnert es mich daran, dass sie mehr ist als eine besorgte, ängstliche Mutter.

»Sie heißt Anna.« Ich kann den Namen nicht aussprechen, ohne zu lächeln.

Und natürlich entgeht ihr das nicht. Es zuckt um ihre Mundwinkel. »So. Anna also. Wie ist sie denn so?«

Ich zucke mit den Schultern. »Ach, ich kenne sie ja noch kaum. Hab sie auf einer Party kennengelernt und danach noch mal getroffen.«

Egal, wie gleichgültig ich mich jetzt zu geben versuche, das Blitzen im Grün ihrer Augen verrät, dass sie sehr wohl merkt, dass ich Anna nicht als belanglose Zufallsbegegnung betrachte. »Bring sie doch mal mit, wenn du magst. Ich bin neugierig.«

Ich nicke und weiß im selben Moment, dass ich das nicht tun werde. Nicht in näherer Zukunft zumindest. Alles in mir sträubt sich gegen den Gedanken, Anna hierherzubringen, in diese Atmosphäre, die mich erstickt, und in diese Wohnung, in der einen die Blicke eines Toten auf Schritt und Tritt verfolgen.

Charlotte

8. September 1991

»Ich stehe auf, kümmere mich um Jan. Wenn er schläft, versuche ich den Haushalt zu schmeißen, mit Betonung auf *versuchen*. Wenn ich richtig viel Glück habe, ist manchmal sogar eine Dusche drin, bevor er wieder aufwacht und nach mir schreit. Nach meiner Brust, um genau zu sein. Dann kommt Thomas nach Hause, und wir essen. Manchmal sogar gemeinsam, meistens eher abwechselnd – einer isst, der andere kümmert sich um Jan. Dann falle ich erschöpft ins Bett und hoffe auf ein paar Stunden Schlaf. Und dann … dann stehe ich auf, kümmere mich um Jan. Versuche den Haushalt zu schmeißen, während er schläft.«

Neles Lachen schallt durch den Telefonhörer. »Klingt himmlisch. Hey, zumindest stillst du. In einer dieser dämlichen Frauenzeitschriften stand letztens, das wäre besser als jede Diät.«

Ich schnaube. »Das ist gerade meine letzte Sorge, glaub mir. Ich bin hier verdammt nochmal mit Überleben beschäftigt.«

»Wirkt auf mich eigentlich immer so, als würdest du das alles mit links wuppen. Du wirkst sehr, na ja, kompetent in diesem ganzen Mutterzeug.«

»Habe ich schon ein paarmal gehört. Aber glaub mir, es ist ein ständiger Wechsel zwischen Überforderung und grenzenloser Langeweile.«

»Ich will ja nichts sagen, aber …«

»Dann sag es nicht. Ich weiß, ich weiß. Du hast das alles von Anfang an für eine schlechte Idee gehalten. Aber glaub mir, das ist es nicht. Trotz allem ist es richtig.«

Kurz ist es still am anderen Ende der Leitung, abgesehen vom leisen Stimmengewirr im Hintergrund. Nele ist auf einer jener Veranstaltungen, von denen man nie so ganz genau weiß, ob es sich um ein Geschäftstreffen oder um eine Party handelt. Offenbar hat sie in irgendeinem der Hinterräume ein Telefon ausfindig gemacht und die Gelegenheit genutzt, um mich anzurufen. Aber wie ich sie kenne, reckt sie schon den Hals, um bloß nichts zu verpassen.

Der Radiosender spielt schon wieder *Secret Love* von den Bee Gees. Der Song läuft bestimmt schon zum vierten oder fünften Mal heute. Ich wippe im Takt und drehe den Lautstärkeregler höher. Eigentlich stehe ich nicht auf Schmusekram, aber das Lied hat es mir angetan. Ich wäre sogar gern auf ein Konzert gegangen, aber wie? Nach Memmelsdorf würde die Band wohl nicht kommen. Und um ihnen hinterherzureisen, bin ich zu sehr Mutter.

»Du kommst also klar, ja?«

»Ja«, antworte ich mit Nachdruck. »Und jetzt erzähl mir lieber, was sich in der Galerie so tut. Ich bekomme ja überhaupt nichts mehr mit aus der Szene. Ich verdurste hier, Nele.«

Während sie wie ein Wasserfall lossprudelt, ziehe ich das Telefon näher zu mir heran, so weit das Kabel reicht, klemme mir den Hörer zwischen Schulter und Ohr und rühre im Kochtopf. Ich war nie eine große Köchin, aber eines muss ich Thomas lassen – Er macht immer gute Miene zum bösen Spiel, wenn er meine Kocherzeugnisse probiert.

»Hey, Charlie, hörst du mir überhaupt zu?«

»Sorry. Ja. Ich war nur kurz abgelenkt. Draußen stapfen Thomas und Martin durch den Garten. Keine Ahnung, was die da machen, aber es sieht nach einem heidnischen Ritual aus.«

Mit großen Schritten laufen die beiden sehr akribisch ein perfektes Quadrat im Rasen ab, das außer ihnen niemand erkennen kann, und schwenken dabei immer wieder die Arme. Mit seinen langen, schlaksigen Beinen wirkt Thomas ein bisschen wie ein Storch im Salat. Kopfschüttelnd sehe ich ihnen zu und frage mich, was zur Hölle das werden soll. Klar ist nur, dass Thomas vor Begeisterung übersprudelt, wie in letzter Zeit immer, wenn es ums Heimwerken geht. Martin gibt gerne den Lehrmeister, und Thomas ist ein wissenshungriger Schüler, der jede Information aufsaugt wie ein Schwamm. Irgendwie ist es schon ein bisschen niedlich.

»Martin? Etwa der gut aussehende Nachbar? Der mit den breiten Schultern und diesen strahlend blauen Augen?«

»Genau der. Sabberst du gerade in dein Sektglas?«

»Ein bisschen vielleicht. Unwesentlich. Sind bestenfalls kleine Sabberspuren.« Sie seufzt. »Hör mal, Charlie, ich würde dich liebend gerne weiter mit hohlem, bedeutungslosem Tratsch versorgen, aber ich entlasse dich mal wieder in deine Familienidylle. Ich muss zurück auf die Party. Bin hier gerade in irgendeinem Büroraum oder so etwas und habe durch die Tür gerade Matt erspäht. Mit dem muss ich unbedingt noch quatschen.«

Matt Miller – eigentlich Matthias Müllner, aber das klingt ihm wohl zu provinziell – gilt als einer der bedeutendsten aufstrebenden Jungkünstler aus Berlin, und kurz verspüre ich einen Anflug von Neid, weil ich nicht bei Nele in der Stadt bin und mich mit ihm unterhalten kann. Das Highlight meines Tages wird sein, nachher im Bett noch ein paar Seiten zu lesen, falls ich nicht sofort einschlafe und falls Jan nicht wieder Koliken hat, die ihn, und somit auch mich, wachhalten.

Jetzt gerade schlummert er aber friedlich. Der Telefonhörer landet auf der Gabel. Ich ziehe den Topf vom Herd, werfe noch einen Kontrollblick ins Gitterbett und schlendere dann hinaus, um herauszufinden, was mein Mann und unser Nachbar da Mysteriöses treiben. Aber ich bin zu spät, Thomas steigt gerade ins Auto und fährt los, Martin will soeben zurück in sein Haus.

»Hey, Nachbar!«, rufe ich ihm hinterher und schirme meine Augen mit der Hand gegen die Sonne ab. »Wohin ist Thomas denn gerade verschwunden?«

Sein Lächeln hat immer so etwas Echtes, Herzliches an sich. »In den Baumarkt, mit einer riesigen Einkaufsliste. Dein Mann will einen Geräteschuppen bauen, genau so einen wie der da drüben.« Er deutet auf das entsprechende Gebäude in seinem eigenen Garten.

Ich stütze meine Unterarme auf den Zaun, der unsere Grundstücke voneinander trennt. Friederike hat eine Hecke gepflanzt, aber noch sind die Pflanzen klein und jung und man kann darüber hinweg in den anderen Garten blicken.

»Mein Gott. Das Landleben bringt wirklich ungeahnte Seiten an meinem Mann zum Vorschein.« Dass Thomas mal etwas baut, mit seinen eigenen Händen, hätte ich mir bis vor einem Jahr nicht träumen lassen.

»Und an dir?« Er kommt näher und legt die Arme auch auf den Zaun. Nele hat recht, seine Augen sind wirklich schön. Das Hellblau ist so unglaublich klar und strahlend. Sieht man genau hin, bemerkt man einen leichten Aquamarin-Stich – und ich sehe sehr genau hin. Etwas zu lange. Er ist wie eine frische Brise an einem Tag, der bisher fast ausschließlich aus langweiliger Hausarbeit bestand.

»An mir? Ach ja, klar. Nächste Woche baue ich einen Geräteschuppen. Direkt neben den von Thomas.«

»Kann es kaum erwarten, das zu sehen.« Er streckt sich, seine sonnenwarme Haut streift meinen Arm. Ebenfalls etwas zu lange. Und auf einmal liegt ein Prickeln in der Luft, das keiner von uns ignorieren kann.

Anna

Träge wälzt sich die Regnitz durch ihr Flussbett. Schaumkronen tanzen auf dem graugrünen Wasser wie geheimnisvolle Meerespferde und wenn man lange genug hinsieht, kann man tatsächlich ihre Köpfe erkennen. Annas und Max' Füße baumeln ein paar Zentimeter über der Oberfläche, ihre Hände liegen auf den sonnenwarmen Pflastersteinen, seine Fingerspitzen direkt neben ihren. Und dann überbrückt er diese kleine Distanz, sucht ihre Nähe und legt seine Hand ganz sacht auf ihre. Und auf einmal schmeckt die Luft süßer.

Sie sind nicht die Einzigen, die der herrliche Tag hierhergelockt hat. Eine Gruppe von Studenten, von denen ihr ein paar vage bekannt vorkommen – vermutlich hat sie sie mal in der Mensa oder der Bibliothek gesehen – hockt ebenfalls am Ufer, plaudernd und lachend. Eine Mutter sitzt auf einer Decke, stillt ihr Baby und blickt über das Wasser, ganz in ihre eigene Welt versunken. Ein Junge, bestimmt nicht älter als zehn oder elf, hat eine Staffelei aufgebaut und malt den Fluss und die gegenüberliegenden Fachwerkhäuser.

Etwas weiter entfernt, oben auf der Promenade, treiben ein paar junge Männer ihr Unwesen, sprechen Passanten an, versuchen ihnen Kram aus einem Bauchladen zu verkaufen, trinken johlend Bier. Ein Junggesellenabschied. Nachher, wenn es dunkel ist, werden die Kerle sicher durch die Kneipen ziehen, aber schon jetzt sind sie alles andere als nüchtern.

»Die sind großartig.« Anna hört Max an, dass er es ernst meint und nicht nur höflich ist. Staunend beugt er sich über ihre Schulter und betrachtet die Bleistiftzeichnungen in ihrem Skizzenblock. Sein Atem streift ihren Nacken und zaubert eine prickelnde Gänsehaut über ihren ganzen Rücken.

»Danke.« Sie ist nicht gut darin, Komplimente anzunehmen. Entsprechend ungelenk klingt das Wort aus ihrem Mund.

»Nein, wirklich.« Er ist ganz gebannt. »Die wirken … lebendig. Nicht realistisch, aber dennoch so lebendig, als könnten sie sich jeden Moment bewegen.«

Ihre Wangen fühlen sich warm an. »Danke. Ich … Ich habe immer schon gezeichnet und gemalt, schon als Kind. Bewältigungsstrategie vom Feinsten, nehme ich an.« Es klingt wie ein Scherz, das soll es auch, aber es ist schon immer eine ernste Angelegenheit für sie gewesen.

Er lacht nicht, grinst auch nicht. Und, wofür sie ihm dankbar ist, er fragt nicht, was sie mit Hilfe des Zeichnens bewältigen musste.

Langsam blättert er durch die Seiten – mit einer Hand, denn seine andere liegt noch immer auf ihrer. In weiser Voraussicht hat sie die Zeichnungen, auf denen er zu sehen ist, zu Hause gelassen. Was er da gerade betrachtet, sind ihre Studien zu Mimik und Handhaltung.

»Hast du mal darüber nachgedacht, das beruflich zu machen?«

Sie schnaubt leise. »Nicht mehr, seit ich fünf war.«

Er verdreht die Augen. »Ja, ja, schon klar, BWL-Anna. Nicht bodenständig genug für eine so vernünftige Frau wie dich.«

»Mal im Ernst, das muss sogar dir einleuchten.« Belustigt schüttelt sie den Kopf. »Das ist ein Hobby. Kein Beruf, von dem man leben kann.«

»Du weißt, dass es Leute gibt, die das beruflich machen? Erwachsene Leute, die damit ihren Unterhalt verdienen? So etwas nennt man gemeinhin Beruf.«

Sie seufzt. »Schon. Und ich finde das toll. Aber nicht für mich.«

Er fährt eine Bleistiftlinie mit seiner Fingerspitze nach. Dunkle Augen blicken auf dem Papier unter finster zusammengezogenen Augenbrauen hervor, der Blick ist intensiv. »Ohne Mist, ich glaube, du könntest das durchziehen. Du hast Talent.«

»Im nächsten Leben«, verspricht sie und schüttelt sich leicht, als könnte sie den Gedanken so aus ihrem Kopf vertreiben. Treffsicher hat er das gesagt, was sich ihr Teenager-Ich manchmal selbst zugeflüstert hat, bis sie es zur Vernunft gebracht hat.

»Im nächsten Leben. Erzähl mir dann, wie es gelaufen ist.« Er hebt seine Bionade-Flasche, sie stoßen an. Dann schlägt er vor: »Eine Runde *Seelenstriptease oder Blamage bis auf die Knochen?*«

»Wähle deine Waffe.« Insgeheim hofft sie, dass er Wahrheit wählt, weil sie mehr über ihn erfahren will. *Alles* über ihn erfahren will. Ihn so kennenlernen will, wie es ihnen bestimmt ist.

Und einmal mehr fragt sie sich, woher sie eigentlich diese Zuversicht nimmt. Es ist, als hätte ein Teil ihres Gehirns, auf den sie keinen bewussten Zugriff hat, beschlossen, dass sie Max näher an sich heranlassen muss. Unaufhaltsam steuert sie auf ihn zu, ohne dass sie selbst versteht, warum. Es scheint einfach das Richtige, das Natürlichste zu sein, Max' Nähe zu suchen. Sie hat es aufgegeben, sich gegen diese Urgewalt zu sträuben.

»Pflicht.« Er streckt die Arme und lässt die Fingerknöchel knacken, als bereitete er sich auf einen Kampf vor.

»Trikottausch! Nein, kein Tausch. Gib mir das Ding einfach. Ich mag dein Shirt.« Mag sie wirklich. Es scheint ein Bandshirt zu sein, von einer Band, von der sie noch nie gehört hat, die aber – wie sie aus dem Design schließt – eine Vorliebe für Einhörner, Aliens, Dinosaurier, Totenköpfe und Pfingstrosen hat.

Grinsend zieht er es sich einfach über den Kopf. Zwei ältere Frauen, die gerade vorbeikommen, beschleunigen irritiert ihre Schritte, aber das nimmt Anna kaum wahr, weil sie den Blick nicht von Max abwenden kann. Es ist nicht einfach vorzugeben, geradeaus aufs Wasser zu starren, und ihn dabei aus den Augenwinkeln zu betrachten – aber die Mühe lohnt sich. Ihr Mund wird trocken, als sie seinen athletischen Oberkörper betrachtet, der nur auf den ersten Blick schmal wirkt. Kräftige, schlanke Muskeln bewegen sich unter seiner straffen Haut.

»Nichts, was du noch nicht gesehen hast, du Spannerin.« Sein Grinsen reicht von einem Ohr bis zum anderen.

Sie widersteht dem Impuls, ihm die Zunge herauszustrecken, und fängt das Shirt auf, das er ihr zuwirft. Bleibt er jetzt einfach oben ohne hier sitzen? Aus irgendeinem Grund hätte sie das nicht einmal gewundert. Aber stattdessen zieht er ein zusammengeknülltes Shirt aus dem Seitenfach der Kameratasche, die sein ständiger Begleiter ist.

Mit großen Augen starrt sie ihn an, während er das T-Shirt zu ihrem Bedauern anzieht. »Was, echt? Du hast ein Reserve-T-Shirt dabei?« Ist er ein kleines bisschen wie sie? Sie greift nach ihrer Tasche, die groß und zerknautscht neben ihr am Flussufer liegt, und zieht gleichzeitig die Augenbrauen hoch, um zu verdeutlichen, was sie meint.

Aber er lacht. »Oh Gott, nein! Es ist nicht so, wie es aussieht.«

»Wenn man so etwas sagt …«

»In dem Fall ist es wirklich nicht so. Ich schwöre.« Abwehrend hält er die Hände hoch. »Nachdem ich gestern in einer Badewanne geschlafen habe …«

»Du hast *was*?«, unterbricht sie ihn.

»War auf einer Hausparty bei einem Kollegen. Keine große Sache, aber irgendwie sind wir mit Bier und Playstation auf der Couch versackt und dann hat noch jemand eine Whiskyflasche hervorgezaubert. Na ja, so war's. Nach Hause hätte ich nicht mehr gefunden und auf dem Sofa hat schon jemand geschnarcht – aber die Badewanne war noch frei. Ehrlich, das ist gar nicht so unbequem, wie man denkt.«

»Bezweifle ich.« Sie kratzt sich am Kopf. »Und wie ist dann dieses Shirt in deine Tasche gekommen?«

»Völlig unspektakulär.« Er macht eine wegwerfende Geste. »Ich bin heute direkt von dort zur Arbeit. In meinem alten Shirt, hab nach Bier und Rauch gestunken und mich deswegen echt geschämt. Damit das nicht wieder passiert, habe ich vorhin zu Hause gleich ein Notfall-Shirt eingepackt. Fürs nächste Mal, wenn ich ungeplant irgendwo übernachte.«

»Dann ist es ja doch genau wie bei mir!«, ruft sie triumphierend aus und rupft den kleinen Beutel aus ihrer Tasche, in dem sie immer frische Unterwäsche und ein sauberes T-Shirt hat. »Hey, wir sind gar nicht so unterschiedlich!«

Empört will er protestieren, verzieht dann aber leidend das Gesicht. »Verdammt. Du färbst ab.«

»Gibt Schlimmeres«, verkündet sie fröhlich.

»Das sagst du so«, seufzt er, aber im dunklen Braun seiner Augen liegt der warme Glanz, der ihr allmählich vertraut wird.

»Du lernst von mir.« Hochzufrieden packt sie ihren Notfallklamottenbeutel wieder ein, zieht sich sein Bandshirt einfach über ihr eigenes und steckt den Saum in den Bund ihres Jeansrocks. Dann wählt sie ebenfalls Pflicht.

»Nimm ein Bad. Das sollte deinen Hochmut dämpfen.« Herausfordernd und mit großer Geste deutet er auf den Fluss.

In das Wort *Hochmut* hat er so viel Pathos gelegt wie der Held aus einem der Mantel-und-Degen-Filme, die ihr Vater früher manchmal mit ihr geguckt hat.

Sie zieht eine Augenbraue hoch. »Jeder weiß, dass man nicht in Flüssen schwimmen soll. Das ist gefährlich. Strömung und so.«

Er macht eine Unschuldsmiene und reckt das Kinn in Richtung Tasche. »Wie ich dich kenne, hast du da drin bestimmt einen Schwimmreifen. Oder sogar eine Schwimmweste? Wahrscheinlich sogar beides.«

»Ich muss dich enttäuschen«, flötet sie gut gelaunt. »In zweierlei Hinsicht. Erstens: Kein Schwimmreifen. Zweitens: Deine Provokation perlt an mir ab wie an Teflon.«

»Teflon«, wiederholt er knurrend und deutet noch einmal auffordernd zum Fluss, zweifellos fest davon überzeugt, dass sie kneifen wird.

Und normalerweise hätte sie das gemacht. Sie ist weder dumm noch unvernünftig. Ist es nun gut oder schlecht, dass sie an Max' Seite ein wenig von beidem ist und es sie nicht stört? Sie springt auf, streift sich die Vans von den Füßen und steckt die Socken säuberlich in die Schuhe. Als sie barfuß ins Wasser watet, hört sie hinter sich Max' Stimme.

»Hey, warte! Bring dich nicht um.«

Eiskalt umspült der Fluss ihre Knöchel. Schon nach ein, zwei Schritten spürt sie die Strömung, obwohl die Regnitz so gemächlich wirkt.

Die Sonne blendet sie, als sie sich zu Max umdreht und ihn vergnügt angrinst. »Spiel ist Spiel. Das ist eine ernsthafte Angelegenheit.« Noch einen Schritt macht sie ins Wasser hinein, ohne zu wissen, wie weit sie gehen wird.

»Okay, na schön, du hast gewonnen! Gut gespielt, Anna,

gut gespielt.« Sein hinreißendes Grinsen offenbart die kleine Zahnlücke, die ihn aus irgendeinem Grund nur noch attraktiver macht. Er sitzt da, die langen Beine angezogen, und schaut ihr kopfschüttelnd zu, als sie noch ein bisschen im knöcheltiefen Wasser planscht. Der gleißende Sonnenschein lässt sein Haar blond schimmern. Dunkel und nachdenklich fixiert er sie mit seinem Blick.

»Darf ich dich fotografieren?«

Sie hält inne, merkwürdig berührt von der Sehnsucht in seiner Stimme.

»Du weißt aber schon, dass du wie ein verdammter Creep klingst, oder?«

Er legt den Kopf schief. »Schätze schon. War das ein Ja oder ein Nein?«

Wenn sein Lächeln nur nicht so entwaffnend wäre. Sie lässt sich nicht gerne fotografieren, weil sie sich auf Fotos kaum jemals gefällt, aber jetzt will sie es plötzlich. Zögerlich nickt sie und steht dann etwas unbeholfen da, als er die Spiegelreflex auf sie richtet.

»Ich habe einfach zu viele Hände. Weiß nie, was ich auf Fotos damit machen soll.« Und wie, verdammt nochmal, lächelt man fürs Foto, ohne dass es nach einem gezwungenen Zähnefletschen aussieht? Das hat sie bis heute nicht gelernt.

»Star Wars oder Star Trek?«

Die unerwartete Frage bringt sie aus dem Konzept. »Was? Beides natürlich«, entgegnet sie irritiert, schaut ihn fragend an und muss lachen, als ihr klarwird, dass er genau das bezweckt hat. Mehrmals klickt die Kamera, während sie nicht krampfhaft darüber nachdenkt, wie sie posieren und gucken soll.

Und wieder ist es ihm gelungen, sie so zu fotografieren, dass sie die Aufnahmen nicht scheußlich findet. Sie läuft zurück zu ihm, steht hinter ihm, legt die Hände auf seine Schultern und schaut über seinen Kopf hinweg auf das ausklappbare Display.

Er hat den überraschten Ausdruck auf ihrem Gesicht eingefangen, das Glitzern des Sonnenlichts auf dem Wasser, den Glanz in ihren Augen. Er hat wirklich einen guten Blick und Gespür für den richtigen Moment – man merkt, dass das Fotografieren für ihn viel mehr als nur ein Beruf ist – es ist seine Leidenschaft. Auf einmal wird ihr schmerzlich bewusst, dass sie das von ihrer Arbeit in der Firma ihres Vaters und ihrem BWL-Studium nicht behaupten kann. Bisher hat sie das nie gestört, aber jetzt fragt sie sich, wie es wäre, sich mit dem zu beschäftigen, wofür man brennt. Aber brennt sie überhaupt für etwas? Hat sie überhaupt dieses Feuer, das sie in Max' Blick erkennt, während er den Deckel fast zärtlich auf das Objektiv setzt und die Kamera wieder in ihrer gepolsterten Tasche verstaut?

»Was auch immer du gerade denkst, bitte hör auf damit. Du guckst so unglücklich.« Max legt den Kopf in den Nacken und schaut zu ihr hoch. Sanft nimmt er jetzt ihre Hand und zieht sie zu sich heran.

Bereitwillig lässt sie sich zu ihm auf den Boden sinken. Lehnt sich an ihn. Will am liebsten in ihn hineinkriechen, als er seine Arme um sie schlingt. Zärtlich berühren seine Lippen ihre Stirn, und die Gedanken, die sie gerade noch geplagt haben, verlieren ihre scharfen Ecken und Kanten. Sie schließt die Augen, nimmt das goldene Sonnenlicht durch ihre geschlossenen Lider wahr und seufzt genussvoll, als Max' Lippen langsam bis zu ihrem Mundwinkel wandern.

Ihr Herz schlägt schneller, ihre Atmung beschleunigt sich. Sie will seine Lippen auf ihren spüren, alles in ihr verlangt danach. Sie will ihn fühlen, schmecken. Ihm noch näher sein, als sie es schon ist. Aber sie beherrscht sich und kostet den Moment aus, der so märchenhaft ist, dass sie ihn am liebsten gezeichnet, auf Papier gebannt und so für immer konserviert hätte.

Max hält den Atem an. Sie halten beide ganz still, regen sich nicht, atmen nicht, vergessen die Welt um sich herum. Das Gejohle des Junggesellenabschieds, die Stimmen, das Schäumen des Flusses – das alles wird zu einem weit entfernten, leisen Rauschen, als befänden sie sich in einer Kuppel tief unter Wasser.

Sie weiß, dass er das genauso empfindet. Warum? Keine Ahnung. Sie begreift die Verbindung zwischen ihnen selbst nicht, aber das macht ihr keine Angst, ganz im Gegenteil, es spielt nicht die geringste Rolle für sie.

Ihre Finger verschränken sich ineinander. Sie hört ihren eigenen Herzschlag, diesen Rhythmus ihres Lebens. Und dann zögert sie nicht länger. Eine winzige Bewegung, mehr ist nicht nötig. Seine weichen Lippen sind alles, was sie je wieder spüren und schmecken will. Ihre Hand hält seine fest, seine hält ihre, und alles daran fühlt sich absolut richtig an.

Etwas perlt in ihr empor, ein Kribbeln und Prickeln, das seinen Ursprung in ihrer Magengrube hat, ihre Kehle kitzelt und sie zum Lachen bringt.

»Was gibt's zu lachen?«, fragt Max leise, ganz nah an ihrem Mund. Sein Atem streift ihre Lippen, ihre Wimpern streifen seine Wange.

»Nichts«, flüstert sie lächelnd. »Alles. Ich dachte nur gerade … Ich bin so glücklich.«

Und sie staunt selbst darüber, wie wahr das ist. Max lässt das Karussell, das sonst fast immer wild durch ihren Kopf kreist, für den Moment anhalten. Wenn sie ihn küsst, ist sie weder in der Vergangenheit noch in der Zukunft, sondern ganz im Hier und Jetzt.

Zart zerzausen seine Finger ihre Haare. Ganz allmählich

kehren die Geräusche zurück, so als tauchten sie mit ihrer schützenden Kuppel wieder auf. Sie lehnt den Kopf an seine Schulter, während sie gemeinsam aufs Wasser blicken. Ihre nackten Füße trocknen in der Sonne.

»Sag mal, was hat es denn nun mit der Fotografie auf sich?«, spricht sie die Frage aus, die ihr keine Ruhe lässt.

»Habe ich doch gesagt. Fotos sind wichtig«, entgegnet er schulterzuckend.

Sie versetzt ihm einen leichten Knuff, weil er mit seiner Schulterbewegung ihren Kopf ein wenig durchschüttelt. »Ja, aber warum? Warum sind sie *dir* wichtig?«

»Weil ich Fotos von hübschen Frauen sammle, damit ich sie mir zu Hause jederzeit anschauen kann.« Er lacht.

Noch ein Knuff, diesmal fester. Sie findet, das hat er verdient.

Kurz schweigt er. Sie hört seine ruhigen Atemzüge und das gleichmäßige Pochen seines Herzens, weil sie ihm so nah ist – oder ist es ihr eigenes Herz, dessen dumpfes Schlagen sie wahrnimmt?

Sie rechnet halb damit, dass er noch einen Scherz machen oder das Thema wechseln wird, aber er fragt: »Warum glaubst du, dass da mehr als das ist?« Ein haarfeiner Riss zieht sich durch seine Stimme.

»Weil ich dich sehe«, antwortet sie, ohne selbst genau zu wissen, wie sie das meint.

Seine Finger nesteln unruhiger in ihren Haaren herum, dann hält er die Hand plötzlich ganz still, als wäre es ihm gerade aufgefallen.

Er spricht leise. So leise, dass sie ihn wegen des Flussrauschens kaum versteht. »Fotos können Dinge festhalten. Erlebnisse. Menschen. Eben alles, was man sonst verlieren würde, weil es mit der Zeit verblasst. Weil Erinnerungen so verdammt unzuverlässig und schwach sind. Mit Fotos kann man etwas … konservieren.« Jetzt lacht er, aber es klingt eher verlegen als amüsiert. »Klingt das verrückt? Fotos halten das fest, was man selbst nicht festhalten kann?«

Und so wie er das sagt, begreift sie plötzlich, dass er jemanden verloren hat. Genauso, wie auch sie jemanden verloren hat.

Martin

21. September 1991

Das Wasser aus dem Rasensprenger erinnert an unzählige, in der Sonne funkelnde Diamanten. Durch den Funkenregen hindurch sieht er die pinkfarbene Gymnastikmatte, die sie auf der Terrasse ausgerollt hat – und er sieht *sie*. Sein Mund wird trocken, als sie sich geschmeidig dehnt. Ihr schlanker Körper steckt in einem hautengen Sportanzug. Er sollte weitergehen, wegschauen, seinen eigenen Angelegenheiten nachgehen und wie versprochen die tropfende Spüle reparieren, bevor Friederike nach Hause kommt. Irgendetwas muss er machen, nur nicht wie ein Idiot herumstehen und Charlotte beim Sport anstarren, als wäre er ein verrückter Spanner, für den sie ihn zweifellos hält, wenn sie ihn bemerkt.

Oder hat sie ihn schon bemerkt? In dem Moment, als er das denkt, trifft ihn ihr Blick.

»Du solltest den nicht ausgerechnet in der Mittagshitze laufen lassen«, ruft er ihr zu und deutet auf den Rasensprenger, um zu verschleiern, dass seine Aufmerksamkeit allem, nur nicht dem Bewässerungsgerät gegolten hat. »Sonst verbrennt der Rasen noch.«

Ein Schmunzeln umspielt ihre Mundwinkel, als sie barfuß zum Rasensprenger läuft, um ihn abzudrehen. Spätestens jetzt hat er das sichere Gefühl, dass sie ihn schon viel früher bemerkt hat. Vielleicht schon in dem Moment, als sie die Gymnastikmatte draußen platziert hat.

»Besten Dank für ihr Fachwissen, Herr Nachbar.« Sie grinst zu ihm herüber und legt den Kopf schief. Dann betrachtet sie ihre Hand und verzieht den Mund.

»Hast du dich verletzt? Lass mich mal sehen.«

Am Zaun treffen sie sich.

»Nur ein Kratzer«, sagt sie, als er ihre schmale, elegante Hand in seine nimmt und den Kratzer inspiziert, den sie sich am Rasensprenger zugezogen hat. Während er auf ihre Hand hinabsieht und sich einen Moment lang benommen fragt, ob er sie gerade wirklich berührt, spürt er ihren Katzenblick glühend heiß auf seinem Gesicht.

»Komm mit rein, wir haben einen Verbandskasten. Das sollte desinfiziert werden.«

Und vielleicht ist es unausweichlich. Vielleicht steht schon in dem Moment, als sie gemeinsam das Haus betreten, fest, was passieren wird – und sie beide nehmen es billigend in Kauf. Der Verbandskasten ist vergessen, sobald die Tür hinter ihnen ins Schloss fällt. Noch nie hat er etwas oder jemanden so sehr gewollt wie sie. Ihr Kuss ist so leidenschaftlich, wie er es sich insgeheim ausgemalt hat, als er sie das erste Mal gesehen hat.

Sein Körper handelt wie von selbst, drängt sie gegen die Wand, presst sich an sie. Ihren schlanken Körper zu spüren ist unbeschreiblich.

Erschrocken hält er inne, als sie aufkeucht.

»Charlotte, ich … Habe ich dir weh getan? Soll ich aufhören?« Es fällt ihm schwer, Worte zu formulieren oder klare Gedanken zu fassen.

Wieder lacht sie. Und wieder denkt er, wie unwiderstehlich ihr Lachen doch ist.

»Bloß nicht«, flüstert sie und schiebt sein T-Shirt hoch. Ihre Augen glitzern wie die einer Katze auf der Pirsch – und wenn er ihre Beute ist, soll es ihm nur recht sein.

Sie fallen förmlich übereinander her, so gierig, als hätten sie seit Jahren keine menschliche Berührung gespürt. Alles, was er spüren will, ist sie – immer mehr von ihr, immer näher. Wild und schwer atmend küssen sie sich. Ihre Zunge ist auf seiner Haut, seine Hände wühlen sich in ihr Haar – grob, aber es stört sie nicht.

Ein einziges, letztes Aufwallen von Vernunft. Sie dürfen das nicht tun, unter gar keinen Umständen. *Alles* spricht dagegen.

»Was ist mit deinem Kind?«, keucht er und weiß selbst nicht, woher er die Geistesgegenwart nimmt.

Sie schüttelt den Kopf, tut die Frage unwillig ab, nestelt ungeduldig an seinem Hosenknopf herum. »Schläft. Wenn er einmal fest eingeschlafen ist, wacht er so schnell nicht auf.«

Ihre Lippen pressen sich hart auf seine und ersticken alle weiteren Einwände, die ihm möglicherweise noch einfallen könnten, im Keim. Grelle Mittagssonne fällt zum Küchenfenster herein, als er sie gegen den Esstisch drängt und sie die Beine um seine Hüften schlingt. Da ist kein Schatten, der das, was sie tun, verschleiern könnte. Ihre Fingernägel bohren sich in seinen Rücken, und alles, was in seinem Kopf noch Platz hat, ist sie.

Charlotte

21. September 1991

Ich höre das Babygeschrei schon auf der Türschwelle und beschleunige meine Schritte. Jans verheultes, gerötetes Gesicht blickt mir entgegen. Er umklammert zwei Stangen seines Gitterbettchens wie Gefängnisstäbe, rüttelt daran und brüllt aus Leibeskräften.

Ich stürze zu ihm, hebe ihn heraus, küsse seine rundlichen Wangen und wiege ihn sanft. »Mama ist schon wieder da, sie war doch nur kurz weg. Alles ist gut, mein Schatz. Alles ist gut«, murmle ich immer wieder wie eine Beschwörungsformel und weiß selbst nicht, wen ich überzeugen will – ihn oder mich selbst.

Das Geschrei geht in ersticktes Schluchzen über und verstummt schließlich ganz. Der Kratzer an meiner Hand brennt, aber das habe ich verdient. Ich habe so viel Schlimmeres verdient. Als ich am großen Spiegel in der Diele vorbeikomme, bleibe ich stehen und starre mich befremdet an. Ich sehe mein zerzaustes Haar, die roten Wangen, den fiebrigen Glanz meiner Augen. Die Lippen, die von unzähligen Küssen geschwollen sind. Ich sehe eine Fremde, die mein Kind in den Armen hält.

Ich will duschen, will den Geruch von Sex und Leidenschaft von meiner Haut waschen, aber wenn ich Jan jetzt ablegen würde, würde er wieder zu weinen beginnen. Sein Herzchen pocht schnell, noch immer sind seine Atemzüge von leisem Schluchzen durchsetzt.

Ich stehe immer noch mitten im Raum, als Thomas nach Hause kommt.

»Du glaubst nicht, was ich alles gekauft habe!«, ruft er mir schon von der Tür aus entgegen und schleppt eine Kiste voller Werkzeug herein. In seinem Enthusiasmus erinnert er mich wieder an einen zu groß geratenen Jungen. »Rate mal, was ich uns baue! Einen Geräteschuppen. Dann musst du dich nicht mehr ärgern, dass ich Werkzeug und den ganzen Kram in der Gegend herumliegen lasse. Oh, hey, Vorsicht! Tu dir nicht weh!«

Die Last, die er trägt, gerät ins Wanken, als ich ihn stürmisch umarme.

»Wir bauen ihn zusammen, deinen Geräteschuppen«, verspreche ich. »Wäre doch gelacht, wenn wir das nicht hinbekommen. Jan und ich sind deine Assistenten, du der Bauleiter.«

»Du bist die Beste.« Er sieht mich an, mit dieser Zärtlichkeit im Blick, die für mich allein reserviert ist, und merkt nicht, dass ich nach Martin rieche.

Und in Gedanken verspreche ich ihm und mir selbst noch etwas: Es hat nichts zu bedeuten. Das mit Martin ändert nicht das Geringste für uns.

Anna

Sie hat Welten geschaffen. Dystopische Welten, in denen futuristische Gebäude wie die Rippen eines gewaltigen Tierskeletts emporragen. In denen Luftschiffe über einen flammend roten, schwarz bewölkten Himmel ziehen und hungrige, blinde Wesen Jagd auf Menschen machen.

Fremde, verwirrende, gefährliche Welten. Aber die Figuren darin sind Menschen wie du und ich, die alle dem Glück hinterherjagen. Ihre Geschichten – kurze, abgeschlossene Episoden – handeln von gebrochenen Herzen und Einsamkeit, von Liebenden, von Eltern und Kindern, von der Suche nach sich selbst und nach anderen, und manchmal einfach nur vom Leben an sich.

Ein paar gezielte Bleistiftstriche entscheiden über Glück und Unglück ihrer Charaktere. Ihr Pinsel lenkt Schicksale. Ein paar Mausklicks, um die Farben zu manipulieren und damit die ganze Stimmung einer Szene. Schlussendlich führt sie jede Geschichte zu dem Ende, das ihr vorschwebt.

Der Bleistift schabt leise kratzend über das Papier. Vor ihren Augen entsteht eine Skizze von einer Klippe, auf der der Held steht und über die Verheerung blickt, die er selbst angerichtet hat – in der Hand einen kleinen Regenschirm, der ihn vor dem Feuer schützt, das vom Himmel regnet und auf den Lippen ein wagemutiges Grinsen, das die kleine Lücke zwischen seinen Schneidezähnen entblößt. Obwohl ihm der Wind die halblangen Haare zerzaust und halb vor die Augen weht, sieht man seinen intensiven Blick.

Was sie nicht zeichnen kann, sind die Geheimnisse, die in diesen Augen liegen. Das, was sie nicht kennt: Max' Vergangenheit. All das, was er vor ihr verbirgt.

Er hat jemanden verloren, das weiß sie. Jemand, der ihm sehr wichtig war, muss gestorben sein. Unwillkürlich zupft sie am Haargummi an ihrem Handgelenk, das fällt ihr kaum mehr auf, so sehr ist sie diese kleine Handlung mittlerweile gewohnt. Sie weiß gut, viel zu gut, wie es sich anfühlt, wenn ein geliebter Mensch geht und nicht zurückkommt, nie mehr zurückkommen wird. Da haben sie eine Gemeinsamkeit, sie und Max, aber genau das ist es, worüber sie nicht miteinander sprechen können. Irgendetwas ist vorgefallen in seinem Leben, etwas Dramatisches, doch so offen er sonst auch ist – das gibt er nicht preis.

Ein frustriertes Seufzen kommt ihr über die Lippen. Wenn sie seine Geheimnisse doch nur ergründen könnte – wenn er zuließe, dass sie ihn richtig kennenlernt! Doch sorgsam achtet er darauf, all die Lücken und Risse abzudecken, damit niemand, auch sie nicht, hinter die Fassade blicken kann. Er versteckt sich geschickt hinter seinem strahlenden Lächeln und hinter seinen vielen Worten.

Nachdenklich kaut Anna auf dem Bleistiftende, dreht die Zeichnung hin und her und fügt noch ein paar Details hinzu. Obwohl sie sich längst vernünftige Grafikprogramme und ein Grafiktablett zugelegt hat, liebt sie es immer noch, auf Papier zu zeichnen. Sie liebt das Gefühl des Stifts in ihrer Hand, das Rascheln der Blätter, das Echte, das Unmittelbare. Mittlerweile koloriert sie meistens am PC, viele Bilder entstehen ausschließlich digital, aber sie möchte die alte Variante nicht missen.

Vor Konzentration runzelt sie die Stirn, senkt den Stift noch einmal aufs Papier und trifft zielsicher den Mundwinkel des Helden, um ihn noch ein wenig anzuheben. Jetzt ist es das Grinsen, das sie haben wollte. Das Grinsen, das ihr Herz höher schlagen lässt. Und als sie jetzt zufrieden auf ihre Skizze blickt, merkt sie, dass sie sich von diesem Grinsen anstecken lässt. Auch sie grinst.

*

Fee wiegt keine fünfzig Kilo, aber jedes Mal, wenn Anna sie im Treppenhaus hört, könnte sie schwören, ein Elefant stürme zur Wohnung hoch. Schwungvoll reißt Fee die Tür auf und wirbelt herein, gefolgt von Silke, die Anna ein warmherziges Lächeln schenkt und dann sofort auf den Kühlschrank zusteuert.

»Anna! Was kriege ich, wenn ich errate, wen du heute getroffen hast?«, fragt Fee, statt sie zu begrüßen, hockt sich wie ein Gargoyle auf die Bank ihr gegenüber und grinst sie an.

»Einen feuchten Händedruck.« Anna legt den Stift beiseite, wedelt mit der Hand und wackelt verführerisch mit den Augenbrauen.

»Reizvoll. Es war Max.« Fee langt über den Tisch und schüttelt kräftig ihre Hand, ohne die Bestätigung abzuwarten. Wozu auch? Entweder Fee kann ihre Gedanken lesen – was Anna in manchen Momenten wirklich vermutet –, oder sie hat sich unbewusst einen Max-Gesichtsausdruck angewöhnt.

»Du wirkst immer so glücklich, wenn du bei ihm warst«, bestätigt Fee in dem Moment. »Er tut dir gut, Anna.«

»Wir verstehen uns gut«, gibt Anna widerstrebend zu, aber Fees Formulierung trifft es besser.

Der Triumph steht Fee ins Gesicht geschrieben. »Ich wusste es. Ich wusste es vom ersten Moment an, als ich ihn gesehen habe. Ich wusste, den Kerl muss ich dir vorstellen.«

»Bring ihn doch zur Party mit«, schaltet sich Silke ein.

Sie hat ihren Sauerteig aus dem Kühlschrank geholt und beäugt ihn kritisch. Seit Silke und Fee zusammen sind, wohnt das unappetitlich aussehende Einmachglas im WG-Kühlschrank, wird regelmäßig liebevoll mit Mehl gefüttert und wächst unter Silkes hingebungsvoller Pflege zu einem säuerlich riechenden Monster heran. Hin und wieder nimmt sie etwas davon weg und zaubert herrlich knuspriges Brot daraus.

»Party?«

Silke lächelt schüchtern. »Ich dachte, Fee hätte es dir vielleicht schon erzählt. Sie hat gesagt, du kommst.«

»Klar kommt sie zur Party«, meint Fee energisch. »Oder, Anna?«

»Meine Geburtstagsparty«, liefert Silke hilfreiche Informationen. »Samstag in zwei Wochen. Es würde mich unheimlich freuen, wenn du dabei wärst.«

Natürlich sagt Anna zu. Während sie überlegt, ob sie Max mitnehmen soll, beobachtet sie Fee und Silke, wie sie miteinander umgehen. Silkes unordentlicher Dutt, aus dem sich schokoladenbraune Locken gelöst haben, wippt hoch oben auf ihrem Kopf, als sie den Teig sorgfältig auf der Arbeitsplatte knetet. Fee verlässt ihre Gargoyle-Position, stellt sich hinter ihre Freundin und legt ihr die Arme um die Taille.

»Es ist mir ein Rätsel, wie du aus diesen ekelhaften Klumpen gutes Brot machen kannst.« Zärtlich schiebt Fee die vielen Haargummis hoch, die Silke um ihre gebräunten Handgelenke trägt, damit sie sie nicht schmutzig macht. »Das ist doch Magie.«

Alles an Silke ist ruhig und zurückhaltend, sogar ihr Lächeln. »Wissenschaft, nichts weiter. Die Milchsäurebakterien …«

Fee kneift sie in die Taille, so dass Silke quietscht. »Hör bloß auf. Es ist Magie, können wir uns darauf einigen?«

»Soll mir recht sein«, kichert Silke.

Fee haucht ihr einen Kuss auf den Nacken und hält sie fest, die ganze Zeit, während Silke mit ruhigen, gleichmäßigen Handgriffen den Teig knetet. Von der Seite sieht Anna den Ausdruck auf Fees Gesicht, als sie ihre Stirn zwischen Silkes Schulterblätter lehnt – sie wirkt selig.

Die beiden füllen die WG-Küche mit Lachen, Brotduft und Wärme. Es macht Anna glücklich, ihnen dabei zuzusehen, während sie alles – auch Anna – vergessen und ganz beieinander sind. Sie weiß, wie sie sich fühlen: So, wie es ihr mit Max geht.

Die zwei sind so unterschiedlich, dass Anna zu Beginn gar nicht gedacht hätte, dass das zwischen ihnen etwas Ernstes werden könnte. Silke ist ruhig und vernünftig, Fee ein verrückter Paradiesvogel. Aber jedes Mal, wenn Anna sie zusammen sieht, wird ihr klar, dass Silke genau das ist, was Fee braucht. Mit Silke kann Fee fliegen. Und wenn Fee droht, zu hoch zu fliegen, zieht Silke sie wieder auf den Boden zurück. Ihre Unterschiedlichkeit macht sie perfekt füreinander.

Ist es bei Max und ihr womöglich auch so? Sie hasst sich selbst ein klitzekleines bisschen dafür, dass in letzter Zeit all ihre Gedanken früher oder später einen Haken schlagen und in seine Richtung führen – aber so ist es nun einmal. Sind Max und sie auch auf eine Art unterschiedlich, die sie zusammen funktionieren lässt?

Martin

25. September 1991

Sorgfältig arrangiert Friederike einen prächtigen Strauß in der Vase: leuchtend pinke Ranunkeln und bunte Chrysanthemen aus dem eigenen Garten. Heute Morgen hat sie die Blumen frisch geschnitten und zu einem ausladenden Bouquet zusammengestellt.

»Der Apfel fällt nicht weit vom Stamm«, meint ihre Mutter schmunzelnd. Alma ist dafür bekannt, dass bei ihr alle Pflanzen prächtig gedeihen und üppig blühen.

Aber nicht nur in dieser Hinsicht kommt Friederike nach ihrer Mutter. Martin muss lächeln, als er die beiden Frauen nebeneinander sieht: beide nicht allzu groß, mit dickem, dunklem Haar, tiefbraunen Augen, dichten Wimpern und dem ihnen ganz eigenen, sanften Lächeln, das das ganze Gesicht erhellt. Sieht er Alma an, kann er sich schon jetzt vorstellen, wie Rike später einmal aussehen wird. Und betrachtet er Alma mit ihrem Mann Gerd, bekommt er eine Ahnung davon, wie er und Friederike in ein paar Jahrzehnten sein werden – ein bodenständiges Paar in einem beschaulichen Dorf, harmonisch und ein bisschen spießig. Es ist wie ein Blick in die Zukunft – und es gibt definitiv schlechtere Zukunftsszenarien.

»Was grinst du denn so?« Rike kommt auf ihn zu, stellt sich auf die Zehenspitzen, schlingt die Arme um seinen Nacken und sieht zu ihm hoch. Ein warmer Glanz liegt im Samtbraun ihrer Augen. »Amüsierst du dich etwa heimlich über mich?«

»Würde ich doch nie wagen.« Die Zärtlichkeit in seiner Stimme ist echt. »Ich dachte nur gerade, wie ähnlich ihr euch seid.«

Alma glüht vor Stolz. »Das habe ich von Anfang an gesagt. Unser Mädchen kommt nach mir. Ich habe es gewusst, als ich sie das erste Mal in den Armen gehalten habe.«

»Ist auch besser so«, lacht Friederikes Vater Gerd und streicht sich über die Halbglatze. »Komm, Junge, stellen wir die neue Hollywoodschaukel auf. Wir stehen den Frauen hier doch nur im Weg herum.«

Musik und Werbung dringen aus dem Küchenradio. Während Alma in der Suppe rührt, die es vor dem Sonntagsbraten geben soll, wirbelt Friederike umher und stellt den Blumenstrauß auf den Esstisch. Da, wo ihre Hand jetzt ein paar Krümel beiseitewischt, hat Charlotte gesessen. Bilder schießen Martin durch den Kopf, Erinnerungen an den Schweißfilm auf Charlottes nackter Haut und an die heißen Lippen auf seinem Hals, an ihren Körper auf seinem. Ihre Nacktheit im grellen Tageslicht und die Leidenschaft, die ihn mitgerissen hat wie eine Woge. Die Fingernagelspuren auf seinem Rücken brennen, als wollten sie ihn an das erinnern, was er getan hat. An den Fehler, den er gemacht, und das Unrecht, das er Rike zugefügt hat.

Spontan nimmt er sie in die Arme und hält sie fest, als sie gerade mit Tellern an ihm vorbeiwill, um den Tisch zu decken. »Hey, mir fällt gleich alles runter! Was ist denn?«, kichert sie.

»Nichts, gar nichts«, murmelt er in ihr Haar, dessen Apfelduft etwas Tröstliches, Vertrautes hatte. So anders als das elegante, sicherlich teure Parfum, nach dem Charlotte duftet. »Ich dachte gerade, was für ein Glück ich habe, dass du meine Frau bist.«

Sie dreht sich in seinen Armen so weit zu ihm herum, dass

sie ihm einen Kuss auf die Wange geben kann. »O ja, du bist ein Glückspilz. Und ich auch.«

Erst, als er mit seinem Schwiegervater draußen an der frischen Luft ist, um die neue Hollywoodschaukel aufzustellen, kann er freier atmen. Doch nur, bis die Tür des Nachbarhauses aufgeht und Charlotte und Thomas mit dem Kinderwagen herauskommen, dabei in ein Gespräch vertieft. Schlagartig wird ihm heiß, und ein wildes Kribbeln breitet sich in seinem Bauch aus. Sie schaut überhaupt nicht zu ihm herüber, nicht einmal, als Thomas ihm beiläufig zuwinkt, doch ihm gelingt es nur unter Aufbietung all seiner Kräfte, den Blick von ihr loszureißen.

»Alles gut, Junge?«, fragt Gerd freundlich. »Bist heute ein bisschen kurzatmig.«

Er nickt hastig. »Nein, alles gut. Wunderbar.«

Und das ist es ja auch. Das, was er mit Friederike hat, ist wunderbar. Aber warum fühlt er sich dann wie ein verliebter Teenager? So kennt er sich gar nicht, nicht einmal aus den Zeiten, als er tatsächlich ein Teenager gewesen ist und seine Gedanken meistens um Susis Küsse und ihre beachtliche Oberweite kreisten.

Er würde sich gerne sagen, dass so etwas nie wieder vorkommen wird. Aber irgendwo tief in seinem Hinterkopf ist eine Stimme, die ihm jetzt schon zuflüstert, dass er zu schwach sein wird, um sich von seiner Nachbarin fernzuhalten.

Anna

In Papas Haus riecht es immer nach Kaffee.

Eine von Annas frühsten Kindheitserinnerungen ist die, wie sie um den gedeckten Frühstückstisch sitzen, während die warmen Strahlen der Morgensonne hereinfallen und das Fischgrätparkett honigfarben glänzen lassen.

Er. Sie. Und Mama.

Als sie klein war, wollte sie immer unbedingt vom Kaffee ihrer Eltern probieren, weil die frisch gemahlenen Bohnen so wunderbar dufteten. Sie erinnert sich an das verschmitzte Funkeln in den himmelblauen Augen ihres Papas, als er sie einen winzigen Schluck probieren ließ – in der Annahme, dass sich das Betteln dann von selbst erledigen würde. Und das schallende Lachen ihrer Mama, als Anna wie erwartet das bittere Gebräu prustend über den Tisch spuckte.

Es ist ihre einzige Erinnerung, in der ihre Mutter lacht.

Jetzt sitzen sie nicht beim Frühstück, aber trotzdem liegt der Duft von frischem Kaffee in der Luft. Er hat sich in den Wänden festgesetzt, genauso wie all die Erinnerungen. Hier sind sie glücklich gewesen, bevor alles zerbrochen ist und sich nur unvollständig wieder zusammensetzen ließ – mit Rissen und mit Lücken. Hier sind sie zu dritt gewesen, damals, vor vielen Jahren.

Energisch schiebt Anna den Gedanken beiseite. Ist ja nicht so, als gäbe es da nicht genug andere Gedanken, die nur auf ihre Chance warten, über sie herzufallen.

»Alles okay?«, fragt ihr Vater in dem Moment und mustert sie besorgt über Hähnchen und Kartoffeln hinweg. Wenn sie hier ist – zu Hause – kocht sie für ihn. Wie in den alten Zeiten, bevor sie in die Innenstadt gezogen ist und die WG mit Fee gegründet hat.

Sie hört auf, hektisch im Essen herumzustochern, und seufzt. »Ja, klar. Aber diese dumme Klausur rückt immer näher, und ich muss noch so viel lernen. Irgendwie versinke ich gerade total darin. Und dann ist da noch die Hausarbeit, die ich bald abgeben muss.«

Die Unterlagen für die Uni und ihr Laptop ragen aus der Handtasche und werfen drohende Schatten. Ihr vergeht der Appetit, sie schiebt den Teller von sich. Sie liegt sonst immer gut in der Zeit. Fängt immer rechtzeitig an zu lernen, hält sich an ihre Pläne und schreibt am Ende gute Noten. Aber jetzt gerade wächst ihr alles über den Kopf. Eine neue Variable ist hinzugekommen, die sie in ihre ausgeklügelte Jonglage integrieren muss – Max. Und allmählich hat sie das Gefühl, die Bälle werden ihr früher oder später auf den Kopf fallen.

»Du bürdest dir einfach zu viel auf.« Er klingt niedergeschlagen. »Du solltest dich ganz aufs Studium konzentrieren. Das mit der Firma, das ist einfach zu viel.«

»Unsinn, es liegt nicht an der Arbeit. Es liegt daran, dass der Tag zu wenige Stunden hat.«

Er schmunzelt müde, lacht aber nicht.

Und jetzt fällt ihr auch das auf, was sie bisher nicht gesehen hat, weil sie bis zum Hals in Arbeit steckt – die Falten auf seiner Stirn, die ihn viel älter wirken lassen als die Lachfältchen um seine Augen. »Du zerbrichst dir aber auch über irgendetwas den Kopf«, sagt sie.

Er verzieht den Mund. »Die verdammte Lieferung am Freitag. Die lässt sich nicht mehr verschieben.«

»Und?« Sie ist verwirrt. Ihnen wird wichtiges Material für die Firma geliefert, aber warum das schlecht sein soll, versteht sie jetzt nicht.

»Schlechtes Timing. Ausgerechnet jetzt hat sich Tim krankgemeldet, und Elias ist noch im Urlaub.«

»Mist.« Sie hat mit der Uni so viel um die Ohren, dass sie gar nicht mehr auf dem Laufenden ist, was in der Firma so vor sich geht. Das ist nicht akzeptabel. Schon beginnt ihr Verstand zu rattern und nach einer Lösung zu suchen. »Und wenn wir für den einen Tag Helfer engagieren? Zwei, drei kräftige Männer, die uns beim Entladen und im Lager zur Hand gehen?«

Noch bevor er den Mund aufmacht, kennt sie die Antwort. Es lief schon mal besser mit der Firma, die Auftragslage ist nicht berauschend.

›Die Menschen werden immer Häuser bauen, und Häuser werden immer Dächer brauchen‹, pflegt ihr Vater leichthin zu sagen, aber Tatsache ist auch, dass sie in vielen Monaten nur knapp schwarze Zahlen schreiben. Ihrem fröhlichen, starken Papa, der bisher alle Schicksalsschläge weggesteckt hat, lastet das schwer auf den Schultern, auch wenn er sich das nicht anmerken lassen will.

»Zu teuer«, sagt er nur und zieht eine schiefe Grimasse, und ihr Herz zerspringt in tausend Stücke. Die Firma ist sein Ein und Alles, das macht sie automatisch auch zu ihrem Ein und Alles. Ihr gemeinsames Familienunternehmen. Wenn es hier eng wird, wird Anna ganz bestimmt nicht die Hände in den Schoß legen und zusehen, wie ihr Vater kämpft. Sie sind schon immer ein Team gewesen, seit sie denken kann.

»Wir schaffen das schon.« Sie lässt ihre Muskeln spielen, die zugegebenermaßen nicht sonderlich viel Eindruck schinden. »Ist kein Ding, ich packe mit an.«

»Auf gar keinen Fall«, protestiert er. »Die Firma verlangt dir ohnehin schon viel zu viel ab. Was ist denn mit deiner Prüfung? Gerade hast du noch gesagt, du musst lernen. Und meinst du, ich lasse dich das schwere Zeug schleppen? Du mit deinen Pudding-Ärmchen?«

»Das schaffe ich schon. Ich nehme mir die Zeit. Ehrlich, das wird problemlos klappen, ich muss mich nur ein bisschen ranhalten.« Gedanklich plant und organisiert sie bereits. Ihren Lernstoff für die Klausur hat sie in Etappen eingeteilt, die sie einfach etwas straffer gestalten muss, damit sie am Freitag in der Firma einspringen kann. Sie jongliert mit Terminen, Fristen und ihren zeitlichen Kapazitäten, die unglücklicherweise auf vierundzwanzig Stunden am Tag beschränkt sind. Und bei all dem weiß sie mit unerschütterlicher Sicherheit, dass sie nicht wochenlang darauf verzichten kann, Max zu sehen.

»Kommt gar nicht in die Tüte.« Er schüttelt den Kopf, fest entschlossen, seinen väterlichen Pflichten nachzukommen – oder dem, was er dafür hält.

Angesichts der vielen Dinge, die sie gerade gleichzeitig tun sollte, kann sie einfach nicht länger stillsitzen. Eine kribbelnde Unruhe hat sie erfasst, wie tausend Ameisen, die durch ihren Körper krabbeln.

»Papa, wir wissen doch beide, dass es keine andere Möglichkeit gibt. Ich bin froh, wenn ich zwischendurch ein bisschen körperlich arbeiten und den Kopf freikriegen kann«, verkündet sie fröhlich und mit einem Blick, der hoffentlich klarstellt, dass ihr Entschluss gefallen ist.

Schwungvoll steht sie auf, räumt die Teller ab – ihren fast vollen und den ihres Vaters, der wie immer so leergegessen ist, dass man ihn beinahe ungespült zurück in den Küchenschrank stellen könnte – und trägt alles in die Küche. Während des Spülens geht sie im Kopf ihren Lernstoff durch. Am liebsten hätte sie sich direkt an ihre Unterlagen gesetzt, aber die Küche schmutzig zu hinterlassen, bringt sie auch nicht über sich.

Murrend folgt ihr Vater ihr und trocknet das Geschirr ab, das sie ihm reicht. Es gefällt ihm zwar nicht, aber er hat schon eingesehen, dass sie am Freitag pünktlich auf der Matte stehen und mit ihm die Lieferung entgegennehmen wird. Sie tun, was nötig ist, und zwar gemeinsam. Das ist schon immer so, seit Mama sie verlassen hat. Sie beide, sie kommen über die Runden.

Sie lächelt ihn von der Seite an. Er lächelt zurück. In seinen großen Händen sehen Geschirrtuch und Teller aus wie Spielzeug.

Und als sie ihre Hände im heißen Spülwasser versenkt, fragt sie sich plötzlich, warum sie ihm noch nicht von Max erzählt hat. Sie sprechen sonst über alles, was relevant ist. Und ist Max etwa irrelevant?

Nein. Es gelingt ihr nicht, sich einzureden, irgendetwas an der Sache mit Max wäre irrelevant. Nicht der Sex, nicht die Küsse, nicht die Art und Weise, wie sie sich fühlt, wenn er sie ansieht. Und ganz bestimmt nicht dieses Gefühl in ihrem Bauch, dieses sachte Sehnen und Ziehen, wann immer sie an ihn denkt.

»Mist«, keucht ihr Papa, als ihm der Teller, den er gerade abtrocknen will, aus der Hand rutscht und laut klirrend auf dem Fliesenboden zersplittert. Betreten blicken sie auf die nassen, schaumbedeckten Scherben hinab. Es war ein Teller aus Mamas Mitgift. Einer, von dem sie bestimmt unzählige Male gegessen hat, und für einen Moment rollt der Schmerz wie eine heiße Welle über Anna hinweg.

»Schon okay, lass das. Ich mach das schon! Dann geht weniger Geschirr zu Bruch.« Lächelnd nimmt sie ihm das Tuch aus der Hand, bugsiert ihn mit sanfter Gewalt aus der Küche und macht sich daran, die Scherben aufzusammeln. Er steht in der Tür und schaut betreten wie ein Schuljunge.

Und sie weiß jetzt, warum Max bisher ihr Geheimnis ist. Sie hat ihre Antwort gefunden. Sie waren zu zweit, ihr Papa und sie, seit ihre Mama gegangen ist. Sie beide gegen den Rest der Welt. All die Jahre konnten sie sich aufeinander verlassen. Dass Anna nicht mehr zu Hause wohnt, ändert nicht das Geringste daran, dass sie eine Familie sind. Und Familie bedeutet, dass man füreinander verantwortlich ist. Sie sind ein so perfekt eingespieltes Team, dass Anna auf einmal befürchte, die stabile Konstruktion zu gefährden, indem sie am Fundament sägt.

Würde ihr Vater denken, dass sie ihn im Stich lässt, wenn sie einen weiteren wichtigen Menschen in ihr Leben lässt? Hätte er Angst, dass sie ihre Pflichten vernachlässigt und keine Zeit mehr für die Firma hat? Würde es sich wie Verrat anfühlen?

Charlotte

21. Oktober 1991

So viele Leute an einem Ort habe ich seit einer gefühlten Ewigkeit nicht mehr erlebt. Einen Moment lang bin ich fast überrumpelt, dann lasse ich mich einfach fallen, sauge die Atmosphäre in mich auf, lasse mich treiben, genieße das lebhafte Stimmengewirr und all die fremden Augenpaare in Gesichtern, die ich noch nie gesehen habe und nie wieder sehen werde. Mein Herzschlag passt sich dem schnelleren Rhythmus der Stadt an. Ich fühle mich belebt und erfrischt.

Es ist ein Gemälde, schießt es mir durch den Kopf. All die Gesichter, die Augen und die Haarschöpfe, die Pullover, Schals und Jacken sind wie bunte Tupfen, die der Künstler in scheinbar wildem Chaos auf der Leinwand platziert hat – ein aufregender Strudel aus Licht, Formen und purem Leben.

Es ist noch recht warm für die Jahreszeit, auch wenn die frische Luft bereits den nahenden Winter erahnen lässt. Da ist eine frostige Note, die sich durch den Sonnenschein bohrt und mich an den Geschmack von Schnee denken lässt.

Ich war überrascht, dass Thomas den Tagesausflug nach München vorgeschlagen hat, obwohl wir zu Hause doch mehr als genug zu tun haben. Aber dann ist mir klargeworden, dass er es für mich tut. Er wusste, wie gut es mir tun würde, mal wieder ins Großstadtgetümmel einzutauchen. Jetzt trifft mich sein forschender Blick, den ich strahlend lächelnd und winkend erwidere.

»Da ist er, der Spielplatz«, ruft Thomas, nimmt Jans kleine Hand in seine und läuft mit ihm los, während ich stehen bleibe.

Er hockt mit Jan im Sandkasten, beugt sich über ein Förmchen und nutzt die winzige Plastikschaufel, die ihnen ein rotgelocktes Mädchen freundlicherweise und mit großer Geste geliehen hat, um mit rührender Sorgfalt Sand hineinzufüllen. Der Spielplatz, den wir nach dem Shopping angesteuert haben, um Jans Geduld nicht zu überstrapazieren, begeistert meinen Mann beinahe ebenso sehr wie meinen Sohn. Wie ein großer Junge baut er Burgen, lässt den Sand zwischen seinen Fingern hindurchrieseln und amüsiert sich, als Jan versucht, seine Füße zu vergraben.

Im Sonnenschein hat sein zerzaustes dunkles Haar einen rötlichen Schimmer. Die Ärmel seines bordeauxroten Pullovers hat er über die Ellenbogen hochgeschoben, und mir fällt auf, dass sie kräftiger und sehniger geworden sind, seit wir auf dem Land wohnen. Immer noch ist er schlaksig, *ganz anders als der breit gebaute Martin*, aber man merkt ihm an, dass er im Haus und im Garten anpackt und vieles selbst macht. Dabei ist er doch eigentlich so eine Stadtpflanze wie ich.

Wieder schaut er zu mir, wie immer mit seinem etwas verträumten Schlafzimmerblick, mit dem er mich an diesen sexy jungen Schauspieler Hugh Grant erinnert, den Nele und ich bei unserem letzten Kinobesuch in *Verliebt in Chopin* angehimmelt haben.

»Komm doch zu uns«, ruft er mir zu.

Jan, der bisher ganz ins Spiel vertieft war, hebt jetzt ruckartig den Kopf und strahlt bei meinem Anblick übers ganze Gesicht.

»Mama«, quietscht er fröhlich – eines der wenigen Worte, die er beherrscht – und winkt mit den pummeligen Armen.

Ungeduldig wippe ich auf den Fußballen und mache eine abwehrende Handbewegung. Die Spitzen meiner Raulederpumps berühren die Grenze zwischen Asphalt und der matschigen Wiese, die den Beginn des Spielplatzes markiert. Mein Blick wird von den Glasfassaden und Schaufenstern auf der anderen Straßenseite förmlich angezogen. Wie gern würde ich ins Getümmel eintauchen, mich von der Menschenmenge einfach mitziehen lassen und sehen, wo ich lande – in einer Galerie mit aufregenden Gemälden? In einem Restaurant mit exotischer Küche und noch exotischeren Gästen? In einer Bar oder einem Club oder gar auf dem Flughafen, mit einem Fuß bereits in einer Maschine?

»Verzeihung, ich glaube, das gehört Ihnen«, reißt eine dunkle Stimme mich aus meinen Gedanken.

Ein Mann ist näher getreten und bückt sich nach meinem Silberarmband, dessen Verschluss sich gelöst haben muss, als ich geistesabwesend daran herumgespielt habe. Als er es mir reicht, berühren sich unsere Fingerspitzen für einen Moment. Mit seinen blonden Haaren, den himmelblauen Augen und der sportlichen Statur erinnert er mich auf den ersten Blick an Martin, und schon stellt sich das Bauchkribbeln ein, das mir mittlerweile vertraut geworden ist.

Nein, verdammt! Ich beiße die Zähne zusammen, murmle ein Danke, ignoriere sein Lächeln und den Versuch, mich in einen Smalltalk und kleinen Flirt zu verwickeln. Zielstrebig steuere ich auf meinen Mann und meinen Sohn zu, hocke mich mit den guten Pumps und dem feinen Rock in den Sandkasten und spiele mit. Was ihr Bitten nicht geschafft hat, schafft das schlechte Gewissen, das wie Säure in mir brennt. Bilder von Martins nacktem Körper und seinem Grinsen flackern durch meinen Kopf, während ich mich in die albernen Kinderspiele stürze, als wären sie die ernsthafteste Sache der Welt.

Es tut mir leid. So leid.

Ich sage es in meinem Kopf, verschränke meine Finger mit Thomas', führe sie an meinen Mund und küsse seinen Handrücken. Erstaunt sieht er mich an, hält mich fest und küsst meine Schläfe. Einen Herzschlag lang verharren wir so, meine Lippen an seiner Hand und seine an meiner Stirn, bevor ich mir Jan schnappe und ihn in die Kleinkinderschaukel setze. Immer wieder schubse ich ihn an, und er jauchzt vor Vergnügen und strampelt mit den Beinen. Thomas steht hinter mir, legt das Kinn auf meine Schulter und die Arme um meinen Bauch.

Es tut mir leid, dass ich dich betrüge. Es tut mir leid, dass ich meine Familie hintergehe. Es tut mir leid, dass ich die Finger nicht von Martin lassen kann.

Verzeih mir.

Arglos lächelt er mich an, als ich mich zu ihm umdrehe, während Jan weiter auf der Schaukel vor und zurück schwingt und fröhlich kräht. Thomas' jungenhaftes Lächeln trifft mich mitten ins Herz.

»Alles okay?«, fragt er leise und lässt seine Finger über meinen Nacken wandern, so dass sich ein angenehmes Prickeln auf meiner Haut ausbreitet.

»Was soll denn nicht in Ordnung sein?« Sieht mein Lächeln so verkrampft aus, wie es sich anfühlt?

Er zuckt mit den schmalen Schultern. »Charlotte, ich weiß, dass du lieber in der Stadt wohnen würdest.«

In seinem Blick blitzt etwas auf, was mir selbst nur allzu vertraut ist: schlechtes Gewissen. Tut es ihm leid, dass wir aufs Land gezogen sind, wo er sich so viel wohler fühlt als ich? Das muss er nicht. Es ist nicht so, als hätte er mich gegen meinen Willen verschleppt – wir haben diese Entscheidung gemeinsam getroffen.

»Jetzt hör aber auf.« Diesmal fällt mein Lächeln echter aus, neckisch lege ich den Kopf schief und verschränke die Hände in seinem Nacken. »Ich freue mich schon darauf, nachher mit meinen beiden Männern in die grüne Hölle zurückzukehren.« Das ist nur ein bisschen gelogen.

»Und ich dachte schon, du wolltest mir auf dem Weg zum Auto abhauen, um im Stadtgetümmel abzutauchen …« Er versucht sich an einem Scherz, aber es klingt nicht nach einem.

Die Art, wie er mein Lächeln erwidert, erwärmt mein Herz – ein bisschen unsicher, ein bisschen fragend, aber voller Zärtlichkeit. Ich habe diesen wunderbaren Mann gar nicht verdient, der mich so innig liebt, sich um mein Wohlergehen sorgt und treu zu mir steht.

Ich ziehe ihn an mich heran und verschließe seine Lippen mit einem Kuss. »Niemals haue ich dir ab.«

18. November 1991

Der Buchclub also. Friederike scheint ganz versessen darauf, regelmäßige Treffen zu organisieren, an denen jeder teilnehmen muss, der nicht bei drei auf den Bäumen ist. Vor dem Backclub konnte ich mich noch erfolgreich drücken, wofür ich Jan ewig dankbar sein werde, dass er mir als Ausrede dient. Die Kombination aus Marmorkuchen, Donauwelle und Dorfklatsch ist auf meiner Top-Ten-Liste der ödesten Angelegenheiten ziemlich hoch oben angesiedelt.

Aber jetzt hat sich die Schlinge zugezogen, jetzt sitze ich in der Patsche – ebenso wie die meisten anderen Frauen aus unserer

Siedlung. Was mich daran erstaunt, ist, dass die anderen wirklich Spaß an diesen Tratschtreffen im Buch- oder Backmäntelchen haben. Die Einzige, die sich langweilt, bin ich, was vielleicht daran liegt, dass mit mir irgendetwas nicht stimmt. Säuerlich denke ich an Thomas, der arglos angeboten hat, an den Samstagen, an denen wir uns zum Bücherbesprechen treffen, auf Jan aufzupassen, und mir damit meine Ausrede geraubt hat.

»Also, ihr Lieben.« Friederike könnte mit ihrer glatten Haut und den glänzenden Augen Werbung für Rotbäckchensaft machen. Die Energie, mit der sie in die Hände klatscht und unseren aktuellen Liebesroman in die Höhe reckt, wäre sicherlich einfacher zu ertragen, wenn ich nicht latent verkatert wäre. »Wir sind jetzt hoffentlich alle am Ende des zehnten Kapitels angekommen. Wer möchte den Anfang machen? Wie gefällt es euch denn so weit?«

Wie Grundschüler sitzen wir im Stuhlkreis im Wintergarten der Geigers, umgeben von so vielen Pflanzen, dass man sich wie in einem Urwald fühlt. Die Korbstühle geben bei jeder Bewegung ein leises Knarren von sich. Auf dem kleinen runden Tisch in der Mitte steht neben einem Bücherstapel Marthas staubtrockener Marmorkuchen, sorgfältig mit Puderzucker bestreut.

Nicole hebt artig die Hand. »Ich fand es sehr berührend. Sie sind eindeutig füreinander bestimmt, aber trotzdem hält er sie auf Abstand. Sie kämpft aber tapfer weiterhin um ihre Liebe und lässt nicht locker. Das hat mir imponiert.« Sie grinst. »Kein Wunder, er ist aber auch ein Traumtyp. Für so einen würde ich mich auch ins Zeug legen.«

»Ich stelle ihn mir ja ehrlich gesagt immer wie Herrn Wippel vor«, schaltet sich Martha ein.

»Der Grundschullehrer?« Friederike macht große Augen.

Martha kichert. »Ja genau. Der joggt jeden Samstag pünktlich um acht durch den Ort, direkt an meinem Küchenfenster vorbei. Danach kann man die Uhr stellen. Und ich kann euch sagen, in seinen Sportklamotten sieht er überhaupt nicht übel aus. Und habt ihr mal darauf geachtet, was für tolle Augen er hat?«

Friederike sieht sich verstohlen um, als befürchtete sie, jemand könnte uns belauschen. »Der Arme hat es aber auch nicht leicht.«

Sofort ist ihr die Aufmerksamkeit aller sicher. Und schon geht es los. Fein säuberlich und mit chirurgischer Präzision wird das Privatleben des armen Grundschullehrers seziert, der von seiner Frau betrogen wird, was im Dorf offensichtlich jeder weiß.

Ich schaue durch die Eisblumen am Fenster hinaus in den Novemberfrost. Eiszapfen hängen von der Dachrinne. Die Zweige der Bäume und Sträucher biegen sich unter der Last des Schnees. Eine einzelne Krähe hockt auf dem Gartenzaun und starrt herein – ich starre zurück.

Ich mag das nicht.

Was wir hier machen, ist so unfassbar spießig. Mit jeder Sekunde, in der wir tiefer in die Geheimnisse der Nachbarn eintauchen, scheint es im Wintergarten wärmer und stickiger zu werden. Ich mag nicht, wie wir hier zusammenhocken, mag die aufgezwungene Geselligkeit, das Geschnatter und die Gesprächsthemen nicht, ebenso wenig wie die Bücher, die wir lesen.

Mein Gott, ich beginne sogar die Anonymität der Großstadt zu vermissen, bei der man laut Klischee nur am üblen Geruch bemerkt, dass der Nachbar gestorben ist. Alles ist besser als ein Ort, an dem die Leute mit Fernglas am Fenster stehen und jede Bewegung ihrer Nachbarn verfolgen, damit ihnen bloß nichts entgeht.

Friederike moderiert das Treffen mit milder Strenge. »Aber

nun lasst uns zu unserem Buch zurückkommen«, schlägt sie vor, als sich das Gespräch nur noch um Frau Wippels potenzielle Liebhaber dreht.

»Was gibt es denn da zu besprechen? Der Kerl wird noch drei, vier Kapitel lang den einsamen Wolf raushängen lassen. Dann lüftet er sein ach-so-düsteres Geheimnis, vorzugsweise in einer sturmumtosten Nacht. Er wird ihr erzählen, dass er von einer Frau bitterlich enttäuscht worden ist und deswegen keine mehr an sich heranlassen kann. Aber sie, ja, sie ist die Einzige, die Wahre, das hat er nun erkannt. Sie küssen sich und fertig. Happy End. Halleluja!«

Alle starren mich an. Und auf einmal habe ich das Bedürfnis, mich zu verteidigen. »Ist doch wahr! Es ist immer das Gleiche, genau wie in unserem letzten Buch und in dem davor. Die Plots sind seicht und austauschbar, nichts als Kitsch. Ich meine, warum lesen wir nicht zur Abwechslung mal etwas *Gutes*? Ein Stück Literatur? Irgendetwas Bedeutsames?«

Es klingt heftiger, als ich geplant habe. Wobei *geplant* nicht der richtige Ausdruck ist, die Worte sind einfach aus mir herausgeplatzt. Betretenes Schweigen hängt wie eine düstere Wolke über dem Wintergarten, niemand sieht mir in die Augen.

»Entschuldigung«, würge ich hervor, »ich muss dann mal los. Viel Spaß euch noch.«

Als ich durch die Tür verschwinde, weiß ich, dass sie mir alle hinterherschauen und dass ich ihnen neuen Gesprächsstoff geliefert habe.

*

Beißende Kälte empfängt mich, sobald ich hinaustrete, aber ich kann und will jetzt noch nicht nach Hause gehen. Ich brauche die frische Luft und die Bewegung. Mit gesenktem Kopf stapfe ich los, immer geradeaus, die Straße runter und in den erstbesten Feldweg hinein. Schnee knirscht bei jedem Schritt unter meinen Sohlen. Schon nach ein paar Schritten spüre ich die Nässe an meinen Strümpfen – mit kindischem Trotz weigere ich mich bis heute, die praktischen Stiefel und Schuhe zu tragen, die hier in der Nachbarschaft so beliebt sind. Meine eleganten Raulederstiefel sind ein Relikt aus meinem alten Leben, eine Art letztes Aufbegehren.

Ich war grob. Schnippisch und arrogant. Wenn sie jetzt gerade über mich lästern, dann zu Recht.

»Charlotte!« Friederike rennt mir hinterher, nur einen Arm in der Jacke, die Gore-Tex-Stiefel nicht zugeschnürt. »Warte.«

Und ich warte, obwohl ein Gespräch das Letzte ist, wonach mir der Sinn steht.

Sie ist fast einen halben Kopf kleiner als ich, aber als sie mich erreicht hat und mir gegenübersteht, fühlt es sich an, als wäre ich die Kleinere.

Sie kommt direkt zur Sache. »Charlotte, ich weiß, für dich sind wir alle nur ein Haufen dummer, trutschiger Dorffrauen.« Als ich den Mund öffne, hebt sie die Hand – überraschend resolut für jemanden, der sonst immer so weich und sanft wirkt. »Nein, sag nichts. Du musst dich nicht verteidigen. Aus deiner Sicht mag das so aussehen. Aber ich kann dir versichern, dass du uns unterschätzt. Wir sind keine …«, sie runzelt nachdenklich die Stirn, »keine gesichtslosen Einheitshausfrauen, wir sind Menschen, okay? Jede von uns hat ein Gesicht und eine Geschichte. Das ist nun mal ein kleines Dorf, da läuft manches anders als in der Stadt. Wir kennen einander, wir interessieren uns füreinander, auch wenn das manchmal vielleicht in Neugier ausartet. Und weißt du was? Das kann auch ganz schön sein.

Weil man sonst allzu leicht vereinsamen könnte. Wenn du über andere Themen reden willst, weil dir unsere zu oberflächlich sind, dann mach das doch! Und wenn du ein anderes Buch mit uns lesen willst, schlag eines vor. Du bist ein Teil dieser Dorfgemeinschaft.«

Sie hat das alles ganz ruhig vorgebracht, ohne Vorwurf, und deswegen schäme ich mich umso mehr. Als sie mir ruhig in die Augen blickt, kann ich gar nicht anders, als wider Willen beeindruckt zu sein. Ja, sie hat recht. Ja, ich bin arrogant und kapsle mich ab. Schaue auf sie und die anderen Frauen herab. Habe immer noch Schwierigkeiten, mich auf diese ganze Dorfsache einzulassen.

Ein Nicken, mehr bringe ich nicht zustande.

Und warte, ob da noch mehr kommt. Ob die Frau mit der ruhigen Stimme und dem wachen Blick, die mich so sieht, wie ich bin, vielleicht *noch mehr* sieht. Meine Wangen brennen. Die Wahrheit prickelt unangenehm unter meiner Haut, bis ich sicher bin, dass man sie mir ansehen kann. In Leuchtbuchstaben scheint sie grell aus meinem verlogenen Gesicht heraus – die Wahrheit über zwei Menschen, die hintergangen werden, weil sich zwei andere Menschen das nehmen, was sie zu brauchen glauben. Und einen Moment lang bin ich sicher, absolut sicher, dass sie es sagen wird: *Ich weiß, dass du mit meinem Mann schläfst.*

Aber sie schenkt mir nur noch ein aufmunterndes Lächeln, bevor sie sich umdreht und zurück zu ihrem Haus stapft. Erst, als sie aus meinem Blickfeld verschwunden ist, merke ich, dass ich den Atem angehalten habe.

Anna

In Thorstens Spätzle-Bude gibt es eine neue Errungenschaft: Ein uralter Röhrenfernseher, von dem sie keine Ahnung hat, wo er ihn wohl aufgetrieben hat, hängt an der Wand, zwischen einem Wandteppich und einem rot gerahmten Porträt von Marilyn Monroe.

»Ich habe noch nie ein Picknick gemacht«, sagt sie spontan, als ihr Blick auf die Werbung fällt, die gerade läuft – eine strahlend weiß gekleidete Familie sitzt auf einer schneeweißen Decke inmitten einer bunten Blumenwiese. Die Kinder spielen friedlich, die Mutter himmelt den Vater aus Bambi-Augen an und dieser blickt so stolz über die Szenerie, als sei er der König dieser weichgezeichneten Picknick-Idylle.

Max starrt sie an, als hätte sie ein düsteres Geheimnis offenbart. »Kein Picknick? Dein ganzes Leben nicht?«

»Das geht ja gar nicht«, gibt Thorsten seinen Senf dazu, als er ihnen die spätzlegefüllten Pappschalen bringt. Diesmal sind sie mutig gewesen und haben sich für *Spätzle nach Art des Hauses* entschieden, mit Thai-Currysoße und flambierten Garnelenspießen.

Fassungslos schüttelt Max den Kopf. »Wirklich noch nie?«

»Meine Güte, du tust ja so, als wäre ein Leben ohne Picknick nicht denkbar«, bringt sie lachend hervor.

Eigentlich sollte sie gerade lernen. Aber *eigentlich* sollte sie das rund um die Uhr tun, und weil auch sie mal schlafen und essen muss, hat sie sich selbst Zwangspausen verordnet. Dass sie die mit Max verbringt, statt schnell eine Tiefkühlpizza in den Ofen zu schieben, ist vielleicht nicht vernünftig, aber notwendig.

»Das ist so.« Max spricht geduldig, wie mit einem störrischen Kind. »Wir haben oft welche gemacht. Damals, als Familie.«

Da ist er wieder, dieser Riss, der sich durch seine Stimme zieht. Max hat ihr nichts über seine Familie erzählt, rein gar nichts. Ein paar Mal hat sie versucht, das Gespräch darauf zu bringen, aber jedes Mal hat er einen Scherz gemacht und das Thema gewechselt und sie auf andere Fährten geführt.

Er will ganz eindeutig nicht mit ihr darüber reden. Vermutlich darf sie sich darüber nicht beschweren, immerhin hat sie ihm auch nichts von ihrer Familie erzählt – noch nicht. Obwohl sie sich ihm in manchen Momenten so nah fühlt, als würden sie einander schon ewig kennen, scheint da auch für sie eine unsichtbare Grenze zu sein. Fee ist die Einzige, der sie freiwillig von ihrer Mutter erzählt hat, und die ist so etwas wie Familie.

Und trotzdem gibt es ihr einen Stich, dass er sich ihr gegenüber nicht öffnet. Ist echte Nähe möglich, wenn man Mauern und kleine, geheime Nischen baut, um Dinge zu verstecken und nicht preisgeben zu müssen?

Max' Blick dringt durch ihre Gedanken, dunkel und grüblerisch. Ein Ruck geht durch sie, sie muss ihn einfach fragen, was ihm durch den Kopf geht. Doch bevor sie dazu ansetzt, ändert sich seine Miene ganz plötzlich, und er schenkt ihr wieder sein unbeschwertes Grinsen.

»Okay, das ist absolut inakzeptabel.« Er greift nach ihrer Hand und zieht sie hoch, ehe sie irgendetwas sagen kann. »Wir holen nach, was du dein ganzes Leben lang verpasst hast. Thorsten, bist du so gut und packst uns den Rest ein?«

Überrumpelt schaut sie erst auf das Essen, das sie bisher kaum angerührt haben, und dann auf Max, dessen Augen vor Begeisterung leuchten. »Was?«

»Ein Picknick.« Er verdreht die Augen.

»Jetzt?« Ihre Herangehensweise wäre gewesen, eine Liste zu erstellen und diese dann Punkt für Punkt abzuarbeiten, alles Erforderliche zu kaufen, den perfekten Picknickkorb zu packen und den Wetterbericht für die nächsten Wochen zu studieren.

Er lacht, als hätte er ihre Gedanken gelesen. »Du bist verrückt. Niedlich, aber verrückt. Wann denn sonst? Wenn du in Rente gehst?«

Er strahlt auf einmal eine solche Energie aus, dass sie einfach mitgerissen wird und erst draußen vor der Tür – die warmen Schalen mit dem Essen in den Händen – innehält. »Stopp, Pause. Was ist der Plan?«

»Der Plan«, bei diesem Wort muss er wieder grinsen, »sieht folgendermaßen aus: Wir besorgen schnell ein paar leckere Sachen, fahren ins Grüne, machen uns einen schönen Tag. Genießen das Leben. Zählen Wolken oder Schafe oder gar nichts. Übernachten in irgendeiner netten Pension oder Hütte und sperren die echte Welt bis morgen aus. Wie klingt das?«

»Himmlisch«, muss sie zugeben. »Aber …«

Das Wort hängt wie ein gerissenes Seil in der Luft und franst aus, während er sie erwartungsvoll ansieht. Sie *will*, aber sie *muss* und sie *sollte*. Wünsche und Pflichten und Sehnsüchte liefern sich in ihrem Kopf eine Schlacht – alles zerrt an ihr und reißt sie hin und her. Durch dieses Chaos hindurch bohrt sich Max' Blick und lässt ihr Herz rasen.

»Meine Klausur«, bringt sie als Argument vor.

Er verdreht die Augen. »Laut deinem perfekt ausgefeilten Lernplan hast du da vielleicht noch einiges zu tun, aber ich bin relativ sicher, du bist jetzt schon besser vorbereitet, als ich es je für eine Prüfung war. Mal ehrlich, Anna: Wenn du jetzt die Klausur schreiben müsstest, würdest du mindestens eine Zwei kriegen.«

Da hat er sogar recht. »Ich habe mir vorgenommen, eine Eins zu schreiben«, sagt sie ganz automatisch und wie aus der Pistole geschossen. Aber ist das wirklich so wichtig? Wichtiger als ein Picknick mit Max? Die alte Anna hätte darauf eine klare Antwort gewusst, die neue muss erst einmal ihre Prioritäten sortieren.

Sie hat schon einen Schritt auf ihn zugemacht, als ihr siedend heiß einfällt – morgen ist Freitag und der Tag, für den sie zugesagt hat, mit ihrem Vater die Lieferung entgegenzunehmen.

»Aber morgen habe ich keine Zeit«, sagt sie zaghaft.

Er zuckt nur mit den Schultern, freundlich und gleichmütig. »Kein Problem. Dann ein anderes Mal.«

Er setzt sie nicht unter Druck, aber tief in ihr erwacht ein wilder Trotz. Immer spielt sie nach den Regeln. Immer handelt sie durchdacht, rational und pflichtbewusst. Aber das Funkeln in Max' Augen und sein abenteuerlustiges Lächeln sind so ansteckend, dass sie nichts lieber will, als sich von ihm mitreißen zu lassen – ganz gleich, wohin.

»Gib mir fünf Minuten«, hört sie sich sagen. Sie muss zumindest kurz mit ihrem Vater telefonieren, sich seinen Segen holen und sicherstellen, dass er morgen keinen Finger rührt, solange ihn niemand unterstützt.

Er klingt am Telefon geradezu erleichtert. »Ich wollte dich ohnehin anrufen. Alles okay, ich habe Hilfe organisiert.«

Sie presst das Handy fester auf ihr Ohr und unterdrückt ein Kichern, als Max ihr einen prickelnden Kuss auf den Hals haucht und gleichzeitig mit der Holzgabel etwas von den Spätzle klaut. »Von welchem Geld? Du hast doch selbst gesagt, wir können uns keine externen Arbeiter dafür leisten.«

Er lacht. »Ein alter Bekannter, der mir noch einen Gefallen schuldet. Der schickt mir ein paar Jungs vorbei.« Seine Worte geben sie frei, zumindest für morgen, und genau so fühlt sie sich. Frei. Wunderbar frei. Als könnte sie fliegen – mit Max und mit weit ausgestreckten Flügeln, die sie ihr Leben lang vermisst hat, ohne es zu merken.

Max nimmt ihre Hand wieder in seine, und alles in ihr und um sie herum verwandelt sich in glitzerndes Konfetti. Sie will mit ihm los, mit ihm ein Picknick machen, mit ihm in der Gegend herumfahren, alles – solange er bei ihr ist. Alles fühlt sich mit ihm gut und richtig an.

Sie laufen die Straße hinunter, steuern den erstbesten Laden an und kaufen, worauf sie Lust haben: Sekt und Gummibärchen, Erdbeeren und Sandwiches. Und schließlich einen stilechten Picknickkorb, dem aus der Werbung zum Verwechseln ähnlich.

Sie sieht ihn und sich im spiegelnden Glas eines Schaufensters. Seite an Seite. Hand in Hand. Anna und Max. Er mit seiner unverzichtbaren Kamera, sie mit ihrer lebensnotwendigen Handtasche, und sie beide mit einem Lächeln auf dem Gesicht und einem geradezu fiebrigen Glanz in den Augen, erhitzt vor Glück und etwas, was Anna noch nicht in Worte zu fassen wagt, obwohl sie es bis in ihre Fingerspitzen fühlt.

Charlotte

12. Dezember 1991

Der bläuliche Rauch windet sich empor, bildet abstrakte Formen, denen ich mit dem Blick folge, und verliert sich zwischen den Spinnweben unter dem Geräteschuppendach. Eigentlich habe ich aufgehört zu rauchen, gleich als ich wusste, dass ich schwanger bin, und auch nach Jans Geburt habe ich nicht wieder angefangen, aber manchmal überkommt es mich. Jetzt inhaliere ich mit gierigen Zügen.

Er beugt sich zu mir vor, drückt seine Zigarette gegen meine, ich teile die Glut mit ihm. Er ist genauso nackt wie ich, und obwohl unsere Atemluft kleine weiße Wölkchen bildet, ist keinem von uns kalt. Wir sind noch zu erhitzt, um die Dezemberkälte im ungeheizten Schuppen zu spüren.

Er legt den Kopf in den Nacken, nimmt einen tiefen Zug. Keiner von uns schämt sich, weder für die eigene Nacktheit, noch dafür, den anderen unverhohlen anzusehen. Es sind diese kurzen, gestohlenen Momente, in denen es keine Scham gibt. Wie es danach aussieht, ist eine ganz andere Sache.

»Und jetzt?«, fragt er.

Ich sitze an die Werkbank gelehnt auf dem eiskalten Boden, die Beine angezogen. Über dieselbe Werkbank war ich gebeugt, als er mich genommen hat, kraftvoll und wild.

Kisten voller Weihnachtsdeko stapeln sich im Regal mir gegenüber, an dem er lehnt. Dinge, die er ins Haus tragen wird, um gemeinsam mit Friederike den Christbaum und den Kamin und das Treppengeländer zu schmücken. Dinge, die in seine heile Welt und seinen warmen Haushalt gehören.

»Was soll jetzt sein?« Noch ein Zug. Ich muss husten, bin es nicht mehr gewohnt.

»Ich … Ich habe nicht vor, mich von Friederike zu trennen. Es würde ihr das Herz brechen, und abgesehen davon liebe ich sie. Ich bin glücklich mit ihr, eigentlich. Das kann ich nicht aufgeben.«

Ich nicke, erstaunt darüber, dass das überhaupt ein Thema ist. »Natürlich nicht! Und ich werde mich nicht von Thomas trennen. Um nichts in der Welt. Er und Jan, sie sind meine Familie.«

Beide sagen wir die Wahrheit. Warum wir trotzdem tun, was wir tun, obwohl es Menschen gibt, die wir lieben? Vielleicht, weil wir einander und das zwischen uns brauchen.

Da liegt etwas in seinem Blick, was ich nicht deuten kann, und erst, als er weiterspricht, erkenne ich, was es ist. Sorge. »Du bist nicht … verletzt? Ist das wirklich okay für dich? Ich wollte nämlich nie …« Er fährt sich mit der Hand über den Mund, als er nach Worten sucht. »Ich will nicht, dass du dir mehr erhoffst, dass du …«

Das Lachen platzt aus mir heraus. »Jetzt hör aber auf! Ist das dein Ernst? Das alles ist ganz unverbindlich. Ich dachte, das wäre klar. Es gibt nur diese Treffen, mehr nicht. Du behältst dein Leben, ich meines. Und wir müssen vorsichtig sein, damit das auch so bleibt.«

Und genau so ist es. Diese heimlichen Momente sind es, die mich über Wasser halten, wenn ich das Gefühl habe, mein Alltag und die gottverdammte Dorfidylle, der Klatsch und das endlos weite Grün ersticken mich. Wenn Jan – sosehr ich mein Kind auch liebe – das Leben aus mir heraussaugt und alles nimmt, was ich geben kann, und noch mehr als das, bis ich nicht mehr weiß, ob ich noch ein freier Mensch bin, oder ein Mutter-Roboter, der auf der Welt ist, um Bedürfnisse zu erfüllen – nicht, um eigene Bedürfnisse zu haben. Die verstohlenen Blicke und heimlichen Berührungen und der wilde Sex sind das, was ich brauche, um mich bei alldem lebendig zu fühlen.

Und vielleicht ist es bei ihm auch so. Er wird seine Gründe haben, so wie ich meine habe. Das zählt zu den Dingen, über die wir nicht sprechen. Beide schrecken wir davor zurück, uns zu weit ins Familienleben des anderen vorzuwagen und an Themen zu rühren, die unser Innerstes betreffen. Das ist die feine, moralisch wertlose, für uns aber notwendige Grenze, die wir gezogen haben.

Er sieht mich immer noch mit diesem seltsamen Blick an, und ich merke, wie es in seinem Kopf rattert: Er fragt sich, ob er mir glauben kann, oder ob es irgendeine Art von Falle ist.

»Bist du sicher? Alles ist gut?«

Mit einer einzigen, fließenden Bewegung stehe ich auf und suche meine Kleidung zusammen, die auf dem Boden verteilt liegt. Mein Seidenslip hängt an einer Arbeitslampe. Sein Blick folgt mir, als ich splitternackt durch den Schuppen gehe. Ich spüre ihn auf meiner Haut, so wie ich vorhin seine Hände überall auf mir gespürt habe. Schon jetzt pocht mein Herz schneller, als ich daran denke, was er gerade mit mir gemacht hat – und ich mit ihm.

»Deine Ritterlichkeit in allen Ehren, aber hältst du mich für zu blöd, um zu sagen, was ich will?« Ich pflücke die Unterhose von der Lampe und ziehe sie an.

Verlegen wuschelt er sich mit der Hand durchs Haar. »Quatsch, das wollte ich nicht sagen. Es ist nur … Diese Einstellung ist eher untypisch für eine Frau, oder? Das mit dem unverbindlichen Sex.«

Noch einmal muss ich lachen. Irgendwie ist es ja ganz reizend, dass er sich um meine Gefühlswelt sorgt, aber da ist er auf dem völlig falschen Dampfer. »Martin, im Ernst, du solltest mal dein Männer- und Frauenbild überdenken. Wir haben 1991.«

Es gibt keinen Abschiedskuss, keine Umarmung. So hemmungslos wir während des Sex auch herumknutschen – danach sind wir wieder nur Nachbarn. Nachbarn, die es gerade im Geräteschuppen miteinander getrieben haben, während seine Frau mit ihren Eltern Weihnachtseinkäufe in Bamberg erledigt und mein Mann mit unserem Kind rodeln gegangen ist. Ich ziehe mich fertig an, nicke ihm zu, schlüpfe durch die Tür hinaus und kehre in meinen Alltag zurück.

Anna

Sie nehmen sein Auto.

»Mein erstes eigenes«, sagt er, und dabei blitzt wieder dieser Stolz durch, als sei es ihm aus irgendeinem Grund unheimlich wichtig, dass er all diese Dinge hat – eine eigene Wohnung, einen festen Job, ein eigenes Auto. Das fällt ihr an ihm auf, und sie versteht es nicht ganz, sie versteht *ihn* nicht ganz, und ein Teil von ihr brennt darauf, alles über ihn zu erfahren und ihn bis in den letzten Winkel seines Herzens zu begreifen – aber ein anderer Teil will es jetzt noch nicht so genau wissen, vertagt es auf später, auf irgendeinen anderen – besseren – Zeitpunkt.

Die Klimaanlage ist kaputt, und wieder ist es ein sonniger Tag, so heiß, dass sie sich fragt, ob es in diesem Sommer überhaupt jemals regnet. Es ist, als wollte die Sonne niemals wieder verschwinden. Also machen sie die Fenster auf, lassen die Luft herein und genießen den Fahrtwind. Entspannt lehnt sie sich zurück und lässt die Füße aus dem Fenster hängen.

Dunkle Tannenwälder wechseln sich ab mit saftigen Wiesen, die schier endlos weit zu reichen scheinen. Tiefgrün wiegen sich die hohen Gräser im Wind. Hin und wieder durchqueren sie kleine Dörfer, in denen die Zeit stillzustehen scheint und die von der realen Welt unberührt wirken.

Sie sind kurz in seiner Wohnung gewesen und haben seine Ukulele mitgenommen, die jetzt auf der Rückbank liegt. Spontan öffnet Anna ihren Gurt, hängt sich über die Lehne ihres Sitzes und angelt nach dem kleinen Instrument.

»Hey, schaust du mir etwa auf den Hintern?«, ruft sie ihm über die Schulter zu.

»Immer«, verkündet er fröhlich. »Nur ein Wahnsinniger hätte sich diese Chance entgehen lassen.«

Mit dem Instrument lässt sie sich wieder in ihren Sitz fallen und zupft probeweise an den Saiten.

Er lacht. »Gruselig. Wie eine Katze, die an einer Schiefertafel kratzt.«

»Du meinst, ich habe Potenzial?«

»Klar, und wie. Aber ohne dir zu nahe treten zu wollen, wie wär's mit Musik? Richtiger Musik, meine ich.«

Er hat in seinem Auto noch einen CD-Spieler und im Handschuhfach eine Sammlung selbstgebrannter CDs.

»Altmodisch«, kommentiert sie, guckt durch die Hüllen mit den CDs und legt eine ein, die schlicht mit *Autofahren* beschriftet ist. Ein wilder Mix aus Rock-Klassikern, Punk und 70er-Jahre-Hits.

»Nostalgisch«, korrigiert Max.

Grinsend betrachtet er ihre im Fahrtwind zur Musik wippenden Chucks und legt ihr eine Hand auf den Oberschenkel, und schlagartig verliert sie das Interesse an der idyllischen Landschaft. Sie trägt nur kurze Jeansshorts, also spürt sie seine Hand heiß auf ihrer Haut. Ihr Mund wird trocken und das Atmen fällt ihr schwerer, so als hätte die Luft schlagartig an Sauerstoff verloren. Als er die Hand ganz langsam bewegt, schießt ein Prickeln durch ihren Körper, das sie ganz schwindelig macht.

Sie wünschte, er würde seine Hand ewig da liegen lassen, aber als die Straße kurviger wird, braucht er beide Hände am Lenkrad. Sie folgen schmalen, verschlungenen Pfaden. Aber ihr Weg zu

Max? Der ist geradlinig und so klar, dass sie ihn gar nicht verfehlen kann. Alles führt geradewegs auf ihn zu.

Er wirft ihr sein Handy in den Schoß. »Such doch schon mal nach einer Übernachtungsmöglichkeit! Guck mal, was dir gefällt.«

Sie klickt sich durch ein paar Seiten, bevor sie das Richtige findet. »Das ist ja bezaubernd! Kein Hotel, sondern etwas Privates. Eine ganze Hütte nur für uns«, ruft sie begeistert aus. »Kein Frühstück, aber es ist nicht weit bis zum nächsten Ort. Da finden wir bestimmt irgendetwas zu Essen. Da ruf ich gleich mal an.«

»Perfekt.« Er tritt auf die Bremse und fährt rechts ran.

Irritiert blinzelt sie. »Nein, nein, hier ist es noch nicht. Wir müssen noch ein Stück fahren!« Wild gestikulierend deutet sie auf die Straße vor ihnen.

Aber er hat etwas anderes entdeckt, einen kleinen Parkplatz am Straßenrand und einen Weg, der sich zwischen den Bäumen verliert. »Ich bin am Verhungern«, verkündet er. Auch ihr Magen knurrt. Und schon stellen sie das Auto ab, tauchen in den Schatten der Bäume ein und gucken, wohin der schmale Pfad sie führt.

Wärme.

Das ist es, was sie sieht und fühlt, wenn sie Max anschaut. Sie findet sie in den goldenen Sprenkeln seiner Augen, in der leichten Sommerbräune auf seiner Nase, in seinem Lächeln und in jeder seiner Bewegungen. In seinem Blick. Es ist, als trüge er eine eigene kleine Sonne in sich, die aus ihm herausscheint. Sie will näher heranrücken und sich an ihm wärmen.

Also tut sie es einfach. Ihr Kopf ruht auf seiner Brust, und sie hört seinen Herzschlag, dumpf und gleichmäßig. Federzart zerzausen seine Fingerspitzen ihr Haar und jagen ein angenehmes Prickeln über ihre Kopfhaut, ihren Nacken und den ganzen Rücken hinab.

Grashalme kitzeln ihre Oberarme. Sie liegen auf der Wiese, zu der sie der Wanderpfad geführt hat. Ein verborgenes kleines Paradies haben sie entdeckt, mit so vielen üppig blühenden Wildblumen, dass es Anna sogar als Postkartenmotiv zu kitschig wäre. Hier sind sie für sich, sie sind die einzigen Menschen auf der Welt, abgeschirmt von dunklen Tannen und Fichten, die die Lichtung wie eine Wand umgeben.

Sie haben alles bis auf den letzten Krümel aufgegessen und den Sekt direkt aus der Flasche getrunken, weil keiner von ihnen an Gläser oder Becher gedacht hat. Woran liegt es, dass an der frischen Luft und in guter Gesellschaft alles so viel besser schmeckt?

»Max«, murmelt sie, weil sein Name durch ihre Brust pulsiert und danach drängt, ausgesprochen zu werden.

»Anna.« Die Zärtlichkeit in seiner Stimme ist fast greifbar, sie umfängt sie wie eine Umarmung.

Sie stützt sich auf, schaut auf ihn herab und versucht, sich jedes Detail seines Gesichts einzuprägen. Sich alles an ihm zu merken, für jene Momente, in denen sie nicht bei ihm sein kann, und für die Zeiten, wenn sich ihre Wege vielleicht wieder trennen. Denn sogar jetzt, als sie so von Glück erfüllt ist, dass es fast aus ihr herauszuplatzen scheint, ist ihr bewusst, dass das passieren kann, dass es nicht für immer sein muss.

Im Sonnenschein wirkt das Braun seiner Augen hell, fast bernsteinfarben. Geblendet blinzelt er gegen das Licht, aber als ihr Kopf einen Schatten auf sein Gesicht wirft, weiten sich seine Pupillen.

Er legt den Zeigefinger auf ihre Stirn, die sie in Falten gelegt hat, wie immer, wenn sie sich konzentriert. »Worüber denkst du so angestrengt nach?«

»Über dich«, sagt sie nur.

Er lacht, lauthals und unbeschwert, und sie fängt sein Lachen mit ihrem Mund auf und spürt es in ihrem ganzen Körper. Wieder und wieder küssen sie sich, bis ihre Lippen gerötet sind.

Sich in ihn zu verlieben ist so angenehm wie ein Sommerregen auf ihrer Haut. Ihn zu lieben ist unglaublich leicht. *Er* macht es ihr leicht. Aus einem Du und einem Ich wird ein Wir, ganz von selbst, beinahe ohne dass sie es merken.

*

Die Hütte finden sie erst, als die Sonne untergeht und nachdem sie noch kurz bei den Vermietern im Ort vorbeigeschaut haben, um den Schlüssel abzuholen. Dunkel und niedrig schmiegt sie sich an den Waldrand, als sei sie schon immer ein Teil der Landschaft gewesen und gar nichts von Menschenhand Geschaffenes. Die Schatten der Bäume werden länger und legen sich auf die kleine Hütte, aber sie sperren sie aus, schließen die Tür hinter sich.

Mit Tee, Keksen und Karamellbonbons sitzen sie einander auf dem Bett gegenüber, beide im Schneidersitz. Bald wird es ganz dunkel sein, die Sonne ist schon beinahe hinter den Bäumen verschwunden, aber noch machen sie kein Licht an.

Er spielt für sie auf der Ukulele, klimpert Songs von den Babyshambles und den Arctic Monkeys und andere, die sie nicht kennt, singt und summt manchmal einfach nur. Sie könnte ihm ewig zuhören. Seine Jeans ist an den Knien zerrissen. Die Haare fallen ihm ins Gesicht, und sie erinnert sich daran, dass sie von Anfang an fand, er ähnele einem Klischee-Brit-Pop-Sänger.

Als er verstummt, lässt sie ihren Daumen leicht über die blasse Narbe an Max' Oberlippe wandern. »Was hast du da eigentlich gemacht?« Und als er die Augenbrauen fragend hochzieht, fügt sie hinzu: »Die Narbe.«

Er grinst. »Mein Bruder. Hat mir damals sein Spielzeugauto ins Gesicht geschmettert.«

»Du hast einen Bruder?«

»Hatte.« Sein Grinsen verblasst, und er legt die Ukulele beiseite.

Er wirkt verändert, als er das sagt. Sie weiß sofort, dass es das ist, was sie manchmal in seiner Stimme gehört und in seinem Blick gesehen hat, immer nur ganz kurz, weil er es danach sofort wieder verschlossen hatte. Und plötzlich ist es im Raum kälter. Sie spürt den Schmerz und sie erkennt ihn, weil er ihrem so unglaublich ähnlich ist.

»Wann?«, flüstert sie.

Aber er schweigt. Wischt sich mit dem Handrücken über den Mund, rau, ruppig. Schaut aus dem Fenster, wo der Horizont noch rötlich glimmt. Das Schweigen senkt sich auf sie herab wie eine dicke, schwere Decke.

Und wie eine scharfe Schere gleitet ihre Stimme schließlich durch dieses Schweigen und zerteilt es.

»Ich habe auch jemanden verloren.« Die Worte schmecken bitter in ihrem Mund. Sie ist es nicht gewohnt, sie auszusprechen. Die Luft wird dünner und kälter, immer kälter, ihre Kehle immer enger. Schon merkt sie, dass sie schneller und hektischer atmet.

Sie weiß, was sie tun muss. Konzentriert sich auf ihre Atmung, lässt die Luft langsam und konzentriert in ihre Lunge strömen. Zählt in Gedanken mit. Zupft am Haargummi an ihrem Handgelenk, dass sie schon so oft gerettet hat, und lässt es gegen ihre

Haut schnalzen, um sich selbst davor zu bewahren, in den Erinnerungen zu ertrinken, die in ihr hochsteigen.

»Meine Mutter«, spricht sie weiter. Sie spricht gegen die Flut aus Erinnerungen an. Und je mehr sie sagt, desto weniger kann sie damit aufhören. Die Lawine, die sie in Gang gesetzt hat, rollt einfach weiter. »Sie ist gestorben, da war ich erst zehn. Hat sich selbst das Leben genommen und mich und meinen Papa alleingelassen. Sie war … immer so traurig. Heute weiß ich, dass sie schwere Depressionen hatte. Aber damals, als Kind, konnte ich nicht begreifen, warum sie so schrecklich unglücklich war. Sogar wenn das Wetter schön war und wenn wir einen Ausflug an den See gemacht haben, wenn Papa auf dem Heimweg Pizza mitgebracht hat oder wenn ich ihr Blumen gepflückt habe. Ich habe immer geglaubt, wenn ich mich nur richtig bemühe, kann ich sie glücklich machen. Dann werde ich sie lächeln sehen. Und ich habe mich bemüht, glaub mir, ich habe mich so sehr angestrengt. Aber dann, dann hat sie einfach beschlossen zu gehen.«

Noch ein Schnalzen an ihrem Handgelenk, diesmal so fest, dass es weh tut. Und dann sind da Max' Hände, die sich warm und sanft um ihre Handgelenke schließen. Erst, als er ihre Tränen wegküsst, merkt sie, dass sie zu weinen begonnen hat. Er ist bei ihr und hält sie fest, bis sie wieder atmen kann. Dann erst lässt er seine Arme langsam sinken. Rau holt sie Luft und presst ihre kalten Hände auf ihre erhitzten Wangen.

Er greift nach seiner Kamera, die wie immer in Reichweite ist, und dreht sie in den Händen hin und her.

»Er hatte eine Kamera«, sagt er leise. Als wäre das eine Erklärung für irgendetwas, was Anna entgeht.

»Deswegen, Max?« Sie sieht ihn an und sucht seinen Blick. Ihre Wangen sind noch nass, ihre Stimme erstickt. Die alte Wunde in ihrem Herzen, dort wo ihre Mutter fehlt, pocht und sticht. »Fotografierst du deswegen?«

Max öffnet den Mund, aber kein Wort kommt heraus. Mittlerweile ist es fast ganz dunkel im Zimmer, sie sieht kaum mehr als seine Umrisse und spürt nur den Blick aus seinen Augen, der auf sie gerichtet ist.

Am liebsten würde sie in seinen Kopf hineinkriechen und die Wahrheit suchen, die er ihr verschweigt. Immer wieder lässt er sie gegen unsichtbare Wände anrennen, immer wieder hält er sie auf Abstand, wenn sie gerade das Gefühl hat, ihm näherzukommen. Was soll die frustrierende Geheimniskrämerei?

Schon öffnet sie den Mund, um nachzuhaken und nachzubohren, um endlich herauszufinden, was er ihr verheimlicht, doch als hätte er ihre Gedanken gelesen und wollte sie daran hindern, zieht er sie in dem Moment an sich. Seine Hände gleiten unter ihr Shirt und wandern langsam, ganz langsam, über ihre Haut. Ein Seufzen kommt über ihre Lippen. Sie schließt die Augen und lässt sich einfach gegen ihn sinken. Ihre Lippen finden seine Halskuhle. Seine Haut schmeckt wie seine Küsse: süß und wunderbar.

Da sind Dinge, die er ihr nicht sagt, echte und wichtige Dinge. Doch seine Strategie geht auf, sie stellt jetzt keine Fragen, die den kostbaren Moment gefährden könnten. Irgendwann wird sie die Antworten brauchen, denkt sie, aber nicht unbedingt jetzt. Seine Berührungen streichen ihre Gedanken beiseite, einen nach dem anderen, bis nur noch Gefühl übrig ist. Er ist alles, was sie in dem Moment braucht, und sie fühlt, dass auch er sie braucht – sie spürt es ganz tief in ihrem Inneren, nimmt es in seinen Berührungen und seinen Küssen wahr, hört es in seinen rauen Atemzügen und in der Art, wie er immer wieder ihren Namen stöhnt, als sie sich lieben.

Dieses Mal ist es nicht so stürmisch, nicht so gierig und hungrig. Langsam, ganz langsam erkundet er ihren Körper und sie seinen, als könnten sie einander so besser kennenlernen als durch Worte.

Ich liebe ihn.

Sie hat sich Hals über Kopf in ihn verliebt, in sein Grinsen, seine Blicke und die Art und Weise, wie sie sich mit ihm fühlt. Sie liebt ihn mit jeder Faser ihres Körpers und ihrer Seele. Aber für weitere Worte ist in dieser Nacht kein Platz, Max' Mund ist auf ihrem, und ihre Körper sagen sich all das, was sie nicht aussprechen.

Charlotte

15. März 1992

Dottergelbe Narzissen haben sich den Weg aus schwarzer Erde gebahnt. Der Boden riecht nach dem Regen, mit dem er sich vollgesogen hat, so gierig, als könnte jeder Schauer der letzte sein.

Ich gebe mir Mühe. Das tue ich wirklich.

Die Frauen aus der Nachbarschaft sitzen in Friederikes wunderbar gepflegtem Garten beisammen, und ich bin eine von ihnen. Unzählige Krokusse tüpfeln den Rasen, Flecken aus Gold und Weiß, so perfekt verteilt, als hätte ein Künstler sie mit dem Pinsel geschaffen. Die Sonne scheint beschlossen zu haben, den Sommer frühzeitig einzuläuten. Friederike hat – fürsorglich, wie sie ist – kuschelige Decken bereitgelegt, aber wir sitzen hier alle in kurzen Ärmeln und genießen die Wärme.

»Charlotte, willst du etwas über das Buch, oder besser das Theaterstück erzählen, das du für uns ausgesucht hast?«

Ich umreiße in groben Zügen das Thema des Stücks, das wir in den nächsten Wochen lesen werden: Ibsens *Nora oder Ein Puppenheim*. Dann plaudern wir darüber, wer von uns es schon gelesen hat (einige in der Schule, gezwungenermaßen) und wer es bereits auf der Bühne gesehen hat (Nicole, die als Maskenbildnerin in einem kleinen Berliner Theater gearbeitet hat, bevor sie sich Hals über Kopf in Lars verliebt hat und mit ihm in die Provinz gezogen ist).

Die Kinder wuseln im Garten herum, spielen im Sandkasten oder malen mit Kreidefarben auf die Terrassenfliesen. Manchmal staune ich darüber, wie viele davon es hier gibt. Unser Neubaugebiet, das gar nicht mehr so neu ist, ist wie gemacht dafür, Familien zu gründen und sich eifrig zu vermehren. Es ist so, wie Thomas gesagt hat, als wir hierhergezogen sind: Die Nachbarn sind wie wir. Lauter junge Paare mit kleinen Kindern. Und eigentlich ist es gar nicht so übel.

»Den Schreibstil fand ich immer … Pauli, nein! Das kannst du nicht essen.« Martha springt auf und rennt los, um ihren Sohn zu retten.

So sind sie, denke ich seufzend. Liebevolle Glucken, die immer ein Auge auf ihre Kleinen haben und jederzeit bereit sind zu trösten, Streit zu schlichten und aufgeschlagene Knie zu verarzten.

Und ich? Bin ich auch so? Gedankenverloren schaue ich Jan hinterher, der auf seinen kurzen Beinen über den Rasen wackelt und sich immer wieder bückt, um Gänseblümchen zu pflücken, wobei er jedes Mal fast das Gleichgewicht verliert. In seiner Latzhose mit den Flicken an den Knien sieht er zum Fressen süß aus.

Aber nein, sosehr ich mich auch bemühe, hier hereinzupassen und meinen Platz zu finden, und so gut es mir in manchen Momenten auch gelingt – ich bin nicht wie die anderen Mütter. In meinem Kopf lebt noch die alte Charlotte, die über diese Dorfidylle lacht und all die Mamis, die so sehr in ihrer Rolle aufgehen, dass nichts anderes mehr von ihnen übrig zu bleiben scheint. Sie verschwinden hinter ihrer Mutterrolle, lösen sich komplett darin auf wie Brausetabletten in Wasser, als gäbe es auf der ganzen Welt nichts anderes mehr als die Kinder.

Jan dreht sich zu mir um, als hätte er meinen Blick gespürt, hebt die pummelige Hand und winkt mir, so gut er es kann. Er streckt abwechselnd die Finger und macht eine Faust. Als ich zurückwinke, strahlt er übers ganze Gesicht.

»Spiel schön, mein Schatz«, rufe ich ihm zu und wende mich wieder unserer Diskussion zu – bis ich einen Blick spüre, bei dem sich meine feinen Nackenhärchen aufstellen und sich mein Magen zusammenzieht. Ich muss gar nicht nachschauen, um zu wissen, dass er es ist. Und natürlich tue ich es trotzdem, senke den Kopf und linse verstohlen hinter meinen Haaren hervor, die ich mittlerweile länger trage, weil ich dem *Haarstübchen* im Dorf nicht traue und mir der Familienalltag keine Zeit lässt, um regelmäßig in die Stadt zu fahren und den glatten Longbob in Form schneiden zu lassen. Martin schiebt eine Schubkarre übers Grundstück. Im hellen T-Shirt kommen seine starken Arme und die Sonnenbräune gut zur Geltung. Er winkt zu uns herüber, wir tauschen einen verstohlenen Blick aus, und das Kribbeln in meinem Bauch bringt mich fast um den Verstand. Er ist mein Lichtblick an den Tagen, die sich manchmal endlos ziehen, zwischen Spielplatz und Hausputz, Rasenmäher und Nachbarschaftstratsch.

»Martin, Schatz! Na, wie läuft's?« Friederike winkt ihn fröhlich zu sich.

Als er sich über sie beugt, um ihr einen Kuss zu geben, streifen seine Finger meinen Rücken – nur ganz kurz und so unauffällig, dass es niemand sieht, doch die Berührung reicht aus, um einen wilden Schauer an meiner Wirbelsäule hoch und runter zu jagen. Mein Mund wird trocken. Ich sehne mich nach ihm, nach seinen Küssen. Nach dem Prickeln, das unsere heimlichen Treffen verheißen und das mich daran erinnert, dass ich lebe. Als er sich wieder an die Arbeit macht, muss ich mich zusammenreißen, um ihm nicht hinterherzustarren.

Auf einmal macht sich Friederike neben mir ganz steif und richtet sich halb im Stuhl auf. »O nein, schau mal, Jan klettert auf der Bruchsteinmauer herum. Das sieht gefährlich aus.«

Die meisten Frauen hier wären sofort losgestürmt, um ihre Kinder von der Mauer zu pflücken, auf der Jan gerade herumturnt. Allein schon deswegen antworte ich betont lässig: »Ach, soll er nur. Er ist doch schon groß.«

»Er ist noch nicht einmal zwei«, höre ich Friederike neben mir murmeln.

Und dann – der Schrei. Jans markerschütternder Schrei, gefolgt von Stille. Ich bin schon aufgesprungen, bevor ich überhaupt einen klaren Gedanken fassen kann. Jegliche aufgesetzte Coolness ist wie weggeblasen, in dem Moment zählt nur mein Kind.

Reglos liegt er im Kies neben der Mauer. Er scheint höher geklettert zu sein, als ich dachte – und jetzt bewegt er sich nicht mehr. Das Herz schlägt mir bis zum Hals, ich spüre das hektische Pochen in meiner Kehle.

Ich stürme auf ihn zu, reiße ihn in meine Arme und drücke ihn an mich. Jetzt erst beginnt er zu heulen, so laut und durchdringend, dass es mir durch Mark und Bein geht. Es ist nur ein Kratzer an der Wange, stelle ich fest, als ich ihn mit fliegenden Fingern untersuche, aber mein Puls rast immer noch. Jetzt erst schaue ich mir an, wo genau er da herumgeklettert ist – die Mauer ist höher, als es auf den ersten Blick aussieht, und der Kies darunter hart und scharfkantig. Es ist noch mal gut gegangen.

Ich halte ihn fest in meinen Armen, als ich mich wieder zu den anderen setze. Mein Herz pocht so heftig, dass ich glaube, jeder müsste es hören, und ich zittere.

Friederike legt mir die Hand auf die Schulter. »Alles gut«, sagt sie mitfühlend.

Aber in meiner Kehle sitzt ein schmerzhafter Kloß.

*

»Du hättest sehen sollen, wie sie mich angeschaut haben! Als wäre ich die schlechteste Mutter der Welt.« Rastlos tigere ich im Wohnzimmer hin und her.

Thomas lehnt mit verschränkten Armen in der Tür und schaut mir nachdenklich zu. Die Haare trägt er neuerdings etwas länger, in wuscheligen dunklen Locken fallen sie ihm in die Stirn und verleihen ihm mehr denn je die Ausstrahlung eines großen Jungen.

Als ich das nächste Mal an ihm vorbeikomme, zieht er mich einfach an sich, und plötzlich kann ich die Tränen nicht mehr zurückhalten. Die Anspannung und der Schock brechen sich Bahn, aber es sind auch Tränen der Wut. Ich bin nicht wütend auf die anderen Mütter, deren missbilligende Blicke mich wie Nadeln getroffen haben – auch wenn ich mir das gerne einreden würde. Nein, auf mich selbst bin ich wütend.

Thomas hält mich fest, auch als ich mich losreißen will, um meinen endlosen Marsch durchs Wohnzimmer fortzusetzen. Und erst jetzt, in seinen Armen, beruhigt sich mein rasendes Herz allmählich. Mein Widerstand schmilzt dahin, ich sinke gegen ihn und lehne den Kopf an seine Schulter. Seine Hände streicheln über meinen Rücken.

»Hör auf, dich selbst zu zerfleischen. Du bist eine wunderbare Mutter. Und eine wunderbare Ehefrau.«

Ich würde seinen liebevollen Worten so gerne glauben. Ich wünschte, was er sagt, wäre wahr. Und ein Teil von mir, ein winziger Splitter in meinem Kopf, wünscht sich, ich hätte von vornherein einen anderen Weg eingeschlagen, weil ich für diesen hier offensichtlich nicht gemacht bin.

Ich halte mich an seinem Sweatshirt fest, in dem er ebenso versinkt wie in den Anzügen, die er zur Arbeit anzieht.

»Es ist nicht nur das, habe ich recht? Nicht nur der Schreck, den dir Jan versetzt hat.«

Ich schüttle den Kopf, ohne ihn loszulassen. »Es ist … alles.«

Seine Arme schließen sich enger um mich, und ich höre die Verunsicherung in seiner Stimme. »Bereust du es? Dass wir hierhergezogen sind? Es ist zwei Jahre her, und irgendwie fühlt es sich für mich so an, als wären wir immer schon hier. Als wäre das der Ort, an den wir gehören. Aber wenn ich dich anschaue …« Er schluckt. Schüttelt den Kopf, unsicher, ob er seine Gedanken aussprechen soll.

»Was?«, flüstere ich, und es tut mir weh, unendlich weh, dass ich ihm nicht die Frau bin, die er verdient hat.

Er seufzt. »Wenn ich dich anschaue, habe ich manchmal das Gefühl, du würdest am liebsten weglaufen. Wie ein Tier in der Falle. Als wäre ich es, der dich hier gefangen hält.«

Heftig schüttle ich den Kopf. »So ist das nicht. Ich vermisse die Stadt nur manchmal so schrecklich. Ich vermisse den Job, die vielen Leute, mit denen ich zu tun hatte, und dass jeder Tag anders war. Sogar den Straßenlärm.«

»Charlotte, wenn es dir hier so gar nicht gefällt, dann können wir …«

Ich weiß, was er sagen will. Er ist bereit, das alles für mich aufzugeben und mit Jan und mir in die Stadt zurückzukehren. Aber dann sehe ich Jan an, der über seinen Fingermalfarben eingeschlummert ist – die rosigen Lippen leicht offen, mit einem Pflaster auf der runden Wange –, und ich sehe zu Thomas hoch, und ich weiß, dass ich es nicht kann. Die beiden sind glücklich hier, und wie könnte ich ihnen das wegnehmen? Ich bin egoistisch, aber *so* egoistisch nun auch wieder nicht.

»Nein.« Ich verleihe meiner Stimme einen festen Klang. »Nein, wir bleiben hier. Ich werde mir mehr Mühe geben. Ich werde damit zurechtkommen. Das hier ist jetzt unser Leben.«

Er sieht mich an, mit diesem warmen, etwas zerstreuten Ausdruck, den ich immer schon an ihm geliebt habe. »Vielleicht wird es leichter, wenn du nicht nur mit dem Haus und dem Kind beschäftigt bist. Wir könnten ein Kindermädchen oder eine Putzfrau einstellen, oder beides. Ich nehme dir Jan mehr ab, abends und am Wochenende. Vielleicht findest du Hobbys, die dich so sehr begeistern, dass sie ein guter Ausgleich zum Haushalt sein können, was meinst du? Oder … wenn du wieder arbeiten willst, kriegen wir das schon irgendwie organisiert.«

Er ist wundervoll. Der beste Partner, den ich mir wünschen kann. Ich trete einen Schritt zurück, sehe ihn an und nicke entschlossen. Ich werde dafür sorgen, dass es funktioniert. Und weder das, was ich mit Martin habe, noch meine von Freiheitsdrang getriebenen Gedanken, die mich oft überfallen, ändern etwas daran, dass Thomas und Jan das Wichtigste in meinem Leben sind.

Anna

Max' Atem auf ihrer Stirn ist das Erste, was sie beim Aufwachen spürt, und noch mit geschlossenen Augen lächelt sie. Sie haben eng umschlungen geschlafen, ihr linker Arm klemmt in einer unmöglichen Position zwischen ihnen und sie spürt ihre Finger nicht, aber alles ist genau so perfekt.

Helles Licht fällt herein, so grell, dass sie nur ganz vorsichtig blinzeln kann. Sie will sich nicht bewegen, nicht einmal den Kopf heben, um Max nicht zu wecken, damit der Moment nicht endet. Ganz ruhig bleibt sie liegen und genießt die Wärme seines Körpers. Aber es dauert nicht lange, dann beginnt er sich zu regen. Noch im Halbschlaf zieht er sie fester an sich, streichelt über ihren nackten Rücken und schaut sie dann verschlafen an. Zerzaust fallen ihm die Haare in die Stirn, ein paar Strähnen trotzen der Schwerkraft und stehen ab. In seinen Augen spiegelt sich noch das Echo seiner Träume.

»Du bist morgens wunderschön, habe ich dir das eigentlich schon mal gesagt?«, murmelt er schläfrig.

»Du siehst morgens zerrupft aus«, erwidert sie zärtlich.

»Unverschämtheit.« Seine Arme umschlingen sie, sie landet auf ihm, spürt die Hitze seines schlanken Körpers unter sich, drückt ihr Gesicht in seine Halskuhle, atmet seinen Duft, lauscht seinem Herzschlag. »Meinst du, du hältst es eine Weile mit mir aus?« Seine Fingerspitzen malen Kreise auf ihren nackten Rücken und scheinen glühende Spuren zu hinterlassen.

Für immer, will sie spontan sagen, aber das wäre verrückt und dumm, sie kennen sich doch noch gar nicht wirklich lange, vielleicht zwei Monate – sie ist zu schläfrig, um nachzurechnen.

»Eine Weile vielleicht. Ein, zwei Tage«, nuschelt sie gegen seine Haut und er lacht leise, als hätte ihr Atem ihn gekitzelt.

»Damit willst du mich abspeisen? Noch mindestens zwei Wochen ab heute, das ist mein letztes Wort.«

»Zwei Wochen ab heute.« Darauf einigen sie sich. Das klingt vernünftig.

Es ist beinahe Mittag, sie haben den ganzen Vormittag verschlafen. Aber das ist in Ordnung, der ganze Tag gehört ihnen allein. Nur ihre knurrenden Mägen treiben sie schließlich aus der Hütte. Bis ins Dorf ist es nicht weit, und das Wetter ist so schön, dass sie beschließen, einen Spaziergang zu machen.

Es ist gut, schießt es Anna durch den Kopf, als sie Händchen haltend durch den Sonnenschein laufen. Das mit ihnen, das ist etwas Gutes. *Er* tut ihr gut. An seiner Seite fühlt sie sich mehr wie sie selbst, als sie es überhaupt je für möglich gehalten hätte.

Sobald die Häuser des Dorfes vor ihnen auftauchen, vibriert das Handy in ihrer Tasche. Unmengen von Nachrichten und verpassten Anrufen leuchten auf dem Display auf.

Die erste Nachricht, die sie liest, ist von ihrem Papa: *Wenn du das hier liest, mach dir keine Sorgen, alles ist gut.*

Sie bleibt so abrupt stehen, dass ihre Hand aus der von Max rutscht. Fragend schaut er sie an, aber sie ist gerade nicht imstande, irgendetwas zu sagen. Ihr ist auf einmal schlecht. Mit zitternden Händen umklammert sie das Handy und scrollt durch die restlichen Nachrichten.

»Anna? Alles okay? Du bist kreidebleich.« Max klingt alarmiert.

Aus ihrer Kehle dringt nur ein leises Krächzen, und sie schüttelt den Kopf, ohne den Blick vom Handy zu nehmen. Dann macht sie auf dem Absatz kehrt und hetzt zurück zur Hütte und zum Auto.

Sie war so dumm. So unverzeihlich, himmelschreiend blöd. Ihr Vater musste sich nicht einmal anstrengen, um ihr etwas vorzumachen.

Ein alter Bekannter, der ihm einen Gefallen schuldet? Woher sollte der auf einmal kommen? Aber sie hat es geglaubt. Ist bereitwillig darauf angesprungen, weil ihr die Lüge ihres Vaters ermöglicht hat, das zu tun, worauf sie gerade Lust hatte. Nur eine Idiotin glaubt so eine Geschichte – oder jemand, der nach jedem Strohhalm greift, um einen wunderbaren freien Tag zu genießen, und der darum absichtlich die Augen verschließt.

»Ich muss zurück in die Stadt«, stößt sie zwischen zwei rauen Atemzügen hervor. »Er ist im Krankenhaus. Mein Vater ist im Krankenhaus.«

Sie hat ihn im Stich gelassen. Sie hat ihre Pflichten vernachlässigt – für Max und für ein Picknick und um sich einen schönen Tag zu machen.

Max reagiert sofort, hetzt ins Haus und rafft ihre Sachen zusammen, um sie ins Auto zu werfen. Während der Fahrt sagt Anna kein Wort, starrt nur geradeaus auf die Straße und wünscht mit aller Macht, das verdammte Auto könnte fliegen. Angst presst ihr Herz zusammen und hindert es daran, richtig zu schlagen. Die Schuld erdrückt sie fast. Ihre Fingernägel bohren sich ins Leder ihrer Handtasche, aber nichts darin kann ihr jetzt weiterhelfen, ganz gleich, wie viele nützliche Gegenstände sie darin mit sich herumschleppt.

Immer wieder merkt sie, dass Max sie besorgt von der Seite anschaut. Auch jetzt greift er kurz und sehr vorsichtig nach ihrer Hand, aber die bleibt ganz still und leblos auf ihrem Oberschenkel liegen, ohne die Berührung zu erwidern, und schließlich zieht er seine wieder zurück und legt sie aufs Lenkrad.

Als sie nach einer gefühlten Ewigkeit vor dem Krankenhaus anhalten, wendet Max sich ihr zu, als wollte er noch etwas sagen. Aber sie kommt ihm zuvor: »Es war ein Fehler. Ich hätte nicht mit dir wegfahren dürfen.« Merkwürdig hohl und blechern kommen die Worte aus ihrem Mund.

Er zuckt zusammen, als hätte sie ihn geohrfeigt. Sie hat ihm weh getan, aber darum kann sie sich jetzt nicht kümmern. Wenn ihr neues Ich, das sie mit ihm entdeckt, dazu führt, dass ihr Vater im Krankenhaus landet, will sie es nicht. Sie spürt seinen Blick in ihrem Rücken, als sie aus dem Auto springt, aber sie dreht sich nicht zu ihm um.

*

Ihre Schuhsohlen quietschen über den Vinylboden. Obwohl sie nur ein kurzes Stück gerannt ist, nur über den Parkplatz und den Gang entlang, hat sie Seitenstechen, aber verbissen stürmt sie weiter, biegt um eine Ecke – und die Erinnerung trifft sie wie ein Faustschlag in die Seite. Sie taumelt gegen die Wand und hält sich zitternd fest.

Hier war sie. Nein, nicht genau hier auf dieser Etage, das ist ihr klar, aber der Korridor, die Ecke, die Türen sahen genauso aus. Sie ertrinkt in den Bildern, die sie heimsuchen. Sieht ihren Vater, wie er damals auf einem dieser Besucherstühle sitzt, völlig in sich zusammengesunken und aschfahl. Noch nie zuvor hat sie ihn so gesehen, ihn, der in ihren frühen Kindheitserinnerungen immer stark und heiter gewesen ist. Sie erinnert sich daran, wie sie die Hand auf seine Schulter legt, die vor unterdrücktem

Schluchzen bebt, in dem vergeblichen Versuch, ihn zu trösten. Alles andere, was an diesem Tag geschehen ist, erinnert sie nur noch vage und verschwommen, aber dieses Bild hat sich grell in ihren Kopf gebrannt: Ihr weinender Papa.

»Du kannst doch das Kind nicht ins Krankenhaus mitnehmen«, hatte ihre Oma entsetzt hervorgestoßen und sie an sich gedrückt. Die Knöpfe ihres Mantels hatten sich in Annas Wange gebohrt. Oma und Opa waren damals kurz nach ihr und Papa ins Krankenhaus gekommen, ebenfalls in ihren Grundfesten erschüttert durch den Verlust, den sie erlitten hatten, den sie aber da noch gar nicht richtig begreifen konnten. Papa hatte nur den Kopf gehoben und Oma verständnislos angeschaut, und Anna hatte das Gefühl gehabt, dass er gar nicht verstand, was sie ihm sagte. Diese Leere in seinem Blick war das Schlimmste gewesen.

Weiter. Ihr Atem geht schnell und stoßweise. Ihr ist zum Heulen zumute, aber etwas hält sie zurück. Sie läuft weiter und taumelt in das Zimmer, das ihr die Krankenschwester unten am Empfang genannt hat. Erst als sie ihn sieht, bricht sie in Tränen aus.

Martin

20. März 1992

Das Rauschen des milden Windes, der die letzten Spuren des Winters einfach wegzupusten scheint, schluckt seine Schritte auf dem Kiesweg, so dass Rike ihn nicht bemerkt, als er sich nähert. Lächelnd bleibt er stehen, die Arme vor der Brust verschränkt, und lässt den Anblick auf sich wirken.

Wie eine Fee kniet sie vor den ersten blühenden Sträuchern, inmitten eines wahren Meers aus Krokussen und Tulpen, Narzissen und Hyazinthen – ganz vertieft in ihre Tätigkeit. Im letzten Herbst hat sie es sich nicht nehmen lassen, eine riesige Anzahl Blumenzwiebeln eigenhändig im Erdreich zu versenken. Belohnt wird sie jetzt mit einem Feuerwerk aus leuchtenden Farben und zarten Blüten, die sich sachte in der Brise wiegen.

Federleicht streicht sie mit der Hand über die Blumen, als wolle sie sie liebkosen. Dann widmet sie sich den Sträuchern und schneidet sie gekonnt zurück. Von klein auf hatte sie viel im Garten ihrer Eltern geholfen und ein Gespür für die Bedürfnisse der einzelnen Pflanzen entwickelt. Sie hat viel Übung darin, aber das ist nicht alles, denkt er. Vielmehr scheint sie eine Gabe zu haben, ein natürliches Gespür für ihr Umfeld, ob es nun um Pflanzen, Tiere oder Menschen geht. Manchmal erscheint es Martin beinahe übernatürlich, wie genau sie stets weiß, woran es welchem Gewächs gerade mangelt, an welcher Stelle des Zweiges sie einen

Schnitt ansetzen oder wann sie womit düngen soll. Wie eine Fee, wiederholt er in Gedanken. Eine Blumenfee, eins mit sich selbst und der Natur. Bei ihrem Anblick ist ihm warm ums Herz.

Glänzend und kräftig quellen ihre sattbraunen Haare unter dem Strohhut hervor. Ihre Hände stecken in Arbeitshandschuhen, geschickt schwingt sie die Gartenschere. Sie ist ganz in ihrem Element, und er genießt ihren Anblick. Er kennt sie so lange und so gut, dass sie sich für ihn nach Zuhause anfühlt.

Doch je länger er unbemerkt dasteht und ihr zusieht, desto unguter ist das Gefühl, das ihn beschleicht. Beunruhigt runzelt er die Stirn. Sind ihre Bewegungen nicht abrupt und abgehackt? Verkrampft sie die Schultern? Ihr ganzer Rücken, den sie ihm zuwendet, wirkt auf ihn seltsam angespannt. Geradezu gewalttätig hackt sie auf das Unkraut ein, das sich zwischen den Zierblumen seinen Weg ans Tageslicht bahnt.

»Rike.«

Sie fährt zu ihm herum, und bevor sie ihre Miene in den Griff bekommt, erhascht er einen kurzen Blick auf ihr unverstelltes Gesicht – auf ihre geweiteten Augen und das geisterhaft starre Lächeln, zu dem sie die Lippen verzogen hat.

Sofort ist er bei ihr und kniet neben ihr in der Blumenerde. »Was ist los?« Forschend sieht er ihr ins Gesicht. Sie ist so blass, dass die Sprenkel ihrer Sommersprossen dunkel hervortreten. Einen winzigen Moment lang drängt sich ihm die irrsinnige Assoziation mit getrockneten Blutspritzern auf, und eilig schüttelt er das beunruhigende Bild ab.

Trotz ihrer dicken Handschuhe spürt er, wie ihre Hände zittern, als sie nach seinen greift und sie fest drückt. »Ich muss mit dir reden.«

Sie weiß es, ist der erste Gedanke, der ihm durch den Kopf schießt. *Sie weiß von Charlotte und mir.*

Da ist es wieder, dieses beunruhigende Lächeln, das so gar nicht zu ihren Augen passen will, die dunkel, wie die eines verstörten Rehs, glänzen. »Ich bin schwanger, Martin.«

Einen Moment lang weiß er gar nicht, was er sagen soll. Eine Flut an Gefühlen rauscht durch ihn hindurch. Ein Kind! Das wünschen sie sich schon so lange. Dass sie jetzt tatsächlich eines haben würden, überwältigt ihn im ersten Augenblick so sehr, dass er nicht weiß, was er denken soll. Eine stumme Sekunde vergeht, dann noch eine, bevor sich Freude aus dem Meer seiner aufgewühlten Emotionen erhebt und alles andere überstrahlt.

»Mein Gott, Rike«, stammelt er zärtlich.

Ihr Griff um seine Finger verstärkt sich. »Du darfst es niemandem sagen«, stößt sie zischend hervor. Rastlos flackert ihr Blick.

Irritiert legt er die Stirn in Falten. »Was ist los?«, fragt er zögernd. Das, was er da gerade erfahren hat, ist ein Grund zur Freude. Ein Grund zum Feiern. Für Friederike mehr noch als für ihn, ihr Kinderwunsch ist immer stärker gewesen als seiner.

»Was, wenn es schiefgeht?« Sie flüstert so schnell, dass sie Silben verschluckt und er sie nur schwer verstehen kann. »Was, wenn ich das Kind verliere? Sagen wir es noch niemandem. Freuen wir uns besser noch nicht. Ich freue mich, wenn ich unser Baby gesund in den Armen halte – nicht früher.«

Verständnislos schüttelt er den Kopf. Warum ist sie so negativ? Woher kommt diese panische Angst, die aus ihrem Blick und jedem Wort spricht?

»Alles wird gut gehen.« Er legt alle Zuversicht und Ruhe, die er aufbringen kann, in diese Worte. »Es gibt doch gar keinen Grund, davon auszugehen, dass es nicht gut geht, oder?«

Sogar ihr Schulterzucken wirkt hektisch und unruhig. »Man weiß ja nie. Martha hatte eine Fehlgeburt, wusstest du das? Es war schlimm für sie. Wirklich schlimm. Das kann jeder Frau passieren. Ich könnte es nicht ertragen, wenn …« Sie schluckt schwer und bricht mitten im Satz ab, versucht zu lachen, doch es klingt beinahe wie Schluchzen. »Vielleicht habe ich einfach Angst, mich zu freuen, nachdem wir es schon so lange versuchen. Irgendwie kann ich gar nicht glauben, dass es geklappt haben soll. Dass wir bald wirklich ein Kind haben könnten. Das erscheint mir wie ein verrückter Traum, verstehst du?«

Ja, er versteht. Sanft windet er seine Hände aus ihren, legt die Arme um sie und zieht sie an sich. Bereitwillig lässt sie sich gegen ihn fallen und presst ihr Gesicht in seine Halsbeuge. Es tut ihm im Herzen weh, sie so zu erleben, so voller Zweifel und Angst. Seine lebensfrohe, vernünftige Friederike, die mit beiden Beinen fest im Leben steht und nichts davon hält, sich den Kopf über ungelegte Eier zu zerbrechen und auf deren sonnengebräuntem Gesicht eigentlich immer ein aufrichtiges, herzliches Lächeln liegt.

»Wir sagen es niemandem«, murmelt er beruhigend. »Aber du wirst sehen, alles wird gut. Alles *ist* gut. Es gibt nicht den geringsten Anhaltspunkt dafür, dass es anders sein sollte.«

Ein Kind. Je länger er darüber nachdenkt, desto schwindeliger wird ihm vor Glück. Sie werden eine richtige kleine Familie sein! Endlich geht ihr sehnlicher Wunsch in Erfüllung.

Er spürt ihren warmen, weichen Körper an seinem. Rikes Apfelshampoo-Duft hüllt ihn ein wie eine warme Umarmung, und dann schlägt das schlechte Gewissen so heftig zu, dass er sich krümmt. Wie kann er ihr das nur antun, seiner herzensguten, lieben Frau, die so viel zerbrechlicher ist, als sie auf den ersten Blick wirkt?

»Ich habe eine Affäre«, würgt er hervor, bevor er sich daran hindern kann. Sein Herz hämmert lauter und schneller, sein Magen krampft sich schlagartig zu einem eiskalten, harten Klumpen zusammen.

Sie spannt sich in seinen Armen an, ihr ganzer Körper wird hart, sie scheint sogar aufzuhören zu atmen. Und auch er bekommt plötzlich keine Luft mehr in seine Lunge, deren Flügel sich im hilflosen Verlangen nach Sauerstoff weiten, bis sie zu bersten scheinen.

Das schlechte Gewissen hat die Wahrheit aus ihm herausplatzen lassen, aber befreit oder erleichtert fühlt er sich nicht. Die Angst, alles zwischen ihnen zerstört und sie verloren zu haben, drückt seine Kehle gewaltsam zu.

»Sag etwas«, fleht er erstickt. »Es tut mir so leid, Rike. Bitte sag doch irgendetwas.«

Noch nie hat er Sekunden erlebt, die sich derart quälend in die Länge ziehen, wie die, in denen Friederike jetzt schweigt.

»Ich habe es geahnt«, flüstert sie dann so leise, dass der Frühlingswind ihr die Worte von den Lippen streicht und sie davonträgt. »Irgendwie habe ich es geahnt.«

Sie weint nicht, doch über seine Wangen strömen Tränen. Er hält sie so fest, dass es ihr weh tun muss, aber sie beschwert sich nicht. Während die Sonne weiterwandert und die Schatten wachsen, sitzen sie im feuchten Blumenbeet zwischen Narzissen und Krokussen. Er hält sie fest, sie verharrt starr wie eine Statue.

»Was jetzt?«, bricht es schließlich aus ihm hervor. Warum schreit oder weint sie nicht? Wieso macht sie ihm nicht die Vorwürfe, die er verdient? »Willst du …« Er räuspert sich, befeuchtet die Lippen und atmet tief durch, bevor er es fertigbringt, die Frage auszusprechen. »Willst du es beenden?«

Sie beugt sich ein Stück zurück, so dass sie ihn ansehen kann, und schüttelt den Kopf. »Es beenden? Bist du verrückt? Wir werden Eltern, Martin. Du bist mein Mann.«

Einatmen. Ausatmen. Wie um alles in der Welt geht man mit so einer Situation um? »Wir sollten … ich meine, wir sollten darüber reden, oder? Was willst du wissen?« Weiß sie, dass es um Charlotte geht?

Diesmal fällt ihr Kopfschütteln energischer aus. Ihre Haut ist sogar noch blasser geworden, wenn das überhaupt möglich ist. »Nichts, kein Wort will ich wissen.«

Ihre Stimme duldet keine Widerrede. Überrumpelt nickt er. Sollen sie das Thema totschweigen? So tun, als hätte er ihr seine Untreue nie gebeichtet? Heile Welt spielen?

Ihr Lächeln ist traurig, aber nicht länger die gespenstische Grimasse, mit der er sie hier draußen vorgefunden hat. Schützend legt sie die Hand auf ihren Bauch, obwohl da nicht das Geringste zu sehen ist. Es ist noch zu früh, viel zu früh, um etwas von ihrer Schwangerschaft zu erkennen. »Du bist der Vater meines Kindes. Wir dürfen nicht zulassen, dass uns irgendjemand oder irgendetwas entzweit.« Ihre Stimme hat etwas Beschwörendes, ihr Blick bohrt sich in seinen. »Hörst du mich? Das dürfen wir nicht zulassen.«

Charlotte

2. Mai 1992

Zum dritten Mal zuckt ihre Hand zur Paillettenhandtasche. Zweimal hatte sie sich unter Kontrolle, aber jetzt zieht sie die Zigarettenpackung heraus und steckt sich eine an.

»Wolltest du nicht aufhören?« Ich muss grinsen.

»Habe ich!«

»Wie oft?«

Sie schürzt die Lippen, als sie konzentriert über meine Frage nachdenkt. »Neunundzwanzig Mal, denke ich. Was soll ich sagen? Je öfter ich wieder damit anfange, desto öfter kann ich damit aufhören. Stärkt die Willenskraft, wenn man sich immer wieder überwinden muss. Oder so ähnlich. Oder auch nicht. Ich denke, ich höre bald auf, diesmal wirklich. Es ist ja auch …«

»Eine scheußliche Angewohnheit. Hör mal, kannst du das bitte draußen machen?« Ich deute mit dem Kopf auf die Terrassentür und fühle mich so unvorstellbar uncool wie nie zuvor in meinem Leben.

Sie reißt die Augen auf. »Stört dich das etwa?«

»Wegen dem Kind.«

Jan merkt gar nicht, dass ich von ihm spreche. Er sitzt auf einem Kissen an seinem niedrigen Spieltisch und kritzelt mit Wachsmalstiften auf Papier, ganz in seine eigene kleine Welt versunken.

Ihr Grinsen reicht von einem Ohr zum anderen, gehorsam

öffnet sie die Terrassentür und geht ein paar Schritte hinaus. »Du bist ja so 'ne richtige Mami.«

Ich habe nur ein Schulterzucken übrig. »Schuldig im Sinne der Anklage. Und jetzt erzähl mir etwas, was nichts mit Mami-Themen zu tun hat.«

Sie erzählt von der Galerie, ihren Bekannten, die früher *unsere* Bekannten waren, und von ihrer letzten spontanen Reise, und bei alldem verspüre ich einen Anflug von Neid. Der laue Wind spielt mit ihrem dramatischen, schwarzen Seidenkleid, in dem jede, die nicht Neles Selbstbewusstsein besitzt, hoffnungslos overdressed ausgesehen hätte.

Als ich mich zu ihr stelle, kann ich über die Hecke hinweg einen Blick auf Rike erhaschen, die gerade aus ihrem Haus kommt und langsam die Straße hinuntergeht. Entweder sie gibt nur vor, uns beide nicht zu bemerken, oder sie ist wirklich so tief in ihre Gedanken versunken. Ihre Schritte haben etwas Schleppendes, was im krassen Gegensatz zu ihrer sonstigen Energie steht.

Rasch wende ich mich ab und lehne mich so an die Hausmauer, dass ich Friederike halb den Rücken zuwende und so tun kann, als hätte auch ich sie nicht bemerkt. Wenn sich unsere Blicke begegnen, ist es zu spät, dann müssen wir zumindest ein paar Worte miteinander wechseln und etwas Smalltalk machen. Das ist eine Art ungeschriebenes Gesetz in der Nachbarschaft, gegen das nicht einmal ich zu verstoßen wage. Aber so sympathisch ich sie auch finde, ich verspüre immer ein Unwohlsein, wenn wir uns miteinander unterhalten. Kein Wunder – sie ist die Frau des Mannes, mit dem ich heimlich Sex habe. Lächelt sie mich freundlich an, ekle ich mich vor mir selbst. Nicht nur Thomas, sondern auch Rike gegenüber plagt mich das schlechte Gewissen.

Allerdings nicht so sehr, dass du deine schäbige Affäre aufgeben würdest, sagt eine Stimme in meinem Hinterkopf.

Nein, so sehr nicht. Martin ist die Droge, nach der ich verrückt bin. Auch jetzt wird mir beim Gedanken an ihn heiß.

Kurz sieht Nele sich nach einem Aschenbecher um und tritt die Kippe dann kurzerhand auf den Terrassenfliesen aus. Ihre Stilettos klackern übers Parkett, als sie in eine Wolke aus kaltem Rauch gehüllt ins Haus zurückkehrt und an meinen Bildern vorbeigeht, die an der Wand lehnen. Wenn Jan keinen Trotzanfall wegen einer falsch geschnittenen Banane bekommen und mich damit beschäftigt gehalten hätte, hätte ich sie noch schnell vor Neles Eintreffen mit der bemalten Seite zu Wand gedreht.

»Sag nichts«, bitte ich. »Mit den Komplimenten der Nachbarn kann ich umgehen – die haben keine Ahnung, meinen es aber nett. Und Thomas findet ohnehin alles großartig, was ich mache. Aber du, du hast Ahnung, und von dir will ich keine Höflichkeiten hören.«

»Als wäre ich jemals höflich. Aber na schön, dann sage ich nicht, dass die gar nicht übel sind – sind sie nämlich tatsächlich nicht – sondern frage dich, wie es dir geht. Und ich will jetzt keine leeren Phrasen hören.«

Mit einem ›Danke, gut‹ kann ich sie nicht abspeisen, so viel ist klar. Bevor ich antworte, muss ich in mir selbst nach der Wahrheit zwischen all den Plattitüden suchen, mit denen ich oft auf diese Frage antworte. Und ich muss schmunzeln, als mir klarwird, dass die Antwort heute ganz anders ausfällt als noch vor gar nicht allzu langer Zeit.

»Jetzt besser, als ich noch vor ein paar Monaten gedacht hätte. Es hat Momente gegeben, da habe ich geglaubt, vor Langeweile umzukommen oder inmitten dieser beschaulich grünen Tristesse den Verstand zu verlieren. Aber es ist nicht so schlecht, ehrlich. Und das alles hier, das hilft.«

Meine große Geste schließt nicht nur die Leinwände ein, auf

denen ich mich mit leuchtenden Farben und abstrakten Formen ausgetobt habe, sondern ich meine damit auch die Gitarre, das Keyboard, die selbst eingekochten Marmeladen, das Sportzubehör und die Hanteln. Friederikes Tipps und Hilfe verdanke ich die Blumenpracht im Garten. Thomas' Idee, mir Hobbys zu suchen, war meine Rettung. Mit Feuereifer stürze ich mich in alles, was mir in den Sinn kommt, und halte mich damit rund um die Uhr beschäftigt.

Aber das Malen hilft mir dabei am meisten. Seit ich denken kann, habe ich mit Kunst zu tun, aber zum ersten Mal erschaffe ich sie mit meinen eigenen Händen. Die Gefühle fließen aus mir heraus, sammeln sich in meinem ganzen Körper, strömen durch meine Hände und den Pinsel auf die Leinwand und manifestieren sich in kraftvollen Strichen und fremdartigen Formen. Meine Gedanken und Emotionen verwandeln sich in Farben.

Langsam nickt Nele. Der Pixie ist herausgewachsen, aktuell trägt sie eine Art Prinz-Eisenherz-Frisur in ihrem flammenden Rot, das so intensiv ist, dass man ihr kaum glaubt, dass es ihre Naturhaarfarbe ist. Ich frage mich, was sie über all das denkt, über mich, mein Leben, meine Familie, meine Entwicklung – und beschließe, dass ich das lieber nicht zu genau wissen will. Wichtig ist, dass sie mich akzeptiert, wie ich sie akzeptiere, und dass wir einander nicht verlieren, auch wenn unsere Wege sich an einer sehr entscheidenden Kreuzung getrennt haben und seither in völlig unterschiedlichen Bahnen verlaufen.

»Aber reicht dir das?«, fragt sie, und ich weiß, worauf sie hinauswill.

»Ja, ich will wieder arbeiten gehen.« Einen Moment lang schweigen wir beide – bekümmert darüber, dass ich nicht zurück in ihre Galerie kann, die viel zu weit weg ist, um zu pendeln. Ich habe vor, mich in Bamberg umzuschauen, wo auch Thomas arbeitet. »Zumindest in Teilzeit. Vielleicht nächstes Jahr, wenn Jan aus dem Gröbsten raus ist.«

Sie nickt und schweigt. Gleichzeitig schauen wir zu Jan, der immer noch ganz in seine Tätigkeit vertieft ist. Wenn er zeichnet oder malt, nimmt er nichts um sich herum wahr.

»Mein kleiner Künstler.« Zärtlich streiche ich über seine weichen Haare.

Jetzt erst schaut er hoch, lächelt mich strahlend an und gibt mir die Zeichnung. »Mama.« Immer wenn er das sagt, wird mir warm ums Herz.

»Ist das ein Haus? Unser Haus?« Zu sehen sind nur abstrakte Formen.

Mit großer Ernsthaftigkeit nickt er, dann deutet er auf eine Art blauen Stern mit unheimlich vielen Zacken. »Und Mama.« Seine haselnussbraunen Augen mit den goldenen Sprenkeln schauen mir mitten in die Seele, und in diesen Momenten weiß ich, dass es das alles wert ist.

»Der große Jan Vermeer König«, kichert Nele, schnappt sich die Zeichnung und betrachtet sie.

Ich grinse. »Sei doch ehrlich. Insgeheim hättest du jetzt auch gern ein Kind, allein um ihm einen Künstlernamen zu geben.« Ein wenig wundert es mich noch immer, dass das Standesamt den zweiten Vornamen, der doch eigentlich ein Nachname ist, akzeptiert hat. Vielleicht hatte der Standesbeamte einen guten Tag – oder mein kleiner Flirt mit ihm hat geholfen. Thomas hat sich mit Händen und Füßen gegen diesen zweiten Namen gewehrt – zu Recht, ich weiß – aber schlussendlich hat er mir meinen Willen gelassen.

»Vielleicht hole ich mir einen Hamster und nenne ihn Botticelli.«

»Hamster muss man füttern, das weißt du?«

»Kein Hamster für mich. Eine Topfpflanze namens Monet.«

»Topfpflanzen brauchen gelegentlich Wasser.«

Schicksalsergeben seufzt sie. »Ein Auto, okay? Ein Auto namens Gustav Klimt. Falls ich je die Notwendigkeit sehe, mir eines zuzulegen.« Aus mir unerfindlichen Gründen hegt sie einen tiefsitzenden Argwohn gegenüber Autos und weigert sich standhaft, sich eines zuzulegen – was sie sich in der Stadt natürlich erlauben kann, für mich hier draußen im hintersten Hinterland aber ein Todesurteil wäre.

»Auf Gustav Klimt, das Auto.« Ich erhebe meinen Orangensaft. »Aber mal im Ernst, findest du nicht, dass er eine künstlerische Ader hat? Ich habe es von Anfang an geahnt! Ich habe ihn damals im Krankenhaus in den Armen gehalten, in sein winziges, runzeliges Gesichtchen geschaut und hatte direkt das Gefühl: Das wird mal ein Künstler.«

Sie wirft den Kopf in den Nacken und lacht schallend. »Du bist ja so eine Mami«, wiederholt sie und zuckt dann mit den Schultern. »Aber wenn man das hier«, sie schwenkt die Zeichnung, »mit den Werken manch eines Künstlers vergleicht, der gerade boomt … Ich möchte wetten, wenn ich eine davon in der Galerie aufhänge und ein paar schöne Worte darüber verliere, finde ich einen Käufer.«

Die Übelkeit überfällt mich so heftig, dass ich Nele nicht einmal bitten kann, ein Auge auf Jan zu haben. Ich stürze los, presse mir die Hand auf den Mund und schaffe es gerade noch zur Toilette, wo ich mich übergebe. Ich muss immer noch würgen, selbst als nichts mehr kommt. Kalter Schweiß steht mir auf der Stirn. Erschöpft hänge ich über der Kloschüssel, bis ich die Kraft finde, ganz langsam aufzustehen. Zitternd halte ich mich am Waschbeckenrand fest und sehe mein blasses Gesicht im Spiegel. Haarsträhnen kleben in meiner schweißnassen Stirn.

»Alles okay?« Nele klopft an die Tür, erst zaghaft, dann immer resoluter, als ich nicht sofort antworte.

»Ja. Nein. Gar nicht. Bist du so gut und achtest darauf, dass Jan keinen Unsinn macht? Er hat eine Vorliebe dafür, sich von kleinen Mauern zu stürzen.«

Einen Moment lang höre ich ihre Atemzüge auf der anderen Seite der Tür, dann entfernen sich ihre Schritte.

Der Teststreifen ist hinter meiner Make-up-Sammlung versteckt, damit Thomas ihn nicht findet, ehe ich Gewissheit habe. Aber mein Körper sagt mir bereits alles, was ich wissen muss, mit einer Eindringlichkeit, die ich nicht ignorieren kann. Ich erkenne die Übelkeit, die mich so unvermittelt überrollt. Ich erkenne das Gefühl. Und ich weiß tief in mir drin, was das bedeutet.

Und trotzdem pinkle ich auf den Teststreifen. Bleibe sitzen, bis der zweite Strich erscheint. Bleibe sitzen, bis meine zitternden Beine mich wieder tragen können. Ich taumle auf Nele zu, die bei Jan auf dem Boden sitzt, ihn wie ein gefährliches Insekt im Blick behält und sofort aufspringt, als sie mich sieht.

Manchmal ist mir die Mühelosigkeit, mit der sie meine Gedanken liest, unheimlich. Sie wird blass, nimmt mich am Arm, zieht mich von Jan weg in die Küche. Sie bedient sich ganz selbstverständlich an unseren Schränken, gießt uns zwei Schnapsgläser ein, drückt mir eins davon in die Hand, nimmt es mir aber sofort wieder weg, als ihr einfällt, dass Alkohol jetzt nicht die beste Idee für mich ist, und kippt beide mit großen Schlucken runter.

»Ich bin nicht sicher, von wem es ist.« Habe ich das gesagt, oder nur gedacht?

Mit bebenden Fingern fummelt sie nach einer Zigarette. »Scheiße.«

Anna

»Geht es wieder?« Ihr Papa reicht ihr noch ein Taschentuch.

Schweigend nickt sie und funkelt ihn unter Tränen an.

Eine Krankenschwester kommt herein, fragt nach seinem Befinden und verabreicht ihm ein Schmerzmittel. Beim Anblick der Infusionsnadel in seinem Arm wird Anna übel.

»Es ist nur ein Bandscheibenvorfall. Nichts Dramatisches«, sagt er ruhig und gelassen. Gebräunt und breitschultrig, wirkt er im schmalen Bett im weißen Krankenhauszimmer wie ein Fremdkörper. Als hätte man ihn mit Photoshop in diese Umgebung eingesetzt.

»Du hast mich belogen«, faucht sie ihn an.

Jetzt ist er es, der zerknirscht schweigt.

Rau atmet sie durch, tritt ans Fenster und blickt hinaus in den Sommertag. Allmählich beruhigt sich ihr rasender Puls wieder. Jetzt erst merkt sie, dass ihre Hände zittern.

»Anna, wir müssen reden.«

»Ja, und ob wir das müssen! Du hast alles allein gemacht«, presst sie hervor und dreht sich wieder zu ihm um, die Arme vor der Brust verschränkt, um die zitternden Hände zu verstecken. »Die ganze Arbeit. Du hast gelogen, Papa!«

»Ja, und das würde ich so auch wieder tun«, sagt er gelassen, »wenn das die einzige Möglichkeit ist, dich zu etwas Freizeit zu zwingen. Du machst zu viel. Du verpasst zu leben, wenn du nur hektisch zwischen Studium und Arbeit hin und her springst.«

Sie schnappt nach Luft. »Ich kann doch nicht die Füße hochlegen, während du alleine schuftest!«

Er lässt sich nicht aus dem Konzept bringen. »Es war dein freier Tag. Die Firma ist meine Verantwortung.«

»Es ist unsere Firma. Ich arbeite auch da. Irgendwann werde ich sie ganz übernehmen. Ich kann doch nicht so tun, als ginge mich das alles nichts an.«

»Ich glaube, es war ein Fehler, dich so früh ins Boot zu holen.«

Seine Worte treffen sie wie eine Ohrfeige. »Aber du brauchst mich.«

»Und ich glaube, auch das ist ein Fehler.«

Ihre Stimme bricht. »Wir haben doch nur uns.« Schon wieder treten ihr Tränen in die Augen, ohne dass sie etwas dagegen tun kann. Wie kann er nur so etwas sagen?

Sein Blick wird weich. »Komm her, Anna.«

Gehorsam setzt sie sich auf die Bettkante. Tröstend tätschelt er ihre Hand, als sei sie es, die gerade Schmerzen hat, und nicht er.

»Es tut mir so leid«, schluchzt sie. »Ich hätte nicht wegfahren dürfen.«

Er schüttelt den Kopf. »Ganz im Gegenteil. Du musst manchmal wegfahren, Anna. Du musst dein eigenes Leben leben. Wir sind seitdem viel zu sehr aufeinander bezogen. Ich erkenne das erst jetzt. War anfangs viel zu sehr mit meiner Trauer beschäftigt, um zu merken, was ich dir da eigentlich aufbürde. Und dann haben wir es uns miteinander gemütlich eingerichtet und uns daran gewöhnt. Aber das ist nicht richtig.«

Seitdem. Noch immer kann er nicht richtig über Mamas Tod sprechen.

Vehement schüttelt sie den Kopf. »Was redest du denn da? Du bürdest mir gar nichts auf.«

Er will nur, dass sie sich besser fühlt, aber nichts, was er sagt, kann ihr die tonnenschweren Schuldgefühle von den Schultern nehmen. Wenn sie ihn anschaut – mit diesem albernen Krankenhaushemd und der Nadel im Arm – könnte sie sich ohrfeigen. Es war ihre Aufgabe, die Lieferung mit ihm gemeinsam anzunehmen, ganz gleich, was er jetzt sagt.

Martin

20. Mai 1992

Etwas an ihr ist verändert, aber er kann nicht sagen, was es ist. Gewohnt energiegeladen wirbelt sie durchs Schlafzimmer, schüttelt die Decken auf und holt frische Kissenbezüge aus der Schublade, aber da ist etwas Aggressives in ihren Bewegungen, was er nach all den gemeinsamen Jahren so nicht an ihr kennt. Etwas Abgehacktes in ihren Handgriffen. Etwas Aufgesetztes in ihrer Fröhlichkeit.

Doch, einmal hat er sie so erlebt: im Garten, bevor er ihr gestanden hat, dass er untreu war. Beim Gedanken daran wird ihm übel, Schweiß tritt ihm auf die Stirn. Seither hat Friederike es mit keinem Wort mehr erwähnt. Sie hat ihre Ankündigung wahr gemacht und das Thema komplett aus ihrem und seinem Leben gestrichen, als hätte er nie etwas gesagt. Fest entschlossen und mit aller Macht hält sie an der Ehe fest und sperrt alles aus, was daran rütteln könnte.

Eigentlich ist sie seit jenem Gespräch wieder so lebensfroh und fröhlich wie immer. Sogar als sie das Kind verloren hat, ganz zu Beginn der Schwangerschaft, kaum mehr als eine Woche nach ebendem Gespräch im Blumenbeet – als er befürchtete, sie würde zusammenbrechen – war sie nur einen Abend lang sehr in sich gekehrt und schweigsam gewesen, dann war sie wieder zur Tagesordnung übergegangen. Als sei nichts passiert. Als sei nicht genau das Schreckliche eingetreten, vor dem sie sich so sehr gefürchtet hatte.

Frühabort, das war das kühle Wort gewesen, das der Frauenarzt benutzt hatte. Wir haben unser Kind verloren, hatte Martin gedacht und sich wie betäubt gefühlt. Und während wieder er derjenige gewesen war, der mit den Tränen gekämpft und vergeblich um Fassung gerungen hatte, war Rike neben ihm ganz still und reglos geworden.

»Ich habe dir doch gesagt, das kann jeder Frau passieren, man muss immer damit rechnen«, hatte sie leise gesagt.

Den restlichen Abend hatte sie gar nichts mehr gesagt.

Und am nächsten Morgen war sie wieder gut gelaunt gewesen, hatte ihn mit gebratenen Eiern und Speck empfangen, als er gerädert in die Küche getaumelt war, und hatte einen Ausflug zum Wochenmarkt vorgeschlagen, um das schöne Wetter zu nutzen. Als sei das, was ihnen passiert war, nur ein verrückter Traum gewesen.

Wir müssen reden. Ein paarmal hat er das zögerlich gesagt, doch jedes Mal hat sie ihn nur verständnislos angeschaut und gefragt: »Warum?« Und dann war sie lächelnd oder sogar pfeifend zur Tagesordnung übergegangen.

Etwas stimmt nicht mit ihr, denkt er jetzt beklommen. Der zermürbende Kinderwunsch, die Fehlgeburt – *und seine Affäre.*

Ist er schuld daran, dass sie das Kind verloren hat? Haben der Schock über sein Geständnis und der damit verbundene Stress die Fehlgeburt ausgelöst? Ist er schuld an all dem? Gibt *sie* ihm die Schuld? Ein schmerzerfülltes Seufzen kommt ihm über die Lippen, so leise, dass sie es nicht hört.

»Lass mich dir helfen.« Er greift nach einem der Kissenbezüge, aber sie schüttelt den Kopf und fährt unbeirrt in ihrer Tätigkeit fort.

»Geht schon, ich mach das schnell.« Sogar in ihrer Stimme hört er den ganz leisen Missklang unter ihrer Fröhlichkeit, eine Spannung, als stünde etwas kurz davor, zu reißen.

Er lehnt sich an die Fensterbank, unsicher, was er sagen oder tun soll.

»Himmel, Rike, was ist denn los?« Vielleicht weiß sie es. Vielleicht hat sie erfahren, dass er es ausgerechnet mit der Nachbarin treibt. Es ist ein kleines Dorf, in dem jeder seine Nachbarn genau beobachtet. Kein Ort, an dem man ein Geheimnis für immer bewahren kann. Wie jedes Mal, wenn er sich vorstellt, sie könnte die Wahrheit wissen, dreht sich ihm vor Angst beinahe der Magen um. Würde es einen Unterschied machen? Wäre es für Rike leichter zu ertragen, wenn er sie mit einer Fremden betrügt, statt mit der Frau, die sie fast täglich sieht? Er weiß es nicht, und er hat nicht vor, es herauszufinden.

Sie fährt zu ihm herum, die Hände so fest um den Baumwollstoff gekrampft, dass die Fingerknöchel weiß hervortreten. »Sie ist wieder schwanger! Charlotte ist wieder schwanger.«

Die Tränen brechen aus ihr hervor wie eine Sturzflut. Weinend schlägt sie sich die Hände vors Gesicht. Nur ein einziger großer Schritt – dann ist er bei ihr, nimmt sie in die Arme und hält ihren vom Schluchzen geschüttelten Körper.

»Das ist so unfair«, schluchzt sie. »Warum? Warum klappt es bei uns einfach nicht? Sie hat doch schon ein Kind! Sie … Sie weiß das doch gar nicht richtig zu schätzen. Uns würde das so viel glücklicher machen.«

Die letzten Worte sind kaum verständlich, so heftig weint sie. Behutsam wiegt er sie und murmelt immer wieder die Sätze, von denen er glaubt, dass sie sie hören will – Es wird schon noch klappen. Sie müssen nur Geduld haben. Sie werden ein Kind haben, den süßen kleinen Jungen, den Friederike sich so sehnlich wünscht. Jeder ihrer erstickten Atemzüge bohrt sich schmerzhaft in sein Herz. Er weiß, wie sehr sie sich ein Kind wünscht, natürlich, aber mit der Wucht ihres Kummers konfrontiert zu sein erschüttert ihn.

Für einen Moment spürt er nur sie und ihren Schmerz. Doch während sie noch in seinen Armen weint, bohren sich noch andere Gedanken in sein Bewusstsein, Gedanken, die er am liebsten zum Schweigen bringen würde. Warum hat Charlotte ihm nicht gesagt, dass sie schwanger ist? Sie teilen so intime Momente miteinander, sind einander in manchen Augenblicken so nah, gehen einander unter die Haut. Warum erfährt er so etwas Bedeutsames nicht von ihr selbst? Wieso muss er warten, bis der Nachbarschaftsklatsch bei Friederike angekommen ist und er dann auch davon hört? Es trifft ihn mehr, als er sich eingestehen will.

Aber da ist noch etwas anderes. Ihm wird kalt. Er hält Friederike fester, doch jetzt nicht mehr nur, um sie zu trösten, sondern auch, um selbst Halt zu finden.

Kann es sein, dass das Kind von ihm ist? Kann er der Vater sein?

Sein Atem beschleunigt sich. Er presst sein Gesicht gegen Rikes Kopf, saugt den Apfelduft ihres Haares gierig ein und findet doch keinen Trost darin. Sie haben immer Kondome benutzt, jedes Mal. Aber vielleicht ist etwas schiefgegangen, manchmal machen Menschen Fehler, manchmal bemerken sie es nicht einmal. Manchmal hat es Konsequenzen.

Weg, die Gedanken müssen weg. Er beginnt Friederikes Kleid aufzuknöpfen, in dem Moment, als sie nach seinem Gürtel greift. In fiebriger Hast ziehen sie einander aus. Sie legt die Hände auf seine Brust und stößt ihn aufs Bett, viel energischer, als er es von ihr gewohnt ist. Er braucht sie jetzt, braucht ihren warmen Körper an seinem und ihre weiche Haut unter seinen Händen, ihren

Duft in seiner Nase, ihre Nähe – und er weiß, dass es ihr genauso geht. Hart stößt er in sie, und sie keucht, protestiert aber nicht.

Doch immer wieder machen sich seine Gedanken selbständig und landen bei Charlotte. Er denkt an die Hitze ihrer Haut und das Funkeln ihrer grünen Augen, an den Duft ihres Parfums und die Wildheit, mit der sie sich von ihm nimmt, was sie will. Immer wieder kehren seine Gedanken zu ihr zurück. Und als er in Friederikes dunkle Augen sieht, fragt er sich plötzlich, ob sie das merkt.

Anna

Diesmal fällt es ihr unendlich viel schwerer als sonst, ihr Partygesicht aufzusetzen. Die Maske scheint schief zu sitzen, drückt, ist unbequem. Trotzdem trägt Anna sie, denn das, was darunter ist, kann sie nicht zeigen.

Das Bier, an dem sie sich festhält, schmeckt ebenso dumpf, wie die Musik klingt. Niemandem fällt ihre schlecht sitzende Maske auf, ihr Lächeln täuscht die Leute. Sie wippt ein wenig zur Musik, vielleicht auch gegen den Takt – keine Ahnung, sie hört kaum hin. Macht Smalltalk, wenn irgendjemand sie anspricht, den sie von der Uni oder einer anderen Party kennt. Und ist in Gedanken doch ganz weit weg.

Ihr Papa ist in den letzten Tagen seltsam drauf gewesen. Er hat nicht lange im Krankenhaus bleiben müssen, seit Tagen ist er schon wieder zu Hause, aber an Arbeit ist nicht zu denken. Dass er das nicht einsehen will, versteht sich von selbst. Wenn er sich nicht gerade verbissen mit seinen Physiotherapie-Übungen herumquält, versucht er von zu Hause aus, das Geschehen in der Firma zu kontrollieren, während Anna im Büro verzweifelt dasselbe versucht. Die erzwungene Untätigkeit macht ihn verrückt, ganz egal, wie oft sie ihm – und sich selbst – versichert, sie habe alles im Griff.

Für sie ist klar, dass sie seine Einkäufe erledigt, ihm im Haushalt hilft, für ihn kocht. Eigentlich ist sie davon ausgegangen, wieder zu Hause zu wohnen, bis er wieder ganz genesen ist. Aber er hat ihr freundlich und bestimmt eine Abfuhr erteilt: Er komme schon zurecht, habe einen neuen Lebensmittellieferdienst ausfindig gemacht, und die Nachbarin sei so nett, ihm bei ein paar Kleinigkeiten zur Hand zu gehen.

Und wie oft hat er mittlerweile seinen Laptop zugeklappt oder das Handy eilig weggelegt, wenn sie den Raum betritt? Die Frage, ob er ihr etwas verheimlicht, nagt immer mehr an ihr. Mehrmals ist sie kurz davor gewesen, ihn darauf anzusprechen, aber seine verschlossene Miene hält sie davon ab. Ganz offensichtlich wird sie in ihrem Elternhaus momentan weder benötigt, noch ist sie dort erwünscht.

Vielleicht sollte sie froh sein, weil sie sich zwischen Uni und Firma ohnehin aufreibt. Aber es geht ihr unter die Haut.

Ist er sauer auf sie? Nimmt er ihr insgeheim doch übel, dass sie ihn mit der ganzen Arbeit alleingelassen und er deswegen einen Bandscheibenvorfall hat? Hat er sie verflucht, als er schwitzend und keuchend das ganze schwere Zeug geschleppt hat, obwohl es doch ihre Aufgabe gewesen war, ihn zu unterstützen?

Sie weiß nicht, auf wen sie wütender ist – auf sich, weil sie ihn im Stich gelassen hat, oder auf ihn, weil er sie mit seiner Lüge dazu getrieben hat. *Oder auf Max, weil er Seiten an ihr zum Vorschein bringt, die ihr selbst fremd sind und schlimme Konsequenzen haben, weil sie ihre Pflichten aus dem Blick verliert.*

Max.

Seit ziemlich exakt einer Woche tut sie alles, um nicht an ihn zu denken. Dummerweise scheint dieses Nicht-Denken keines ihrer Talente zu sein. Obwohl ihr der Stress in der Firma, den sie jetzt ohne ihren Vater aushalten muss, den Atem raubt, findet sie immer noch Zeit, über Max nachzugrübeln.

Sie hat sich nicht bei ihm gemeldet. Er sich hingegen sehr wohl bei ihr, und jedes Mal hat sie das Handy angestarrt wie eine

Giftschlange – noch minutenlang, nachdem es aufgehört hat zu klingeln.

Aber sie kann es nicht. Sie kann nicht rangehen und mit ihm reden. Sie hat keine Ahnung, was sie ihm sagen soll. Nur dass es ein Fehler war, mit ihm wegzufahren, das weiß sie. Und dass es sich entsetzlich anfühlt, diese wunderschöne Nacht als Fehler abzuhaken.

Wie von selbst wandert ihre Hand in ihre Tasche und holt das Handy hervor. Nichts ist zu sehen, keine verpassten Anrufe, keine Nachrichten von Max, und das ist noch schlimmer, als wenn da tausend Nachrichten wären, auf die sie nicht zu reagieren vermag.

Eine kribbelnde Unruhe hat von ihr Besitz ergriffen. Unzählige Ameisen scheinen unter ihrer Haut zu krabbeln. Unzählige Male fragt sie sich, was Max wohl gerade macht und denkt.

Das Letzte, was sie von ihm gesehen hat, ist sein entgeistertes Gesicht gewesen, als sie aus dem Auto gestiegen ist.

Das Letzte, was er von ihr gehört hat, war die Arschloch-Aussage, die sie ihm vor den Latz geknallt hat.

Und das Schlimme ist, dass sie jedes Wort so gemeint hat.

»Hey, Anna! Hat dir dein Drink etwas angetan?«

Sie zuckt zusammen und lässt das Handy wieder in der Tasche verschwinden. »Was?«

Annabelle lacht. »Schmeckt er so scheußlich? Du starrst ihn so angeekelt an.«

Ihr ist nicht einmal aufgefallen, dass sie ihr Bier irgendwann gegen ein Glas mit irgendeinem undefinierbaren süßen Zeug eingetauscht hat.

»Pass bloß auf, wenn dir das jemand anbietet, trink es auf keinen Fall!«, warnt Anna sie grinsend. Die Maske hält, Annabelle blickt nicht dahinter. Sie prostet ihr nur zu und nimmt sich etwas vom Nacho-Schichtsalat, der natürlich nicht fehlen darf.

Ehe Anna sich versieht, hält sie das Handy schon wieder in der Hand. Hofft sie, dass Max sich gemeldet hat, oder befürchtet sie es? Oder etwas von beidem? Aber da ist nichts, gar nichts von ihm, und in dem Moment wird ihr klar, dass sie es wider alle Vernunft gehofft hat.

Sie ist nicht die Einzige, die schlecht drauf ist. Fee und Silke schleichen umeinander herum wie zwei Katzen um den heißen Brei, wechseln kaum ein Wort miteinander und tauschen verstohlene Blicke aus, wenn sie denken, die andere würde gerade nicht hinsehen. Dass zwischen ihnen dicke Luft herrscht, merkt sogar Anna, obwohl ihre Gedanken permanent verrücktspielen.

Fee ist blass und ungewöhnlich still. Das Aquamarinblau ihrer Haare ist der einzige Farbklecks, ansonsten trägt sie heute schlichte, weite Jeans und ein graues T-Shirt. Letztens dachte Anna, Fee hätte die angedeuteten Beziehungsprobleme nur vorgetäuscht, um einen Vorwand zu haben, sie aus der Wohnung zu locken. Aber als sie den Tanz sieht, den die beiden jetzt aufführen, ist sie sich da auf einmal nicht mehr so sicher.

Sie sollte mit Fee reden. Das ist es, was eine gute Freundin jetzt täte: die richtigen Fragen stellen, die richtigen Worte finden, weiterhelfen oder zumindest Trost spenden. Allerdings fühlt Anna sich dazu gerade nicht imstande, so gerne sie es auch täte.

Die Ameisen unter ihrer Haut krabbeln wilder und treiben sie in den Wahnsinn. Als ihre Hand das nächste Mal zur Tasche zuckt, hat sie sich unter Kontrolle, aber es fällt ihr schwer.

Und dann sieht sie ihn. Als hätten ihre Gedanken ihn heraufbeschworen, steht er plötzlich vor ihr – auf der anderen Seite des Raums, doch er erscheint ihr so nah, als müsste sie nur die Hand ausstrecken, um ihn zu berühren. Groß und schlaksig steht er zwischen den Partygästen, in schmalen Jeans und einem Misfits-

Shirt, die halblangen Haare seitlich aus dem Gesicht gestrichen, Verwirrung in den honigdunklen Augen.

Er schaut sich nicht etwa suchend um, sondern sein Blick findet sie sofort und lässt sie nicht mehr los. Und ihr Herz – es tanzt in ihrer Brust. Es will zu ihm, sehnt sich nach seiner Nähe. Ihre Haut sehnt sich nach seiner Berührung. Und sie – sie sehnt sich danach, von ihm zu hören, dass sich zwischen ihnen nichts geändert hat.

Nur dass er ihr das nicht sagen kann. Weil sie diejenige ist, die beendet hat, was sich seit dem Frühsommer angebahnt und im Grunde genommen gerade erst jetzt richtig begonnen hat.

Und trotzdem – obwohl sie das, was zwischen ihnen ist, beenden musste – geht sie jetzt auf ihn zu. In der Mitte des Raums treffen sie sich. Sie stehen einander stumm gegenüber.

Er ist der Erste, der seine Sprache wiederfindet. »Hey, du. Wie geht es deinem Vater?«

Sie schluckt. Braucht zwei Anläufe, bevor sie sprechen kann. »Danke. Besser. Es war gar nicht so dramatisch, wie ich erst dachte.«

»Gut. Das … das freut mich.«

»Ein Bandscheibenvorfall. Unangenehm und doof, weil er sich jetzt schonen muss, aber … nichts allzu Schlimmes.«

Es klingt so hölzern.

Max hört das auch. Verlegen streicht er sich durchs Haar und zieht einen Mundwinkel hoch. »Ich dachte, es wäre wirklich was Schlimmes, weil du dich nicht mehr gemeldet hast. Du hast nicht auf meine Anrufe reagiert, nicht zurückgeschrieben, und da habe ich mir große Sorgen gemacht. Ich wollte dich nicht bedrängen, aber … da bist du jetzt. Auf einer Party.«

Einer Party, auf der sie nicht sein sollte, weil sie mit der Firma so viel zu tun hat, dass ihr der Kopf brummt, und auf der sie nur ist, weil sie es Fee versprochen hat. Eine weitere der unzähligen Pflichten, die Anna abarbeitet.

Sie holt tief Luft, sammelt die Worte in ihrem Mund, die sich unnatürlich und falsch anfühlen – und lässt sie raus. »Ich kann das nicht. Das mit uns.«

Er starrt sie an. Fragt sich mit Sicherheit, warum sie das jetzt sagt. Und sie wünscht, sie könnte ihn einfach ihre Gedanken und Gefühle lesen lassen, um ihm zu zeigen, was so schwer zu formulieren ist.

»Ist das ein schlechter Scherz?«, bringt er schließlich hervor.

Fee, die gerade auf sie zusteuert, um ihn auf der Party zu begrüßen, guckt besorgt. Anna beißt die Zähne fest zusammen, nimmt Max am Arm und will ihn zur Tür ziehen. »Lass uns draußen reden.«

»Warum?«, fragt er mit unverminderter Lautstärke, den Blick starr auf sie gerichtet. »Weil es dir peinlich ist, wenn alle mitbekommen, wie du mich abservierst?«

Ist es das? Keine Ahnung. Sie weiß nur, dass sie dieses Gespräch nicht hier führen will, nicht vor all diesen Leuten, unter all diesen Blicken und in diesem Raum, der trotz der offenen Fenster von all den Körpern aufgeheizt ist, mit einem ekelhaften Getränk in der Hand und dem säuerlichen Geruch von Nacho-Schichtsalat in der Nase.

»Bitte«, sagt sie nur, und zu ihrer Erleichterung nickt er, aber dann stehen sie draußen an der frischen Luft, zwischen Straßenlaternen und Autos, die so dicht aneinander geparkt sind, dass kaum ein Blatt Papier zwischen sie gepasst hätte, und das ist auch nicht besser.

Max sieht sie an. Sein Blick ist eine Frage, auf die sie ihm eine Antwort schuldet. Aber keines der Worte, die ihr in den Sinn kommen, überzeugt sie selbst.

»Ich habe einfach gemerkt, das zwischen uns … Das ist nicht das Richtige für mich.«

»Blödsinn.« Mit einem einzigen groben Wort schmettert er ihre Behauptung ab.

»Was?« Sie lacht nervös. »Ich meine, ich mag dich wirklich gerne, und es war schön, sehr schön, aber so langsam wird es zwischen uns ernst, vielleicht zu ernst, und da muss man sich doch mal fragen, ob man wirklich zusammenpasst, und …«

Was zur Hölle redet sie da? Ihre Worte sind eine einzige Farce und haben nicht das Geringste mit ihren wahren Gefühlen zu tun.

Er durchschaut sie auf Anhieb und lacht auf, keuchend und freudlos. »Mein Gott, was ist denn auf einmal los? Wenn du mich aus irgendeinem Grund nicht mehr sehen willst, akzeptiere ich das, aber sei doch wenigstens ehrlich zu mir! Erzähl mir keine Lügen. Das haben wir beide nicht verdient.«

Natürlich hat er recht, natürlich schuldet sie ihm so viel mehr als diese lahmen Ausflüchte, und schlagartig schämt sie sich für ihre Worte und ihre Schwäche und ihre Feigheit.

Ihr Partygesicht verrutscht, die Maske fällt ihr aus dem Gesicht, und sie hat keine Ahnung, was sich jetzt darauf abzeichnet. Sie weiß nur, dass Max es ihr unmöglich macht, eine Maske zu tragen.

»Ich kann einfach nicht, okay?«, stößt sie hervor. »Es ist zu viel. Das alles, das ist mir zu viel. Alles zerrt an mir, von allen Seiten. Ich habe die Uni und die Arbeit, muss für meinen Papa da sein, und als ich ein einziges Mal meine Pflichten vernachlässigt habe, nur ein einziges beschissenes Mal, weil ich so gottverdammt egoistisch war, ist sofort etwas Schlimmes passiert.«

Fassungslos schüttelt er den Kopf. »Das ist alles?«

»Ob das alles ist?« Ihre Stimme klingt schrill, aber sie kann nichts dagegen tun. Die WG-Fenster stehen offen, Partylärm dringt aus der Wohnung, und irgendjemand beugt sich heraus und scheint ihr Gespräch zu verfolgen, aber nicht einmal das stört sie. »Ich bin schuld, Max! Mein Vater ist im Krankenhaus gelandet, mit einem verdammten Bandscheibenvorfall, weil ich nur an mich gedacht habe. Weil ich ihm mit der Arbeit nicht geholfen hatte. Weil ich bei dir sein wollte. Weil ich …« Atemlos verschluckt sie den Rest des Satzes.

Sie stehen einander gegenüber und starren einander an wie zwei Opponenten in einem Western.

»Nein«, sagt er dann laut und klar.

Jetzt ist sie es, die verständnislos den Kopf schüttelt. »Was nein?«

»Nein, ich werde nicht zulassen, dass du das, was wir haben, kaputt machst, nur weil du dich in verrückte Selbstvorwürfe verstrickst und dich selbst grundlos fertigmachst. Das mit deinem Vater tut mir leid, das kannst du mir glauben, aber du kannst doch nicht ernsthaft denken, es wäre deine Schuld! Das war doch nur ein Unfall. Ein dummer, unglücklicher Unfall.«

»Wäre ich nicht weggefahren …«

»Dann wäre es vielleicht trotzdem passiert. Ja, vielleicht auch nicht, wer weiß das schon? Verdammt, Anna, jeder erwachsene Mensch ist für sich selbst verantwortlich! Wenn du das mit uns beenden willst, dann tu das, aber schieb keine Ausreden vor. Ich glaube dir nämlich nicht, dass du mich nur *magst.* Genauso wenig, wie ich dich einfach nur mag.«

Seine Brust hebt und senkt sich unter seinen schweren Atemzügen, die Hände sind zu Fäusten geballt. Sie sieht seine geschwungenen Lippen, die jetzt nicht lächeln, sieht das kleine Grübchen in seinem Kinn und die geweiteten Pupillen, und sie *weiß,* sie weiß mit jeder Faser ihres Körpers, dass er recht hat.

Aber sie ist wie gelähmt. Unsichtbare Fäden halten sie zurück, fesseln sie und verschließen ihren Mund, so dass sie nichts tun kann, außer Max stumm anzustarren. Er will eine Antwort, und sie will sie ihm geben, aber sie kann nicht, und plötzlich begreift sie, dass sie Angst hat. Einfach Angst.

Vor dem Kontrollverlust? Den Veränderungen? Davor, sich einfach fallen zu lassen und von einem anderen Menschen auffangen zu lassen? Zu stürzen und vielleicht, mit Glück, in einem Netz zu landen, vielleicht aber auch hart auf dem Boden aufzuschlagen? Wahrscheinlich ist es das alles.

Traurig lässt Max die Schultern hängen. Die sonst so weichen Lippen sind zu einem schmalen, harten Strich zusammengepresst.

»Okay«, sagt er leise. Dreht sich um. Geht.

Und sie steht da wie die Idiotin, die sie ist, und lässt das Wunderbarste, was in den letzten Jahren oder jemals in ihr Leben getreten ist, einfach gehen.

Und das ist keine Option.

Sie weiß, was sie zu tun hat. Sonnenklar sieht sie den Weg vor sich, jeder Schritt ist deutlich, jedes Wort liegt ihr auf der Zunge.

Sie sieht es förmlich vor sich, als Film ziehen die Bilder vor ihrem inneren Auge vorbei – wie sich ihr Körper in Bewegung setzt, wie sie losrennt, auf Max zustürmt, sich einfach gegen ihn wirft. Wie er aufkeucht, als sie gegen ihn prallt und die Arme von hinten um ihn schlingt.

»Geh nicht«, murmelt sie in den Stoff seines T-Shirts. Ihre Wange ist gegen seinen Rücken gepresst, und sie spürt die Hitze seines Körpers an ihrem Gesicht. Sie sagt ihm die Dinge, die sie fühlt, die wahren und richtigen Dinge, die den Riss zwischen ihnen kitten.

Aber nichts davon geschieht. Schlaff hängen ihre Hände an

ihrem Körper herunter, statt das festzuhalten, was sie in ihrem Leben braucht. Nutzlos bleibt ihr Mund geschlossen, statt die Worte freizulassen, die aus ihr herausplatzen wollen.

Bleib stehen, schreit sie in ihrem Kopf.

Aber er hört sie nicht, geht, dreht sich nicht zu ihr um.

Martin

22. Mai 1992

»Natürlich ist es von Thomas«, faucht sie und legt schützend die Hand auf ihren Bauch, der so flach ist, dass man nichts von der Schwangerschaft erahnen kann. Etwas anderes kommt für sie gar nicht in Frage, etwas anderes lässt sie nicht zu.

Woher sie diese Sicherheit nimmt, ist ihm schleierhaft, aber er glaubt ihr nur allzu bereitwillig. Eine tonnenschwere Last fällt ihm von den Schultern. Ja, es ist Thomas' Kind. Ihre Affäre ist und bleibt folgenlos. Unverbindlicher Sex, nichts weiter.

Er nickt. »Ja. Entschuldige.«

Als sie ihn anlächelt, atmet er auf. Er hat sich schon die ganze Woche auf diese Stunde gefreut, auf dieses Zeitfenster, in dem Friederike in der Kirche ist und Thomas mit Jan in die Eisdiele geht.

»Martin, ich muss mit dir reden. Wir sollten das hier«, sie deutet mit dem Zeigefinger zwischen ihnen beiden hin und her, »besser sein lassen.«

Mit offenem Mund starrt er sie an. »Was? Das meinst du nicht ernst?«

Aber es ist ihr Ernst. Fassungslos schüttelt er den Kopf, während sie ihm zu erklären versucht, dass ihre Affäre allmählich zu gefährlich ist, dass ihnen früher oder später jemand auf die Schliche kommt, dass sie als Mutter von zwei Kindern bald weniger Zeit haben wird, dass sie ihre Ehen aufs Spiel setzen.

»Du liebst Friederike, das sagst du selbst«, beschwört sie ihn. »Und ich liebe Thomas. Ich will verdammt nochmal nicht, dass irgendwann jemandem auffällt, wie oft ich hier in deinem Haus verschwinde, und dass Thomas davon erfährt.«

Lauter sinnvolle Argumente, aber keines davon will er hören. Er will sie nicht loslassen, will sie festhalten und an sich ziehen, sie spüren und riechen. Mit ihr den Traum von einem anderen, freieren Leben weiterträumen, der gar nicht den Weg in die Realität finden soll, sondern einfach nur eine kurze Auszeit von der Realität ermöglicht.

Sie ist für ihn diese Auszeit. Sie ist Aufregung und Abwechslung, sie ist Prickeln und Verheißung, ein Hauch von Stadt und Fremde.

Und sie ist mehr als das. Erst in dem Moment, als sich ein scharfer, reißender Schmerz durch seine Brust und seinen Bauch zieht, begreift er, dass sie von Anfang an mehr gewesen ist.

»Geh nicht«, bringt er kehlig hervor, als sie sich zur Tür wendet.

Verlass mich nicht, fügt er in Gedanken hinzu, aber das kommt ihm nicht über die Lippen. Sie ist niemals sein gewesen, und sie hat von Anfang an klargestellt, dass es bei ihnen nur um Sex ohne Verpflichtungen geht. Sie beide haben das klargestellt. Und wie kann man jemanden verlassen, bei dem man ohnehin immer nur für kurze, flüchtige Momente vorbeigekommen ist, um Sonne und frischen Wind und eine Spur von Glanz und Glitzerstaub zu verteilen?

Sie bleibt noch einmal stehen, zögert, legt sich die Hand auf den Bauch, und er will sich gerne einreden, sie sei ins Schwanken geraten. Und schon steht er bei ihr, drängt sie gegen den

Türrahmen, wie er es so oft gemacht hat, wenn sie sich geliebt haben, und stemmt die Hände links und rechts von ihrem Kopf gegen die Wand.

»Geh nicht, Charlotte.« Es ist ihm egal, wie flehend er klingt. Er würde alles dafür geben, zu erfahren, was sich hinter dem spiegelnden Grün ihrer Augen abspielt. Völlig unbeeindruckt von der Art, wie er sie an die Wand drückt, nimmt sie sein Gesicht in beide Hände und gibt ihm einen Kuss, der sich verdammt nach Abschied anfühlt, schlüpft unter seinem Arm hindurch und verschwindet durch die Tür.

Max

»Sei nicht dumm«, sagt die Stimme der Vernunft in meinem Ohr.

Unwillig schnaufend klemme ich das Handy zwischen Schulter und Ohr, während ich das gebrauchte Mountainbike – ein Glückstreffer über eine Bamberger-Studenten-Facebookgruppe – die schmale Kellertreppe hinaufwuchte. Die Stimme der Vernunft kann mich mal.

»Noch etwas, was du mir sagen willst?«, presse ich hervor. »Ich muss jetzt nämlich gleich auflegen.« Vermutlich ist es dumm, während des Radfahrens weiterzutelefonieren, aber dass ich dumm bin, hat man mir ja ohnehin soeben diagnostiziert. Nur ein Stück muss ich mich durch den Stadtverkehr schlängeln, dann ist es nicht mehr weit bis zur hügeligen Waldstrecke, die Thorsten aus der Spätzlebude mir empfohlen hat.

»Ja, allerdings. Du empfindest etwas für sie. Jetzt einfach aufzugeben, ist ganz schön feige, oder? Seit wann ist mein Bruder ein Feigling?«

»Die billigen Provokationsversuche ziehen bei mir nicht.« Der Fahrtwind zischt mir um die Nase, als ich an den Autos vorbeisause. »Sie will mich nicht. Sie will das mit uns nicht. Was soll ich denn bitteschön tun? Sie zwingen? In meinem Keller festketten? Ist es das, was dir vorschwebt?«

Ich hätte Leonie nie von Anna erzählen sollen. Oder ihr zumindest verschweigen müssen, dass sie mir viel bedeutet – wirklich viel. Ich hätte es wissen müssen. Meine Schwester ist grundsätzlich immer fest davon überzeugt, ganz genau zu wissen, was für jeden das Beste ist.

Dummerweise hat sie meistens recht.

»Gib nicht so schnell auf«, fordert sie jetzt schlicht. »Ich garantiere dir, das ist etwas, was du in Jahren noch bereuen wirst.«

Auch diesmal hat sie recht, natürlich hat sie das.

Vielleicht bin ich dumm, aber tatsächlich nicht dumm genug, um Anna einfach so aufzugeben.

Noch mit dem Handy am Ohr reiße ich das Fahrrad herum.

Anna

Zu viel. Es ist einfach zu viel.

Das Büro ist unheimlich, wenn niemand da ist – wie ein Geisterhaus. Das Ticken der Uhr erscheint unnatürlich laut, es hallt durch die Gänge, prallt von den Wänden ab, dröhnt durch Annas Kopf. Die Hände auf die Schläfen gepresst, starrt sie auf den unübersichtlichen, unüberwindbaren Papierberg auf dem Schreibtisch.

Sie *muss* es schaffen, muss den Kopf über Wasser behalten, muss die Firma wie ein Schiff durch aufgewühlte See steuern. Und dabei vor ihrem Vater, der ihr vertraut, verheimlichen, dass sie kurz davor ist, zu ertrinken und alles mit sich in die Tiefe zu reißen.

In der Theorie ist sie gut. Mehr als gut – großartig. Doch als sie jetzt mutterseelenallein in der Firma sitzt und sich verzweifelt bemüht, Ordnung in das Chaos zu bringen, wird ihr zum ersten Mal bewusst, wie es sich in der Praxis anfühlt, in die Fußstapfen ihres Vaters zu treten.

Mehrmals hat der zornige Kunde angerufen. Durchs Telefon hat er sie angebrüllt, hat Forderungen gestellt, Drohungen ausgestoßen.

Und schließlich fassungslos gesagt: »Was ist das denn nur für ein Saftladen!«

Diese vergleichsweise harmlose Bemerkung hat Anna fast am meisten getroffen.

Ein Saftladen. Die Holzbaufirma, für die sich ihr Papa seit so vielen Jahren aufreibt. Die trotz aller Mühen nur mit Ach und Krach schwarze Zahlen schreibt. Die Annas Zukunft sein soll.

Sämtliche Unterlagen, die diesen Kunden betreffen, sind einfach im Chaos verschwunden. Organisation ist doch ihre Stärke, sie hat sich immer eingeredet, sie hätte hier in der Firma alles unter Kontrolle. Ihre Aufgabe ist es unter anderem, dafür zu sorgen, dass alles seine Ordnung hat. Dass alles klar strukturiert ist. Dass jede Unterlage, jedes Dokument an seinem gottverdammten Platz abgelegt ist.

Und jetzt, wo es darauf ankommt, funktioniert ihr System nicht. Ausgerechnet die Dokumente, die sie dringend braucht, sind unauffindbar: von irgendeinem Mitarbeiter aus Versehen gelöscht worden, vielleicht in den falschen Ordner auf dem PC verschoben, einfach weg. Jedenfalls nicht in dem Ordner, in dem sie sein sollten, und auch in keinem anderen der unzähligen Ordner, die Anna heute hektisch durchsucht hat. Je länger sie sucht, je tiefer sie gräbt, desto wilder wird das Chaos um sie herum. Schiefe Türme aus Ordnern, Mappen und Schnellheftern ragen vor ihr auf. Lose Zettel fliegen herum. Schubladen stehen offen. Chaos, wohin sie auch blickt.

Ich will das nicht.

Ich kann das nicht.

Aber sie muss, kein Weg führt daran vorbei, es ist ihre Pflicht, ihre Aufgabe. Ihr Vater verlässt sich auf sie, so wie er sich immer auf sie verlassen hat und sich auch weiterhin auf sie verlassen können soll.

›*Na, alles gut gegangen in der Firma? Genieß deinen Feierabend, Maus. Heute läuft der* Tatort. *Kannst du dich erinnern? Den haben wir früher manchmal zusammen geschaut*‹, schreibt er ihr in dem Moment, als hätte er irgendwie gespürt, dass sie an ihn denkt.

Etwas braut sich in ihr zusammen, brodelt höher, immer höher, je stärker sie es niederzukämpfen versucht. Ihr wird heiß und kalt.

›*Alles super*‹, textet sie mit steifen Fingern zurück.

Schafft es gerade noch, das Handy beiseitezulegen. Und erschrickt bei dem rauen Schrei, der sich aus ihrer Kehle löst. Tränen schießen ihr in die Augen, schluchzend bricht sie am Schreibtisch zusammen, macht sich ganz klein und legt das Gesicht auf ihre Unterarme. Hemmungslos, wie ein kleines Kind, heult sie, ohne die geringste Chance, der Tränenflut Einhalt zu gebieten.

Ich will nicht. Ich will das nicht.

»Du siehst so aus, als könntest du Hilfe brauchen«, ertönt eine Stimme, mit der sie nie im Leben gerechnet und von der sie gar nicht geahnt hat, wie sehr sie sie vermisst.

Sie zuckt zusammen, ihr Kopf schnellt hoch, und einen Herzschlag lang fragt sie sich, ob sie mittlerweile so verzweifelt ist, dass sie halluziniert.

»Was machst du denn hier?«, fragt sie leise.

»Ich bin hier, um mit dir zu reden«, sagt Max. »Wahlweise, um dein Leben zu retten.«

Sie lacht und schluchzt gleichzeitig. »Sie sind einfach weg. Diese verdammten Unterlagen. Die sind weg, aber du bist hier, und das ergibt ziemlich wenig Sinn.«

»Wo soll ich denn sonst sein?«, fragt er nur.

Und ist bei ihr. Ist an ihrer Seite, ohne ihr zu nah zu kommen. Hilft ihr, ohne sie zu berühren. Ist für sie da, ohne anzusprechen, was zwischen ihnen vorgefallen ist, als wüsste er ganz genau, dass es sie jetzt überfordern würde.

Der *Tatort* hat schon angefangen, schießt es ihr durch den Kopf, als ihr Blick auf die Uhr fällt. Ihr Vater sitzt bestimmt gerade vorm Fernseher und kuriert seine Verletzung aus, ohne zu ahnen, dass sie in der Firma im Chaos versinkt. Und es ist gut, dass er davon keine Ahnung hat. Wenn er wüsste, dass er sich nicht auf sie verlassen kann, hätte sie endgültig versagt.

»Sieh mal. Sind sie das?« Max schwenkt einen unscheinbaren braunen Papierumschlag. Einen Umschlag, der mit dem Namen des unzufriedenen Kunden beschriftet ist und den er gerade aus dem Papierkorb neben ihrem Schreibtisch gefischt hat.

Die ganze Zeit waren die Unterlagen da, direkt neben ihr, während sie wie verrückt gesucht und gewühlt hat. Im Müll versenkt, aus Unachtsamkeit oder einfach, weil sie überarbeitet ist. Überfordert von genau dem Lebensweg, den sie seit Jahren unbeirrt beschreitet, und dem Ziel, das sie unbeirrt ansteuert.

Danke, will sie sagen, aber als sie den Mund öffnet, kommt nur ein weiteres Schluchzen heraus. Erschrocken schlägt sie sich die Hände vors Gesicht.

»Sie waren weg, einfach weg«, stammelt sie fassungslos unter Tränen und lässt zu, dass Max sie in den Arm nimmt. Einen Augenblick lang macht sie sich ganz steif, doch dann wird ihr Körper weich und sinkt gegen seinen, und sie erlaubt ihm, sie aufzufangen.

*

Längst ist es dunkel, sie ist viel zu lang in der Firma gewesen. Hat viel zu viel Zeit an die elende Suche und den verdammten Kunden verschwendet. Aber jetzt ist alles gut, und das verdankt sie Max.

Es war ihre Aufgabe, ihre Verantwortung, sie hätte es allein schaffen müssen – das hat sie zumindest gedacht. Aber manchmal ist das einfach nicht möglich, wird ihr bewusst, manchmal muss man sich helfen lassen. Manchmal muss man jemanden an sich heranlassen.

Nicht irgendjemanden.

Sie sitzen draußen vor dem Firmengebäude, haben es sich einfach auf dem Asphalt bequem gemacht, mit angezogenen Beinen und an die Hausmauer gelehnt, und atmen die Abendluft mit großen, gierigen Zügen ein.

»Woher wusstest du, wo ich bin?«, fragt sie und beantwortet sich die Frage im nächsten Moment selbst: »Fee.«

»Sie wollte mir erst nichts sagen. Aber als es immer später wurde und du noch immer nicht von der Arbeit zurück warst, hat sie mir verraten, wo ich dich finde.«

Also ist er aufgetaucht, genau im richtigen Moment. Aber Anna will nicht über die Arbeit sprechen.

»Es tut mir leid«, murmelt sie.

»Was du gesagt hast …«

»Das war so gemeint. Aber auch nicht.« Sie legt den Kopf in den Nacken, starrt hoch zum Mond. Sucht im Nachthimmel nach Antworten, die sie nur in sich selbst finden kann. »Manchmal ist alles so viel. Zu viel.«

»Bin ich dir zu viel?«

Ihre Hand tastet nach seiner, findet sie, umfasst sie mit zitternden Fingern. »Ich weiß nicht«, gesteht sie. »Aber ich will nicht, dass du aus meinem Leben verschwindest.«

»Warum nicht?« Zum ersten Mal, seit sie ihn kennt, klingt er unsicher.

»Weil ich dich mehr als nur mag.« So einfach und so schwer und so wahr.

Die Worte reichen nicht aus, um zu beschreiben, was sie

empfindet, und trotzdem sind sie in dem Moment genug. Max nimmt ihr Gesicht in beide Hände und sieht sie so forschend an, als suchte er nach irgendetwas – etwas, was er schließlich findet. Er atmet auf und lehnt seine Stirn gegen ihre.

»Gut. Wir müssen doch die zwei Wochen schaffen, die wir einander versprochen haben.«

»Die haben wir doch längst geschafft, und viel mehr als zwei Wochen, aber dann habe ich es trotzdem vermasselt«, flüstert sie, und da sind wieder diese verdammten Tränen, die ihr in die Augen steigen, als hätte sie heute noch nicht genug geheult.

Unendlich sanft streichen seine Daumen die Tränen von ihren Wangen. »Ich will noch zwei Wochen mit dir, wenn ich darf. Und dann noch zwei.«

»Ja«, flüstert sie, »und die zwei danach.«

Und als sie sich küssen, ist ihr klar, dass sich etwas zwischen ihnen verändert hat.

Keiner von ihnen hört das Motorengeräusch, das sich nähert. Erst als das Auto direkt vor ihnen zum Stehen kommt und sich die Fahrertür öffnet, schrecken sie beide hoch.

Mühsam stemmt sich ein Mann aus dem Sitz, so schwerfällig, dass man sich kaum vorstellen kann, wie er die Autofahrt geschafft hat. Erst als er seine Krücken vom Beifahrersitz herüberzieht, kann er stehen.

»Papa«, stammelt Anna überrumpelt.

Langsam schüttelt er den Kopf, lässt seinen Blick über Anna und Max schweifen, über Annas verweintes Gesicht und seine eigene Armbanduhr. »Okay. Ich schätze, ich brauche ein paar Antworten.«

Charlotte

19. Juni 1993

Wie ein endloses grünes Meer wogen die Felder im Wind, sachte Wellen, von der Sonne in goldenes Licht getaucht. Und ich stehe da, ich schaue über diesen Ozean und atme so tief ein, dass ich glaube, meine Lunge müsse platzen. Einen Augenblick lang halte ich inne, bevor ich mich wieder in Bewegung setze, locker lostrabe und immer schneller werde. Der weiche Boden gibt federnd unter jedem Schritt nach.

Die gleichmäßige Bewegung hilft mir, den Kopf freizubekommen. Mein Körper funktioniert wie ein Uhrwerk, setzt einen Fuß vor den anderen, atmet rhythmisch, findet seinen ganz eigenen Takt, und über nichts davon muss ich nachdenken.

Ich habe mich arrangiert. Aber nein, das ist es nicht, das ist nicht das richtige Wort, es klingt zu negativ. Ich habe meinen Frieden gefunden, Zufriedenheit, und niemand könnte darüber überraschter sein als ich selbst.

Vielleicht ist es die Zeit, die ich gebraucht habe, um wirklich hier anzukommen. Ich habe meine Rolle in diesem Dorf und dieser Familie gefunden, es fühlt sich jetzt viel besser an, so wie ein gut sitzender Handschuh, der sich warm und wohlig anschmiegt.

Der Wind treibt Wolken vor sich her, die Luft riecht nach Regen, schon wieder oder noch immer. Der Weg zwischen den

Feldern ist schnurgerade, wie mit dem Lineal gezogen. Ich folge ihm Schritt für Schritt, Atemzug für Atemzug, spüre, wie die kühle Luft durch meine Lunge strömt und meinen Körper mit Sauerstoff versorgt.

Ich bin nicht so gut in Form wie früher, vor den Kindern. Damals in der Stadt, als ich nach der Arbeit gerne in Spinning- oder Aerobic-Kursen geschwitzt habe oder frühmorgens eine Runde durch den Park gejoggt bin, war ich so viel schneller, geschmeidiger und ausdauernder als jetzt. Mein Körper ist nicht mehr der, der er vor den Schwangerschaften und dem Stillen gewesen ist, aber das ist okay. Das Leben verändert sich, und mein Körper verändert sich mit ihm. Ich mache das Beste daraus und versuche, mich fit zu halten, auch wenn mein Bauch nicht mehr so straff ist wie noch vor ein paar Jahren.

Es ist nicht schlecht, vielleicht ist es sogar gut, das alles, denke ich, während ich den Feldweg entlanglaufe, immer geradeaus. An Weizen und jungem Mais vorbei. Über die kleine Holzbrücke, die einen Bach überspannt. An der halbverfallenen Scheune vorbei, in der sich letztes Jahr der Hund der Hofmanns versteckt hat, als er an Silvester aus Angst vor dem Feuerwerk die Flucht ergriffen hat.

Die Kinder lassen mir wenig Zeit, um nachzudenken und mich in Gedanken zu verstricken, die mich letztendlich nur unglücklich machen. Ich denke kaum mehr an die Dinge, die ich hinter mir gelassen habe – nur an die Dinge, die ich jetzt zu tun habe. Und das ist eine Menge. Theo ist anstrengender, als Jan es in dem Alter war. An eine Rückkehr in den Beruf ist erst einmal nicht zu denken, die Pläne habe ich auf Eis gelegt, solange die Jungs so klein sind.

Wenn ich doch mal Zeit habe, fülle ich sie mit meinen Hobbys, so dass ich kaum eine Sekunde stillstehe. Während ich jetzt über die Felder laufe, geht zu Hause mein Hefeteig, den ich nachher mit Zimt, Zucker und Nüssen füllen will. Dass ich einmal freiwillig backen würde, hätte ich vor ein paar Jahren auch nicht geglaubt.

Der Garten macht beinahe dem unserer Nachbarn Konkurrenz, Friederike sei Dank. Mit ihrer Unterstützung habe ich unzählige Stauden und blühende Sträucher gepflanzt und im letzten Herbst in einer Spontanaktion an die dreihundert Blumenzwiebeln verscharrt.

Die neueste Idee, die sich in meinen Kopf gesetzt hat, ist die Imkerei. Wäre es nicht interessant, einen Bienenstock im Garten zu haben, sich darum zu kümmern und Honig ernten zu können?

Je beschäftigter ich mich halte, desto weniger fehlt mir die Stadt, die mir mittlerweile so fern ist, als sei das eine ganz andere Welt, und desto weniger denke ich an Martin, an unsere verbotenen Momente, seine starken Hände und Arme, seine Küsse, seine Leidenschaft.

Meine Befürchtung, er würde uns beiden den Abschied schwer machen, hat sich nicht bewahrheitet – vielleicht hätte das passieren können, aber das Schicksal ist mir zur Hilfe gekommen. Als frischgebackener Vater geht er ganz in seiner neuen Rolle auf und kümmert sich rührend um Friederike und das kleine Mädchen. Kurz nachdem ich selbst entdeckt habe, dass ich mit Theo schwanger war, hat sich auch Friederikes sehnlichster Wunsch erfüllt.

Es ist gut. Für mich, meine wunderbaren Söhne und Thomas, der kürzlich befördert wurde. Für Martin und Friederike, die endlich ihre kleine Familie haben, auf die sie so lange warten mussten.

Und manchmal, nur manchmal, muss ich trotz allem einfach

raus. Manchmal kann ich mich nur spüren, wenn ich mit mir allein bin, so wie jetzt. Manchmal muss ich laufen und nichts hören außer meine eigenen Atemzüge, den dumpfen Rhythmus meiner Schritte und das Pochen meines Herzens, das immer heftiger wird, je mehr ich an Tempo zulege. Die ersten Regentropfen fallen auf meine erhitzte Haut, aber ich mache nicht kehrt und suche keinen Schutz, sondern laufe immer weiter, bis ich die ganze Runde hinter mich gebracht habe und die Häuschen von Memmelsdorf wieder vor mir auftauchen.

Max

»So. Der Kerl, der meine Tochter gerettet hat.« Blonde Augenbrauen ziehen sich kritisch über himmelblauen Augen zusammen. Augen, die so blau sind wie die von Anna.

Die Eltern der Mädchen, mit denen ich ausgegangen bin, kennenzulernen, hat mich nie nervös gemacht. Aber mit Annas Vater ist es etwas anderes. *Anna* ist etwas anderes.

Ihr Vater hat seine Antworten bekommen, aber nicht mehr gestern Nacht, nicht auf dem Parkplatz vor der Firma. Anna hat ihm bestimmt alles erklärt, davon gehe ich zumindest aus, und ich frage mich, wie ich in dem Bericht weggekommen bin. Wer bin ich in ihrer Geschichte? Ein Freund, ein guter Bekannter? Ein Typ, mit dem sie geschlafen hat? Jemand, der sie beharrlich in ihrem verplanten Alltag stört und sie von Dringenderem abhält?

Unbehaglich rutsche ich auf dem Stuhl hin und her, bis ich das Schmunzeln bemerke, das durch seine Besorgter-Vater-Fassade blitzt. Und schließlich kann er es nicht mehr zurückhalten, lacht herzlich und klopft mir auf die Schulter.

»Schön. Dann erzähl mal, Max. Du bist Fotograf? Da kannst du mir ja mal zeigen, wie man das richtig macht. Ich hab nämlich kein Händchen fürs Fotografieren.«

Warmherzig lächelt Anna, deren Anspannung sich ebenfalls sichtlich löst. Während sie in die Küche läuft, Kuchen holt und den Kaffee einschenkt, dessen Duft den ganzen Raum erfüllt, stecken ihr Vater und ich die Köpfe über meiner Kamera zusammen, und ich erkläre ihm die Technik, die Funktionen und worauf es meiner Meinung nach bei einem guten Foto ankommt.

»Gefühl und Echtheit«, sage ich. »Das ist meines Erachtens wichtiger als die perfekte Komposition. Ein gutes Foto erzählt eine Geschichte.«

»Verstehe.« In seinen großen Händen dreht er die Kamera hin und her, schaut durch den Sucher und löst aus. »Im Geschichtenerzählen bin ich groß, oder, Anna?«

Sie lacht. »Der Beste. Ich weiß noch, wie ich als Kind mal bei einer Freundin übernachten wollte und nicht einschlafen konnte, weil ihre Eltern keine gute Geschichte erzählt haben. Jedenfalls keine, die mit deinen mithalten konnte. Irgendwann haben ihre Eltern beide an unserem Bett gesessen und verzweifelt versucht, sich irgendwelche Märchen aus den Fingern zu saugen, damit endlich Ruhe war. Aber es hat nichts geholfen. Schließlich haben sie dich angerufen, damit du am Telefon eine Geschichte erzählst.«

Er stimmt in ihr Gelächter ein. »Ein paar Tage später wurden in der ganzen Nachbarschaft Unterschriften gesammelt, um mich dazu zu bringen, ein Kinderbuch zu schreiben.«

»Du hast es nie gemacht, bis heute nicht.«

»Vielleicht eines Tages«, sagte er, etwas leiser jetzt. »Es ist nie zu spät, denke ich.«

Annas Augen funkeln. »Jetzt hättest du mehr als genug Zeit. Dann wärst du vielleicht endlich mal beschäftigt und würdest dich nicht unentwegt überanstrengen.«

Er schnaubt. »Du meinst, dieser alte, nahezu bettlägerige Mann braucht eine Beschäftigungstherapie?«

»Zumindest würdest du dann nicht zu unmöglichen Zeiten mit dem Auto herumkurven und deiner Tochter den Schreck ihres Lebens einjagen.«

»Ich hab mir Sorgen gemacht.« Er zuckt mit den Schultern. »Und das zu Recht. Konnte ja nicht ahnen, dass schon jemand zu deiner Rettung herbeigeeilt war.«

Ich habe mich nie besonders dafür interessiert, die Familien meiner Freundinnen kennenzulernen, bei Kaffee und Kuchen höfliche Konversation zu machen, mich dem strengen Verhör der Eltern zu unterziehen und den perfekten Schwiegersohn zu spielen. Aber bei Anna ist alles anders. Ich will alles über sie wissen, all ihre Seiten sehen, sie in- und auswendig kennen. All ihre Facetten begreifen. Und wenn Familientreffen dazugehören, soll das eben so sein.

Ich lasse den Blick schweifen. Hier ist sie also aufgewachsen, in diesem gepflegten, hübschen Vororthaus, in dieser warmen, herzlichen Atmosphäre. Draußen vor dem Fenster wiegen sich Fliederbüsche und Sonnenblumen im Wind.

Ein behütetes Kind ist sie gewesen. Doch nicht einmal ein so liebevoller Vater wie ihrer kann alles Unheil abwenden – aber zumindest haben sie einander.

Und plötzlich packt mich der Neid – so unerwartet, dass ich zusammenzucke. Zwischen Anna und ihrem Vater ist eine Nähe, eine Wärme, die meiner Familie fehlt. Und bis zu dem Moment ist mir nie so richtig klar gewesen, wie sehr ich mir so etwas immer gewünscht habe.

*

Nachdem wir die Vorortidylle hinter uns gelassen haben, wollen wir noch meinen Kollegen Ben besuchen. Als er uns die Tür öffnet, wird mir bewusst, wie sehr die Geburt seiner kleinen Tochter ihn verändert hat. Obwohl er rein äußerlich derselbe ist, natürlich, steht da ein anderer Mann vor mir.

»Du kannst sie halten, wenn du willst«, sagt Ben kurze Zeit später, glühend vor Stolz, gebeugt vor Erschöpfung und so erfüllt von Glück, dass er von innen heraus zu strahlen scheint – genauso wie Mona, die auf der Couch liegt und der man die Strapazen der Geburt ansieht.

Und bevor ich protestieren kann, wird mir die kleine Freya in die Arme gelegt. Ich werde ganz starr vor Ehrfurcht, mir bleibt der Atem weg. Wie winzig und zerbrechlich so ein Baby ist! Jede Bewegung scheint mir zu riskant.

Lächelnd nimmt Anna mir das Kind ab, ganz behutsam, und wiegt es sanft. »Schau, du musst das Köpfchen stützen, ungefähr so.«

Ich merke, dass Ben sie ansieht.

»Die Fremde auf der Brücke?«, fragt er leise, und ich nicke.

»Der Kerl mit dem Boot?«, hat Anna beim Reinkommen gefragt, und Ben, der die Worte gehört hat, hat breit gegrinst.

Bens Prioritäten haben sich verschoben, das liegt auf der Hand. Alles, was jetzt wirklich für ihn zählt, ist seine kleine Familie. Der Rest der Welt verblasst. Aber trotzdem macht er sich seine Gedanken, das merke ich ihm an. Er betrachtet Anna und mich sehr genau. Und schließlich nickt er mir leicht zu.

Anna

»Lass uns ans Meer fahren«, hat er gesagt, und während sie noch überlegt, ob der Vorschlag ernst gemeint und realistisch ist, waren sie auch schon unterwegs, immer in Richtung Norden.

Von ihrem Einwand, Bamberg sei ja nun nicht gerade eine Küstenstadt, wollte niemand etwas wissen. Weder Max noch Fee oder Silke, die sofort begeistert auf Max' Idee angesprungen und auf der Rückbank mitgefahren sind, Fee freudestrahlend und Silke still lächelnd.

Fast sieben Stunden hat die Fahrt gedauert. Sie haben sich am Steuer abgewechselt und die Fenster runtergelassen, laut und schief gegen die Radiomusik angesungen und unzählige Pipi-Pausen für Fee eingelegt.

Und dann waren sie tatsächlich am Meer. Er hat von hinten die Arme um Anna gelegt, während der salzige Wind ihre Haare zerzaust, und so schauen sie schweigend über die Wellen.

Der Hochsommer ist vorbei, der Herbst steht vor der Tür, und eigentlich ist die Ostsee schon zu kalt, um wirklich darin zu baden, aber das war ihnen egal. Lachend haben sie sich in die Fluten gestürzt, sind durch die Wellen gehüpft und haben dem kreischenden Gelächter der Möwen gelauscht. Er hat sie getragen, heiß und glatt hat sie seinen Körper durch die Kälte des Wassers gespürt und sich an ihm festgehalten. Seine Küsse waren salzig wie das Meer und süß wie Honig.

Die beiden Zelte, die Silke von ihrem Vater – einem enthusiastischen Survival- und Outdoor-Freak – ausgeliehen hat, haben windschief im Sand gestanden und eines ist in sich zusammengesackt, aber das hat sie nicht gekümmert. Sie haben ohnehin nicht viel geschlafen, haben bis tief in die Nacht am Strand gesessen, ein Lagerfeuer gemacht und dem stetigen Rauschen der Ostsee gelauscht. Max hatte seine Ukulele dabei und sie haben Punk-Songs gesungen, die keiner von ihnen so richtig kannte. Wenn Anna ehrlich ist, haben eigentlich nur Max und Fee gesungen, sie hat mitgesummt und Silke hat gelauscht, lächelnd und mit auf die Knie gestütztem Kinn.

Wann immer Max von der Ukulele aufblickte, hat er ihr direkt in die Augen geschaut. Sein Knie ist gegen ihres gestoßen, als sie nebeneinander im Sand gesessen haben, eingehüllt in dicke Pullover und Decken. Und als sie hoch zum Himmel geschaut hat, betrunken vor Glück und Meeresluft und Küssen, hat sie so viele Sterne wie nie zuvor gesehen.

Und jetzt sind sie wieder zurück, tauchen ins Halbdunkel seiner Wohnung ein und schaffen es kaum durch die Tür, ohne übereinander herzufallen. Salz ist auf ihren Lippen, ihrer Haut und in ihren Haaren, und vielleicht hat einer von ihnen den Vorschlag gemacht, das Meerwasser abzuduschen, aber Anna könnte nicht sagen, ob sie es war oder er.

Sie lieben sich unter der Dusche, während warmes Wasser über ihre Körper und Gesichter strömt – und dann noch einmal, langsamer und ruhiger – nachdem er sie ins Schlafzimmer getragen und aufs Bett gelegt hat. Ihre tropfnassen Haare kleben auf ihren Schultern. Beinahe andächtig lässt er seine Hände über ihren Körper gleiten, folgt mit den Fingerspitzen jeder Linie und Kurve. Und sie, sie will ihn spüren, riechen, schmecken, hält sein Gesicht mit beiden Händen fest, küsst ihn wieder und wieder.

Atemlos und eng umschlungen liegen sie schließlich da, in jenem Schwebezustand zwischen Wachsein und Schlaf. Ihre Hand ruht auf seiner Brust, und er legt seine Hand auf ihre.

Sie will das für immer, schießt es ihr durch den Kopf. Sie will *ihn* für immer.

Und da sagt er es.

»Ich liebe dich, Anna.«

Die Worte schweben wie glitzerndes Konfetti im Raum und rieseln auf sie herab.

»Ich liebe dich auch«, flüstert sie und hat noch nie etwas so ernst gemeint wie das.

Fees Grinsen macht Anna misstrauisch, als sie die Wohnung betritt.

»Was?«, fragt Anna nur und zieht die Augenbrauen hoch. Sie kommt gerade vom Schwimmen, ihre Haare riechen nach Chlor, obwohl sie im Hallenbad schon geduscht hat, und sie will eigentlich sofort ins Badezimmer gehen. Aber doch nicht, ohne herauszufinden, was es mit diesem koboldhaften Grinsen auf sich hat.

»Er ist einer von den Guten«, ist alles, was Fee flötet, bevor sie in ihrem Zimmer verschwindet und Hugo, den sie wieder einmal für einen langen Spaziergang aus dem Tierheim ausgeliehen hat und der heute irgendwie aufgeregter wirkt als sonst, am Halsband mit sich zieht.

Anna wirft einen Blick in die Küche und hat das Rätsel gelöst. Ein riesiger Käfig steht da auf dem Tisch. Dunkel glänzende Augen schauen munter heraus, und winzige, blütenweiße Pfoten legen sich auf die Gitterstäbe.

›Das ist Mister Donut. Falls du ihn nicht behalten kannst oder willst, nehme ich ihn natürlich zu mir. Aber darüber wäre er

sicher enttäuscht. Ich habe ihm schon gesagt, dass du bestimmt eine hervorragende Hamstermama bist‹, steht auf dem Zettel, der zwischen den Käfigstäben steckt und der an den Rändern angeknabbert ist.

»Mister Donut«, kichert Anna kopfschüttelnd, während der seidenweiche Hamster sich zutraulich aus der Hand füttern lässt.

Max

Rotgoldenes Laub dämpft unsere Schritte. Wie ein Leichentuch bedeckt es den Hügel hinter der kleinen Dorfkirche, doch den modrigen Geruch feuchter Erde, der darunter hervordringt, können die sonnengetrockneten Blätter nicht zurückhalten.

Sie ist still und ernst, als sie neben mir an den Grabsteinen entlanggeht. Vorsichtig sehe ich sie von der Seite an. Die klirrende Kälte taucht Annas Nasenspitze und ihre Wangen in frostige Röte, aber das täuscht nicht darüber hinweg, wie blass sie heute ist.

Es gibt Wunden, die sich auch nach Jahren nie ganz schließen und die Narben hinterlassen, die man für immer als kleine Unebenheiten spürt. Das weiß ich selbst nur zu gut. Die dämliche Plattitüde ›Die Zeit heilt alle Wunden‹ klingt manchmal wie blanker Hohn.

»Da«, sagt sie leise.

Sie stehen vor einem schlichten Grabstein. ›Geliebte Mutter und Ehefrau‹ ist darin eingraviert.

»Da liegt Mama.« Ihre Stimme klingt verändert, hoch und dünn, fast wie die eines Kindes.

Ich lege ihr den Arm um die Schultern und bemerke, dass sie fröstelt. Ihre Haare kitzeln meine Wange. Ganz kurz sucht sie Halt bei mir und lehnt sich an mich. Dann wendet sie mir blitzschnell den Kopf zu, haucht einen Kuss auf meine Kinnlinie, platziert ihre Handtasche sorgfältig auf einer Bank und macht sich ans Werk.

Mit verschränkten Armen stehe ich daneben und fühle mich etwas fehl am Platz, während sie die abgebrannte Kerze gegen eine neue und die verwelkten Blumen gegen frische austauscht. Ich würde gerne helfen, habe aber das Gefühl, dass ich ihr in dem Moment im Weg wäre. Ihre Handbewegungen sind so routiniert, als hätte sie das schon unzählige Male gemacht, und vermutlich ist es auch so. Sie zupft geschickt Unkraut zwischen den Randsteinen heraus, rückt Vasen zurecht und entfernt Herbstlaub. Es ist ein gepflegtes Grab, und keine Sekunde wundere ich mich darüber. Wenn Anna sich um etwas kümmert, dann macht sie keine halben Sachen.

»Ich hab mich von Anfang an um das Grab gekümmert«, sagt sie in dem Moment, als hätte sie meine Gedanken gelesen. Sie hebt den Kopf nicht, sondern bleibt über ihre Tätigkeit gebeugt. »Meinem Papa war das alles zu viel. Es war … eine schwere Zeit für ihn.«

Wie oft ich das schon aus ihrem Mund gehört habe. Ihr Vater braucht sie wirklich.

»Und für dich etwa nicht?«

»Er hat seine Frau verloren.«

»Und du deine Mutter.« Ich räuspere mich. »Abgesehen davon warst du erst zehn Jahre alt.«

Die Vorstellung, dass sie sich als kleines Mädchen verpflichtet gefühlt hat, ihren Vater in so einer schweren Zeit zu entlasten und ihm Aufgaben abzunehmen, bricht mir das Herz. Es ist nicht richtig, dass sie eine Stütze für einen Erwachsenen hat sein müssen.

Aber dann denke ich an die Tragödie, die über meine eigene Familie hinweggefegt ist, die wie ein Tsunami brutal und zerstörerisch alles mit sich gerissen hat, und ich weiß, warum Anna so gehandelt hat. Sie und ihr Vater haben schlicht und einfach alles getan, was nötig war, um zu überleben. Wäre ich damals nicht erst fünf gewesen, hätte ich mich vielleicht auch nach Kräften bemüht, meinen Eltern eine Stütze zu sein, und tief in meinem Herzen die Pflicht verspürt, sie vor dem Ertrinken zu bewahren.

Und habe ich es nicht irgendwie auch versucht, obwohl ich viel zu jung gewesen bin? Und versuche ich es nicht nach wie vor immer noch, auch wenn ich genau vor dieser Pflicht davonlaufen möchte?

Energisch schiebe ich den Gedanken beiseite und merke jetzt erst, dass Anna in ihrem Tun innehält und mich ansieht, immer noch auf dem Boden hockend und die Hände in der Erde. Ihr Atem bildet kleine Wölkchen in der eisigen Herbstluft.

»Er hat mehr als genug um die Ohren gehabt. Das Begräbnis musste organisiert werden, unentwegt haben Verwandte und Bekannte angerufen … Jahrelang haben sie nichts von sich hören lassen, aber plötzlich sind sie alle angekommen. Geholfen hat keiner von ihnen, aber sie alle haben brav ihr Beileid ausgesprochen, um dann ihre Neugierde zu stillen. Das habe ich damals schon kapiert, und es hat mich geärgert. Und dann musste natürlich die Firma weiterlaufen.« Sie zuckt mit den Schultern. »Wir haben Arbeitsteilung gemacht, Papa und ich. Wir waren ein Team. Wir sind bis heute eines.« Dann verdreht sie ungeduldig die Augen. »Und jetzt schau mich nicht so an, Max. Erspar mir diesen Armes-kleines-Mädchen-musste-zu-schnell-erwachsen-werden-Blick. Glaub mir, den habe ich oft genug gesehen. Es ist okay, wie es ist. Mach dich lieber mal nützlich und gib mir die mal, ja?«

Mit der Hand wedelt sie in Richtung Handtasche. Wie jedes Mal, wenn ich das Ding hochhebe, frage ich mich, wie sie so etwas Monströses mit sich durch die Welt schleppen kann, ohne asymmetrische Muskelberge aufzubauen oder einen schiefen Rücken zu kriegen.

»Tada!« Mit einem triumphierenden Grinsen zieht sie etwas aus den Untiefen der Tasche hervor, was mich zum Lachen bringt.

»Mein Gott. So lange können wir gar nicht zusammenbleiben, dass ich irgendwann aufhöre, das schräg zu finden.« Kopfschüttelnd betrachte ich die kleine Gartenschere mit dem grasgrünen Griff.

»Insgeheim findest du es doch cool. Es ist wie eine Superkraft.« Das Sonnenlicht zaubert eine tintenblaue Tiefe in ihre Augen und hebt jede ihrer Sommersprossen hervor. Ihr Grinsen ist so unbeschwert, als hätte sie in ihrem ganzen Leben noch nichts Schlimmes erlebt. An ihrem Kinn verrät ein Matschstreifen, dass sie sich während der Arbeit geistesabwesend ins Gesicht gefasst hat.

Und als ich sie so sehe, spürte ich mit jeder Faser meines Körpers, dass sie die Richtige ist. Die Einzige. Die, mit der ich zusammen sein will.

*

Wir sitzen auf der Bank vor dem Grab. Jedes Mal, wenn der Wind auffrischt, fällt Laub vom großen Ahornbaum herab und tanzt für einen Augenblick in der Luft, bevor es Teil des goldenen Leichentuchs wird. Die dicke Katze auf der moosüberwachsenen Mauer hinter den Grabsteinen gähnt und streckt sich träge, bevor sie sich wieder zusammenrollt.

Unsere Finger verschränken sich ineinander. Weiße Atemwölkchen hängen zwischen uns in der Luft. Anna lehnt ihre Stirn gegen meine, ihr Atem ist ein warmer Hauch inmitten der

Oktoberkälte. Unsere Nasenspitzen berühren sich. Und als ich den Kopf ganz leicht neige, finden meine Lippen ihre. Es ist ein sanfter, langsamer Kuss.

»Ich liebe dich«, murmele ich.

Sie tastet nach dem Kragen meines Pullovers, schiebt die Fingerspitzen darunter und hält ihn fest. »Ich weiß.«

Und als ich später, im Nachhinein, an die leise Traurigkeit in ihrer Stimme denke, frage ich mich, ob es an dem Tag gelegen hat, oder daran, dass sie eine düstere Vorahnung hatte.

Charlotte

4. April 1995

Ein perfektes Postkartenmotiv. Die vollkommene Idylle. Und ich mittendrin.

Die Sonne scheint auf unsere Häuser, unseres und das der Geigers gleich daneben, auf Tulpen, Narzissen und den Flieder, dessen zarte Knospen bald aufgehen und lila Blüten offenbaren werden. Die Sonne spiegelt sich im Wasser der Vogeltränke und lässt die roten Luftballons glänzen. Weiter hinten im Garten steht inmitten der Blumen ein bunt gestrichener Bienenstock – meine neueste Errungenschaft. Das Summen der Bienen trägt zur behaglichen Atmosphäre bei.

Die Temperaturen reichen kaum aus für eine Feier im Freien, aber uns alle zieht es in den Garten, nach dem langen Winter völlig ausgehungert nach Sonnenschein und frischer Luft. Die blütenweiße Tischdecke flattert im Wind, ein paar der kirschförmigen Tischdeckenbeschwerer, die ich von Friederike ausgeliehen und an den Saum geklemmt habe, haben sich schon verabschiedet und liegen auf den Terrassenfliesen.

»Theo, nein!« Mein strenger Ruf kommt zu spät. Theo ist noch zu klein, um mit einer Schere umzugehen, aber er hat Jans Bastelschere geklaut und macht sich damit an den Schnüren der Luftballons zu schaffen. Ich renne los, versuche die Fäden zu greifen, aber sie gleiten mir zwischen den Fingern hindurch.

Ärger kocht in mir hoch. Alles soll perfekt sein für Jans Geburtstag, es soll der schönste Tag des ganzen Jahres für ihn werden, jedes Detail habe ich geplant.

»Jetzt sieh dir an, was du gemacht hast.« Ich kann nicht verbergen, wie verärgert ich bin.

Theo starrt mich immer noch an, mit dieser Mischung aus Trotz und Unbekümmertheit, die ihm eigen ist. Als ich ihm die Schere aus der Hand winden will, verzieht sich sein Gesicht. Gleich wird er anfangen zu weinen.

Ein sanftes Zupfen an meinem Rock. Jan schaut zu mir hoch. »Er hat es nicht mit Absicht gemacht, Mama.«

Und mein Herz geht über vor Liebe. Er hat recht, natürlich hat er das, dieser Fünfjährige, der oftmals klüger ist als seine Mutter. Er lässt sich seinen Geburtstag nicht verderben von ein paar flüchtigen Luftballons. Mehr noch, er strahlt übers ganze Gesicht, als sie sich feuerrot in den Himmel erheben, immer kleiner werden und sich vom Wind forttragen lassen. Einer verfängt sich in den Zweigen des Kastanienbaums auf dem Nachbargrundstück.

Jans Lächeln ist wie die Sonne, und ich lächle mit. Sie sehen sich so ähnlich, meine beiden Jungs, mit ihren feinen, blonden Haaren und dem Goldglanz in den Augen, und sind doch oft so unterschiedlich. Irgendwie bin ich immer davon ausgegangen, dass diese magische Liebe zwischen Eltern und Kind automatisch vom ersten Augenblick an da ist, so wie ich es auch bei Thomas gesehen habe, aber bei mir musste sie erst wachsen. Vielleicht bin ich es, die wachsen musste – in diese Rolle hinein. Und vermutlich werde ich niemals so eine perfekte Mutter wie Friederike sein, die scheinbar nie überfordert ist und jede einzelne Sekunde genießt. Aber ein Leben ohne meine Söhne kann ich mir auch nicht mehr vorstellen, sie sind ein Teil von mir.

Thomas hat Theo die Schere aus der Hand gepflückt, bevor er sich damit weh tun kann. »Du siehst wunderschön aus«, raunt er mir zu und legt den Arm um meine Taille. Wir sind schon so lange zusammen, und er hat das schon so oft gemacht, dass mir diese Geste, diese liebevolle Berührung, so vertraut ist wie mein eigener Körper.

Martin und Friederike sind herübergekommen, um mit uns zu feiern. Martin sitzt auf einem der Gartenstühle, hält seine kleine Tochter auf dem Schoß und blättert mit ihr in einem Buch. Sein Haar glänzt im Sonnenschein wie Weizen. Friederike steht hinter den beiden, hat die Arme auf Martins Schultern gelegt und stützt das Kinn auf seinen Kopf. Auf ihrem Gesicht liegt das selige Lächeln, das ich so oft an ihr gesehen habe, seit sie Mutter geworden ist. Die drei sind eine Einheit, die perfekte kleine Familie, und ganz kurz – nur einen Herzschlag lang – versetzt es mir einen kleinen Stich, Martin so zu sehen, mit diesen Menschen, zu denen er gehört.

Sogar Nele ist mir zuliebe gekommen, obwohl sie in ihrem turbulenten Alltag kaum Zeit für eine Kindergeburtstagsfeier findet. In ihrem streng geschnittenen Hosenanzug und der tief ausgeschnittenen, pinken Bluse sieht sie großartig aus, auch wenn es vielleicht kein typisches Outfit für eine lockere Gartenparty ist. Jan ist ganz verrückt nach ihr und hat heute bestimmt schon fünf oder sechs Zeichnungen für sie angefertigt.

»Neben dir fühle ich mich wie eine Kartoffel«, entfährt es mir, als ich unser Spiegelbild im Fenster sehe. Sie, so mondän wie immer und unberührt von der Zeit, ein exotischer Vogel inmitten unserer spießbürgerlichen Idylle. Und ich mit einem Fleck auf dem geblümten Baumwollkleid, den ich jetzt erst bemerke, immer noch recht schlank, aber nicht mehr so mädchenhaft zierlich wie noch vor ein paar Jahren, die Haare dunkelbraun statt rabenschwarz, weil mir das ständige Nachfärben zu zeitraubend ist, und zu einem praktischen Pferdeschwanz zusammengebunden.

»Eine ziemlich sexy Kartoffel. Das hat er übrigens auch bemerkt«, flüstert sie mir zu.

Ohne dass ich es verhindern kann, peitscht mein Blick zu Martin, der tatsächlich gerade zu mir herüberschaut. Nele verurteilt mich nicht, da ist kein Tadel in ihrer Stimme. Aber sie durchschaut mich immer, jederzeit, mit einer Leichtigkeit, als stünden all meine Gedanken, Gefühle und Begierden mit Leuchtstift auf meiner Stirn geschrieben. Früher war ich diejenige mit der zielsicheren Menschenkenntnis, aber so wie es aussieht, haben wir unsere Rollen getauscht.

Und Thomas? Er bekommt von meinem und Martins Blickwechsel nicht das Geringste mit. Gut gelaunt deutet er auf die bunt verpackten Päckchen auf dem Tisch. »Es ist Zeit für Geschenke! Ist hier zufällig ein kleiner Junge, der heute Geburtstag hat und an Geschenken interessiert ist?«

Jan jauchzt vor Freude, als er die tomatenrote Kinderkamera auspackt. In weiser Voraussicht haben wir Batterien und einen Film eingelegt, damit er sein Geschenk sofort ausprobieren kann. Begeistert läuft er durch den Garten und knipst alles, was ihm vor die Linse kommt: uns, die Blumen, den Himmel, seine eigenen Füße. Zwischendurch drückt er immer wieder auf den Knopf an der Seite, der lustige Geräusche macht, und lacht sich gemeinsam mit seinem Bruder darüber kaputt.

»Mein kleiner Künstler«, sage ich zärtlich.

Ganz gleich, wie oft Thomas mich liebevoll neckt, und wie oft Nele sich über mich lustig macht, ich glaube felsenfest daran, dass Jan die Welt einmal mit seiner Kunst erfreuen wird. Es ist einfach ein Gefühl in meiner Magengrube. Theo hingegen sehe ich eher als zukünftigen Wissenschaftler, und wann immer ich das erwähne, lacht Thomas so schallend, bis ihm die Luft ausgeht und er nur noch japst.

»Weil er sein ganzes Spielzeug zerlegt, um zu schauen, was drin ist? Vielleicht wird er ja Chirurg. Oder Uhrmacher. Oder Fleischer. Ehrlich, Charlotte, lass die beiden doch einfach Kinder sein«, hat Thomas mal gesagt, aber ich habe nur wissend gelächelt. Egal wie, ich glaube weiterhin an meine Theorie.

Und jetzt sehe ich aus den Augenwinkeln, dass Theo zu Martin läuft, ihm das Buch in die Hand drückt, das Martin gerade eben mit seiner Tochter angesehen hat, und an seinem Ärmel zupft. Sanft zerzaust Martin ihm die Haare, und ich brauche keine übersinnlichen Fähigkeiten, um zu wissen, was er gerade denkt und welche Frage ihn beschäftigt, wenn er Theo anschaut. Immer wieder hat er das Thema vorsichtig angeschnitten, wenn wir zu zweit waren, und jedes Mal habe ich die Diskussion im Keim erstickt. Thomas ist Theos Vater, das weiß ich mit einer Sicherheit, von der ich selbst nicht weiß, woher ich sie nehme. Es *darf* gar nicht anders sein.

»Ich hole die Torte«, kündige ich an und gehe in die Küche, gefolgt von Martin, der seine Hilfe anbietet. Prickelnd fühle ich seinen Blick in meinem Nacken. Sobald sich die Küchentür hinter uns schließt, spüre ich seine heißen Lippen auf meinen. Kichernd versuche ich ihn abzuwehren und mich auf die Torte zu konzentrieren, aber als er die Hände von hinten auf meine Hüften legt, kann ich ein leises Stöhnen nicht unterdrücken.

Es ist uns nicht gelungen, uns voneinander fernzuhalten. Unsere Treffen sind seltener geworden, und eine Weile dachte ich, wir könnten es schaffen, aber wie Suchtkranke hat es uns wieder zueinander hingezogen. Es gibt sie nur noch selten, unsere gestohlenen Momente, zwischen Familienglück und Alltagsstress, aber umso mehr zelebrieren wir sie. Als er meinen Nacken küsst, flattern unzählige Schmetterlinge in meinem Bauch und meiner Brust.

Buttercreme, bunte Zuckerstreusel und fünf Kerzen: Jans Torte sieht nicht perfekt aus, aber ich habe mein Bestes gegeben und den halben Tag in der Küche gestanden. Als ich mich zu Martin umdrehe, streift mein Arm das Kunstwerk.

»Scheiße«, fluche ich mit Blick auf die Delle in der Torte und die Buttercreme auf meinem Unterarm.

»Macht doch nichts.« Sanft hebt er meinen Arm und küsst die Creme von meiner Haut. Mein Mund wird trocken, als ich seine Lippen und seine Zunge spüre – ich sehne mich nach mehr, am besten jetzt gleich, aber draußen warten unsere Familien auf uns.

Zusammen streichen wir die Torte glatt, so gut es geht. Sieht man genau hin, merkt man, dass da etwas passiert ist, aber ich weiß, dass niemand so genau hinschauen wird. Seite an Seite kehren wir in den Garten zurück. Die Kinder jubeln beim Anblick der Torte, und Jan bemüht sich redlich, alle fünf Kerzen mit einem großen Atemzug auszupusten, nachdem er die Torte von allen Seiten fotografiert hat.

Ein fernes Grollen kündigt ein nahendes Gewitter an, aber noch können wir bleiben und feiern und die Sonne genießen. Die Vögel zwitschern lauter und hektischer, das Bienensummen schwillt an. Die Luft wird drückend, fast unmerklich, doch ich lege den Kopf in den Nacken und suche nach der Wärme in der kühlen Frühlingsluft.

Anna

Leise raschelt das Papier unter ihren Fingern. Die Seiten beherbergen alte Geschichten, einstige Träume und unzählige Erinnerungen, gebannt in Fotos mit knappen Beschriftungen.

Mamas und Papas Hochzeit: Mama in ihrem schlichten weißen Kleid und dem Margeritenkranz im Haar, mit der Sonne um die Wette strahlend. Papa in seinem Anzug, der um die Schultern spannt und den er sichtlich am liebsten gegen eine Arbeitshose und eines seiner geliebten Flanellhemden eingetauscht hätte, aber trotzdem vor Glück fast platzend.

Der Rohbau des hübschen Hauses, immer weiter fortschreitend, und Papa, der auf der Baustelle herumturnt. Annas stolze Eltern vor dem fertigen Haus: ihre Mama blutjung in einem hübschen Blumenkleid, die dunklen Haare zu einem lockeren Zopf geflochten, der ihr über die Schulter fällt. Papas blondes Haar leuchtet im Sonnenschein wie ein Heiligenschein und steht windzerzaust von seinem Kopf ab, die blauen Augen funkeln.

Mamas kugelrunder Babybauch, auf den sie sanft lächelnd die Hände legt. Papa hat Anna oft erzählt, wie sehnsüchtig sie sich beide ein Kind gewünscht haben und dass ihre Geburt das größte Glück war, das sie sich vorstellen konnten.

Dann Annas Babyfotos. Sie als pausbäckiges blondes Engelchen, bei ihrer Mama auf dem Arm oder spinatverschmiert im Hochsitz, während ihr Papa verzweifelt versucht, sie mit einem kleinen Plastiklöffel zu füttern. Ihr erster Kindergartentag: Ihre

Mutter und sie stehen schick herausgeputzt zwischen den Rosenbüschen im Garten, Mama glühend vor Stolz, Anna ganz aufgeregt, weil es bald zum ersten Mal in den Kindergarten geht.

Immer wieder Mamas lächelndes Gesicht.

»Ich weiß, was du meinst«, sagt Anna jetzt leise. »Fotos sind wichtig.«

Max' Kopf lehnt an ihrem, als er mit ihr das Fotoalbum anschaut. Jetzt legt er den Arm um sie, zieht sie enger an sich und gibt ihr einen sanften Kuss auf die Schläfe. Für einen Moment schließt sie die Augen und genießt einfach nur seine Nähe.

Etwas hat sich verändert zwischen ihnen. Sie haben sich füreinander entschieden, seit er sie gerettet und sie das zugelassen hat. Ein warmes Kribbeln breitet sich in ihrem Bauch und ihrer Brust aus, als seine Finger jetzt zärtlich über ihren Nacken streichen, und wie so oft fragt sie sich, wovor sie eigentlich solche Angst gehabt hat. Denn alle Argumente, die sie damals gegen ihre Beziehung vorgebracht hat, haben sich als unsinnig herausgestellt. Weder musste sie ihr Studium noch die Arbeit in der Firma an den Nagel hängen, und ihr Vater ist auch nicht zum Dauergast im Krankenhaus geworden. Das Leben geht weiter – mit Max an ihrer Seite, was es um ein Vielfaches schöner macht.

Und wieder einmal fragt sie sich insgeheim, wie es wohl wäre, mit ihm zusammenzuleben. Den nächsten großen Schritt zu gehen und ein gemeinsames Zuhause zu haben, das ihnen zusammen gehört. Vier Monate sind es nun schon. Vier Monate, seit er in ihr Leben geschneit ist und sie Dinge fühlen lässt, die sie nicht kannte. Kurz blickt sie vom Fotoalbum hoch und sieht Max nachdenklich von der Seite an. Ist es noch zu früh für den nächsten Schritt? Oder genau richtig?

Ihr Vater klopft an die Tür und wartet auf ihr Zeichen, bevor er den Kopf hereinstreckt. »Habt ihr beiden Hunger? Wie wäre es mit Sandwiches?«

Sie muss darüber lächeln, wie viel Mühe er sich gibt. Er weiß genau, wie wichtig Max ihr ist, und will einen guten Eindruck machen. »Das wäre super, Papa.«

Er ist ein bisschen blass um die Nase, Mamas Todestag setzt ihnen beiden zu. Jahr für Jahr steht er an diesem Tag neben sich. Genauso, wie Anna jedes Jahr an genau diesem Tag hier ist und in den alten Familienalben blättert, um sich an Erinnerungen festzuhalten, die gar nicht in ihrem Kopf sind, sondern nur auf diesen alten Fotos.

Ihr Vater tut das nie. Sogar jetzt, als er nur in der Tür und somit ein paar Meter vom Bett entfernt steht, auf dem Anna und Max sitzen, vermeidet er es, die Alben auf ihrem Schoß anzusehen. Es tut ihm einfach zu weh, an sie zu denken.

Aber diesmal betrachtet Anna die Bilder nicht alleine. Sie lässt Max in ihr Leben und ihre kostbarsten Erinnerungen, und es fühlt sich richtig an.

Erst als ihr Vater wieder gegangen ist und die Tür hinter sich zugezogen hat, blättert sie weiter.

Und wieder lächelt ihre Mutter. Auf jedem einzelnen Bild spürt man förmlich ihre Wärme, ihre Sanftheit und Herzlichkeit. Ein feines Netz aus Lachfältchen umgibt ihre kohledunklen Augen, hell leuchten ihre Zähne aus ihrem gebräunten Gesicht mit den Sommersprossen auf der Nase.

»Sie war so hübsch«, flüstert Anna und berührt Mamas Wange mit der Fingerspitze. »In meinen Erinnerungen sieht sie immer traurig aus. Die Frau auf den Fotos ist wie eine Fremde. Ich weiß, dass das meine Mama ist, aber …«

»Aber es ist schwer, die fröhliche Frau auf den Fotos mit der traurigen in deinem Kopf in Einklang zu bringen?«, vervollständigt er ihren Satz.

Sie nickt. Er versteht, wie es ihr geht. Es sind zwei verschiedene Menschen, die sie da vor sich sieht – getrennt von einem Schatten, der den Beginn der Depressionen markiert und ihre Mutter grundlegend verwandelt hat.

In Annas Kehle bildet sich ein Kloß. »Sie war so unnahbar. Manchmal hab ich das Gefühl gehabt, sie kann mich überhaupt nicht sehen. Ich hätte direkt neben ihr schreien, toben und Gläser zerschmettern können, und sie hätte mich nicht bemerkt. Sie ist wie abgetaucht, immer tiefer, als wäre da eine Schwärze, die sie verschlingt.«

So hat sie das noch nie gesagt, auch wenn sie es so schon immer gefühlt hat, und die Worte auszusprechen und selbst zu hören, jagt ihr eine Gänsehaut über den Rücken. Genau so war es. Ihre Mama ist in sich selbst ertrunken, und nichts und niemand konnte ihr da heraushelfen.

Und dann ist sie gegangen.

Anna blättert weiter, auf der Suche nach etwas, was die Last leichter macht, und wird fündig.

»Da, das ist er! Das ist Mister Muffin.« Bekräftigend tippt sie mit dem Zeigefinger auf das Bild. Jedes Mal, wenn sie es sieht, muss sie grinsen. Die kleine Fellkugel mit den schwarzen Knopfaugen sitzt auf ihrer Schulter, und sie grinst zahnlückig in die Kamera.

»Armer Kerl. Ich komme einfach nicht über den entwürdigenden Namen hinweg. Du hast schon eine sadistische Ader, oder?«

Sie widersteht dem Impuls, ihm die Zunge herauszustrecken. »Was weißt du schon von der fragilen Psyche eines Hamsters?«

Sie will gerade das Album zuklappen, aber da schnellt plötzlich Max' Hand vor und hält die Seite auf. Irritiert sieht sie ihn von der Seite an, dann betrachtet sie das Foto, auf das er deutet.

»Das ist eines meiner Lieblingsbilder«, sagt sie leise.

Sommer 1994 steht in Mamas säuberlicher Handschrift unter dem Bild. Ihre Mutter hält sie auf dem Arm, Anna ist noch ganz klein und zieht an ihrem Zopf. Ihre Mutter lacht vergnügt in die Kamera, und es sieht so aus, als würde sie irgendetwas zu Anna sagen.

Sie hat das Foto unzählige Male betrachtet und sich gefragt, was Mama da wohl gesagt hat. Wollte sie, dass Anna ihren Zopf loslässt? Hat sie gesagt, dass sie sie lieb hat? Oder ging es um etwas ganz anderes? Jedes Foto birgt ein Geheimnis, das Anna niemals ergründen wird.

Hinter ihnen beiden sieht man das Haus, umgeben vom üppig blühenden Garten. Die Hortensien- und Fliederbüsche können ihre Blüten kaum tragen, die zierlichen Zweige biegen sich unter ihrer prächtigen Last. Ihre Mama hatte einen grünen Daumen, hat ihr Papa ihr erzählt. Früher hat sie es geliebt, stundenlang im Garten zu werkeln, mit bunten Gummistiefeln an den Füßen und einem Strohhut auf dem Kopf, und die Blumen zu pflegen. Später – in den Zeiten, an die Anna sich erinnert – saß sie oft bis spät nachts draußen und starrte über den Garten, verirrt in einem Gedankenlabyrinth, in das ihr niemand folgen konnte.

Aber Max deutet weder auf Anna noch auf ihre Mutter, das Haus oder den Garten.

Verwirrt schüttelt er den Kopf. »Was macht denn bitte mein Vater da?«

Anna runzelt die Stirn und betrachtet den Mann auf dem Foto, auf den er deutet. Sie hat ihm nie große Beachtung geschenkt, er war nur ein unwichtiges Detail. Am rechten Bildrand sieht man ein Stück des Nachbarhauses, aus dessen Terrassentür gerade jemand herauskommt: ein schlanker Mann mit hochgekrempelten Hemdsärmeln, dunklen Locken und einer Kaffeetasse in der Hand.

»Was? Das?« Jetzt ist sie es, die den Kopf schüttelt. »Das ist doch nur der damalige Nachbar. Die Leute sind längst weggezogen.« Sie springt auf, nimmt seine Hand und zieht ihn zum Fenster. Von hier aus sieht man zum Nachbarhaus, das ihrem ganz ähnlich ist: gepflegt, nicht zu groß, von einem hübschen Garten umgeben. »Das ist das Haus, aber da wohnen jetzt schon seit einer Ewigkeit die Müllers.«

Er starrt zum Haus hinüber. Nimmt das Fotoalbum wieder in die Hand, kneift die Augen zu Schlitzen zusammen, betrachtet das Bild ganz aus der Nähe.

»Ich erkenne doch meinen eigenen Vater«, murmelt er.

*

Es ist einer der Momente, die so still beginnen, dass man keine Chance hat, zu erahnen, mit welch unbarmherziger Macht sie gleich über einen hereinbrechen werden. Als sie die Treppe hinuntergehen, ahnt keiner von ihnen beiden, was ihre scheinbar harmlose Frage anrichten wird.

»Wer ist der Mann auf dem Foto?«

Annas Vater dreht sich zu ihnen um, in den Händen einen Teller mit dreieckigen Sandwiches, und gerührt bemerkt sie, dass er die Ränder fein säuberlich abgeschnitten hat, weil sie das als Kind am liebsten so gegessen hat. Aber dann fällt sein Blick auf das Album in ihren Händen, und als sein Gesicht erstarrt, schämt sie sich, weil sie ihn mit dem schmerzhaftesten Kapitel seiner Vergangenheit konfrontiert.

Widerwillig schaut er das Foto an, und kurz, nur einen Moment lang, berührt seine raue Fingerspitze Annas Mama, bevor er seine Aufmerksamkeit dem Mann am Bildrand zuwendet.

»Unser ehemaliger Nachbar«, sagt er knapp, und seine Miene ist verschlossen wie eine Auster.

Ihre Kehle ist eng. »Papa … Wie heißt er?« Etwas kündigt sich an, eine Vorahnung wie ein Prickeln unter ihrer Schädeldecke, aber sie weiß nicht, was es ist.

Er atmet schwer aus. »Spielt das eine Rolle, nach all den Jahren? Er und seine Familie, das waren einfach die Leute, die damals neben uns gewohnt haben. Es ist lange her. Warum, Anna? Warum willst du auf einmal alte Geschichten aufwühlen? Das ist Vergangenheit.«

Sie zuckt zusammen. So abweisend hat er noch nie mit ihr geredet.

»Das ist mein Vater.« Max' Stimme klingt rau.

Langsam schüttelt ihr Papa den Kopf, seine Stirn ist vor Verwirrung gerunzelt. »Was? Das ist Thomas.«

»Thomas König. Mein Vater.«

Und als er das sagt, scheint die Zeit auf einmal langsamer zu vergehen. Das Ticken der Küchenuhr wird träge und immer lauter. Anna versteht nicht. Gar nichts davon, was hier vor sich geht, als ihr Papa Max anstarrt.

»Nein«, bringt ihr Vater schließlich hervor, zutiefst aufgewühlt.

Und als sie ihn ansieht, bekommt sie Angst. Irgendetwas stimmt nicht. Es steht ihm ins Gesicht geschrieben und spricht aus seinem Blick, sie sieht es an seinen hängenden Schultern und Mundwinkeln. Nur einmal hat sie ihn so gesehen, damals vor vielen Jahren im Krankenhaus, als die Ärzte gesagt haben, dass sie nichts mehr für ihre Mutter tun können.

»Nein«, wiederholt er. »Max … Du heißt doch Max! Thomas'

Söhne hießen Theo und …« Den anderen Namen spricht er nicht aus, als wäre er ihm in der Kehle steckengeblieben.

Max sucht ihren Blick. Er ist genauso verwirrt wie sie. Genauso erschrocken über die heftige Reaktion ihres Vaters und verwirrt über die Verbindung, die es zwischen ihnen zu geben scheint und von der sie bis zu dem Moment keine Ahnung gehabt haben. Sie weiß nicht, ob er ihre Hand genommen hat oder sie seine, aber jetzt halten sie einander fest.

»Ja«, sagt er leise, »aber es gab auch eine Zeit, da hat man mich Theo genannt. Meine Mutter hat wohl große Hoffnungen in meinen Bruder und mich gesetzt. Oder war das einfach nur ihr Humor? Theodor Maximilian hat sie mich genannt. Wie Theodor Maximilian Bilharz. Als würde so ein Name die Weichen stellen für eine große Karriere als Wissenschaftler.« Sein Lachen ist leise und nervös, sein Blick eine einzige Frage.

Sie schluckt. Es ist das erste Mal, dass sie seinen vollen Namen hört, aber was spielt das überhaupt für eine Rolle? Was kümmert es sie, ob Max nun sein erster oder sein zweiter Vorname ist, und wie sein Vater heißt.

Aber dass ihre Familien früher Nachbarn waren, das ist relevant. Da gibt es eine Verbindung. *Sie kannten einander schon!* Es gab eine Zeit, vor vielen Jahren, da kannten sie einander. Da gibt es eine Geschichte. Und als sie ihrem Vater ins Gesicht schaut, weiß sie nicht, ob sie diese Geschichte hören will.

Aschfahl ist ihr Papa, schlaff hängen die breiten Schultern und Arme herunter, und auf einmal beginnt er zu schwanken, dass sie befürchtet, er könnte einfach umkippen. Plötzlich geht ein Ruck durch seinen Körper, unverwandt starrt er Max an. »Sie müssen jetzt bitte gehen.« Er ist zum förmlichen Sie übergegangen, obwohl sie sich bisher geduzt haben, und sie könnte schwören, dass ihm das selbst überhaupt nicht auffällt.

»Was soll das alles? Was ist los?«, bringt sie hervor.

Aber der Blick ihres Vaters ist immer noch starr auf Max gerichtet. »Es tut mir leid, aber ich muss Sie jetzt wirklich bitten, das Haus zu verlassen.«

Er setzt ihn praktisch vor die Tür. Und sie, sie will Max nicht gehenlassen, der genauso verloren und verwirrt aussieht, wie sie sich fühlt – sie will bei ihm sein und seine Hand halten und mit ihm gemeinsam erfahren, was die Schatten bedeuten, die sich drohend nach ihnen ausstrecken. Aber sie muss jetzt mit ihrem Vater reden, unter vier Augen, und fragen, was hier nicht stimmt.

Max' Augen sind dunkel und groß, als sie an der Tür voneinander Abschied nehmen. Er tritt einen Schritt zurück, sie umklammert mit einer Hand den Türrahmen, aber mit der anderen hält sie immer noch seine Hand. Noch ein Schritt rückwärts, seine Hand rutscht aus ihrer, und das intensive Gefühl, es habe sich gerade etwas Wesentliches in ihrer Beziehung geändert, raubt ihr den Atem.

»Wir telefonieren nachher«, presst sie hervor und fragt sich dabei beklommen, was sie *nachher* wohl wissen wird.

Ihre Finger fühlen sich eiskalt an, als sie einander loslassen – so als würde etwas fehlen. Als hätte Max nicht nur seine Hand zurückgezogen, sondern auch ein Stück von Anna mitgenommen. Sie presst ihre Hände jetzt fest aneinander und bleibt stehen, während er steifbeinig zu seinem Auto geht und schließlich die roten Rücklichter hinter der nächsten Kurve verschwinden.

Als sie zurück zu ihrem Vater geht, sieht dieser um zehn Jahre gealtert aus.

»Setz dich, Anna«, sagt er. »Ich muss dir etwas erzählen.«

Max

Etwas weniger als drei Stunden sind es von Bamberg nach München. Von Memmelsdorf, wo Annas Vater wohnt, braucht man fast genauso lang.

Es dauert länger, als ich es zu ertragen glaube.

»Scheiße, Scheiße, Scheiße!« Ich schlage mit der Hand auf das Lenkrad, immer wieder. Drehe das Radio so laut, bis das Dröhnen der Musik sogar das Klappern im hinteren Bereich des Autos übertönt, das immer auftritt, wenn ich schneller als hundert fahre, und das sich eigentlich dringend ein Mechaniker angucken, bzw. anhören sollte.

Ich hätte nicht wegfahren sollen, geht es mir durch den Kopf. Ich hätte bei Anna bleiben sollen und darauf warten, dass ihr Vater mit der Wahrheit herausrückt. Irgendetwas an der Tatsache, dass wir früher Nachbarn gewesen sind, ist für den Mann zutiefst schockierend. *Irgendetwas* muss damals passiert sein.

»Memmelsdorf«, murmele ich vor mich hin.

Den Ortsnamen habe ich, bevor ich Anna kennengelernt habe und sie erzählt hat, dass sie in dem kleinen Kaff außerhalb von Bamberg aufgewachsen ist, wo ihr Vater immer noch wohnt, noch nie gehört. Meine Eltern haben fast immer in der Stadt gewohnt, sie lieben München und den Großstadttrubel. Das werden sie auch nicht müde zu betonen. Sich die beiden in einer biederen Dorfidylle, in einem eigenen Häuschen mit gepflegtem Garten und Buchsbaumhecke vorzustellen, ist völlig absurd.

Aber ist das so? Je länger ich den Dorfnamen im Kopf hin und her wende, desto weniger fremd fühlt er sich an. Da ist ein vertrauter Klang, etwas, was an tief vergrabene Erinnerungen rührt. Ein Zweifel, der plötzlich wie ein Dorn in meinem Kopf sitzt und sich mit jeder Minute, die ich ohne Antwort auskommen muss, tiefer bohrt.

Und da *hat* es ein Haus gegeben. Einen Garten, in dem Jan und ich gespielt haben, damals, in einem anderen Leben. Sind das verschwommene Erinnerungen? Erinnerungen an Jan, mit dem ich draußen herumgetobt, in einem Sandkasten gesessen und Steinchen geworfen habe, über eine Wiese gelaufen bin – ist das auf einem Familienausflug gewesen? In einem Park in München oder auf einer Spielwiese hinter einem Hochhaus? Oder in einem Garten? Dem Garten, den ich auf Annas Foto gesehen habe?

Gestresst wische ich mir mit der Hand über den Mund, fahre mir dann durchs Haar, trete noch fester aufs Gas. Nein, es können keine echten Erinnerungen sein, dafür bin ich damals zu jung gewesen. Die Abfolge vereinzelter Bildfetzen, die ich zu keinem großen Ganzen zusammensetzen kann, muss irgendwie anders in meinen Kopf geraten sein. Durch die vielen Fotos von Jan, die in der Wohnung meiner Eltern hängen und auf denen man im Hintergrund einen Garten und einen Sandkasten sehen kann, und manchmal sogar mich als pummeliges Kleinkind. Und wahrscheinlich auch durch die beiläufigen Bemerkungen meiner Eltern, die sich in meinem Kopf verfangen haben und sich gemeinsam mit den Fotos jetzt wie eigene, ferne Erinnerungen anfühlen.

Da *ist* ein Haus gewesen. Wir haben in einem Haus mit Garten gewohnt, damals, vor hundert Jahren. Plötzlich bin ich mir da ganz sicher.

Immer wieder peitscht mein Blick auf den Handybildschirm, der bunt in der Dunkelheit des Autos leuchtet und auf dem ich Google Maps gestartet habe. Den Weg nach München finde ich, aber die App zeigt mir auf die Minute genau an, wie lange ich noch unterwegs sein werde. Ich brauche sie für den Countdown.

Mick Jaggers Stimme brüllt mir aus den scheppernden Autoboxen entgegen, aber ich drehe die Musik noch lauter, bis zum Anschlag. Mein Herz donnert. Immer wieder muss ich mir die schweißnassen Handflächen an den Jeans abwischen. Die Scheinwerfer stanzen grelle Lichtkegel in die Finsternis. Den Blick auf den Tacho vermeide ich, ich weiß auch so, dass ich viel zu schnell unterwegs bin.

Auch jetzt, spätabends, komme ich im Stadtverkehr von München nur langsam voran. Meine Ungeduld macht mich rasend. Zumindest in einem Punkt ist das Schicksal auf meiner Seite – ausnahmsweise finde ich gleich eine Parklücke in der eleganten Kastanienallee. Mit großen Schritten renne ich die Straße hinunter, jeder Schritt bringt mich der Wahrheit näher, den Antworten näher, auf Fragen, die mich ganz unerwartet aus dem Hinterhalt überfallen haben – ich atme keuchend, und dann bleibe ich stehen.

Zum ersten Mal, seit ich Annas Hand losgelassen und mich auf den Weg nach München gemacht habe, verharre ich reglos. Ich stehe vor der Haustür, die ausgestreckte Hand schwebt über dem Klingelknopf, und ich bin urplötzlich wie eingefroren. Einen Herzschlag lang zögere ich, bevor ich entschlossen die Klingel drücke, zweimal, dreimal, bis die verschlafene Stimme meines Vaters durch die Gegensprechanlage ertönt.

Ich habe sie nicht angerufen und sie nicht auf meinen Besuch vorbereitet. Aus erschrockenen, verwirrten Augen blicken sie mir jetzt entgegen, als ich die Treppe hochgestürmt komme.

»Was ist denn passiert?« Meine Mutter ist noch wach gewesen, sie trägt Yogakleidung und hat die Haare mit einem silberglänzenden Band zurückgebunden. Meinen Vater hingegen habe ich aus dem Bett geklingelt, wie der Pyjama und die Sturmfrisur verraten.

»Memmelsdorf. Sagt euch das was?« Ich halte mich nicht mit Begrüßungsfloskeln auf, sondern schleudere ihnen den Ortsnamen vor die Füße wie einen Steinbrocken, den ich auf der gesamten Strecke mit mir herumgeschleppt habe, Kilometer für Kilometer.

Ich habe gewusst, dass irgendetwas vorgefallen sein muss, dass irgendetwas Düsteres oder Gefährliches in der Vergangenheit begraben liegt – daran hat Martins Blick keinen Zweifel gelassen. Doch trotzdem erwischt mich die Wirkung meiner Worte eiskalt. Meine Mutter schlägt sich die Hand vor den Mund und taumelt rückwärts, als hätte ich sie geohrfeigt. Mein Vater wird kreidebleich und schnappt nach Luft. Und einen Moment lang ist es so still, als halte die ganze Welt den Atem an.

Obwohl sie aussieht, als würden ihre Beine jeden Moment unter ihr nachgeben, ist meine Mutter die Erste, die ihre Sprache wiederfindet.

»Warum, Max? Warum willst du das wissen? Wie um alles in der Welt kommst du auf diesen Ort?«

»Ich bin dort gewesen. Mit Anna. Wir waren bei ihrem Vater. Haben alte Fotos angeschaut. Und da … Auf einem der Fotos … Da warst du, Papa.« Beinahe anklagend sehe ich ihn an.

»Anna …« Der Name kommt meiner Mutter so leise über die Lippen, kaum mehr als ein Seufzen, das man ihn fast nicht verstehen kann. Das automatische Licht geht aus, nur der Schein aus der Wohnung malt einen weichen, warmen Halbkreis auf den Boden vor der Tür, der genau an meinen Füßen endet und die Dunkelheit des übrigen Treppenhauses betont, aber keiner von uns macht Anstalten, den Schalter zu betätigen.

Entschlossen nicke ich, obwohl ein Teil von mir am liebsten weggerannt wäre und auf alle Antworten verzichtet hätte, aus Angst vor der Wahrheit, die unter der brüchigen Oberfläche lauert und so unglaublich kurz davor ist, hervorzubrechen.

»Ja, Anna. Anna, von der ich euch erzählt habe und die ihr unbedingt kennenlernen wollt. Anna …«

»Geiger.« Mein Vater ist grau und starr wie eine Statue, seine Pupillen so unnatürlich weit, als hätte er Drogen genommen. »Anna Geiger. Tochter von Martin und Friederike Geiger aus Memmelsdorf.«

Ich mache mir nicht die Mühe, zu antworten oder auch nur zu nicken. Ich stehe nur da und warte, während sich mein Magen in einen Klumpen aus Eis verwandelt.

Und wieder ist es meine Mutter, die das Wort ergreift. »Komm rein. Wir müssen reden. Wir müssen dir etwas erzählen.«

Charlotte

15. August 1995

Der Tag, an dem die Welt untergeht, ist der fünfzehnte August.

Zäh klebt der Teig an meinen Händen, zieht Fäden und gibt weich nach, als ich die Finger darin vergrabe. Während ich ihn knete und falte, verwandelt er sich allmählich in eine geschmeidige Masse.

Es ist ein warmer Tag, der bisher heißeste des Jahres. Einer jener Sommertage, an denen die Luft vor Hitze flirrt und der Blumenduft, der zum geöffneten Fenster hereindringt, fast unerträglich süß und intensiv ist. Ein Tag, an dem die Luft fast zu dick zum Atmen und so drückend ist, das man meint, es müsse gleich gewittern, obwohl der Himmel strahlend blau und wolkenlos ist.

Ausgerechnet du, Charlotte. Die mondäne Charlotte. Und jetzt sieh dich nur an! Die perfekte Hausfrau. Nele kichert in meinem Kopf.

Und in Gedanken kichere ich mit ihr mit. Grinse bei der Vorstellung, was meine Freundinnen aus der Stadt wohl bei dem Anblick denken würden, den ich jetzt biete – in meinen flachen Schuhen und weitgeschnittenen Jeansshorts, aus deren Taschen noch die Filzstifte ragen, die ich Jan vorhin abgenommen habe, um die Wände vor seinen künstlerischen Ambitionen zu retten. Die Hände bis an die Gelenke im Brotteig versenkt, weil Friederike letztens erwähnt hat, dass sie regelmäßig für ihre Familie backt, und weil ich mir in den Kopf gesetzt habe, nicht die schlechteste Mutter der ganzen Siedlung zu sein. Ich habe die schulterlangen Haare zu einem Pferdeschwanz hochgebunden. Immer wieder spiele ich mit dem Gedanken, sie wieder zu einem cleanen Bob abschneiden zu lassen, in der Hoffnung, mich wieder mehr wie ich selbst zu fühlen, aber ich weiß zu gut, wie unpraktisch das eigentlich ist. Die Zeiten, als ich die Muße hatte, meine Haare penibel in Form zu fönen und dagegen anzukämpfen, dass sie sich bei der geringsten Luftfeuchtigkeit kräuselten, sind vorbei. Das konnte ich vor den Kindern so machen.

Damals. In einem anderen Leben.

Und manchmal gibt es immer noch diese Momente, die mich aus dem Hinterhalt überfallen und in denen ich ganz plötzlich das Gefühl habe, eine Verkleidung zu tragen. Ein niedliches Landfrauen-Hausmütterchen-Kostüm, das mir gut steht, das ich aber jederzeit abstreifen kann wie eine zweite Haut. Eine Maske, hinter der ich immer noch die Charlotte von früher bin.

Die Charlotte, die in der Galerie gepflegte Konversation mit Künstlern und Kunstliebhabern betreibt und schallend über ihre Witze lacht, während sie ein Champagnerglas in der einen Hand hält und in der anderen eine Zigarette, deren Rauch sie lasziv in die Luft bläst. Die Füße in hochhackigen Pumps. Wie flüssige Seide umspielt das raffinierte Kleid ihren Körper, der damals, vor der Geburt der beiden Jungs, noch so viel straffer war.

Gibt es sie noch? Steckt diese Charlotte noch unter meiner Haut, hinter praktischen Klamotten, Fischstäbchen mit Kartoffelbrei, Wachsmalstiftspuren und Gartenhandschuhen, und betrachtet mein neues Leben skeptisch durch meine eigenen Augen? Vermisse ich sie?

Ich höre in mich hinein und finde eine Antwort, die ehrlicher ist, als mir lieb ist. *Ja*, flüstert eine Stimme in meinem Hinterkopf. Ja, manchmal vermisse ich dieses andere Leben. Diese andere Frau, die ich einmal gewesen bin.

Aber dann höre ich Jans und Theos Lachen durch das gekippte Fenster, und grenzenlose Liebe überrollt mich wie eine Woge, die alles andere verschwimmen lässt und mir für einen Moment sogar den Atem raubt. Eine Liebe, die ich insgeheim immer für eine Übertreibung gehalten habe, bis ich Jan das erste Mal in den Armen gehalten habe und sie mich mit einer Wucht erwischt hat, mit der ich niemals gerechnet hätte. *So kitschig.* Und doch so wahr.

Lächelnd schaue ich hinaus und entdecke die beiden im Sandkasten, wo sie einträchtig Sandkuchen backen und sie mit Gänseblümchen verzieren. Jan fühlt sich eigentlich schon zu groß dafür, aber seinem kleinen Bruder zuliebe lässt er sich manchmal dazu herab. Ein seltener Moment des Friedens, bevor sie vermutlich gleich mit ihren Schaufeln aufeinander losgehen und einer von ihnen heulend ins Haus gelaufen kommt, weil ihm Sand in die Augen geraten ist.

Mit dem Unterarm wische ich mir den Schweiß von der Stirn und schaue ihnen einen Moment lang zu, diesen beiden Menschen, die mich und mein ganzes Leben verwandelt haben. Und als ich sehe, wie Jan sich vorbeugt, um Theo etwas zu sagen, und dieser daraufhin vergnügt lacht, geht mein Herz vor Liebe über.

Jans Wuschelhaare glänzen golden im Sonnenlicht. Er trägt seine knallblauen Lieblingsschuhe mit den silbernen Blitzen auf den Seiten, deren Sohlen bei jedem Schritt blinken. Seine tomatenrote Kinderkamera liegt neben dem Sandkasten auf dem Rasen.

Auf Theos Stirn bilden sich feine Falten, weil er sich so sehr darauf konzentriert, den Sand ordentlich durch das Sieb rieseln zu lassen. Und in mir erwacht eine Wärme, die weit über die gleißende Hitze der Sonne hinausgeht. Es fühlt sich *richtig* an, dieses neue Leben, das mittlerweile gar nicht mehr so neu ist. Da ist kein Platz für Reue oder allzu wehmütige Nostalgie. Die Kinder sind glücklich hier, und damit bin ich es auch. Niemals könnten die beiden in der Großstadt so schön spielen wie in unserem gepflegten, spießigen, herrlichen Dorfgartenparadies. Sie so zufrieden und unbeschwert zu sehen, ist so schön, dass es fast weh tut.

Ein scharfer Schmerz zuckt durch meinen Arm.

»Verdammte Kacke«, zische ich, schlage instinktiv auf meinen Arm und verrenke mich, um die Stelle über meinem Ellenbogen zu sehen.

Eine Biene hängt da, zappelt mit den Beinen und ficht einen Todeskampf aus. Ihr Stachel mit seinen Widerhaken und der Giftdrüse steckt in meiner Haut. Für mich nur ein kleiner Schmerz, für sie ist es das Ende.

»Gehörst du zu meinem Schwarm?«, murmle ich, streife das pelzige Insekt über dem offenen Biomüll ab und sehe seinen kleinen, zusammengekrümmten Körper zwischen Bananenschalen und Essensresten verschwinden.

Die Hitze macht alle verrückt, sogar die Bienen, die sonst so friedlich sind und nur stechen, wenn sie sich bedroht fühlen. Diese drückende Hitze steigt einem zu Kopf und macht einen ganz schwindelig. Mein Mund ist trocken, meine Zunge klebt am Gaumen, und ich würde nur zu gerne einen Schluck trinken. Noch lieber würde ich den Bienenstachel aus meinem Arm pulen und die schmerzhaft pochende Stelle kühlen.

Aber an meinen Händen hängt noch die klebrige Teigmasse, die sich nachher durch die Magie des Ofens in einen knusprigen Brotlaib verwandeln und mich in die Liga der Superhausfrauen erheben soll. Also widme ich mich wieder meiner Herausforderung, knete den Teig, ignoriere das Pulsieren an meinem Oberarm – und als ich das nächste Mal aus dem Fenster schaue, ist Jan verschwunden.

Ich runzle die Stirn, recke den Hals und kneife die Augen zu Schlitzen zusammen. Theo sitzt immer noch friedlich im Sandkasten und steckt sich gerade mit zwei Fingern etwas in den Mund, wovon ich inständig hoffe, dass es nur eine Kostprobe des Sandkuchens und nichts richtig Ekliges ist. Aber Jan ist nicht zu sehen, weder in der Gartenlaube noch zwischen den Zweigen des Flieders.

Schlagartig ist meine Kehle wie zugeschnürt, Panik wallt in mir auf. Meine Handflächen werden schweißnass.

Dreh nicht durch. Sei keine von diesen Müttern. Du musst nicht nervös werden, nur weil dein Kind eine Sekunde lang aus deinem Blickfeld verschwunden ist. Alles ist gut.

Aber ich glaube mir selbst kein Wort. Die alte Charlotte in mir verdreht die Augen, als ich die Küche verlasse und hinaus in den Garten eile. Um mir selbst und dem Rest der Welt etwas vorzumachen, gehe ich betont lässig und langsam, als ich den Rasen erreiche, auch wenn ich am liebsten rennen würde. Mein Herz schlägt immer schneller, ich spüre es bis in meine Kehle und schlucke immer wieder.

Die Sonnenglut trifft mich wie ein Fausthieb und will mich zu Boden drücken. Ich merke kaum, dass ich den Teig von meinen Händen an den Shorts abwische – nichts könnte mir gerade egaler sein.

»Theo, Schatz.« Mein Lächeln ist überzeugend genug, um ihn zu täuschen. »Wo ist denn dein Bruder? Wo ist Jan?«

Freudig strahlt er mich an. »Jan!« Seine pummelige Hand winkt mir zu.

Unruhig peitscht mein Blick hin und her und sucht nach einem goldblonden Haarschopf.

Das ist verrückt. Er ist fünf Jahre alt, kein krabbelndes Kleinkind. Was soll schon passiert sein? Bleib ruhig. Gleich taucht er wieder auf. Du übertreibst maßlos.

Aber die Nervosität lässt sich nicht abstellen, sie hat einen eigenen Willen. Wie ein wildes Tier gräbt sie ihre Klauen in mein Fleisch, wühlt in meinen Eingeweiden und flüstert mir zu, dass irgendetwas nicht in Ordnung ist.

Ich schenke Theo, der wieder im Sand buddelt, ein weiteres geisterhaftes Lächeln, bevor ich weiter durch den Garten laufe und hinter der Laube suche. Unbarmherzig sticht die Sonne vom grellblauen Himmel. Kein Windhauch bewegt die wattedicke Luft – geschwängert vom Duft überreifer Blüten, der mich plötzlich anwidert. Hitzetrunken taumeln die Schmetterlinge über das Gras.

Mein Oberarm brennt und sticht. Als ich automatisch darüberstreiche, streifen meine Fingerspitzen den Stachel, der noch in meiner Haut steckt. Die Giftblase entlädt ihren restlichen Inhalt in meinen Körper, der Schmerz wallt stärker auf.

Aber dass mir schwindelig ist, liegt weder am Insektenstich noch an den Temperaturen. Je näher ich meinem Bienenstock in der hintersten Ecke des Gartens komme, desto lauter schwillt das Summen an, bis es jeden Winkel meines Kopfes erfüllt und ich mir am liebsten die Hände auf die Ohren gepresst hätte. Es vibriert durch meinen Brustkorb. Habe ich das sonst wirklich als friedlich empfunden? Jetzt hat es etwas Bedrohliches, Unheilverkündendes. Wie eine dunkle Wolke wogt der Schwarm um den Bienenstock, der aus leuchtend bunten Zinnien, Sonnenblumen und Chrysanthemen herausragt.

Ich blinzle nervös und wische mir noch einmal mit dem Unterarm über die Stirn. Patschnass klebt die Bluse an mir. Schweiß rinnt über meinen Rücken und versickert im Bund meiner Jeansshorts. Hinter meinen Schläfen pocht es – immer lauter, immer wilder, bis ich das Bienensummen nicht mehr höre, sondern nur noch das rhythmische Klopfen.

Hier ist er auch nicht. Ein Blick reicht aus, um das zu erkennen, und schon hetze ich weiter. Mittlerweile gebe ich mir keine Mühe mehr, lässig und langsam zu gehen.

»Jan!« Mein Ruf gellt durch den Garten.

Das bist du nicht. Das ist nicht die coole, witzige, entspannte Charlotte von früher. Das ist ein hysterisches Muttertier, das völlig grundlos die Nerven verliert, weil es sein Junges aus dem Blick verloren hat. Jämmerlich!

Aber das ist mir scheißegal. Was zählt, ist einzig und allein, dass ich Jan wiederfinde, und zwar so schnell wie möglich.

Das ist der Moment, in dem ich das Geräusch höre. Ein Schrillen, das sich wie ein glühendes Messer in meinen Kopf bohrt und durch das dumpfe Pochen schneidet. Ein entsetzlicher Laut, der mir eine Gänsehaut über den Rücken jagt.

Ein Schrei. Es dauert einen Moment, bis ich realisiere, dass da jemand aus Leibeskräften schreit.

Wie von selbst setzen sich meine Füße in Bewegung. Ich stürme los, ohne nach links und rechts zu schauen – nach vorne zur Straße, von wo ich diesen entsetzlichen Schrei höre. Und komme doch viel zu langsam voran, wie in einem dieser Träume, in denen man durch zähflüssigen Honig zu waten scheint, der einen davon abhält, jemals das Ziel zu erreichen.

»Jan!« Mein Brüllen geht im entsetzlichen Schrei unter, der einfach nicht abreißt. Vor Angst stolpert mein Herz in meiner Brust.

Etwas stimmt nicht. Etwas ist nicht in Ordnung. Ich lag richtig mit meinem schlechten Gefühl, der Schrei beweist es.

Das Gartentor!

In den ersten Jahren haben Thomas und ich penibel darauf geachtet, es immer zu verschließen. Aber jetzt sind die Jungs größer und in der Lage, zu begreifen, dass sie den Garten nicht alleine verlassen sollen. Wir sind nachlässig geworden. Das schießt mir durch den Kopf, als ich durch das weit offen stehende Törchen hetze.

Es sind nur ein paar Meter aus dem Garten bis zur Straße hinunter, aber meine Lunge brennt, als sei ich einen Marathon gelaufen. Im ersten Moment erkenne ich Friederike nicht, die mir entgegenrennt. Blankes Entsetzen verzerrt ihr sonst so sanftes Gesicht zu einer Grimasse, die mir Angst einjagt. Ihre Augen sind wie dunkle, bodenlose Löcher. Und aus ihrem aufgerissenen Mund dringt der Schrei, der mich fast um den Verstand bringt.

Sie gestikuliert und ruft mir etwas zu, aber ich verstehe nichts, kein einziges Wort. Das Pochen hinter meiner Stirn ist wieder da, wird immer dröhnender und wummernder, bis es jedes andere Geräusch schluckt, auch Friederikes Stimme. Ihr Mund klappt auf und zu wie der einer Marionette, doch ich höre sie nicht. Ihre Augen sind schwarz wie die eines verstörten Tieres. Tränen und Mascara vereinen sich zu einem Netz aus hässlichen Schmutzstreifen auf ihren Wangen.

Ich will sie festhalten und schütteln, damit sie mir sagt, was passiert ist. Will klare Worte aus ihr herausschütteln. Doch meine Füße laufen einfach weiter.

Auf den Bulli zu, der quer auf der Straße steht.

Jedes Detail nehme ich gestochen scharf wahr. Den Schriftzug von Martins Firma, der übergroß auf der Seite des Wagens prangt. Die offene Fahrertür. Sogar die Margeriten am Straßenrand, die ihre Köpfe sachte im plötzlich einsetzenden Wind wiegen.

Ein Splittern in meiner Brust.

Ein Reißen in meinem Herzen. So heftig, dass ich nach Luft schnappe wie ein Fisch auf dem Trockenen, mich noch im Laufen krümme und die Arme um meinen Oberkörper schlinge. Als würde das irgendwie helfen. Als könnte es irgendetwas besser machen. Aber *nichts* kann das besser machen, was hier gerade passiert.

Mein Leben zerspringt vor meinen Augen in tausend scharfkantige Scherben. *Ich* zerspringe. Und mit unbarmherziger Härte ist mir klar, jetzt schon, dass sich dieser Scherbenhaufen nie wieder zusammensetzen lassen wird. Niemals.

Sonnenheißer Asphalt unter meinen Knien und Handflächen. Ein lautloser Schrei, der meine Kehle zerreißt und keinen Weg hinausfindet, bis ich glaube, ich müsse an ihm ersticken. Gluthitze auf meinem Kopf und meinen Schultern. Der schwache Hefegeruch vom Brotteig, der mir anhaftet.

Arme, die sich um mich schlingen und Stimmen, die auf mich einprasseln.

Jemand schreit, und diesmal ist es nicht Friederike. Es ist mein Schrei, der rau aus meiner Kehle explodiert.

Eine tomatenrote Kinderkamera mitten auf der Straße.

Und unter dem Heck des Autos ein knallblauer Kinderschuh mit einem silbernen Blitz an der Seite.

Anna

Und da stehen wir jetzt. Da stehen wir zwei in diesem Augenblick, der alles zwischen uns verändert, der unsere Welt aus den Angeln hebt und etwas zerstört, wovon wir beide noch nicht genau wissen, was es ist, was uns beiden aber alles bedeutet.

Wieder zieht es uns zum Wasser hin. Die Regnitz tost schneller und lauter zu dieser Jahreszeit, sie ist matt und grau und aufgewühlt. Die Pflastersteine, auf denen wir sitzen, sind so kalt und regenfeucht wie die Luft.

Nur wir sind heute hier. Da sind keine feierwütigen Typen, keine plaudernden Frauen oder stillenden Mütter oder malenden Kinder, da sind keine Stimmen und kein Lachen und nichts, absolut nichts, was uns von dem ablenkt, was zwischen uns steht.

Und als ich in seine Augen blicke, ist da auch nichts. Nichts von dem, was ich sonst immer vorgefunden habe – kein Funkeln und kein Zwinkern. Keine Liebe.

»Dein Bruder«, sage ich.

Und was soll ich auch mehr sagen als das? Er ist tot, Jan ist gestorben, und die Frau, deren Schuld das ist, ist die, die mich geboren hat. Ohrenbetäubend laut steht diese Wahrheit zwischen uns, auch wenn keiner von uns sie noch einmal aussprechen will.

Er und ich. Seine Familie und meine Familie. Und dazwischen dieses Erdbeben, dieses Trauma, das den Boden zwischen uns aufreißt und einen unüberwindbaren Riss schafft.

Er nickt nur, und wir schweigen gemeinsam. Ich schaue auf unsere Hände hinab, die nebeneinander auf dem Steinboden liegen, und hätte nichts lieber getan, als seine Haut zu fühlen, um ihm und mir zu versichern, zwischen uns sei alles noch gut, aber natürlich ist es das nicht. Und ich glaube, das wird es nie mehr sein.

»Das, was damals passiert ist«, als er endlich spricht, klingt seine Stimme seltsam kühl und fern, »das hat alles geändert. Es hat unsere Familie zerstört. Es hat meine Eltern zerstört. Es war das Schlimmste, was passieren konnte. Ich weiß nicht mehr viel aus dieser Zeit, aber die Schreie meiner Mutter, die werde ich nie vergessen. Die klangen furchtbar. Nicht wie von einem Menschen.«

Er schaudert, und ich schaudere mit ihm. Ich vermag mir nicht einmal auszumalen, was das damals für seine Familie bedeutet hat. Für seine Eltern und für ihn. Was es bedeutet hat, und was es immer noch bedeutet.

Es drängt mich, mich zu entschuldigen für etwas, woran ich gar keinen Anteil habe, weil ich viel zu jung bin, um überhaupt etwas davon mitbekommen zu haben. Aber wer würde das hören wollen? *Es tut mir leid, dass meine Mutter deinen Bruder totgefahren hat?*

Ich entscheide mich also dagegen, es zu sagen. Und dann kommen die Worte trotzdem ganz von selbst. »Es tut mir so leid.«

Er nickt nur und zuckt mit den Schultern, er ist so grau wie der Fluss und kalt wie der Herbstwind und ganz ohne Worte. Die Angst, ihn zu verlieren oder schon verloren zu haben, gräbt sich mit eisigen Klauen in meine Eingeweide und zerreißt mich.

»Und jetzt?« Das Wasserrauschen reißt mir die Wortfetzen von den Lippen.

Sein Blick ist mir fremd. Wünscht er sich so sehnlich wie ich, wir könnten die Zeit zurückdrehen und vergessen, was wir erfahren haben?

»Ich glaube nicht, dass wir noch zusammen sein können«, spricht er das aus, was ich schon weiß. Seiner mechanischen Stimme entnehme ich überhaupt keine Regung.

Es ist nicht unsere Schuld, will ich schreien, *wir können nichts dafür*. Aber das ändert im Moment nicht das Geringste. Wir haben einander verloren. Wir haben tödliche Fragen gestellt, ohne es zu wissen, und Wahrheiten entdeckt, die alles zerstören. Aber es war nur eine Frage der Zeit, bis diese Bombe detoniert und unsere Liebe in Schutt und Asche legt. Irgendwann hätte die Vergangenheit ihren Weg in die Gegenwart gefunden. Zwischen uns stehen ein totes Kind, eine tote Mutter, Schmerz und Schuld. Wie könnten wir da so weitermachen wie bisher? Die endlosen zwei Wochen, die wir noch miteinander verbringen wollten, sind zusammengeschrumpft zu Minuten, zu Sekunden, zu nichts.

Ich nicke, und in dem Moment brechen die Tränen einfach aus mir heraus. Schluchzend schlinge ich die Arme um meinen Oberkörper und versuche, die Einzelteile zusammenzuhalten, in die ich zerfalle. Er sitzt einfach nur neben mir, wie zu Stein erstarrt.

Die Welt um uns herum beginnt, sich aufzulösen, erst unmerklich an den Rändern. Sie löst sich auf, während wir reglos sitzen bleiben. Der Fluss, die Pflastersteine, die Fachwerkhäuser, das alles sind nur noch grobe Pixel, die immer weiter auseinanderdriften.

»Anna«, sagt er, nur meinen Namen, und verstummt dann, als hätte er alle anderen Worte vergessen.

Irgendwann kann ich das Schweigen nicht mehr ertragen und stehe auf. Mein Körper ist steif vom langen Sitzen und von der

Kälte. Ist es das letzte Mal, dass wir uns sehen? Auf jeden Fall das letzte Mal, dass wir ein *Wir* sind.

Ich lasse ihn hinter mir zurück und fange schon in dem Moment an, ihn zu vermissen. Aber mein Herz muss lernen, ihn zu vergessen.

Teil 2

Charlotte

Zwischen uns ist das Bett.

Zwischen uns ist eine Kluft, so tief und breit wie der Marianengraben.

Ich schaue zu dir, schaue über die Falten des Lakens, die sich wie die Wogen des Ozeans aufwerfen. Wogen, in denen wir kentern könnten. Wenn wir nicht bereits gekentert wären – damals, vor vierundzwanzig Jahren.

Seitdem ertrinken wir jeden Tag. Ertrinken stumm und wortlos nebeneinander, unfähig, unsere Hände auszustrecken und uns aneinander festzuhalten, während der Sog des eiskalten Wassers uns tiefer und tiefer in die Dunkelheit zieht.

Dein Gesicht ist zerknautscht vom Kissen, die Haare fallen dir in die Stirn. Ich kann deine Atemzüge hören, durch deine leicht geöffneten Lippen. Die Falten um deine Augen sind in den letzten Jahren tiefer geworden, doch der Schlaf wäscht sie aus und zeichnet sie weich, so dass du beinahe so aussiehst wie damals, als wir jung waren.

Erinnerungen schwappen träge durch meinen schlaftrunkenen Kopf. Gedanken an eine Nacht, bevor alles losgegangen war und wir uns fest füreinander und für eine Familie entschieden hatten. Bevor wir so richtig erwachsen geworden sind. Gedanken an eine Luftmatratze, die bei jeder unserer Bewegungen schwankt, an knackendes Holz und rauchig-beißenden Lagerfeuergeruch, an deinen warmen Körper im Schlafsack und die Ukuleleklänge unserer Zelt-

nachbarn, die sich mehr schlecht als recht an Van Halens Running' With the Devil *versuchen. Stirn an Stirn haben wir spinnwebenfeine Träume gesponnen, ein gemeinsames Kissen hat uns gereicht.*

Und jetzt reicht das zwei Meter breite Kingsize-Bett in manchen Nächten kaum aus, um uns den Abstand zu geben, den wir brauchen.

Würde ich die Hand ausstrecken, könnte ich dich berühren. Könnte dir die Haare aus der Stirn streichen, mit den Fingerspitzen dem Schwung deiner Nase folgen, deinen Mundwinkel streifen. Deine Hand nehmen und mich daran festhalten. Und einen Moment lang ist das alles, was ich will.

Aber du bist unerreichbar für mich, kilometerweit entfernt. Keiner von uns kann die Kluft überbrücken, und manchmal frage ich mich, ob wir es überhaupt versuchen.

Du schläfst tief und fest, und einmal mehr beneide ich dich darum, dass du das so schnell wieder gelernt hast. Seit dem Tag habe ich keine einzige Nacht mehr durchgeschlafen. Gibt es keine Bilder, die dich verfolgen, sobald du die Augen schließt? Konntest du vergessen, was passiert ist? Eine Wut schwillt in meiner Brust an, und ich beiße die Zähne so fest zusammen, dass mein Unterkiefer schmerzt, um zu verhindern, dass all die aufgestauten Emotionen einfach aus mir herausplatzen und alles ringsumher in Schutt und Asche legen.

Sie haben das Schlimmste durchgemacht, was Eltern widerfahren kann. Geben Sie sich Zeit. Es wird lange dauern, bis Sie den Schritt gehen und Ihr Leben fortsetzen können, habe ich die nervenaufreibend ruhige Stimme der Therapeutin im Ohr, zu der wir nach dem Unfall gegangen sind.

Und du hast verständnisvoll genickt. Bist den Schritt gegangen und hast mich hinter dir zurückgelassen. Denn ich kann nicht ge-

hen, mich nicht bewegen, nicht atmen, nicht leben. Nur existieren und warten, ohne zu wissen, worauf.

Das Ticken der Wanduhr wird lauter und lauter, die einzelnen Schläge verschwimmen miteinander zu einem Summen wie dem eines Bienenschwarms. Die Heizungsluft erscheint mir auf einmal so heiß und stickig, dass mir das Atmen schwerfällt und mir feine Schweißperlen auf die Stirn treten. Plötzlich halte ich es im Bett nicht mehr aus, keine Sekunde länger. Als ich aufstehe und in die Küche gehe, muss ich mich zusammenreißen, um die paar Meter nicht zu rennen. Mit einem Glas Wasser stelle ich mich ans offene Fenster und atme die kühle Herbstluft in großen Zügen ein.

Geistesabwesend streichen meine Fingerspitzen über Jans Porträt an der Küchenwand, und trotz allem huscht ein zärtliches Lächeln über mein Gesicht. Der Blick seiner sanften, haselnussbraunen Augen folgt mir, wohin ich mich auch wende.

Er ist auch jetzt bei mir, als ich im Kopf durchgehe, was ich heute alles erledigen will, bevor Leonie von ihrem Wochenendtrip zurückkommt – endlich.

Wenn alles gut geht.

Bilder überfluten mich, und es gibt nichts, was ich tun kann, um sie abzuwehren. Leonie und ihre beste Freundin Maike, die den Führerschein noch nicht lange hat, zu zweit unterwegs auf der Autobahn – johlend, lachend und viel zu unbeschwert angesichts der Gefahren, die dort draußen lauern. Quietschende Reifen. Ausgebrannte Autowracks.

Und dann eine Erinnerung, die ich im Keim ersticke, so schnell ich kann, bevor sie sich in meinem Kopf entfalten kann.

Warum ist es nur so widerlich heiß? Ich leere das restliche Wasser mit einem Zug und lehne mich weiter aus dem Fenster. Die

Luft riecht nach nassem Asphalt und dem feuchten Laub der Kastanienallee. So frühmorgens ist selbst hier noch nichts los, nur ein einsames Auto rauscht die Straße entlang. Die Straßenlaternen und Neonschilder malen ein verwaschenes Aquarell auf die regennasse Straße.

Meine Brust ist eng, mein Blick zuckt zur Wanduhr. Es ist viel zu früh, um Leonie anzurufen. Sie würde sich maßlos über diesen, wie sie sagt, Kontrollanruf aufregen. Schon zerbreche ich mir den Kopf über einen Vorwand, um mich kurz zu melden und mich zu vergewissern, dass bei ihr alles in Ordnung ist.

Bevor ich mich weiter in den Gedanken hineinsteigern kann, spüre ich, dass ich nicht mehr allein bin. Auch ohne mich umzudrehen, weiß ich, dass Thomas da ist, in der Tür steht und mich anschaut. Ein Teil von mir wünscht sich, er würde näher kommen, die Arme von hinten um mich legen, sein Gesicht in meinen Haaren vergraben und mich festhalten. Aber ich weiß, dass er es nicht tun wird, und irgendwie bin ich erleichtert darüber.

»Guten Morgen«, murmelt er verschlafen. »Du bist ja schon wach.«

Es ist nur eine Feststellung, und er erwartet keine Antwort. Immerhin weiß er so gut wie ich, dass Schlafen seit vierundzwanzig Jahren nicht zu meinen Stärken gehört.

Wie von selbst tritt das Lächeln auf meine Lippen, als ich mich zu ihm umdrehe. »Morgen. Ich wollte mir gerade einen Orangensaft pressen. Möchtest du auch einen?«

Er zuckt nur mit den Schultern, und ich rede mir gerne ein, er wäre nur zu verschlafen für eine richtige Antwort. Die Haare hängen ihm zerzaust in die Stirn. Der marineblaue Schlafanzug sitzt ein bisschen zu locker, er hat ein paar Kilo abgenommen. Schlaksig war er immer, allmählich wird er hager.

Ich lächle weiter, während ich den Saft presse. Der Duft frischer Orangen breitet sich in der Küche aus. Ein Hauch heile Welt.

»Ich habe überlegt, ich backe einen Kuchen für Leonie. Zur Feier des Tages, weil sie endlich wieder nach Hause kommt. Was meinst du, worüber würde sie sich mehr freuen? Zwetschke oder Mohn?«, plappere ich betont beiläufig. »Vielleicht sollte ich sie mal kurz anrufen und nachfragen.«

Aber er kennt mich. Er schweigt, während sein Blick meine schwache Fassade mit Leichtigkeit durchdringt.

»Charlotte. Es geht ihr gut«, sagt er leise.

Ich schlucke. Nicke. Lächle.

Das Schweigen zwischen uns wird lauter und dröhnender.

Er sieht aus, als wollte er noch irgendetwas sagen. Als wollte er die unzähligen ungesagten Gedankenfetzen, die zwischen uns in der Luft flirren, in Worte pressen.

Aber er tut es nicht. Das tut er nie.

Martin

Der Traum sucht ihn schon lange nicht mehr jede Nacht heim. Aber wenn er es tut, ist das Grauen so brutal, so unmittelbar, als durchlebe er den schlimmsten Moment seines Lebens noch einmal – als sei er mittendrin. Die vielen vergangenen Jahre nehmen dem Schmerz nichts von seiner Schärfe. Die Erinnerung schneidet immer noch wie ein Messer.

Er schreckt hoch, schnappt nach Luft und starrt ins Halbdunkel. Die Lamellen der Jalousie lassen schmale Lichtstreifen durch, die sich durch die muffige Dunkelheit bohren. Seine Hand fährt zu seiner Brust, in der sein Herz so gewaltsam hämmert, als wolle es seine Rippen von innen heraus durchbrechen. Seine rauen Atemzüge durchschneiden die Stille. Decke und Matratze sind feucht von seinem Schweiß.

Benommen tastet er nach dem Wasserglas auf seinem Nachttisch und trinkt in großen, gierigen Schlucken. Seine Kehle ist wie ausgedörrt. Die Leuchtziffern seines Weckers zeigen an, dass es erst kurz nach sieben ist – in der Woche höchste Zeit, sich fertig zu machen und zur Arbeit zu fahren, aber heute, am Sonntag, ist er frei von Pflichten.

Er weiß nicht, ob er überhaupt zur Firma fahren würde, selbst wenn es ein anderer Wochentag wäre.

Normalerweise ist er morgens, wenn er erst einmal wach ist, kaum in der Lage, im Bett liegenzubleiben. Er ist nie jemand gewesen, der sich noch einmal umdreht, die Schlummerfunktion des Weckers nutzt und vor sich hin träumt, während draußen bereits die Sonne am Himmel steht. Die Vorstellung, einen Teil des Tages zu verschwenden, widerstrebt ihm.

Aber diesmal lehnt er sich noch einmal zurück, lässt sich ins schweißnasse Kissen sinken und starrt hoch zur Decke, Minute um Minute.

Ausgerechnet Theo. Ausgerechnet Charlottes und Thomas' Jungen hat Anna kennenlernen müssen. Rücksichtslos ist die Vergangenheit in sein Leben eingebrochen und hat die Dämme eingerissen, die er in all den Jahren sorgsam aufgebaut hat.

»Friederike«, murmelt er.

Der Name hängt mitten im Raum, verwoben mit all den Erinnerungen, die zwischen diesen vier Wänden eingeschlossen sind. Erinnerungen an die guten Zeiten, an Gelächter, Wärme und Familienglück. Und Erinnerungen an die dunklen Tage und Jahre nach dem Unfall, in denen die Sonne es nicht durch die düstere Wolkenschicht geschafft hat.

Siebzehn Jahre liegt ihr Tod jetzt zurück. Aber in seinem Kopf hat er es immer wieder durchgemacht, hat sie immer wieder dahinsiechen und sterben sehen. An dem Tag, als sie den kleinen Jan überfahren hat, hat sie begonnen zu sterben. Jahrelang ist sie vor seinen Augen gestorben, jeden Tag ein bisschen mehr, bis nichts mehr von ihr übrig geblieben ist. So wie Rost ein Auto zerfrisst, haben sich die Schuldgefühle immer tiefer und tiefer in sie hineingefressen. Und dann ist sie auch noch den letzten, entscheidenden Schritt gegangen.

Aber hatte es wirklich an dem einen verhängnisvollen Tag angefangen? Im Laufe der Jahre hat er unzählige, endlose Gespräche geführt und alle Geschehnisse wieder und wieder mit einer Therapeutin durchgekaut, erst zögerlich und widerstrebend und eigentlich auch nur, um Anna zu einer Therapie zu bewegen, weil der Tod ihrer Mutter sie traumatisiert hat. Doch nachdem die Schleusen erst einmal geöffnet waren, hat er den Worten überhaupt keinen Einhalt mehr gebieten können, die wie ein Sturzbach aus seinem Mund gesprudelt sind.

Rikes Depressionen. Sie hatten schon vor dem grauenhaften Unfall begonnen. Wenn er jetzt an die Vergangenheit denkt, ist ihm schleierhaft, wie ihm so lange hat entgehen können, wie ernst die Lage gewesen ist. Der Sumpf hatte schon früh begonnen, sie in die Tiefe zu ziehen. War es mit der Fehlgeburt losgegangen? In der Zeit, als sie sich so sehnlich ein Kind gewünscht hatten? War dieser Schatten vielleicht immer schon in ihr verborgen gewesen, in einem versteckten Winkel ihrer Seele, tief vergraben unter ihrem fröhlichen Lächeln und ihrer patenten, praktischen Art.

Gequält stöhnt er auf und presst sich beide Hände aufs Gesicht. Erinnerungsfetzen wirbeln durch seinen Kopf: Friederike, die vornübergesunken am Esstisch sitzt und hart auf den Boden fällt, als er erschrocken zu ihr rennt und an ihrer Schulter rüttelt. Der Blick in ihr lebloses Gesicht. Die leere Tablettendose auf dem Tisch – starke Schlafmittel und Antidepressiva, von denen sie immer mehr gebraucht hatte, um die Tage zu überstehen. Der kehlige Schrei, der ihn erschreckt und den er nicht zuordnen kann, bis er realisiert, dass es sein eigener ist. Annas kreidebleiches Gesicht und ihre weit aufgerissenen Augen. Seine Versuche, das Kind aus dem Zimmer fernzuhalten, in dem die tote Mutter liegt, gleichzeitig den Notarzt zu rufen und bei alldem nicht den Verstand zu verlieren.

Seine Hand zwischen Rikes schwerem Kopf und dem Boden, als er neben ihr kauert und nicht will, dass ihr Kopf auf den harten Dielen liegt, obwohl sie doch überhaupt nichts mehr spürt. Anna, die lautlos wieder hereinkommt und mit ihrer dünnen Kinderstimme fragt: *Papa, was ist mit Mama?*

Die Fahrt mit dem Rettungswagen in die Klinik, Blaulicht und Sirene, die Stimme eines Sanitäters, der immer wieder sagt, er müsse sie ihre Arbeit machen lassen.

Der endlos lange Gang im Krankenhaus. Quietschender Vinylboden unter seinen Fußsohlen und die Lähmung, die ihn befällt, als sie warten, Anna und er, endlos warten. Immer wieder ihr blasses, ernstes Gesicht, als sie begreift, was er sich noch zu begreifen weigert. Ihre kleine Hand auf seiner Schulter, die ihn stützen und trösten will. Die Worte des Arztes, die er jetzt noch im Ohr hat.

Es tut mir unendlich leid, Herr Geiger. Wir konnten nichts mehr für Ihre Frau tun.

Rikes Eltern, die endlich auftauchen und sich um Anna kümmern, als er das nicht kann. Der Stuhl, auf dem er sitzt und die Leere spürt, in die ihr Tod ihn gerissen hat.

Langsam und schwerfällig wie ein alter Mann setzt er sich jetzt auf. Auf der Bettkante verharrt er reglos.

Nichts hätte er damals lieber getan, als seiner Frau in die Dunkelheit zu folgen. Wäre er nicht für seine Tochter verantwortlich gewesen, die von einem Tag auf den anderen zur Halbwaisen geworden war, hätte er es vielleicht getan. Und damals wie jetzt ist es der Gedanke an Anna, der ihm die Kraft gibt, aufzustehen und sich dem Leben zu stellen.

Anna

Rastlos kratzt der Stift über das Papier. Längst hat er sich selbständig gemacht und reißt Wunden auf, die sie eigentlich nicht sehen will. Anna blutet Kohle und Tusche auf ihren Skizzenblock. Sie hatte einen Plan, natürlich, sie hat immer einen Plan, aber dieser – an ihrem aktuellen Kurzcomic weiterzuarbeiten, beim Zeichnen zur Ruhe zu kommen und ihre innere Mitte zu finden – geht nicht auf. Ihre futuristischen Welten gehen in Flammen auf, ihre Geschichten nehmen tragische Wendungen, Menschen leiden, Menschen sterben, und am Ende geht es nicht mehr um erfundene Geschichten.

Sie reißt ein Blatt aus dem Skizzenblock. Zerknüllt es und wirft es beiseite, ohne den Blick vom Block zu wenden. Fieberhaft kritzelt sie weiter, ignoriert alle Sorgfalt und wirft Formen, Linien, Umrisse aufs Zeichenpapier.

Dunkle Augen starren ihr aus ihrer Skizze entgegen. Ihre Mutter hat zwei Gesichter. Die eine Hälfte lächelt wie die Fremde, die Anna nur von den Fotos kennt. Die andere starrt ins Leere, ihre Züge sind verhärmt. Und endlich, endlich weiß Anna, was zwischen diesen beiden Gesichtern steht. Was die Schatten in ihr Leben gebracht hat. Aber darüber will sie nicht nachdenken.

Reißen, wegwerfen.

Ein Bulli mit dem Logo der Firma auf der Seitentür nimmt Gestalt an. Sie kennt den Wagen, unter dem Max' Bruder gestorben ist. Es ist nicht genau dasselbe Auto, ihre Eltern haben es damals ersetzt, das hat Papa ihr gesagt. Aber sie weiß, wie ihre derzeitigen Firmenfahrzeuge aussehen, und sie weiß, wie die alten von damals aussehen, und sie hat die Szene so deutlich vor Augen, dass ihr schlecht wird.

Ein Kind liegt blutend auf dem Asphalt. Anna zeichnet schneller und schneller, drückt fester auf, bis zu einem Ruck, einem Knacken – die Feder ist abgebrochen. Tiefschwarze Tinte läuft auf das Papier und bildet schwarze Flecken um das Kind herum.

Zusammenknüllen, beiseitefegen.

Und am Ende geht es doch wieder um Max. Sie kann sein Gesicht so mühelos aus dem Gedächtnis zeichnen, als stünde er direkt vor ihr. Sie vermisst ihn so sehr, dass ihre Haut schmerzt, weil er sie nicht berührt. Aber es ist verloren, *er* ist für sie verloren, und es gibt verdammt nochmal nichts, was sie tun kann, um den Graben zwischen ihnen zu schließen.

Sie zeichnet wie im Rausch, bis ihre Hand schmerzt. Ihre Anspannung entlädt sich in einem Schrei, sie wirft den Kohlestift von sich – und merkt jetzt erst, dass Fee da ist. Keine Ahnung, wie lange sie schon in der Tür steht und Anna beobachtet.

Es ist Anna nicht einmal peinlich, dass Fee sie so unbeherrscht erlebt hat. Gerade ist ihr das völlig egal.

»Anna«, beginnt Fee zögerlich.

»Sorry. Ich bin gerade beschäftigt.« Das ist nicht unbedingt eine treffende Beschreibung für das, was sie da gerade macht. Aber Anna kann gerade nicht reden, nicht in Kontakt treten. Sie muss allein sein mit ihrem Gedankensturm und ihrem Papier.

Fee sieht blass und elend aus. »Wollen wir nicht reden? Über Max? Über … alles?« Anna hat ihr nur die groben Fakten hingeworfen und sie dann einfach sprachlos stehenlassen.

Rau atmet Anna ein und schüttelt den Kopf. »Ich kann nicht. Ich will nicht.« Keine Energie für Höflichkeitsfloskeln.

Als Fee zusammenzuckt, tut es Anna leid, dass sie gerade nicht funktioniert. Sie will versuchen, zu helfen und eine gute Freundin zu sein, aber das ist ihr gerade zu viel. Sie kann nicht aus ihrer Haut.

Ein massiger Kopf mit blutunterlaufenen Augen und bemerkenswertem Unterbiss schiebt sich neben Fees Bein, sie beugt sich ein wenig und streichelt ihn.

»Himmel, was ist das?«, entfährt es Anna – für einen winzigen Moment doch von all den schlimmen Dingen abgelenkt, die ihr keine Ruhe lassen.

»Das ist Hugo. Er wohnt jetzt hier.«

Natürlich. Der Hund aus dem Tierheim, mit dem Fee regelmäßig spazieren geht. Und der jetzt offenbar hier eingezogen ist. Warum auch nicht? Das ist bestimmt nicht das Wahnwitzigste, was Anna in letzter Zeit erfahren hat, und trotzdem ist sie irritiert.

»Aber … Was? Warum? Wie kommt das denn jetzt?«

»Das erzähle ich dir, wenn wir mal wieder miteinander reden.« So kurz angebunden hat sie Fee noch nie erlebt. Mit Hugo an ihrer Seite verlässt ihre beste Freundin das Zimmer.

Mister Donut, dessen Käfig einen beachtlichen Teil des Zimmers einnimmt, steckt den Kopf interessiert aus seinem Häuschen.

»Hast du auch was dazu zu sagen?«, murmelt Anna.

Sie starrt auf die Tür, sekunden-, vielleicht minutenlang. Sie sollte Fee hinterherlaufen und mit ihr reden, aber ihr Körper bewegt sich nicht von der Stelle. Mechanisch nimmt sie die nächste Feder aus ihrem Stiftehalter und taucht die Spitze ins Tuscheglas. Immer wieder zeichnet sie Max, immer wieder ihre Mutter, immer wieder den Unfall, bis sie sich einbildet, selbst dort gewesen zu sein – sogar jetzt dort zu sein, den sonnenheißen Asphalt zu riechen und die Schreie zu hören. Szenen, die sich wie Erinnerungen anfühlen, obwohl sie sie nicht selbst durchlebt hat.

Und Max, wieder und wieder Max. Tränen rollen ihr über die Wangen, tropfen ihr von Kinn und Nasenspitze und verwaschen die Linien.

Anna blutet durch ihren Kohlestift und die Zeichenfeder, sie blutet aufs Papier.

Max

»Scheiße! Verdammte Scheiße!«

Ich brülle, bis ich heiser bin und der Nachbar gegen die Wand hämmert. Bevor ich weiß, was ich überhaupt tue, reiße ich die Ukulele aus ihrer Wandhalterung und schmettere sie gegen die Wand, wieder und wieder, bis nur noch zersplittertes Holz und lose, traurig herumbaumelnde Saiten übrig sind. Die blinde Wut verpufft und lässt nichts als Leere und Traurigkeit übrig.

Langsam lasse ich mich auf die Bettkante sinken und betrachte die Reste des Musikinstruments in meinen Händen. Ich habe jetzt noch die Texte und Melodien der Songs im Ohr, die ich Anna vorgespielt habe, und sehe ihr ruhiges Lächeln und den versonnenen Blick vor mir. Verdammt, ich erinnere mich sogar ganz genau an ihren Tonfall, als sie leise gesagt hat: ›Ein Privatkonzert! Spiel weiter, bitte, noch ein Lied‹, ganz egal, wie viele Songs ich schon gespielt hatte.

Sie fehlt mir mit einer Macht, die mich überrumpelt.

»Reiß dich zusammen, es waren nur ein paar Monate, darüber ist man schnell hinweg«, murmele ich, aber keine Sekunde lang gelingt es mir, mich selbst zu belügen.

Es ist nicht fair. Nichts daran ist fair.

Ich weiß nicht, wie lange ich da sitze und auf die zerschmetterte Ukulele hinabstarre – Sekunden, Minuten, Stunden? –, und es spielt auch keine Rolle. Jetzt hätte ich das glänzende Holz gerne wieder zusammengesetzt, aber es ist aussichtslos, das Instrument ist unwiederbringlich kaputt – wie so vieles andere.

Der Unfall. Immer wieder kehren meine Gedanken dahin zurück. Letztendlich dreht sich immer alles um diesen einen Punkt, diesen Tag, diesen Moment, der alles verändert hat. Die Welt ist zerbrochen und danach nie wieder richtig in Ordnung gekommen. Jan – weg, aus dem Leben gerissen. Das Leid meiner Eltern. Der Schmerz, den es für mich bedeutet hat, auch wenn ich damals noch zu klein gewesen bin, um wirklich zu begreifen, was da geschehen ist. Sogar Leonie muss darunter leiden, obwohl sie erst sieben Jahre später zur Welt gekommen ist. Nach dem Unfall ist Charlotte zu einer Glucke mutiert, die am liebsten Tag und Nacht über mir und Leonie kreisen und uns behüten möchte. Und jetzt Anna. Die einzige Frau, die mich glücklich gemacht hat und für die ich so empfunden habe, ist für mich verloren. Unsere Liebe ist verloren.

So vieles, was zerbrochen ist und sich nicht mehr zusammensetzen lässt. Ein Scherbenhaufen, den keiner von uns zusammenfegen kann, weil man sich bei jedem Versuch schmerzhaft schneidet.

Und an alldem ist Annas Mutter schuld. Meine Brust und meine Kehle sind schlagartig ganz eng, als ich an sie denke. Diese Frau, an die ich mich überhaupt nicht erinnere, obwohl sie mit ihrer Familie neben meiner Familie gewohnt hat, hat alles zerstört. Wie anders wäre mein Leben verlaufen, wenn sie das verdammte Auto früher zum Stehen gebracht hätte.

»Scheiße.« Ich pfeffere das, was von der Ukulele übrig ist, in die Ecke.

Nichts von dem, was damals geschehen ist, ist Annas Schuld. Rational betrachtet ist mir das klar, natürlich, aber ich kann sie nicht mehr ansehen, ohne an Jans Tod zu denken. Der Unfall wirft bis heute seinen Schatten und vergiftet alles, was sie und ich haben. Und so widerstehe ich dem Drang, sie einfach anzurufen, obwohl ich nichts lieber hören würde als ihre Stimme. Mit langsamen, mechanischen Bewegungen packe ich wahllos Kleidungsstücke in meinen Rucksack. Hier kann ich nicht bleiben – die Vorstellung, Anna über den Weg zu laufen, zerreißt mich.

Martin

Ihr von der Vergangenheit zu erzählen, ist schwer zu ertragen. Noch unerträglicher ist ihr Schweigen.

Trotz allem ist sie wie üblich zu ihm nach Memmelsdorf gekommen, werkelt jetzt in der Küche, bereitet Braten und Knödel zu, aber sie sagt kein Wort. Er sitzt am Küchentisch, die Hände auf der Tischplatte verschränkt, und fühlt sich hilflos.

Ihre Bewegungen sind abgehackt und ihrem Gesicht, das er nur von der Seite sieht, merkt man die Anspannung an. Als sie hereingekommen ist, ist sie einen Moment lang im Flur stehen geblieben und hat das Familienbild neben der Garderobe unverwandt angestarrt.

»Willst du nicht mit mir reden?«, murmelt er schließlich.

Sie fährt so blitzschnell zu ihm herum wie eine angreifende Giftschlange. »Ach, jetzt willst du also reden?«, faucht sie. »Damit hättest du Jahre früher anfangen können, meinst du nicht?«

Er schluckt. »War es denn nicht schon so schwer genug? Du warst ein Kind, Anna. Was hätte ich denn sagen sollen?«

»Oh, ich weiß nicht, wie wäre es mit: Liebe Anna, übrigens, deine Mutter war eine Mörderin?«

Die Worte knallen wie ein Peitschenhieb durch die Küche. Schwer atmend steht sie vor ihm, die Hände in den dicken Ofenhandschuhen zu Fäusten geballt und erhoben, wie eine Boxerin, die bereit ist, mit ihm in den Ring zu treten, bis einer von ihnen k. o. geht.

Nur ihre Atemzüge durchbrechen die Stille, die sich tonnenschwer auf den Raum senkt.

»Das nimmst du zurück«, presst er hervor, sobald er seine Sprache wiederfindet.

In ihren Augen steht etwas, das er noch nie darin gesehen hat. Sein eigenes Kind ist ihm auf einmal fremd.

»Warum? Stimmt es etwa nicht?« Ihre Stimme ist schneidend. »Sie hat Max' Bruder umgebracht. Ohne sie wäre er nicht gestorben. Seine Familie wäre nicht daran kaputtgegangen – und unsere auch nicht! Alles wäre gut. Mama hätte nicht diesen beschissenen, feigen Ausweg gewählt und uns im Stich gelassen.«

»Das war verdammt nochmal ein Unfall! Himmel, Anna, das muss dir doch klar sein. Ein tragischer, entsetzlicher Unfall. Und wenn du ihr die Schuld geben willst, dann bitte auch mir. Ich bin auch schuldig! Ich habe deiner Mutter den Bulli hingestellt. Ich habe gesagt, sie soll ihn nehmen.«

»Dann tragt ihr beide die Schuld.« Sie spuckt ihm die Worte förmlich vor die Füße. Ihr bleiches Gesicht mit den aufgerissenen Augen erinnert ihn an damals – an den Tag, als Friederike sich das Leben genommen hat und Anna ins Zimmer gekommen war.

»Anna«, bringt er schwach hervor. Er will sie in den Arm nehmen, aber er weiß nicht, ob das jetzt richtig ist. Was soll er tun?

Ihre Augen schimmern feucht, aber sie scheint fest entschlossen, nicht loszuheulen. »Lass es einfach. Ihr habt alles kaputt gemacht.«

Sie streift die Backhandschuhe ab und stapft an ihm vorbei zur Tür, macht noch einmal kehrt, stellt den Timer am Ofen aus und zieht die Suppe vom Herd. Dann erst fällt die Tür hinter ihr mit einem lauten Knall zu. Sogar jetzt legt sie diese Sorgfalt an den Tag.

Immer noch sitzt er wie festgefroren da. Er vermisst Friederike jeden Tag, aber in manchen Momenten fehlt sie ihm so sehr, dass er nicht weiß, wie er ohne sie zurechtkommen soll. Unzählige Male hat er mit seiner Rolle als alleinerziehender Vater gekämpft und sich gewünscht, es gäbe eine weibliche Bezugsperson, eine Mutter, die sich mit ihm gemeinsam um Anna kümmert. Besonders während der Pubertät hat er oft ratlos vor ihr gestanden und sich gefragt, was wohl in ihrem Kopf vor sich ging – und das, obwohl sie immer ein unkompliziertes Mädchen gewesen ist und die rebellische Phase so gut wie übersprungen hat. Wäre es einer Frau leichter gefallen, sie zu verstehen und die richtigen Worte im richtigen Moment zu finden?

»Du fehlst, Rike, du fehlst jeden Tag«, murmelt er in die Stille der Küche, in der er so oft mit seiner Frau gesprochen und gelacht hat.

Vielleicht hätten sie wegziehen sollen. Vielleicht hätten sie dieses Haus hinter sich lassen sollen, diese Straße, in der Jan gestorben ist, und die Nachbarn, die sie mit ihren Blicken verfolgen. Vielleicht hätten sie es den Königs gleichtun und irgendwo anders einen Neuanfang machen sollen. Aber Friederike hatte hierbleiben wollen, sie wollte an ihrem Paradies festhalten, das für immer verloren war. Und jetzt ist er hier, er bleibt und harrt aus und hält an etwas fest, ohne selbst zu wissen, woran und warum.

Charlotte

Sorgfältig fülle ich die vorgezeichneten Formen mit Farbe, halte mich streng innerhalb der Linien und lasse kein Fleckchen weiß. Meine Überlebensstrategie habe ich damals entwickelt, in einem anderen Leben, und sie hält mich auch jetzt über Wasser – zumindest so weit, dass ich ein kleines bisschen Luft bekomme. Wie besessen halte ich mich beschäftigt und fülle jede Sekunde der Leere, in der die Gedanken und Bilder über mich hereinbrechen könnten. Keine Sekunde halte ich still, denn jeder Leerlauf ist gefährlich. Was damals hilfreich war, als mich die Landidylle gelangweilt hat, ist jetzt lebensnotwendig.

Damals, als ich so undankbar gewesen bin und nicht zu schätzen wusste, was ich hatte. Damals, in einer Zeit, die ich jetzt mit aller Macht verdränge, weil jeder Gedanke daran weh tut.

Ich drehe die Bluetooth-Lautsprecher lauter, lasse mich von norwegischen Vokabeln und Redewendungen berieseln und konzentriere mich auf mein Mandala. Die vorgegebenen Rahmen beruhigen mich normalerweise. Was ich nicht mehr kann, ist frei und kreativ zu malen. Ich habe es ausprobiert, aber es zerrt zu viele Wahrheiten an die Oberfläche.

Und dann hält der Pinsel auf einmal still. Nichts an mir bewegt sich, ich bin nicht einmal sicher, ob mein Herz noch schlägt. Die Zeit scheint beinahe ganz stillzustehen, die Worte des Norwegisch-Sprechers werden immer langsamer und gedehnter, bis sie vom Rauschen in meinem Kopf übertönt werden.

Etwas steigt in mir hoch, etwas Dunkles und Kaltes, es kriecht immer höher, füllt mich aus, lässt mich schaudern. Mit den Jahren habe ich eine Distanz zu allem geschaffen, was geschehen ist, aber jetzt sind sie wieder da – die Menschen und Geschichten von damals. Die Wunden von damals. Die Erschütterungen und Stürme von damals.

Thomas geht es genauso, das weiß ich. Während ich starr vor meinem Mandala sitze und den Pinsel so fest halte, als wollte ich ihn zerquetschen, nehme ich ihn im Nebenzimmer wahr. Und während ich hier mein Bestes gebe, um nicht im Strudel meiner Gefühle zu ertrinken, versucht er auf der anderen Seite der Tür dasselbe.

Ich höre seine rastlosen Schritte, hin und her, wieder und wieder. Seine rauen Atemzüge, als er gegen dieselben Dämonen ankämpft, die auch mich heimsuchen. Dann etwas, was wie ein raues, halberSticktes Schluchzen klingt. Und fast wäre ich aufgestanden und zu ihm gegangen. Aber ich bleibe sitzen, während die Emotionen, die ich niederzudrücken versuche, in mir hochkriechen und mir die Kehle zuschnüren.

Ausgerechnet Friederikes Tochter. Ausgerechnet das Kind der Frau, die –

Ein Schrei oder ein Schluchzen oder irgendetwas dazwischen – ein Laut bricht gewaltsam aus meiner Kehle hervor. Meine Hand schnellt nach vorne und rammt den Pinsel durch die Leinwand. Ich sehe Friederike vor mir, die Frau, die mir das Kostbarste genommen hat. Noch einer dieser entsetzlichen Laute. Ich greife nach den Farbtöpfen und schmettere sie auf das halbfertige Mandala. Dickflüssige Farbe rinnt langsam über die zerstörte Leinwand, die strahlenden Nuancen mischen sich zu einem dunklen Brei.

Die Tür fliegt auf, Thomas stürzt auf mich zu und legt die

Arme um mich, und wie von selbst wird mein Körper ganz steif und starr. Mit aller Macht versuche ich das Schluchzen zurückzuhalten, so fest, dass all meine Muskeln von der Anstrengung schmerzen, aber immer wieder bricht es hervor und zerreißt meine Kehle. Heiße Tränen strömen über meine Wangen.

»Es wird alles gut, Charlotte, es wird gut, alles wird gut.«

Wie oft hat er mir das in den vergangenen vierundzwanzig Jahren gesagt? Und jedes Mal war es eine Lüge. Eine sanfte, freundliche Lüge, die gar nicht versucht, sich als Wahrheit zu tarnen, und die einzig und allein offenbart, wie ohnmächtig wir sind.

Wir haben sie in der Vergangenheit begraben – die Geschichte, die Wahrheit. Wie ein besiegtes Monster haben wir sie notdürftig verscharrt und uns der Illusion hingegeben, sie würde da liegenbleiben. Aber jetzt wird uns bewusst, was wir immer schon geahnt haben – dass dieses Monster nicht in seinem Grab liegenbleibt. Manche Bestien kann man nicht hinter sich zurücklassen. All die Jahre haben nicht ausgereicht, um unsere Spuren zu verwischen. Es ist aufgewacht, hat uns aufgespürt, die Krallen nach uns ausgestreckt – und ist über uns hergefallen.

»Es wird gut, Charlotte.«

Gar nichts ist oder wird gut. Ich bin nur froh, dass Leonie nicht hier ist und das nicht miterlebt.

Nichts will ich in dem Moment lieber tun, als mich an ihn zu lehnen und mit ihm zu weinen, anstatt allein zu stehen. Aber da steht etwas zwischen uns. Etwas, an das keiner von uns rühren kann, weil wir uns davor fürchten, was passieren würde, wenn wir es wagen.

Mein Schluchzen verstummt. Wir verharren ganz still, halten beide den Atem an, und ich schaffe es, die Hand auf seinen Unterarm zu legen und mich an ihm festzuhalten. Das Klingeln, das durchs Haus schrillt, lässt uns beide zusammenzucken, und wir tauschen einen Blick aus, bevor wieder Leben in uns kommt. Ich springe auf, haste zum nächsten Spiegel und versuche das Trauerspiel auf meinem Gesicht in den Griff zu bekommen. Mit dem Seidenschal reibe ich über die Mascaraspuren auf meinen Wangen und zwinkere hektisch, in der Hoffnung, dass die Rötung meiner Augen abklingt.

Ich weiß, wer an der Tür ist, auch wenn er sich nicht angemeldet hat. Mein Instinkt sagt mir, es war nur eine Frage der Zeit, bis er zurückkehrt. Nach allem, was er erfahren hat, musste er allein sein, aber jetzt braucht er uns – und ich bin bereit, ihn aufzufangen.

»Max.«

Wortlos tritt er auf mich zu und lässt sich in den Arm nehmen. Mittlerweile überragt er mich deutlich, mein Junge, aber als er jetzt den Kopf an meinen lehnt, erinnert es mich daran, wie er damals mit aufgeschlagenem Knie zu mir ins Haus gerannt kam, um sich ein Pflaster und Trost abzuholen.

»Es wird gut, Max«, höre ich mich sagen.

Anna

Der Herbst bröckelt, er zerfällt in den Winter. Und auch Anna zerfällt jeden Tag ein kleines Stück mehr.

Der Wind treibt totes Laub durch die Straßen der Altstadt, vorbei an denkmalgeschützten Häusern, kleinen Läden und verzierten Fassaden.

»Was für ein beschissener Zufall.« Fee starrt gemeinsam mit ihr hinaus. Obwohl es hier drinnen warm und stickig ist, haben sie beide ihre Jacken nicht ausgezogen.

Anna nickt. »Kann man wohl sagen.«

»Wenn ich gewusst hätte … Wenn ich geahnt hätte, was für eine verkackte Verbindung es da zwischen euch gibt …«

»Nicht.« Anna reißt ihren Blick vom Fenster los und legt ihr die Hand auf den Unterarm. Fee soll sich nicht dafür entschuldigen, dass sie ihn ihr vorgestellt hat. Nicht schon wieder. »Es war gut, trotz allem. Ich hätte nicht darauf verzichten wollen.«

Obwohl es so unglaublich weh tut – als hätte Max einen Teil von ihr mitgenommen, als er aus ihrem Leben verschwunden ist. Und obwohl es sich anfühlt, als würde sie zerfallen, seit er weg ist. Und obwohl sie ihn mit einer Intensität vermisst, die sie in ihrem ganzen Körper spürt.

Und … ja, obwohl sie jetzt Dinge über ihre Eltern weiß, die sie nie hätte wissen wollen und die sie zutiefst erschüttern. Trotz allem hätte sie auf die vier Monate und drei Tage mit Max nicht verzichten wollen.

»Hey, wo hast du denn deinen Mann gelassen?« Schwungvoll stellt Thorsten die Pappschalen vor sie auf den Tisch. Sie haben sich für die süßen Spätzle mit einer wilden Mischung aus Mohn, Apfelmus und Pudding entschieden. Anna kann einen süßen Seelentröster gut vertragen, und Fee sieht so aus, als ginge es ihr da nicht wesentlich anders.

»Er ist nicht mein Mann. Das mit den Flitterwochen, das war Quatsch. Er hat nur einen Scherz gemacht.«

Thorsten zuckt mit den muskelbepackten Schultern, als würde das überhaupt keinen Unterschied machen. »Wenn du ihn das nächste Mal siehst, sag ihm, er soll sich mal wieder blicken lassen.«

Wenn Anna ihn mal wieder sieht. Es juckt sie in den Fingern, Fee zu fragen, ob sie ihm in letzter Zeit noch mal über den Weg gelaufen ist, ob er vielleicht auf irgendeiner Party gewesen ist, ob sie von ihm gehört hat, ob er überhaupt noch in der Stadt ist. Aber das mit ihm und ihr ist vorbei, und je weniger Anna darüber nachdenkt, desto besser. Zumindest theoretisch. Praktisch kreisen nach wie vor die meisten ihrer Gedanken um ihn.

»Wie geht es dir jetzt mit alldem?«, fragt Fee vorsichtig.

Appetitlos stochert Anna in ihren Spätzle. Im Vorfeld klang das mit dem süßen Seelentröster richtig gut, aber jetzt bekommt sie kaum einen Bissen runter.

»Was soll ich sagen? Beschissen«, antwortet sie ehrlich. »Das, was damals passiert ist«, hilflos zuckt sie mit den Schultern, »das klingt zu schlimm, um wahr zu sein. Ein gottverdammter Albtraum. Aber es ist wahr, und das macht es noch albtraumhafter. Vierundzwanzig Jahre ist es her, kannst du dir das vorstellen? Aber Max und seine Familie stecken noch mittendrin, und mein Papa genauso, und ich … ich irgendwie auch. Und es macht etwas mit mir, was mir überhaupt nicht gefällt. Gestern war ich bei meinem Papa und habe mich wie ein verdammtes Arschloch aufgeführt.«

Hugo schmatzt unter dem Tisch. Er mieft und sabbert ein bisschen, und Anna ist sich ziemlich sicher, dass sie ihn nur hierher haben mitnehmen dürfen, weil entweder Thorsten gute Nerven hat, oder weil sie zu dieser Uhrzeit die einzigen Gäste sind. Jetzt guckt er unter dem Tisch hervor und wirft ihr einen treuherzigen Bulldoggen-Blick zu, so als verstünde er genau, wie es ihr geht.

»Du?« Fee schüttelt den Kopf. »Ist doch Quatsch. Du kannst gar kein Arschloch sein, sogar wenn du es versuchen würdest.«

»Doch, im Ernst. Ich habe …« Annas Wangen brennen vor Scham. »Ich habe meinem Papa Dinge gesagt, die ich nie im Leben hätte sagen dürfen. Ich habe Mama und ihm die Schuld gegeben für alles, was passiert ist.« Sie bringt es nicht über sich, die genauen Worte zu wiederholen, die das Schlimmste sind, was sie je zu irgendjemandem gesagt hat.

Fee stupst sie sanft an. Mit den leuchtend blauen Haaren passt sie so gut in die knallbunte Spätzlebude, als sei sie Teil der Einrichtung, aber abgesehen von der Haarfarbe wirkt sie seltsam blass. »Aber weißt du was? Das ist okay. Ich kenne niemanden, der die Bedürfnisse anderer so sehr über die eigenen stellt, wie du. Du hast auch ein Recht darauf, mal auszurasten, wenn dich etwas aus der Bahn wirft. Nicht nur dein Papa oder Max und seine Familie haben etwas verloren, sondern auch du. Und zwar nicht nur den Kerl, den du liebst. Sondern auch das Bild, das du von deiner Mutter hattest.«

Anna nickt und lässt dann den Kopf hängen. »Ich habe mich immer gefragt, warum sie uns allein gelassen hat. Jetzt weiß ich es, aber irgendwie wünschte ich, ich hätte es nie erfahren.«

»Vielleicht ist es aber nötig, die ganze Wahrheit zu kennen, um damit abschließen zu können«, meint Fee nachdenklich, nimmt ein paar Spätzle und reicht sie Hugo, der sich schmatzend darüber hermacht und dabei fast ihre ganze Hand ins Maul nimmt. Schweigend schauen sie dem Hund zu, während Anna über Fees Worte nachdenkt. Vorsichtig krault sie das glatte Fell zwischen Hugos Ohren, was er mit einem gutmütigen Schwanzwedeln quittiert.

»Apropos ganze Wahrheit. Du hast mir noch immer nicht gesagt, warum du auf einmal beschlossen hast, Hugo aufzunehmen.« Fee hat nicht einmal gefragt, ob es für Anna okay ist, ein Tier in der Wohnung zu haben. Nicht, dass Anna sich beschweren will – Hugo ist auf seine ganz eigene Weise ein angenehmer Mitbewohner.

»Weil ich einsam bin.« Fees Stimme klingt auf einmal belegt.

Sofort schlägt das schlechte Gewissen zu. Anna war so sehr mit ihrem Kummer beschäftigt, dass sie in letzter Zeit kaum ansprechbar gewesen ist und sie kaum etwas mit Fee unternommen hat. Hat sie ihre beste Freundin so sehr vernachlässigt, dass diese neben ihr vereinsamt und andere Lebewesen um sich zu scharen beginnt?

Aber das ist es nicht nur.

»Silke und ich, wir sind nicht mehr zusammen.« Und dann beginnt Fee leise zu weinen.

Max

Mein Zeigefinger senkt sich, bis ich den Widerstand spüre. Senkt sich weiter, bis das weiche Klicken ertönt, das ich so gut kenne wie meinen eigenen Herzschlag. Ein weiteres komplett weißes Foto erscheint auf dem ausgeklappten Display der Kamera.

Ich liege mit dem Rücken auf meinem alten Bett, starre hoch zur Decke und fotografiere die Risse, die sich durch den weißen Putz ziehen. Seit ich ausgezogen bin, haben meine Eltern nichts an meinem Zimmer verändert. Es ist alles noch so, wie ich es an jenem Tag hinterlassen habe, als ich mich voller großer Pläne auf den Weg nach Bamberg gemacht habe. Nur ein paar Monate ist das her. Damals hätte ich nicht für möglich gehalten, dass ich freiwillig zurückkehren würde – oder zumindest nur, um meine Eltern zu besuchen, aber ganz sicher nicht, um wieder hier einzuziehen. Und da bin ich nun, flüchte wie ein Feigling in mein altes Kinderzimmer und wünschte, ich könnte einfach die Decke über den Kopf ziehen und alles vergessen.

»Das, was du da machst, ist schon ein bisschen stumpfsinnig, oder?«, lässt Leonie verlauten.

Ich mache mir nicht einmal die Mühe, zu antworten oder den Kopf zu heben, um sie anzuschauen. Nach einer Weile wird es ihr zu dumm, in der Tür zu stehen und darauf zu warten, dass ich aus meinem Zustand der Lethargie wieder auftauche, also verschwindet sie leise schnaubend.

Noch ein Klicken, noch ein Foto von der Decke. Ja, *stumpf-*

sinnig ist das richtige Wort. Langsam navigiere ich mit den Pfeiltasten durch die Bilder, die ich geschossen habe – allesamt in Nuancen von weiß bis grau, durchsetzt von fein verästelten Rissen. Und dann halte ich inne, weil ich weiß, welche Fotos bald auf dem Display erscheinen werden, wenn ich noch weiter zurückgehe – die aus Bamberg. Fotos von ihr.

Ohne aufzustehen, taste ich mit einer Hand unter dem Bett herum, wälze mich ächzend zur Seite, um das zu finden, was ich suche. Das ist eine der Sachen, die sich an meinem Zimmer nie ändern wird: Unter dem Bett habe ich meine Schatzkiste, und das, seit ich denken kann. Bei jedem Umzug habe ich den mit Sternchen-Geschenkpapier beklebten Pappkarton mitgenommen und fein säuberlich in diesem Versteck platziert, das eigentlich keines ist, denn es ist völlig ausgeschlossen, dass meine Mutter nichts davon weiß. Mindestens jeden zweiten Tag putzt und saugt sie die ganze Wohnung. Dass sie den Karton dabei in all den Jahren nicht bemerkt haben soll, kann nicht sein. Aber sie respektiert die unausgesprochene Grenze und sagt nichts dazu.

Die meisten der Schätze sind belanglos: alte Zeichnungen, getrocknete Blätter, von denen mittlerweile kaum mehr etwas übrig ist, und gesammelte Steine. Kaum wert, näher angeschaut zu werden, und trotzdem bringe ich es nicht über mich, irgendetwas vom Inhalt meines Kartons auszusortieren.

Der eigentliche Schatz ist klein und tomatenrot, mit einem Knopf, der früher Geräusche gemacht hat, wenn man darauf gedrückt hat, bevor die Batterien irgendwann leer gewesen sind. Der Film liegt noch in der Kinderkamera. Ich habe oft darüber nachgedacht, ihn zu entwickeln, um die letzten Fotos zu sehen, die mein Bruder gemacht hat, aber es ist mir, als würde ich damit ein Heiligtum antasten. Meine Eltern haben jede Wohnung, in die sie gezogen sind, mit Hilfe unzähliger Fotos in einen Jan-

Schrein verwandelt – aber bin ich denn so viel besser? Ich halte auf meine Weise an der Vergangenheit fest und schaffe es nicht, Jan loszulassen.

Langsam führe ich die Kamera an mein Gesicht und betrachte die Zimmerdecke durch den Sucher. Genau so hat Jan den Fotoapparat gehalten. Aber nicht einmal daran habe ich eigene Erinnerungen. Das Bild in meinem Kopf ist eine Kopie des Fotos, das neben dem Esstisch hängt: Mein Vater hat Jan fotografiert, der wiederum die rote Kamera in seinen pummeligen Kinderhänden hält und auf ihn richtet.

Lauter Erinnerungen, die nicht meine eigenen sind. Erinnere ich mich überhaupt an irgendetwas, oder sind es nur die Fotos und die Worte meiner Eltern, die ich im Kopf habe?

Und wenn ich ganz ehrlich bin, verschwimmt Jans Gesicht in meinem Kopf immer mehr zu einem unkenntlichen, hellen Fleck, der Jahr für Jahr blasser wird. Die Bilder entgleiten mir nach und nach, sosehr ich auch versuche, sie zu konservieren.

Irgendwann wird Jan ganz ausgelöscht sein. Verschwunden, als hätte es ihn nie gegeben. Ein ausradierter Fleck in meinem Kopf.

Ich versuche, ihn festzuhalten und gleichzeitig loszulassen, meinen verlorenen Bruder. Versuche, mich von dieser Wohnung fernzuhalten, in der Jans Geist so präsent ist, dass man ihn fast zu sehen glaubt, und komme jetzt doch freiwillig hierher zurück. Weiß selbst nicht, ob ich ihn hinter mir zurücklassen oder mich mit aller Macht an ihm festklammern soll. Und stehe manchmal vor all den Fotos, die meine Eltern aufgehängt haben, und wundere mich darüber, dass diese Bilder beinahe die einzigen Erinnerungen sind, die ich noch habe.

Ein sachtes Klopfen an der Tür, dann tritt meine Mutter ein. Ich erkenne sie an den leichten, leisen Schritten, schon bevor ich den Kopf zu ihr drehe. Rasch lasse ich die Kamera im Karton verschwinden, doch sie wird blass, und ich weiß, dass sie sie gesehen hat. Für einen winzigen Moment ringt sie um Fassung, dann kehrt das Lächeln auf ihr Gesicht zurück und sie hat sich wieder unter Kontrolle.

Sie setzt sich auf meine Bettkante, so wie sie es früher oft gemacht hat, um mir eine Geschichte vorzulesen oder etwas vorzusingen, wenn ich nicht einschlafen konnte. Sie hat sich immer gut um mich gekümmert. Manchmal so gut und fürsorglich, dass ich das Gefühl gehabt habe, an ihrer Mutterliebe zu ersticken.

»Ich habe die Spinatlasagne gemacht, die du immer so gerne magst.« Liebevoll streicht sie mir die Haare aus der Stirn. »Sie ist schon im Ofen, es dauert nicht mehr lange.«

»Ich habe keinen Appetit«, murmele ich.

»Schon okay.« Ihre Stimme ist ungebrochen sanft und geduldig. »Ich bringe dir das Essen hoch. Wenn du ein paar Bissen runterbekommst, freue ich mich. Wenn nicht, ist es auch gut. Oh, und als Nachtisch gibt es Pudding.«

So hat sie es vorhin schon gemacht, und gestern auch. Und obwohl meine Kehle wie zugeschnürt ist, ist der Hunger irgendwann gekommen, und ich habe mich über das Essen hergemacht.

Gerade noch wäre es undenkbar gewesen, mich so von ihr bemuttern zu lassen. Ich wollte nur raus, auf eigenen Beinen stehen, Jans Geist entkommen und verdammt nochmal nicht wie ein kleines Kind behandelt werden. Wollte mich im Job beweisen. Eine eigene Wohnung haben, in der keine alten Fotos hängen und aus der man die Vergangenheit aussperren kann. Und jetzt? Jetzt lasse ich mich pflegen wie ein krankes Kind. Ausnahmsweise bin ich dankbar für die Fürsorge, die ich während meiner ganzen Kindheit immer als überzogen empfunden habe.

Mama schüttelt die Decke auf und sammelt das benutzte Geschirr ein. Bevor sie hinausgeht, verharrt sie noch kurz in der Tür.

»Willst du über sie reden? Über … Anna?« Sie bringt den Namen nur schwer über Lippen, das merke ich ihr an. Nur mir zuliebe schneidet sie das Thema überhaupt an.

Aber ich schüttle den Kopf und schaue sie nicht an.

Martin

›Du hörst gerade die Guns N' Roses, hab ich recht?‹

Mit hochgezogenen Augenbrauen liest er die Nachricht auf dem Bildschirm noch ein zweites Mal, bevor er kopfschüttelnd seine Antwort tippt. ›Wenn ich nicht wüsste, dass du fast sechshundert Kilometer entfernt bist und noch nie hier warst, würde ich glatt vermuten, dass du mein Haus verwanzt hast.‹

›Mein Lieber, du bist ein offenes Buch für mich.‹ Kurz muss er warten, weil das blinkende Symbol verrät, dass Rosa gerade schreibt. ›Aber damit du jetzt nicht in Paranoia verfällst und die Tapeten von den Wänden reißt, auf der Suche nach all diesen Kameras – das ist die Musik, die du immer auflegst, wenn du bedrückt bist. Und jetzt gerade bist du bedrückt. Du schreibst so abgehackt.‹

Er seufzt tief, aber dann tritt ein Grinsen auf sein Gesicht, als er zum Plattenspieler schaut: eine der wenigen Neuanschaffungen, die er in den vergangenen Jahren gemacht hat. Rosa hat recht, sie durchschaut ihn mit einer Leichtigkeit, die ihm fast unheimlich ist.

›Du kennst mich viel zu gut‹, textet er zurück.

›Kunststück, nach beinahe zwei Jahren.‹ Und in der darauffolgenden Pause begreift er, dass auch er sie gut kennengelernt hat. ›Aber ich würde dich gerne noch besser kennen, wie du weißt.‹

Er stützt die Ellbogen auf den Tisch, gräbt die Hände in seine dichten Haare und starrt auf seinen Laptop. In dem Moment wiegt die Last auf seinen Schultern tonnenschwer, sie drückt ihn nieder und raubt ihm den Atem.

Ja, er weiß, dass sie das so sieht. Immer wieder hat sie ihn darauf angesprochen, ob sie sich nicht doch allmählich mal treffen und aus der reinen Chat-Bekanntschaft eine reale Begegnung machen sollen. *Wir sind doch keine Weltreise voneinander entfernt, das ist doch keine so große Sache*, hat sie lachend gesagt, als er sich dazu durchgerungen hat, zum ersten Mal mit ihr zu telefonieren. *Du kannst dich in den Zug oder Flieger nach Hamburg setzen oder mit dem Auto kommen. Oder ich komme zu dir. Oder wir treffen uns in der Mitte! Das ist doch albern. Wir reden jeden einzelnen Tag miteinander, aber wir haben uns noch nie getroffen. Ich hätte so gerne ein Gesicht zu der Stimme und den geschriebenen Worten. Und nein, die Fotos zählen da nicht.*

Ja, er will sie auch sehen. Mit wenigen Klicks hat er eines der Fotos geöffnet, die sie ihm geschickt hat. Zum wohl hundertsten Mal betrachtet er ihre braunen Locken, die weich ihr Gesicht umspielen, die moosgrünen Augen und das sympathische, feinsinnige Lächeln.

Es ist eine spontane Entscheidung gewesen, geboren aus Einsamkeit, Langeweile und zu viel Bier, die ihn vor zwei Jahren dazu gebracht hat, sich auf einer Partnersuche-Plattform anzumelden. Es gab ja nichts zu verlieren, hatte er sich trotzig gesagt, und war sich trotzdem wie ein jämmerlicher Idiot vorgekommen. Gleich am nächsten Tag hatte er sich wieder abmelden wollen – und war über Rosas Profil gestolpert. Ihre klugen, lustigen Worte hatten ihn sofort in ihren Bann gezogen. Sein Profil hat er längst gelöscht, aber seitdem stehen sie jeden Tag in Kontakt, schreiben einander WhatsApp-Nachrichten, chatten bis spät nachts oder telefonieren. Ihre Stimme ist wie ein warmer Sonnenstrahl.

›Martin?‹

Erst jetzt fällt ihm auf, wie lange er auf den Bildschirm geschaut hat. Seufzend reibt er sich über die Augen und schreibt zurück: ›Das ist nicht so einfach.‹

›Ich weiß.‹ Auch in ihren geschriebenen Worten glaubt er ein Seufzen wahrzunehmen.

Aber sie versteht nicht ganz, was ihn zurückhält – sie kann es nicht verstehen. Er hat ihr das Nötigste erzählt, das, was er ihr zu schulden glaubt, um sie nicht völlig im Dunkeln tappen lassen. Er hat von seiner Frau erzählt, die sich das Leben genommen und ihn mit seiner damals zehnjährigen Tochter und der ganzen Verantwortung zurückgelassen hat, und davon, wie sehr ihn das alles manchmal überfordert. Stockend hat er gestanden, dass er es einfach nicht über sich bringt, wieder eine Frau in sein Leben zu lassen.

Aber sie kann nicht wissen, wie es sich anfühlt – dieses Gewicht auf seinen Schultern, das ihn erdrückt. Die unsichtbaren Eisenketten um seine Knöchel und Handgelenke. Die Schuldgefühle, die sich in seine Eingeweide wühlen und ihn zerfleischen – Rike gegenüber, weil er sie nicht hat heilen können und hilflos zugesehen hat, wie sie tiefer und tiefer in ihren Depressionen versunken ist. Charlotte und Thomas gegenüber, weil Friederike nur auf sein Drängen den Firmen-Bulli genommen hat, und weil sie deswegen ihr Kind verloren haben – ein Verlust, den er sich in seinen übelsten Albträumen nicht auszumalen vermag. Anna gegenüber, weil er viel zu oft das Gefühl hat, als Vater zu versagen, obwohl er sich nach Kräften bemüht, alles richtig zu machen. Friederikes Eltern gegenüber, für die der Tod ihrer Tochter mindestens so dramatisch gewesen ist wie für ihn. Hinzu kommen noch die Verpflichtungen für das Haus und das Grundstück, das Rikes Eltern ihnen damals zur Hochzeit geschenkt haben, und die Firma, die ihm in manchen Momenten nur noch eine Last ist.

Das alles raubt ihm die Luft zum Atmen und sperrt ihn in einen Käfig mit Stäben, die man weder sehen noch fühlen kann. Und manchmal, nur manchmal, spielt er mit dem Gedanken, wie es wohl ist, frei zu sein. Sein Leben nach seinen eigenen Vorstellungen zu gestalten. Die Firma an einen Nachfolger zu übergeben, das Haus zu verkaufen. Einfach nur mal einen Wochenend-Trip zu unternehmen, Rosa zu besuchen und einfach zu sehen, ob sie sich immer noch so gut verstehen, wenn sie sich sehen. Aber jedes Mal holt die Realität ihn ein.

›Es tut mir leid‹, tippt er und glaubt, ihre Enttäuschung trotz der Distanz über den kühlen, unpersönlichen Laptopbildschirm zu spüren. Sie ist geduldig, zeigt Verständnis, lässt ihm Zeit. Aber Zeit kann an manchen Dingen nichts ändern, das hat er auf die harte Tour lernen müssen. Sie zu treffen und das Risiko einzugehen, Gefühle für sie zu entwickeln? Eines Tages Rikes Eltern und Anna eine neue Frau an seiner Seite vorzustellen? Das ist undenkbar. Weder seinen Schwiegereltern noch seiner Tochter kann er das antun.

Als er das metallische Klacken des Schlüssels im Schloss hört, klappt er den Laptop sofort zu, steht auf und bleibt unschlüssig im Flur stehen. Das Herz schlägt ihm bis zum Hals. Er rechnet mit allem, mit harten Worten und weiteren Vorwürfen, und nichts davon würde er ihr übel nehmen.

Aber als Anna ins Haus kommt, ist nichts von der Wut übrig, die sie beim letzten Mal gespürt hat. Ihre Schritte sind klein und zögerlich, sie lässt die Schultern hängen und erinnert ihn schmerzlich an das kleine Mädchen, das sie gewesen ist. Ihr Blick bleibt erst an Friederikes Porträt neben der Garderobe hängen, dann an ihm.

»Deine Mutter wollte den Bulli nicht nehmen«, presst er hervor. »Sie ist nie gern damit gefahren, fand es immer schwierig, damit zu rangieren und den Überblick zu behalten. Aber ihr Auto hat neue Scheibenwischer gebraucht, ich habe es mit zur Firma genommen und ihr den großen Firmenwagen dagelassen. Wenn sie ein Auto brauche, könne sie ihn ja nehmen, habe ich ihr gesagt. Und dann kam der Anruf. Ich habe erst gar nicht verstanden, was los war, und dann … bin ich nach Hause gerast, aber es war zu spät, alles war zu spät, ich konnte nichts mehr tun. Ich hätte sie nie auffordern dürfen, den Bulli zu nehmen. Ich wusste doch, wie ungern sie damit fährt.«

»Es tut mir so leid, Papa.« Sie fliegt ihm förmlich entgegen und wirft sich in seine Arme. »Es tut mir so leid, was ich gesagt habe. Du bist nicht schuld daran, was passiert ist, und Mama ebenso wenig. Ich habe es nicht so gemeint, nichts davon. Ich war nur so … so aufgewühlt.«

»Ich weiß, ich weiß doch.« Sanft tätschelt er ihren Rücken und lässt sie weinen, bis ihr Schluchzen verstummt. Sie ringt nach Luft.

»Ich habe mich so oft gefragt …«, ist alles, was sie erstickt hervorbringt.

Und obwohl sie nicht weiterspricht, weiß er natürlich, was sie sich fragt. Woher diese Dunkelheit in Friederikes Leben gekommen war. Warum sie Anna und auch ihn alleingelassen hat. Warum Rike keinen anderen Ausweg gesehen hat. Jetzt versteht Anna, sie versteht Rikes Schuld. Er wünscht, er hätte seiner Tochter diese Wahrheit ersparen können, aber es ist nur eine Frage der Zeit gewesen.

Das Schweigen zwischen ihnen zieht sich endlos lang. Und dann, endlich, nickt sie. »Ich mache uns etwas zu essen«, sagt sie und bringt ein Lächeln zustande.

»Wir kommen zurecht?« Es ist mehr eine Frage, als eine Aussage.

Sie hebt den kleinen Finger. »Prinzessinnenschwur.«

Anna

Sie würde gerne behaupten, sich aus reinem Mitgefühl in Fees Problem zu stürzen, aber die Wahrheit ist, dass sie dankbar nach jeder Chance greift, an etwas anderes denken zu können als an ihre Mutter und an Max – und die Geschichte ihrer beider Familien.

Die Uni und die Firma wären normalerweise ihre Zufluchtsorte, aber irgendetwas in ihrem Kopf sträubt sich beharrlich dagegen, sich mit den Inhalten aus ihren Vorlesungen zu beschäftigen. Normalerweise startet sie hochmotiviert in jedes Semester, sitzt in jeder Vorlesung in der ersten Reihe, macht sich eifrig Notizen, ackert die Inhalte zu Hause noch einmal durch, büffelt stundenlang in der Bibliothek und gibt jede Hausarbeit überpünktlich ab, aber jetzt kann sie sich kaum dazu überwinden, auch nur daran zu denken. All diese Inhalte erscheinen ihr plötzlich seltsam sinnlos, und sie weigert sich, darüber nachzugrübeln, woran genau das liegt.

Sich mit der Arbeit abzulenken, funktioniert diesmal auch nicht: Ihr Vater hat sie gestern praktisch aus der Firma geworfen, als er unerwartet gegen dreiundzwanzig Uhr dort aufgetaucht ist, um sein Handy zu holen, das er auf seinem Schreibtisch hatte liegen lassen, und so entdeckt hat, dass sie dort so spät noch über Rechnungen, Kundenaufträgen und Tabellen brütete.

Ihren Kummer in Alkohol zu ertränken, ist keine Option, also stürzt sie sich Hals über Kopf in Fees Probleme, um sich ihren eigenen nicht stellen zu müssen.

Im Nachhinein ist ihr unbegreiflich, wie sie all die Anzeichen hat übersehen können.

Dass Silke schon seit einer Weile nicht mehr bei ihnen aufgetaucht ist? Dass der obligatorische Sauerteig aus dem Kühlschrank verschwunden ist? Dass Fee blass und elend aussieht? All das hat sie nicht wahrgenommen, weil sie zu beschäftigt mit sich selbst gewesen ist. Eine tolle Freundin ist sie. Am liebsten würde sie sich deswegen in einer Tour bei Fee entschuldigen, aber das hilft jetzt auch nicht weiter.

»Was ist denn passiert? Habt ihr euch gestritten?«

Fee schüttelt den Kopf. Sie sitzt Anna in einem übergroßen Metallica-Shirt gegenüber, die aquamarinblauen Haare hängen schlaff und ohne jeden Schwung runter, passend zu ihrer ganzen kraftlosen Haltung.

»Komm schon, rede mit mir, sag mir, was los ist«, ermutigt Anna sie. »Ist irgendwas vorgefallen?«

Wieder erntet sie ein Kopfschütteln.

Tief atmet sie ein und aus. »Na schön. Aber es gibt einen Grund, warum Silke Schluss gemacht hat.«

Noch ein Kopfschütteln, Fees Unterlippe beginnt zu zittern, und sie krault immer hektischer Hugos faltiges Nackenfell, bis er irritiert schmatzend den Kopf hebt.

»Fee …«

»Ich war's, Anna. Ich hab Schluss gemacht.«

Ihre Fassungslosigkeit kann Anna nicht verbergen. »Was? Aber … Warum um alles in der Welt hast du das gemacht? Ich meine, versteh mich nicht falsch, du bist ein freier Mensch und kannst deine eigenen Entscheidungen treffen, aber das ist …«

»Hirnverbrannt und bescheuert?«, vervollständigt Fee.

»Macht dich offensichtlich nicht glücklich«, korrigiert Anna. »Also hilf mir, Fee. Hilf mir dabei, dir zu helfen. Was ist los?«

Sie kämpft um jedes Wort. »Es hätte ohnehin nicht gehalten.«

Es dauert eine Weile, bis Anna ihr alles aus der Nase gezogen hat. Und schließlich sitzt sie ihrer Freundin kopfschüttelnd gegenüber und weiß gar nicht so recht, was sie sagen soll.

»Du hast dich von ihr getrennt und alles hingeschmissen, weil du dir in den Kopf gesetzt hast, dass eure Beziehung früher oder später sowieso in die Brüche gehen wird. Also hast du sie abgeschossen, bevor sie dich abschießen konnte.«

Fee nickt und nestelt an ihren Haarspitzen herum.

»Und der Hintergrund dieses ganzen Unsinns ist, dass du – die selbstbewusste Fee, die einen Scheiß darauf gibt, was die Leute sagen – der Meinung bist, du wärst nicht gut genug für sie.«

Noch ein Nicken. »Wenn du es so sagst, klingt es dumm.«

»Weil es das auch ist, Fee! Meine Güte. Wie kommst du denn bitteschön auf so eine bescheuerte Idee?«

Jetzt dauert es wieder eine Weile, bis Anna eine Antwort bekommt. Fee fährt mit den Fingern Hugos Nackenfalten nach.

Ihre Stimme ist dünn und so traurig, dass sie den Weg mitten in Annas Herz findet. »Sie ist so erwachsen, verstehst du? Sie steht morgens um sieben auf, sie macht Yoga und Pilates, sie backt ihr eigenes Brot. Weiß, wann sie aufhören sollte zu trinken, und macht es dann auch. Sie fängt rechtzeitig an, für ihre Klausuren zu lernen, und hört dabei klassische Musik. Und dann habe ich sie und mich nebeneinander im Badezimmerspiegel gesehen, und selbst beim Zähneputzen ist sie so verdammt erwachsen und kultiviert, ihr läuft kein Zahnpastaschaum übers Kinn und tropft aufs T-Shirt. Und da, als ich uns so gesehen habe, da habe ich kapiert, dass ich nicht gut genug für sie bin. Also bin ich gegangen.«

Ratlos, ob sie Fee umarmen oder schütteln soll, macht Anna beides. »Du unfassbar dummes Huhn. Du bist großartig. Auch mit Zahnpastaflecken auf dem Shirt. Und Silke weiß das ganz genau, sonst wärt ihr ja überhaupt erst gar kein Paar geworden. Du bist gut genug, Fee. Du bist mehr als genug.«

So trostlos hat sie Fee noch nie gesehen. Fee, die immer so unerschütterlich optimistisch wirkt, als könne nichts und niemand ihr den Boden unter den Füßen wegziehen. Aber natürlich ist sie mehr als nur ihre Fröhlichkeit. Jeder Mensch hat seine Abgründe und Unsicherheiten, und zum ersten Mal nach all den Jahren ihrer Freundschaft erhascht Anna einen Blick auf die verborgene Fee.

Sie begreift, wie falsch sie bisher lag, weil sie immer nur den Teil von Fee gesehen hat, den sie Anna und dem Rest der Welt gezeigt hat. Und noch etwas wird ihr klar. Dass das schon eine Weile so geht. Dass die Selbstzweifel, die Fee so sehr zerfressen, dass sie deswegen sogar ihre Freundin in die Flucht schlägt, nicht neu sind. Dass sie gewachsen sind, sich langsam immer weiter ausgebreitet haben, wie ein schleichendes Gift durch das verästelte Netz ihrer Adern gekrochen sind und schließlich das zerstört haben, was Fee wirklich am Herzen liegt.

»Selbst wenn da eine Chance für uns gewesen wäre, hätte ich es jetzt vermasselt. Es ist aus, Anna. Ich habe ihr gesagt, dass ich keine Lust auf eine feste Beziehung habe und darauf, mich festzulegen, als wären wir ein altes Ehepaar. Ich … ich habe gesagt, das alles würde mich einengen und langweilen.«

»Aber es hat dich nicht eingeengt und gelangweilt.«

»Nein! Es war das Beste, was ich je hatte. Silke könnte mich nicht einmal langweilen, wenn sie mir den gesamten Duden vorliest. Aber es sieht so aus, als wäre ich ziemlich überzeugend gewesen. Sie hat gesagt, ich soll erwachsen werden, und das war's.

Seither haben wir nicht mehr miteinander gesprochen. Anna, ich glaube, es hat keinen Sinn.«

Aber das kann Anna unmöglich hinnehmen. Entschlossen schüttelt sie den Kopf. »Vergiss es. Du hast einen Fehler gemacht, na und? Dann musst du jetzt eben den Arsch in der Hose haben und es wieder geradebiegen. Du liebst sie. Und sie dich, das kann selbst ein Blinder sehen. Du hast Panik gekriegt – und das wird sie verstehen, wenn du offen und ehrlich mit ihr redest.«

Es könnte so unfassbar einfach sein, wenn man sich nicht selbst andauernd im Weg stehen würde. Wenn man furchtlos genug wäre, sich selbst und den Menschen, die einem etwas bedeuten, mit Ehrlichkeit zu begegnen. Sich verletzlich zu machen und sich hinter die vielen Masken blicken zu lassen, die man trägt.

Anna könnte heulen, wenn sie daran denkt, wie unkompliziert Max' und ihre Geschichte hätte sein können, mit welch einer Leichtigkeit sie zueinander gefunden haben, auch wenn sie sich selbst immer wieder im Weg stand, und wie selbstverständlich es sich angefühlt hat, ihn unter ihre Haut zu lassen. Aber ihr Fall liegt anders, sie wurden durch Umstände getrennt, die nicht in ihrer Macht liegen. Und bevor sich ihre Gedanken jetzt wieder in diesem Kaninchenbau verlaufen können, denkt sie so angestrengt und konzentriert *nicht* an Max, dass ihr Kopf weh tut.

Fee betrachtet sie mit einem seltsamen Blick. »Du kennst das, wenn zwei Menschen eigentlich zusammen sein sollen und zusammenpassen, und dann etwas zwischen ihnen steht, was sie nicht überwinden können.«

Anna atmet ein und nicht mehr aus, bis sich ihre Lunge anfühlt, als würde sie platzen. Erst, als Fee federleicht ihre Schulter berührt, löst sich die Blockade in ihrer Brust.

»Tut mir leid«, sagt Fee leise.

Mit geschlossenen Augen nickt Anna und lässt den Sauerstoff in ihre Lunge strömen.

»Okay. Wenn es etwas gibt, was ich kann, *wirklich* gut kann, dann ist das Planen. Wir kriegen das hin, Fee.« Energisch kramt Anna in ihrer XL-Tasche nach Notizblock, Kugelschreiber, Textmarkern und einer Tüte Studentenfutter als Nervennahrung.

»Wenn du meinst«, sagt Fee wenig überzeugt und betrachtet argwöhnisch den Zettel, auf dem Anna einen Schlachtplan zu entwerfen beginnt. Wie besessen kritzelt sie Ideen für eine filmreife Versöhnung auf das Papier, notiert sogar geeignete Locations, verliert sich in Details und bemerkt kaum, dass ihr Fee seufzend eine Tasse Tee in die Hand drückt. Alles, um nicht an Max denken zu müssen – und an das Foto von ihrer Mutter, das den Anfang vom Ende markiert hat.

Max

Der Fotoband, der wie zufällig auf dem Schreibtisch in meinem Zimmer liegt, ist eine gut gemeinte Geste. Sie meint es immer gut, meine Mutter. Und trotzdem ist meine Kehle schlagartig wie zugeschnürt, als ich durch die Seiten blättere. Alles, was ich da sehe, ist hohe Kunst. Hochgelobte Fotografien großer Künstler, preisgekrönt, gesellschaftskritisch relevant. Ich verstehe die Botschaft zwischen den Zeilen.

›Jan ist der Künstler, aus Theo wird bestimmt ein Wissenschaftler‹, hat Charlotte früher immer gesagt.

Und dann, ganz allmählich, hat sich ihre Erwartungshaltung gewandelt. Jan war weg. Wer sollte die Lücke ausfüllen? Die Antwort lag auf der Hand.

Erst hatte er kaum bemerkt, was geschah. Es hatte schleichend angefangen. Erst, als sie ihn das erste Mal mit Jans Kamera in den Händen gesehen hatte und in Tränen ausgebrochen war, hatte er zu verstehen begonnen.

›Es tut mir leid, ich dachte nur kurz … Ich dachte nur im ersten Augenblick, du wärst dein Bruder‹, hatte sie mit zitternder Stimme hervorgebracht.

Jahre waren danach vergangen, bis ich die Worte hervorgewürgt hatte, die mir wie ein Klumpen in der Kehle saßen und darin von Tag zu Tag immer größer geworden waren, bis mir Essen und Atmen schwerfielen.

›Dir wäre es doch lieber gewesen, ich wäre gestorben, und

Jan würde leben‹, hatte ich aus Leibeskräften gebrüllt, ihr diesen Klumpen aus verletzten Gefühlen ins Gesicht geschleudert, so fest ich es als Kind vermochte. War hinausgestürmt und hatte tief in mir gehofft, sie würde mich zurückhalten, alles leugnen, mir widersprechen. Mit pochendem Herzen war ich hinter der nächsten Ecke stehen geblieben, hatte mit angehaltenem Atem gelauscht und darauf gewartet, dass sie nach mir rief. Stattdessen hatte ich nur ihr leises Schluchzen gehört.

Von Anfang an ist sie enttäuscht gewesen, dass ich mit der Fotografie einen festen Job in der Agentur angenommen habe und mich der Werbung widme. Das ist nicht die hohe Kunst, mit der Jan sie mit Sicherheit erfreut hätte. Sie muss mir das nicht sagen, die Gedanken stehen ihr in manchen Momenten förmlich ins Gesicht geschrieben. Es ist nur einer der vielen Punkte, in denen ich sie enttäusche, ein greifbarer. Einer, für den ich Beweise sehe und an dem ich mich festhalten kann. So wie ich jetzt das Fotobuch, dieses Symbol für die Enttäuschung meiner Mutter, fest umklammert halte, als ich ins Atelier stapfe.

»Warum Bamberg?«, fragt sie, bevor ich die Chance habe, irgendetwas zu sagen. Sie sieht mich nicht einmal an, redet leise, führt den Pinsel über die Leinwand. Wie oft habe ich sie schon so gesehen – von hinten und in ihre Tätigkeit versunken, während ich mir wünsche, sie würde mich ansehen?

Es ist wohl die Frage, die ich in den letzten Monaten am häufigsten gehört habe. Warum ausgerechnet nach Bamberg? Ausgerechnet in diese Stadt? Und bis vor kurzem habe ich nicht geahnt, woher die Abneigung meiner Eltern gegen diese Stadt rührt, die einen Vorort mit dem Namen Memmelsdorf hat.

Weil ich dort geboren bin und dort meine ersten Atemzüge getan habe und sonst absolut nichts über die Stadt weiß, die ihr totschweigt.

Weil ein Teil von mir hofft, dort etwas über meine Vergangenheit zu erfahren, denn hier in diesem Haus ist die Vergangenheit tabu.

Und weil ich einfach weg wollte, weg von euch. Weil ich es kaum erwarten konnte, deiner erstickenden Nähe zu entfliehen, und es die erste Stadt war, die mir eingefallen ist.

»Der Job«, murmele ich. »Es war die erste Zusage.«

»Ausgerechnet dorthin«, fährt sie in einem seltsamen Singsang fort, als hätte sie mich gar nicht gehört. »Dorthin, wo die Geigers immer noch wohnen. Dorthin, wo du Anna über den Weg laufen konntest. Mein Gott, Max … Hättest du doch nur auf mich gehört. Wärst du ihr doch nie begegnet. Hättest du die Vergangenheit doch ruhen lassen, statt sie zusammen mit ihr an die Oberfläche zu zerren.«

»Ich bin froh, dass ich Anna getroffen habe!« Die Worte brechen heftiger aus mir heraus als erwartet. »Ich hätte nicht darauf verzichten wollen.«

Jetzt erst dreht sie sich zu mir um, sieht mich traurig an. »Trotz allem, was passiert ist? Obwohl das zwischen euch von Anfang an zum Scheitern verurteilt gewesen ist? Nein, Max, Lieber, es wäre besser gewesen, du hättest sie niemals getroffen.«

Ein bitterer Geschmack breitet sich in meinem Rachen aus. »Wenn es dir so wichtig war, dass ich nicht nach Bamberg gehe, hättest du es mir ja erklären können. Wie wäre es damit gewesen, Mutter?«

Ihre Augen sind schreckensgroß und dunkel. Sie wirkt noch zierlicher und schmäler als sonst. Wieder hat sie es geschafft, sich beim Malen Farbe an die Schläfe zu schmieren. Himmelblau. Himmelblau wie Annas Augen.

»Was hätte ich denn sagen sollen?«

»Wie wäre es mit der Wahrheit?«, fahre ich sie an. »Die verdammte Wahrheit hättest du sagen sollen!«

Sie friert förmlich ein, sagt überhaupt nichts mehr. Mein Vater steckt den Kopf durch die Tür und wird blass, als er uns sieht. Krisengespräche sind nicht seine Stärke, Gespräche im Allgemeinen sind nicht seine Stärke, sobald es um mehr als das Wetter oder das Rennradfahren geht. Eines seiner größeren Talente ist es, sich gekonnt unbehaglichen Situation zu entziehen.

»Bin dann weg«, murmelt er nur. Die Geräusche in der Diele verraten, dass er sich seinen Schlüssel und den Radhelm schnappt, dann fällt auch schon die Wohnungstür hinter ihm ins Schloss. Mein Vater, der große Unsichtbare.

Immer noch sitzt sie da, die Lippen zu einem schmalen Strich zusammengepresst, den Pinsel ganz fest in der Hand. Frustriert schüttele ich den Kopf. Jetzt erst fällt mir das Buch in meinen Händen wieder ein, das Album mit all den künstlerisch anspruchsvollen Fotos. Fotos, wie Jan sie vielleicht gemacht hätte, wenn er sich so entwickelt hätte, wie meine Mutter es sich in den Kopf gesetzt hatte.

»Ich bin nicht Jan«, stoße ich hervor, schmetterte ihr das Buch vor die Füße und lasse sie sprachlos zurück.

Charlotte

»Gustav Klimt? Den habe ich direkt gegenüber abgestellt.«

»Etwa wieder in der Einfahrt der Nachbarn?« Ich stürze zum Fenster und entdecke Neles Sportwagen sofort vor dem Garagentor. Feuerrot sticht er aus dem allgegenwärtigen Herbstregengrau heraus. »Vielleicht parkst du den besser um. Mit dem Kerl ist nicht zu spaßen. Der sitzt den ganzen Tag hinter seinem Fenster und macht sich einen Spaß daraus, wegen jeder Nichtigkeit die Polizei zu rufen.«

Sie lehnt sich zurück und nippt an ihrem Glas. »Entspann dich, Charlie. Ich hab letztes Mal mit ihm geredet, als er diesen dämlichen Zettel an Gustavs Scheibenwischer geklemmt hat.« Ob sie mit ihm geflirtet oder ihn bedroht hat, lässt sie offen, aber egal was, es scheint gewirkt zu haben. Der Typ beugt sich zwar aus dem Fenster und mustert das Auto, schaut dann aber rüber zu mir und winkt mir überraschend freundlich zu.

»Irgendwann musst du mir erklären, wie du das machst, dass alle nach deiner Pfeife tanzen und sich auch noch darüber freuen.«

Meine beste Freundin, ohne die ich mich längst aus dem Fenster gestürzt hätte, grinst breit und bedient sich am Obstkorb. Mit ihren langen, silberfarben lackierten Fingernägeln pflückt sie ein paar Weintrauben. »Früher war ich immer ganz begierig, deine Tricks zu lernen. Damals, als du noch in der Galerie gearbeitet hast und jede Kritzelei zu Höchstpreisen verkaufen konntest. Wann ist aus der Schülerin die Lehrmeisterin geworden? Was ist seitdem passiert?« Mit einem Mal ist sie ganz ernst, fast traurig.

»Das Leben«, erwidere ich schlicht.

»Darauf ein Kombucha. Auf das Leben.« Sie gibt sich einen Ruck, hebt ihr Glas, der Ärmel ihres bunten Seidenkimonos rutscht bis zum Ellbogen herunter, und es trifft mich wie ein Fausthieb in den Magen, ihre zerbrechlich dünnen Handgelenke zu sehen.

»Wie geht es dir?«

Sie verdreht die Augen. »Schau nicht so traurig. Ich hasse es, wenn du das machst.«

»Wenn ich was mache?«

»Mich wie eine Kranke behandeln.«

Aber genau das ist sie. Hätte ich früher aus irgendeinem makaberen Grund raten müssen, von welcher schweren Krankheit meine beste Freundin heimgesucht wird, hätte ich auf Lungenkrebs getippt. Aber tief in meinem Herzen bin ich immer davon ausgegangen, dass sie unsterblich ist. Welche Krankheit sollte stark genug sein, meiner unerschütterlichen Nele ernsthaft gefährlich werden zu können? Es hat sich herausgestellt, dass es die Leukämie ist.

»Alles gut.« Die Ungeduld ist ihr deutlich anzuhören. »Die Ärzte sind zufrieden mit mir. Die Chemotherapie schlägt gut an, und überhaupt ist das alles ein riesengroßer Spaß. Also genug von mir! Schlimm genug, dass ich mit den Ärzten endlos lange Gespräche darüber führen muss. Erzähl mir lieber etwas Unterhaltsames von dir. Meinetwegen auch etwas wenig Unterhaltsames. Hey, oder etwas richtig Tolles – zum Beispiel, dass du in die Galerie zurückkommen willst!«

Sofort schüttele ich den Kopf. »Thomas hat mir das auch vorgeschlagen, er spricht mich immer wieder darauf an, aber ich weiß nicht, was er sich dabei denkt. Das geht nicht, ausgeschlossen. Ich habe zwei Kinder!«

»Von denen eines längst erwachsen ist und eines auch nicht mehr weit davon entfernt.«

»Und die mich beide brauchen. Ernsthaft, Nele, ich kann das nicht. Auf gar keinen Fall. Ich muss mich um meine Kinder kümmern.«

Die Frau, der es so wichtig war, ein eigenes Leben außerhalb der Familie zu bewahren, gibt es nicht mehr. Sie ist zerbrochen, damals, in einem anderen Leben, das nur noch eine Erinnerung ist. Für die Charlotte, die ich jetzt bin, ist nur noch die Familie wichtig, die um jeden Preis beschützt werden muss.

»Ist ja gut.« Sie klingt traurig, und ich frage mich, woran das liegt: Daran, dass sie mich in der Galerie wirklich gut gebrauchen könnte, gerade jetzt, wo sie wegen ihrer verdammten Krankheit immer wieder ausfällt und auf kompetente, zuverlässige Mitarbeiter angewiesen ist – oder daran, dass sie glaubt, *ich* könnte das gut gebrauchen. »Apropos Thomas. Wie läuft es zwischen euch beiden?«

Meine Fingernägel trommeln über den Rand meines Wasserglases, ich starre hinaus, wo der Nachbar im Feinrippunterhemd neben Neles Auto posiert und sich von seiner Frau fotografieren lässt.

»Ganz gut, denke ich. Wir kommen zurecht. Da gibt es nicht viel zu erzählen.«

Sie ist die Einzige, der ich gesagt habe, wie es um unsere Ehe bestellt ist und wie kurz wir vor der Scheidung gestanden haben. Thomas und ich, wir waren beide wie gelähmt, haben nebeneinander getrauert statt miteinander, haben die erdrückende Sprachlosigkeit zwischen uns nicht mehr ertragen. Haben unseren Alltag und sogar das Bett geteilt, weil wir fanden, es gehöre sich so, und weil wir sonst vollends auseinandergedriftet wären, unaufhaltsam wie zwei Kontinente. Aber eigentlich hat sich daran nicht viel geändert, abgesehen von Leonie.

›Soll ich es wegmachen lassen?‹, hatte ich Thomas damals gefragt, seltsam kühl und unberührt, als spräche ich von einem Gegenstand und nicht von dem Kind, dem kleinen Nachzügler, der in mir heranwuchs. Aber schon im selben Augenblick hatte ich gewusst, dass wir es bekommen würden.

Also haben wir versucht, Leonie als Chance zu sehen, als Neuanfang. Und tatsächlich war es bergauf gegangen, Leonie hat uns verbunden. Man sagt, ein Kind könne keine Ehe retten, aber unsere kleine Tochter hat *uns* gerettet. Sie und Max sind der Kitt zwischen uns.

»Sicher? Ich habe ihn nämlich unten getroffen, als er gerade mit dem Rad losgefahren ist. Und nimm es mir nicht übel, aber glücklich sieht dein Mann nicht aus.«

»Dann mach du ihn doch glücklich, wenn ich es offensichtlich nicht kann«, gifte ich.

Wieder verdreht sie die Augen. Ihre silbernen Armreifen mit den kleinen, schimmernden Mondstein-Anhängern klimpern, als sie noch ein paar Weintrauben pflückt. Die Chemotherapie hat ihren Haaren bisher noch nichts anhaben können, wie Lava fließen sie bis zu ihrer Taille hinunter, wild und ungezähmt. Mir graut jetzt schon vor dem Tag, wenn sie ihr in Büscheln ausgehen werden, weil ich weiß, was das für sie bedeutet. Es wird Tage geben, an denen ich ihre Hand halten muss, und Tage, an denen sie es zulassen wird. Aber noch hält sie sich wacker und ist viel stärker, als ihr guttut.

Abgesehen davon, dass sie so dünn und zerbrechlich geworden ist, lässt kaum etwas auf ihre schwere Krankheit schließen.

Wenn ich nicht wüsste, wie blass sie unter dem Make-up ist, würde ich es nicht vermuten.

Und ihr Blick ist so wach wie eh und je. »Sei nicht albern. Ich bin die Letzte, die dich für irgendetwas verurteilen würde, das weißt du. Ich bin immer auf deiner Seite. Du könntest einen Mord begehen, und ich würde die schwarzen Müllsäcke anschleppen, um mit dir die Spuren zu beseitigen. Aber Thomas … Er tut mir einfach leid. Ihr beide tut mir leid. Was euch passiert ist, ist absolut entsetzlich, aber seitdem sind so viele Jahre vergangen. Meinst du nicht, es ist allmählich an der Zeit, dass ihr euch zusammensetzt und es gemeinsam aufarbeitet? Ich glaube, er ist mehr als bereit dazu. Man sieht dem armen Kerl ja förmlich an, wie sehr er sich nach dir sehnt. Du lässt ihn am ausgestreckten Arm verhungern.«

»Ich weiß nicht, was du meinst«, behaupte ich steif und weiß es doch ganz genau. Unsere Ehe hat etwas von einem Puppentheater, in dem wir brav unsere Rollen spielen.

Max kommt wie ein Zombie in die Küche geschlurft und rettet mich damit unwissentlich vor weiteren Fragen, zumindest für den Moment.

»Hallo Theo.« Nele ist die Einzige, die ihn noch immer mit seinem ersten Vornamen anspricht, obwohl er sich schon als Kind in den Kopf gesetzt hat, nur noch auf seinen zweiten Namen zu hören. Aus irgendeinem Grund ist sie die Einzige, bei der er sich nicht darüber beschwert.

Mehr als ein »Hey« kommt nicht als Antwort, während er sich ein Schälchen mit Schokoladenpudding aus dem Kühlschrank nimmt und wieder aus dem Raum schlurft. Seine Haare sind so zerzaust, als käme er direkt aus dem Bett, und höchstwahrscheinlich kehrt er auch genau dorthin zurück.

»Der Junge kann einem leidtun. Liebeskummer ist scheußlich. Dass er sich von all den Mädchen ausgerechnet in die kleine Anna verlieben musste … Das Schicksal kann schon seltsam und grausam sein. Was wohl aus ihnen geworden ist – aus den Geigers?«

Das Glas rutscht mir aus der Hand und zersplittert auf den Küchenfliesen. Hektisch rutsche ich auf den Knien herum, um alle Scherben einzusammeln. Dass ich mich schneide, merke ich erst, als meine Finger blutige Abdrücke auf dem Boden hinterlassen.

»Weiß ich nicht«, murmele ich, ohne zu Nele hochzuschauen. »Und ich will es auch gar nicht wissen. Max hat nichts von ihnen erzählt, nur dass Anna aus der Nähe von Bamberg kommt. Vermutlich wohnen sie immer noch in Memmelsdorf, diesem Nest. Max will nicht über das ganze Thema reden, und ich bin froh darüber.«

»Aber Martin und Friederike …«

»Ich will ihren Namen nicht hören!«, zische ich. »Diese Frau hat mein Kind auf dem Gewissen.«

Und dann weigern sich meine Beine einfach, aufzustehen. Ich kauere auf den kalten Fliesen und komme nicht hoch, sosehr ich es auch versuche. Erst, als Nele ihre Hand auf meine Schulter legt, gelingt es mir, mich wieder auf meinen Stuhl zu ziehen.

Kurz schaut Nele mich mit einem so forschenden, durchdringenden Blick an, dass ich mich völlig transparent fühle. Dann nickt sie kurz, wechselt übergangslos das Thema und erzählt Geschichten irgendwelcher Leute, von denen mir die meisten gar nichts mehr sagen, weil ich schon viel zu lange raus bin aus unserem früheren gemeinsamen Leben. Aber dankbar sauge ich alle Informationen auf, nicke an den richtigen Stellen, mache zustimmende oder empörte Laute, und langsam, ganz langsam finden wir den Weg zurück in ein normales Gespräch. Nele fängt nicht mehr von den Geigers an, und ich bin ihr dankbar dafür.

Nicht einmal sie weiß, warum ich nicht darüber reden kann, weder mit ihr noch mit Thomas oder irgendeinem anderen Menschen auf der Welt. Nicht einmal, wenn ich ganz allein bin, schaffe ich es, die Gedanken zuzulassen.

Denn die Wahrheit ist, dass Jans Tod nicht Friederikes Schuld ist. Nicht allein. Ich selbst habe mein Kind auf dem Gewissen.

Charlotte

»Und dann haben Maike und ich uns auf dem Zeltplatz verlaufen.« Die Worte sprudeln aus Leonie heraus. Ich kenne niemanden, der morgens schon so gesprächig ist wie meine Tochter. Obwohl das Festival schon Monate her ist, erzählt sie immer wieder davon, und immer wieder kommen neue Details dazu, die sie bis dahin verschwiegen hat – wohl in erster Linie, um meine Nerven zu schonen. »Ihr glaubt ja nicht, wie verwirrend das nachts im Dunkeln ist. Überall Zelte und gespannte Schnüre und diese Haken, die aus dem Boden ragen.«

»O Gott, das darf ich mir gar nicht vorstellen«, stöhne ich, wende mich ab und widme mich in der offenen Küche den Pfannkuchen. »Erzähl mir so etwas nicht, Kind.«

Ihr unbeschwertes Lachen flirrt wie Konfetti durch den Raum. Unser gesamter Wohn-Ess-Bereich mit dem großen Tisch aus Akazienholz und der offenen Küche ist von goldenem Morgenlicht durchflutet, das überhaupt nicht vermuten lässt, wie kalt es draußen schon ist. Als ich vorhin meine Morgenrunde gejoggt bin, roch die Luft sogar schon nach Schnee. Der Boden ist hart und der Wind so schneidend, dass man sich den Schal um Mund und Nase wickeln muss. Als Thomas jetzt das Fenster öffnet, um kurz durchzulüften, strömt eisige Luft herein.

»Ich habe es überlebt, oder?«, triumphiert Leonie. »Und mir keine ansteckenden Krankheiten geholt, obwohl die sanitären Anlagen, na ja, unterirdisch waren.«

Dieses Kind. *Ja, dieses Mal hast du überlebt, aber was ist beim nächsten Mal, wenn du etwas Verrücktes unternimmst? Bleib zu Hause, lass mich dich beschützen, geh nicht raus in die gefährliche Welt,* will ich sagen, aber ich verkneife es mir. Je mehr ich versuche, sie zu beschützen, desto mehr treibe ich sie von mir weg, das ist mir mittlerweile klar. Aber es ist so schwer, fast unerträglich schwer, meine Kinder in die Welt hinausgehen zu lassen, wo all die Gefahren auf sie lauern. Max musste ich ziehenlassen, weil ich ihn nicht mehr halten konnte – und wozu hat es geführt? Verstört und enttäuscht ist er in meine Arme zurückgekehrt. Die Welt da draußen hält nichts bereit, aber vielleicht müssen meine Kinder das auch auf die harte Tour lernen – es gelingt mir nicht, sie davor zu beschützen.

»Nächstes Mal nimm mich mit. Ich war ewig auf keinem Festival mehr«, sagt Max jetzt und beißt herzhaft in sein Marmeladenbrötchen. So gelöst habe ich ihn nicht mehr erlebt, seit er nach Hause zurückgekehrt ist. Der Sonnenschein scheint sogar seine Laune aufzuhellen.

Thomas springt sofort darauf an. »Hey, klingt nach einer hervorragenden Idee. Wir machen einen Familienausflug aufs Rock-Festival.«

Ich muss daran denken, wie er damals vor Jahrzehnten war, als wir uns kennenlernten – mit dem wuscheligen Lockenschopf, den schlaksigen Armen, die aus den Ärmeln des viel zu weiten Shirts ragten, den abgetragenen Jeans und dem leicht verwirrten Schlafzimmerblick. Im Grunde genommen hat er sich seitdem gar nicht stark verändert, wären da nicht die Linien, die die Zeit in sein Gesicht gezeichnet hat und die von Kummer und Schmerz erzählen.

Leonie stöhnt. »Wie peinlich wäre das denn bitte, wenn ich mit Mama und Papa dort antanze? Max, du bist der Einzige, den ich mitnehme – und auch nur, wenn du mich auf den Schultern trägst, damit ich besser sehen kann.«

In ihrem Bandshirt mit den Buchstaben MCR – irgendeine dieser Bands, nach deren Musik sie so verrückt ist und mit denen ich nichts anfangen kann –, das ihr bis zu den Knien reicht, lümmelt sie auf ihrem Stuhl. Das blasse Make-up kann nicht verbergen, wie rosig ihre rundlichen Wangen sind.

Der Duft frischer Pfannkuchen breitet sich aus, und für einen kurzen Moment ist alles gut. Ich genieße es, meiner Familie beim Plaudern und Lachen zuzuhören. Wenn ich könnte, würde ich diesen Moment in einer Flasche verschließen und für dunkle Stunden aufbewahren, um dann daran zu schnuppern und den Duft von Frieden und Behaglichkeit und Harmonie zu riechen.

Es ist viel zu spät für die Biene.

Ihr Anblick zu dieser Jahreszeit ist so unwirklich, dass ich ihrem Flug für einen Augenblick einfach nur mit meinem Blick folge. Aber dann fange ich doch an, mich zu wundern und frage mich, was sie wohl hierhergeführt hat. Bei diesen Temperaturen kann sie nicht überleben, aber anstatt zum Überwintern bei ihrem Schwarm im Stock zu sein, taumelt sie träge durch den Raum. Ihr Brummen geht mir durch Mark und Bein, windet sich durch mein Gehirn und findet den Punkt, an dem Erinnerungen begraben liegen, die ich nicht an die Oberfläche lassen will. Erinnerungen an den Tag, als ich Jan gesucht – und zu spät gefunden habe. Meine Handflächen werden feucht.

Langsam torkelt das Insekt durchs Zimmer und lässt sich auf Leonies Marmeladenbrötchen nieder. Lächelnd hebt sie die Brötchenhälfte, ganz vorsichtig, um die Biene nicht aufzuschrecken. »Hey, willst du mein Essen klauen?«

Und in dem Moment legt sich in mir ein Schalter um.

»Pass auf! Finger weg!« Viel zu laut schreie ich auf, stürme auf

Leonie zu und entreiße ihr das Brötchen. Alles scheint gleichzeitig zu passieren. Leonie gibt ein erschrockenes Quietschen von sich, Max weicht zurück, ich pralle mit der Hüfte gegen die Kante des Tisches, der macht einen Ruck und stößt gegen Leonies Ellenbogen. Die lässt das Milchglas fallen, das sie in der anderen Hand hält. Laut klirrend zerschellt es am Boden. Das Summen wird lauter, die Biene ist vom Marmeladenbrötchen losgekommen und kreist hektisch durch den Raum.

»Mein Gott, Charlotte«, sagt Thomas leise.

Schwer atmend stehe ich da und betrachte das Chaos, das ich angerichtet habe: Das Brötchen, das ich Leonie förmlich aus der Hand geschlagen habe und das jetzt mit der Marmeladenseite nach unten auf der Tischplatte klebt, die Scherben und die Milchlache auf dem Boden, die schreckgeweiteten Augen meiner Kinder, die mich befremdet anschauen. Der stumme Vorwurf in Thomas' Blick. Scham lässt meine Wangen brennen.

Ruhig scheucht mein Mann die Biene zum Fenster hinaus und schließt es hinter ihr. Das ist der Moment, in dem Max so abrupt aufsteht, dass sein Stuhl polternd umkippt, hinausstürmt und die Tür hinter sich zuknallt.

»Scheiße!«, höre ich ihn gedämpft durch die Tür.

»Mama …«, beginnt Leonie gedehnt.

Ich zwinge ein strahlendes Lächeln auf mein Gesicht. »Alles gut, ich war nur erschrocken. Sie hätte dich stechen können, aber es ist ja gut gegangen. Lass nur, ich wische das auf. Vielleicht magst du ja nach deinem Bruder sehen?«

Ohne ein weiteres Wort verlässt sie den Raum.

Thomas schüttelt den Kopf und sieht so aus, als wolle er etwas sagen, aber ich komme ihm zuvor und hebe die Hand. »Nicht. Bitte sag nichts.«

Während ich auf dem Boden knie, spüre ich seinen Blick,

und fast wünsche ich mir, er würde mir seine Meinung ins Gesicht schreien. Es gibt Momente, in denen ich spüre, er würde mich am liebsten anbrüllen, um dieses grässliche, nichtssagende Schweigen und das unverbindliche Lächeln zwischen uns zu durchbrechen. Die Emotionen, die unter der Oberfläche brodeln, sind beinahe greifbar – aber alles, was wir einander zeigen, ist dieses sanfte Lächeln.

Schon wieder sammle ich Scherben auf.

Max

Rastlos tigere ich auf und ab. Mein Herz hämmert aggressiv.

»Wie hast du das bitte geschafft?«, fahre ich Leonie an, die sich nicht aus der Ruhe bringen lässt. »Wie hast du es geschafft, in dieser gottverdammten Familie groß zu werden, ohne an dem ganzen Mist zu ersticken? Du bist gleich in diese kaputte Familie reingeboren, hast den ganzen beschissenen Mist von Anfang an mitbekommen. Wie kann es sein, dass du nicht auch kaputtgegangen bist?«

Es will einfach nicht in meinen Kopf. Charlotte erdrückt mich, sie erdrückt uns beide mit ihrer Liebe und Fürsorge, sie nimmt Leonie ebenso die Luft zum Atmen wie mir. Leonie teilt ihr Leben vom ersten Tag an mit Jans allgegenwärtigem Geist, dem man in dieser Wohnung nicht entgehen kann und der wie ein Lufthauch zwischen uns allen spürbar ist.

Aber während ich es kaum ertrage und den drängenden Wunsch verspüre, alldem zu entfliehen, kommt sie zurecht. Wie durch ein Wunder hat sie sich ihr sonniges Gemüt bewahrt.

Doch jetzt hat ihr Lächeln etwas Trauriges. »Wir tun alle das, was wir tun müssen, um zu überleben, oder?«

Ich starre die Tür an, die sich hinter ihr schließt, als sie mich in meinem Zimmer alleine lässt. Es ist vermutlich keine gute Idee, aber ich muss Anna einfach sehen, ich brauche sie. Das Foto von ihr in der Regnitz habe ich nicht nur auf der Kameraspeicherkarte, sondern auch auf meinem Handy, wo ich es mir jetzt anschaue. Sehnsüchtig betrachte ich ihr lachendes Gesicht, die windzerzausten Haare und die Lichtreflexe, die dem Bild etwas Zauberhaftes verleihen. Beinahe hätte ich sie angerufen, mein Daumen schwebt schon über dem Telefon-Icon. Aber was dann? Was hätte ich ihr sagen sollen?

»Du hast keine Ahnung, wie sehr du mir fehlst«, murmele ich und stecke das Handy wieder weg.

Martin

Schummriges Licht bricht sich im satten Gold des Bieres und wirft tanzende Reflexe auf das dunkle Holz der Wandtäfelung. Die urige Kneipe hatte schon vor zehn Jahren genau so ausgesehen wie jetzt, bestimmt auch schon vor zwanzig Jahren, sogar schon vor hundert Jahren. Wolf, der mit einem fleckigen Lappen über die Theke wischt und nur aufschaut, wenn jemand eine neue Runde bestellt, macht auch den Eindruck, als sei er vor hundert Jahren schon hier gewesen. Nichts ändert sich.

»Alles okay, Chef? Ist dir was ins Bier gefallen?« Mirella, eine der Angestellten, stößt ihn leicht an und grinst.

Er ringt sich ein Lächeln ab und konzentriert sich aufs Gespräch mit seinen Mitarbeitern. Der Stammtisch ist Tradition, einmal im Monat sitzen sie hier am Ecktisch, trinken und plaudern miteinander. Das familiäre Verhältnis in der Firma ist ihm wichtig – das will er auch jetzt nicht schleifen lassen, obwohl er beileibe andere Dinge im Kopf hat. Vor allem in den letzten Jahren, seit es in der Firma nicht mehr so richtig rund läuft – die Auftragslage ist okay, aber nicht wirklich gut –, will er den Mitarbeitern ein gutes Gefühl geben. Also lauscht er dem Tratsch, macht ein paar Scherze, trinkt Bier und stößt auf den neuesten Auftrag an.

»Dein Rücken ist wieder ganz okay?« Sanft stupst Mirella gegen seine Schulter.

»Ja, ja«, brummt er geistesabwesend.

In seiner Hosentasche vibriert sein Handy, verstohlen wirft er einen Blick darauf. *Rosa.* Wie immer, wenn er eine Nachricht von ihr bekommt, breitet sich dieses warme Gefühl in seiner Magengrube aus.

»Entschuldigt mich mal kurz«, murmelt er, schiebt sich an Mirella vorbei und bahnt sich seinen Weg zwischen den Tischen, Hockern und Stühlen hindurch.

»Gehst du rauchen? Willst du Gesellschaft?«, ruft sie ihm hoffnungsvoll hinterher.

Er winkt ab, wissend, dass er sie damit enttäuscht. Zum Teufel damit, er verbringt ohnehin sein ganzes Leben damit, die Erwartungen anderer zu erfüllen. Zumindest fünf Minuten an der frischen Luft, alleine, will er sich nehmen. »Nur kurz telefonieren.«

Die abendliche Kälte hat etwas Wohltuendes an sich. Er lehnt sich an die raue Hausmauer und schaut die Straße hinunter. Die regenfeuchten Pflastersteine reflektieren den Schein der Straßenlaternen, ein Muster aus verworrenen, dunklen Fugen und schimmernden Flächen.

Erneut nimmt er das Handy zur Hand.

›Kapitel neunundzwanzig fertig. Kann für nichts garantieren, lese heute Nacht vielleicht doch bis zum Schluss. Ich MUSS wissen, wer der Killer ist‹, hat sie getextet.

Er muss grinsen. Er und Rosa lesen gerade den gleichen Thriller, vereinbaren Etappen und tauschen sich dann per Chat oder Telefon darüber aus.

Ein wenig wie Friederike damals mit ihrem Leseclub. Der Gedanke sticht wie eine Nadel, hastig verdrängt er ihn.

›Untersteh dich‹, schreibt er zurück. ›Wir haben eine Vereinbarung, schon vergessen? Auf Verstöße steht die Höchststrafe.‹

›Wir haben noch immer nicht geklärt, worin diese Strafe besteht.‹ Ihre Antwort kommt sofort.

›Willst du nicht wissen.‹ Er schmunzelt. Von ihr zu hören, macht einfach jeden Tag besser. ›Ich komme heute leider nicht zum Lesen – Firmenstammtisch. Wir sitzen in der Kneipe, trinken mittelgutes Bier und schreien uns gegenseitig an, um die Geräuschkulisse zu übertönen.‹

›Klingt wunderbar, bin ein bisschen neidisch. Meine Gesellschaft heute besteht aus meiner Katze, einer ganzen Kanne Tee und dem Buch.‹

Unwillkürlich stellte er sich vor, wie sie auf der Couch sitzt – Rosa mit ihren braunen Locken, die auf den Fotos so weich aussehen, dem feinen Gesicht, dem klugen Blick – eine cremefarbene Wolldecke über den Beinen, das Buch in einer und die Teetasse in der anderen Hand, während sich die Siamkatze schnurrend auf ihrem Schoß zusammenrollt. Tief saugt er die kalte Luft ein und lässt den Blick wieder schweifen.

Er könnte einfach losgehen, denkt er, einfach die Straße entlang, weg von der Kneipe und seinen Mitarbeitern. Alles hinwerfen, in die Ferne ziehen, ein neues Leben aufbauen, einfach gucken, wohin es ihn verschlägt. Sein Glück vielleicht in einer großen Stadt versuchen. Damals hat er an Charlottes Lippen gehangen, wenn sie von ihrem Stadtleben, der Galerie, den Partys erzählt hat, aber warum nicht noch weiter weg? Wieso in Deutschland bleiben? Sein Englisch ist ganz passabel, er kann unzählige Wege einschlagen.

Und doch keinen anderen außer dem, auf dem er sich gerade befindet. Er muss für Anna da sein, das ist seine wichtigste Aufgabe, seit Rike ihn zum alleinerziehenden Vater gemacht hat. Weder sie noch Rikes Eltern darf er im Stich lassen. Ein neues Leben anzufangen steht ihm nicht zu, so einfach ist das.

Wieder vibriert sein Handy.

›Ist es verrückt, jemanden zu vermissen, den man noch nie gesehen hat?‹, hat Rosa geschrieben.

Er beißt sich auf die Unterlippe. Vielleicht ist es verrückt, aber möglich ist es definitiv.

Noch eine Nachricht von ihr, ohne dass er auf die vorherige geantwortet hat. ›Ich kann nicht ewig auf dich warten, Martin. Ich will dich kennenlernen, ich will es wirklich, und ganz bestimmt will ich dich nicht unter Druck setzen, indem ich hundertmal frage. Aber langsam habe ich das Gefühl, du wirst nie bereit sein, mich zu treffen. Dein Leben nimmt dich zu sehr gefangen.‹

Seine Miene verfinstert sich, er steckt das Handy weg. Ja, gefangen. Vielleicht ist er das. Sosehr er Anna liebt und so gern er seine Schwiegereltern hat, so schön das Haus und Memmelsdorf auch sind – manchmal fühlt er sich gefangen in seinem eigenen Leben.

Anna

Beim Trinken aus der Flasche teilen sich die Menschen in zwei Lager. Es gibt die, die die Flaschenöffnung an den Lippen ansetzen und dabei oben einen Spalt für die Luft freilassen, und jene, die die gesamte Öffnung mit den Lippen umschließen und sich dann an der Flasche festsaugen.

Und dann gibt es Fee, die ihre ganz eigene Methode hat. In winzigen Schlucken lässt sie die Cola in ihren Mund tropfen und wippt dabei leicht in den Knien. Heute ist ein besonders guter Tag, um sie zu studieren, denn vor lauter Nervosität nippt sie unentwegt an ihrer Flasche, läuft im Minutentakt zur Toilette und macht sich ständig ein neues Getränk auf.

»Glühwein für die Nerven?«, schlägt Anna vor.

Fee schüttelt den Kopf. »Oh, besser nicht. Ich kenne mich. Wenn ich damit jetzt anfange, bin ich gleich nicht mehr zurechnungsfähig. Und das hier, das ist wichtig.«

Mitfühlend legt Anna den Arm um Fee und drückt sie, leicht besorgt, dass sie gleich aus den Latschen kippen könnte. Verdammt blass und zittrig sieht sie jedenfalls aus.

Der Schulterriemen der Tasche schneidet tief ein, zum wiederholten Male wechselt Anna die Seite und ächzt unter der Last. Fee bemerkt das nicht, sie schaut immer wieder auf ihre Dinosaurier-Kinderuhr.

Ein ausgefeilter, mehrstufiger Versöhnungsplan, entworfen von Anna höchstpersönlich, hat sie hierhergeführt – auf den

Campus, wo ein paar Studenten kurzerhand beschlossen haben, mit der Vorweihnachtszeit zu starten und einen kleinen, improvisierten Weihnachtsmarkt aufzubauen. Sie haben Lichterketten und Lampions aufgehängt, die den Platz zwischen den Gebäuden in ein schummriges, zauberhaftes Licht tauchen. Gegen kleines Geld wird Glühwein ausgeschenkt, und gut gelaunte Studenten stehen in kleinen Gruppen zusammen.

Anna und Fee gehen mit an Sicherheit grenzender Wahrscheinlichkeit davon aus, dass Silke hier sein wird.

In Annas Riesentasche rumpeln die Requisiten: kleine Musikboxen, die sie per Bluetooth mit ihrem Handy verbinden kann. Eine romantische Playlist zur musikalischen Untermalung der Versöhnungsszene, inspiriert von den zehn größten Liebesfilmen, die sie letzte Nacht noch recherchiert hat. Taschentücher für den Fall, dass alles nichts hilft und Fee weinen muss. Spickzettel für Fees Entschuldigungsrede, basierend auf den Informationen, die Anna aus ihr herausgequetscht hat – natürlich nur für den Notfall, falls Fee vor lauter Nervosität die Worte fehlen. Eine Flasche Sekt und zwei Gläser, die sie zum Schutz sorgfältig in Geschirrtücher gewickelt hat.

Eine Stimme in Annas Hinterkopf sagt ihr, dass sie eventuell über das Ziel hinausgeschossen sein könnte, aber sie teilt dieser Stimme energisch mit, dass in jedem Fall zu viel besser ist als zu wenig.

»Du schaust schon wieder aufs Handy. Das macht mich nur noch nervöser«, jammert Fee.

Schuldbewusst zuckt Anna zusammen und versenkt das Gerät wieder in der Tasche, das sie unbewusst hervorgeholt hat, um einen Blick aufs Display zu werfen. Diese Handlung ist ihr in Fleisch und Blut übergegangen, rastlos sucht sie auf dem Handy nach einem Lebenszeichen von Max, wohl wissend, dass er sich nicht meldet. Sie *weiß* mit absoluter Sicherheit, dass da keine Nachrichten von ihm sind, keine verpassten Anrufe, gar nichts. Die Leere auf dem Handydisplay spiegelt die in ihrem Herzen wider. Fröstelnd tritt sie von einem Fuß auf den anderen und geht noch einmal im Kopf durch, ob sie auch wirklich nichts vergessen hat.

»Das ist doch alles Blödsinn«, murmelt Fee. »Lass uns gehen, Anna. Es bringt nichts. Ich hab es vermasselt. Was soll ich ihr denn bitteschön sagen? Nachdem ich mich so bescheuert aufgeführt habe, kann ich ihr doch gar nicht unter die Augen treten. Komm schon, lass uns abhauen.«

Und dann taucht Silke auf – und alle Vorbereitungen sind überflüssig. Das ist Anna in dem Moment klar, als Silke Fee entdeckt, keine Sekunde zögert und geradewegs auf sie zusteuert.

»Können wir reden?«, fragt Silke.

»Darum bin ich hier«, antwortet Fee leise. »Silke, es tut mir so leid. Ich war ein riesengroßer Hornochse.« Nicht die Worte, die Anna und Fee – vielmehr Anna, um ehrlich zu sein – so sorgsam zurechtgelegt haben.

In Silkes Augen blitzt es, aber ihre Stimme ist so sanft und ruhig wie immer. »Ja, warst du. Und jetzt nicht mehr?«

Anna macht einen Schritt zurück, dann noch einen und entfernt sich diskret, um den beiden die Gelegenheit zu geben, sich ungestört zu unterhalten. Aber so, wie sie aufeinander fixiert sind, hätten sie es wahrscheinlich nicht einmal gemerkt, wenn Anna direkt neben ihnen stehen geblieben wäre. Was sie sagen, versteht Anna nicht, aber sie sieht ihnen noch einen Moment lang zu und kann gar nicht anders, als zu bemerken, wie entrückt die zwei auf einmal wirken – weit weg von allen anderen, in ihre eigene Welt versunken, in der es nur sie beide gibt. Instinktiv machen alle anderen einen kleinen Bogen um sie, als gäbe es eine unsichtbare Mauer, die sie schützt. Einmal mehr wundert sich Anna darüber, wie gegensätzlich sie aussehen und sich geben: Silke mit ihrem braunen, wuscheligen Dutt und dem senffarbenen Schal ist eher schweigsam und nachdenklich, und Fee, wie üblich nicht nur wegen ihrer Haarfarbe ein Hingucker, trägt Doc Martens, eine zerrissene Netzstrumpfhose und eine knallbunte, viel zu weite Jacke und gestikuliert wild beim Reden.

Ohne sich sichtbar zu bewegen, rücken die beiden einander spürbar näher. Und Anna kapiert, dass sie wieder zueinander finden werden, ganz ohne Plan und großes Theater, ohne ihre Notizen, Tabellen und Listen und die tonnenschweren Requisiten in ihrer Handtasche. So einfach kann es manchmal sein.

Ächzend wuchtet sie die Tasche noch einmal auf die andere Schulter und stellt sich am Glühweinstand an, weil die Vorstellung, jetzt schon nach Hause zurückzukehren und allein zu sein, sie traurig stimmt. Zwei Mädchen, eingehüllt in Wollmäntel und Parfumduft, unterhalten sich vor ihr in der Schlange.

»Ich habe jetzt schon genug von der Kälte. Und dabei ist es noch nicht einmal richtig losgegangen«, klagt die eine lachend. »Dafür bin ich echt nicht gemacht. Am liebsten würde ich mich ins nächste Flugzeug setzen und ganz weit weg fliegen, irgendwohin, wo es so richtig heiß ist.«

»O ja, ans Meer«, stimmt die andere zu.

Und diese Bemerkung reicht aus, um alles, was Anna so angestrengt unter Verschluss zu halten versucht, loszutreten. *Ans Meer.* Dorthin will sie auch, ans Meer und in die Vergangenheit und zu Max. Sich mit ihm in die Fluten stürzen und weder an gestern noch an morgen denken. Seine salzigen Lippen küssen, wieder und wieder. Mit ihm nachts am Lagerfeuer sitzen, den Sand unter den Füßen spüren und das Meer, das eine endlos weite, tiefschwarze Fläche ist, rauschen hören. Und es tut weh, so weh, dass sie so etwas nicht mehr erleben werden.

Wird es für immer so weitergehen? Wird sie ständig an Max erinnert werden und sich dann schmerzlich ins Gedächtnis rufen, was sie verloren hat? Laut Statistik dauert es etwa siebzehn Monate, bis ein gebrochenes Herz heilt, sie hat es nachgelesen. Die akute Phase soll spätestens nach drei Monaten abgeschlossen sein. Zahlen und Statistiken sind das, worauf sie sich immer verlassen konnte, aber was sind sie jetzt wert? Es fühlt sich nicht so an, als könnten all die Monate, die noch vor ihr liegen, etwas daran ändern, was Max ihr bedeutet. Kann Anna lernen, ihn nicht mehr zu vermissen? Sie glaubt nicht daran.

Max

»Da fehlt alles«, sage ich finster. »So viele Fotos in dieser verdammten Wohnung, und sie erzählen überhaupt nichts. Man guckt sie sich an und erfährt nichts. Nichts! Rein gar nichts.« Ein freudloses Lachen bricht aus mir heraus und erschreckt mich selbst. »Als wäre das alles einfach ausradiert.«

Kurz herrscht Schweigen am anderen Ende der Leitung. »Langsam machst du mir wirklich Sorgen«, sagt Ben dann ruhig.

Müde reibe ich mir mit der freien Hand über die Augen. »Du solltest es sehen, Ben. An jeder Wand hängen Kinderfotos von meinem Bruder. Die Wände sind förmlich tapeziert damit. Aber ansonsten? Nichts. Manchmal bin ich zufällig im Hintergrund oder am Rand zu sehen, aber das ist auch schon alles. Man sieht nichts von unserem damaligen Leben. Nichts von der Vergangenheit, außer Jans Gesicht, als wäre er das Einzige, was es da gegeben hat. Keine Bilder von unserem Haus, vom Rest der Familie, von unserem verdammten Leben.«

»Okay. Ich kann verstehen, dass das alles gerade echt schwer für dich ist. Aber jetzt hör mir mal zu. Komm da weg, Max. Das tut dir nicht gut. Du machst dich kaputt. Komm zurück nach Bamberg, lass die Finger von der Sache.«

»Die Finger von der Sache lassen. Die *Sache* ist mein Leben.«

Obwohl ich ihn nicht sehe, kann ich mir gut vorstellen, wie er die grauen Augen hinter den Brillengläsern unwillig verdreht. Im Hintergrund setzt Babygeschrei ein, und ich merke, dass Ben das

Handy fester an sein Ohr drückt und mit der Hand abschirmt. »Dein *Leben*«, er betont das Wort, »ist das, was du jetzt gerade hast, verstehst du? Die Entscheidungen, die du Tag für Tag triffst. Und das mit Anna war ein nicht unwichtiger Teil deines Lebens, würde ich behaupten.«

Ihren Namen zu hören, trifft mich wie ein Schlag mitten in die Eingeweide. »Du sagst es selbst«, presse ich hervor und fühle mich wie ein Luftballon, aus dem langsam die Luft entweicht. »*War* ein Teil meines Lebens. Es ist vorbei.«

»Muss es das denn sein?«

»Hast du mir nicht zugehört? Hast du nicht verstanden, was ich dir alles erzählt habe?«

»Schon. Aber verstehen kann ich trotzdem nicht, warum du zulässt, dass die Vergangenheit eure Gegenwart kaputtmacht. Das ist doch Wahnsinn.«

Frustriert schüttele ich den Kopf. Er kapiert es einfach nicht. Er hat keine Ahnung, wie sich das anfühlt. Und wie soll er auch? Rein rational gesehen hat er natürlich recht. Nur, dass ich das nicht rational sehen kann, ebenso wenig wie all die anderen Menschen, die davon betroffen sind.

»Du vermisst sie, oder?«

Ich brauche einen Moment, bevor ich antworten kann. Das Gefühl überrollt mich mit einer solchen Intensität, dass es weh tut. »In jeder Sekunde. Ich vermisse sie immer – alles an ihr. Verdammt, ich vermisse sogar den Hamster, den ich ihr geschenkt habe und der jetzt in ihrem Zimmer wohnt.«

Schritte, das Geräusch einer Tür, die geschlossen wird. Das Babygeschrei ist jetzt nur noch gedämpft zu hören.

»Max, ich meine es ernst. Du musst da weg. Ich habe bei Vanessa ein gutes Wort für dich eingelegt. Gesagt, dass etwas Schlimmes vorgefallen ist und du deshalb nicht zur Arbeit kommst, hab sie um Verständnis gebeten. Aber sie wird nicht ewig warten. Du bist nicht der einzige gute Fotograf, du bist nicht unersetzlich, so ungern ich das auch sage. Zieh einen Schlussstrich. Komm zurück in den Job. Geh mit mir was trinken, heul dich aus, mach weiter. Und, wenn du einen Bonustipp hören willst: Sprich mit Anna. Versuch das mit euch geradezubiegen.«

Wie einfach das bei ihm klingt. »Das geht nicht, Ben. Glaub mir, das würde ich gerne. Aber ich kann nicht.«

Er seufzt, als hätte er das schon geahnt. »Na schön. Dein Leben, deine Entscheidung. Habt ihr einen Keller?«

»Was?« Der abrupte Themenwechsel überrumpelt mich.

»Wenn ich alte Fotos hätte und sie aus irgendeinem Grund nicht im Haus haben wollte, würde ich sie in den Keller bringen.«

*

Der Keller. Warum habe ich nicht daran gedacht? Da unten sind all die Kartons, die meine Eltern bei jedem Umzug von Wohnung zu Wohnung mitschleppen, ohne vermutlich selbst so genau zu wissen, was darin ist. Kram, den man nicht braucht, von dem man sich aber nicht trennen kann, weil er zu schade zum Wegwerfen ist.

Ich finde alte Plüschtiere. Ein originalverpacktes Topfset, das meine Mutter mal geschenkt bekommen hat. Tennissachen, weil mein Vater mal ganz früher gespielt hat, lange bevor er seine Leidenschaft fürs Radfahren entdeckt hat. Ich grabe tiefer, wühle mich durch Schichten der Vergangenheit und vergessene Episoden unserer Familie. Und stoße schließlich in der letzten, hintersten Kiste auf das, was ich suche.

Unmengen von Fotoalben. Beinahe ehrfürchtig wuchte ich

sie aus dem Karton, lege sie auf den Kellerboden und knie mich davor. Im kalten Licht der Leuchtstoffröhren halte ich kurz inne und gebe mich einem Moment des Zögerns hin, dann fange ich an zu blättern.

All die Fotos, von denen ich geahnt habe, dass es sie geben muss – hier sind sie. Fein säuberlich hat meine Mutter sie sortiert und eingeklebt, beschriftet mit ihrer schwungvollen Handschrift. Meine Kindheit. Unser Familienhaus. Die Vergangenheit. All das liegt vor mir, gebannt auf Fotopapier, für immer konserviert.

Meine Hand zittert, als ich über ein Bild von unserem Haus streiche. Ich kann mich nicht daran erinnern, je dort gelebt zu haben, und doch bin ich kürzlich erst dort gewesen, habe es von außen gesehen, bewohnt von anderen Leuten, ohne zu wissen, dass es mein Zuhause gewesen ist. Und da, im Hintergrund – da ist Annas Haus. Da habe ich mit ihr und ihrem Vater gesessen, Kaffee getrunken und nicht geahnt, dass uns eine gemeinsame Vergangenheit verbindet.

Fotos von einer Familienfeier. Einem Kindergeburtstag, wie ich jetzt erkenne. Luftballons und Torte. Jans strahlendes Gesicht. Ich selbst als ganz kleiner Junge, wie ich den Zeigefinger in die Buttercreme bohre, verschmitzt grinse und mich dabei offensichtlich unbeobachtet fühle. Tulpen, die bunt, beinahe grell, leuchten.

Und da sind noch andere Leute. Mamas Freundin Nele, unverkennbar. Und neben ihr am Tisch? Der Mann muss Annas Vater sein. Martin. Die dunkelhaarige Frau erkenne ich von Annas Fotos wieder, ihre Mutter. Friederike. Und das kleine Mädchen, dessen blonden Haare in der Sonne wie ein Heiligenschein leuchten? Am liebsten hätte ich das Bild vergrößert, um an Anna heranzukommen, um ihr zauberhaftes Gesicht besser zu sehen.

Plötzlich halte ich es hier nicht mehr aus, in diesem muffigen Keller mit dem surrenden Licht. Ich taumele die Treppe hoch, fliehe förmlich vor den Bildern und stoße im Hauseingang mit meinem Vater zusammen, der gerade vom Radfahren zurückkommt – in Funktionskleidung, mit schnittigem Helm auf dem Kopf. Erschrocken sieht er mich an.

»Woher kommst du denn?«, fragt er.

Und plötzlich packt mich die Wut. »Aus dem Keller. Da, wo ihr die ganzen alten Fotos versteckt habt, als gäbe es schmutzige Geheimnisse.«

Er weicht einen Schritt zurück, fühlt sich sichtlich unwohl. »Es würde deiner Mutter zu weh tun, die Bilder um sich zu haben.«

»Und dir? Was ist mit dir?«, fahre ich ihn an. »Bist du nur auf der Welt, um dich um sie zu kümmern? Was ist mit dir? Warum sagst du nie was? Warum hast du uns nicht die Wahrheit erzählt, mir und Leonie?«

Er krümmt sich unter meinen Fragen. »Es war besser so«, bringt er schwach hervor. »Ihr Kinder solltet nicht mit dieser entsetzlichen Geschichte aufwachsen.«

»Sind wir aber!« Ich schreie auf einmal, ohne es zu wollen. »Hat dieser Mist nicht Tag für Tag unser Leben bestimmt? Indem ihr es totgeschwiegen habt, habt ihr es noch schlimmer gemacht. Wir sind kaputt, eine total kaputte Familie. Keiner traut sich, irgendwas zu sagen. Alle schleichen auf Zehenspitzen an Jans Bildern vorbei. Alle versuchen, Mamas fragile Psyche zu schonen, während sie wiederum versucht, uns zu beschützen. Das alles ist so krank.«

Seine Hand schließt sich ums Treppengeländer. Und der Schrecken weicht aus seinem Gesicht, macht einer Mischung aus Mitleid und Härte Platz.

»Es tut mir leid, Max. Aber das ändert nichts. Ebenso wenig, wie die Wahrheit etwas geändert hätte.«

Ich presse die Zähne zusammen. »Weißt du, was etwas geändert hätte? Wenn du da gewesen wärst.«

»Ich war doch da«, sagt er leise.

Ich schüttele den Kopf und weiß nicht, ob ich lachen oder weinen sollte. »Nicht wirklich. Von Jahr zu Jahr bist du unsichtbarer geworden. Du siehst zu, wenn Mama uns mit ihrer Fürsorge erdrückt, und machst dich aus dem Staub, wann immer es ernst wird.«

Der Vorwurf trifft ihn, das sehe ich ihm an. Vernehmlich atmet er ein, bevor er eine Antwort zustande bringt. »Habe ich noch nicht genug gemacht? Nicht schon genug zur Tragödie beigetragen?«, flüstert er. »Ich habe Charlotte überredet, nach Memmelsdorf zu ziehen. Ich habe an meinem Traum vom Landleben festgehalten, obwohl ich gemerkt habe, dass sie dort nicht zurechtkam. Und ich habe gesehen, was der Schmerz über den Verlust mit ihr gemacht hat. Ich werde nichts tun, was sie noch weiter verletzt, und keine Wunden aufreißen, wenn ich es vermeiden kann.«

Und plötzlich verpufft meine Wut, so schlagartig, wie sie aufgewallt ist. Mit schleppenden Schritten gehe ich an ihm vorbei die Stufen zur Wohnung hoch. Im Ohr habe ich Bens Worte: *Komm weg da, Max. Das tut dir nicht gut.*

Charlotte

Und wieder liege ich wach im Bett. Lausche seinen Atemzügen, so ruhig, friedlich und tief, als sei ihm niemals etwas Schlimmes widerfahren. Als sei sein ganzes Leben pastellfarben, kuschelweich und sanft. Als hätte uns das Schicksal nicht zerrissen und zerfetzt und dann wieder notdürftig zusammengeflickt, kaum als die zu erkennen, die wir davor waren.

Ich liege und lausche. In meiner Brust schwillt etwas an, etwas Wildes und Zerstörerisches, ein Pochen und Dröhnen, das immer lauter wird, bis mein Kopf fast explodiert und ich das Gefühl habe, gleich müsse es aus mir herausplatzen und sich in einem gewaltigen Schrei Luft machen. Aber was über meine Lippen kommt, ist eine Mischung aus Seufzen und Wimmern, so leise, dass er es nicht hört und nicht davon aufwacht.

Und in dem Moment hasse ich ihn.

Der rasende Hass rollt über mich hinweg wie eine glühend heiße Woge. Ganz reglos liege ich da und starre aus weit aufgerissenen Augen an die Decke, während meine Atemzüge immer schneller und hektischer werden. Tränen schießen mir in die Augen – es sind Tränen der Wut.

Wie kannst du? Wie kannst du nur? Wie kannst du weitermachen und schlafen und glücklich sein? Wie kannst du vergessen, was war? Wie kannst du mich zurücklassen an diesem dunklen Ort?

Ich balle die Hände zu Fäusten, so fest, dass es weh tut –

will sie in mein Kissen rammen, will sie Thomas ins Gesicht schmettern und sehen, dass er Schmerzen erleidet, so wie ich. Erschrocken über mich selbst, atme ich noch schneller, bis nur ein hektisches Hecheln bleibt und sich alles um mich herum zu drehen beginnt. Krampfartig hebt und senkt sich mein Brustkorb. So oft haben mich diese Gedanken und Gefühle schon überfallen – und jedes Mal, jedes einzelne Mal erschrecke ich.

»Jan«, flüstere ich, drehe mich auf die Seite, weg von Thomas, und rolle mich ganz klein und eng zusammen, zu einem Ball aus Schmerz und Trauer und Einsamkeit.

Ich denke an sein Lachen und seine weichen Haare, an seinen konzentrierten Blick, wenn er ganz ins Malen und Zeichnen vertieft war, und an den Klang seiner Stimme. Es zerreißt mich, so sehr fehlt er mir. Es sind jetzt andere Tränen, die mir übers Gesicht strömen und ins Kissen sickern. Sie erzählen nicht von Wut, sondern von Trauer und Verlust. Es gibt nichts, was ich nicht hergäbe, um ihn noch einmal umarmen oder zumindest sehen zu können, um einen kurzen Blick auf sein Gesicht erhaschen zu dürfen und für einen Moment dieselbe Luft zu atmen wie er. Nach all den Jahren ist es immer noch unvorstellbar, dass es ihn nicht mehr gibt, dass er einfach von dieser Welt verschwunden ist und dass nichts von ihm übrig geblieben ist. Dass das, was warm und weich und lebendig war und nach Shampoo und Seife geduftet hat, eiskalt und tot unter der Erde liegt.

Alles, was ich seitdem und für den Rest meines Lebens tun kann, ist, auf meine verbliebenen Kinder aufzupassen, mit allem, was ich habe, damit ihnen etwas so Entsetzliches nicht widerfährt. Und mich durch die unzähligen Tage zu schleppen, die sich vor mir auftürmen. Und mich Nacht für Nacht, so wie jetzt, in den Schlaf zu weinen.

Anna

Und wieder liegt sie wach im Bett.

In den Nächten fehlt er ihr besonders. Rastlos wälzt sie sich hin und her und denkt an die Vergangenheit mit ihm und die Zukunft ohne ihn. Gedanken, die sie tagsüber zurückdrängen kann, fallen nachts über sie her wie wilde Tiere.

Mister Donut raschelt in seinem Käfig herum. Es ist seltsam tröstlich, nicht ganz allein hier in diesem Zimmer zu sein. Den Raum mit einem anderen Lebewesen zu teilen. Und etwas von Max hier zu haben, etwas, was an ihre gemeinsame Geschichte erinnert.

Ehe sie sich selbst daran hindern kann, greift sie nach ihrem Handy und scrollt durch all die Nachrichten, die er ihr geschickt hat, und die wenigen gemeinsamen Fotos von ihnen. Sie wünschte, sie hätte mehr Bilder gemacht. Zwischen Buchstaben und Fotos sucht sie nach ihm und findet ihn ebenso wenig, wie dann, wenn sie rastlos durch die Straßen der Altstadt streift und sich dabei einzureden versucht, sie würde einfach nur spazieren gehen, anstatt unentwegt nach ihm Ausschau zu halten.

Seine Worte kommen ihr in den Sinn: *Fotos sind wichtig.* Man braucht sie, um die Vergangenheit festzuhalten, wenn die Erinnerung allmählich brüchig wird, Risse bekommt und nach und nach wegbröckelt. Noch hat sie ihn so deutlich vor Augen, als stünde er direkt vor ihr. An jeden Sprenkel in seinen Augen und die Form seiner kleinen Narbe und den genauen Farbton seiner Haare kann sie sich erinnern. Sie könnte die Form seiner Lippen nachzeichnen und die Linie seines Hüftknochens, wenn er auf der Seite gelegen und sie angesehen hat. Vor allem den Schwung seiner Mundwinkel, dieses kleine Kräuseln, wenn er sich über sie lustig gemacht hat.

Das alles sieht sie jetzt ganz deutlich in ihrem Kopf. Aber das Bild wird verblassen und irgendwann ganz verschwinden, und diese Vorstellung macht ihr eine solche Heidenangst, dass sie heulen könnte. Sie hat zu wenige Fotos von ihm, nicht ansatzweise genug, um sich so an ihn erinnern zu können, wie sie will. Jeden ihrer gemeinsamen Momente hätte sie festhalten müssen.

Aber dann ist da plötzlich ein anderer Gedanke, der alle anderen verdrängt. Vielleicht will sie ja gar nicht die wenigen Erinnerungen konservieren und sie krampfhaft festhalten, sondern neue Erinnerungen mit ihm schaffen.

Das, was unmöglich ist, wünscht sie sich am meisten. Und wie jedes Mal ist es der Gedanke an Max, der sie in den Schlaf begleitet.

Max

Die Zeit läuft immer langsamer, je länger ich hier bin. Ich wehre mich nicht mehr dagegen, nicht gegen Charlottes Fürsorge und auch nicht gegen die Erinnerungen, die wie hässliche kleine Tiere in jeder Ecke und jedem Winkel lauern und schmerzhaft zubeißen, wenn man sie aus Versehen streift. Die Lethargie, in die ich abgeglitten bin, ist angenehm wohltuend und betäubt meinen Kummer. Manchmal ertappe ich mich dabei, stundenlang durch die Wohnung zu laufen und die unzähligen Kinderfotos von Jan zu betrachten – von diesem Fremden, der mein Bruder ist. Das tut weniger weh, als durch die Bilder von Anna zu scrollen.

Wie ein Geist schleiche ich durch die Räume, in der Hand ein Schälchen mit Schokopudding, dessen süßer Geschmack immer noch die gleiche tröstliche Wirkung wie früher hat.

Im Wohnzimmer läuft der Fernseher, Leonie streamt eine ihrer liebsten Survival-Sendungen, telefoniert gleichzeitig und wühlt mit der anderen Hand in einer Popcornschüssel. Ultimatives Multitasking, das sie mit Leichtigkeit handelt, während mir nach den endlosen Tagen im Bett angesichts des Chaos' der Kopf schwirrt. Dramatische Bilder angreifender Krokodile, aufgewühltes Wasser, spitze Zähne und zuschnappende Mäuler flackern über den Bildschirm.

»Der sicherste Weg, einer Krokodilattacke zu entgehen, ist, sich nicht an Flüssen aufzuhalten, in denen Krokodile leben«, kommentiert der Sprecher ernsthaft.

»Warum schaust du dir so etwas an?«, frage ich kopfschüttelnd. »Das ist noch abstruser als dieses Vulkanausbruch-Zeug, das du letztens geschaut hast.«

Sie bedeckt das Handy mit der Hand und flötet: »Man kann immer was dazulernen.«

Eine Antwort, die auch von Anna stammen könnte. Die Krokodilbilder und Leonies Geplapper verkommen zu einem Hintergrundrauschen, während ich langsam auf die gerahmten Bilder an der Wand zugehe. Jan, immer wieder Jan. Unzählige Augen folgen mir, wohin ich auch gehe, und sie alle gehören Jan.

Erst nach einer Weile bemerke ich, dass Leonie aufgehört hat zu telefonieren. Den Fernseher hat sie lautlos gestellt, aber immer noch reihen sich brutale Bilder aneinander: Ein Krokodil schnellt aus dem Wasser, versenkt seine Zähne in einem Zebra und zerrt das zappelnde Tier in den träge dahinfließenden Fluss. Nur das Ticken der altmodischen Standuhr, die so gar nicht zur restlichen modernen Einrichtung passt, durchschneidet die Stille. Unverwandt ruht Leonies Blick auf mir.

»Max. Wie lange soll das eigentlich so weitergehen?«

»Was meinst du?« Ich weiß sehr wohl, was sie meint.

»Du bist wie ein Zombie. Hast du eine Ahnung, wie lange du da jetzt schon stehst und die Fotos anglotzt? Verdammt nochmal – reiß dich zusammen und schaff deinen Hintern hier raus, meine Freunde kommen gleich zum *Dungeons & Dragons* vorbei. Die kriegen ja Panik, wenn die dich so hier sehen.« Bevor ich antworten kann, springt sie auf und baut sich vor mir auf. »Nein, weißt du was? Du musst dich nicht nur jetzt, sondern *überhaupt* zusammenreißen! Schaff deinen Hintern aus dieser Wohnung und krieg dein Leben wieder auf die Kette.«

Ich räuspere mich und ringe nach Worten. »Spinnst du? Das ist auch mein Zuhause.«

Sie stemmt die Hände in die Hüften und funkelt mich an. »Ist es nicht. Du bist ausgezogen, schon vergessen? Du wohnst in Bamberg, auch wenn du gerade mit eingezogenem Schwanz zu Mama geflüchtet bist. Schon klar, du hast Liebeskummer, das ist kacke und tut verdammt weh. Aber willst du dich jetzt ewig hier verstecken, dich mit Pudding vollstopfen und an gebrochenem Herzen verrecken? Das Leben geht weiter. Sprich dich mit deiner Anna aus, auf den Fotos sieht sie nämlich nach einer wirklich netten Person aus. Oder komm über sie hinweg, geh auf Partys, genieße dein Leben, lern eine neue Frau kennen. Oder einen Kerl. Was auch immer! Aber das hier«, ihre energische Geste schließt den ganzen Raum mit ein, »das muss aufhören. Du hast dich lange genug versteckt.«

Ich öffne den Mund, um etwas zu antworten, aber sie lässt mich gar nicht zu Wort kommen. Ihre Worte prasseln auf mich ein. Energisch tippt sie gegen meine Brust, um ihre Worte zu unterstreichen. »Und ja, das mit Jan ist eine verdammt tragische Geschichte. Und ich weiß, ich kann nicht wirklich mitreden, weil ich damals noch gar nicht auf der Welt war. Aber Himmel, Max, das ist ewig her! Du warst damals zwei Jahre alt. Meinst du nicht, es ist langsam an der Zeit, auch darüber hinwegzukommen? Ihr alle, wir alle, wir müssen darüber hinwegkommen und weitermachen. Und außerdem«, noch einmal rammt sie ihren Zeigefinger gegen meine Brust, »was ist bitteschön mit deiner Arbeit?«

»Hab mir freigenommen«, murmele ich kleinlaut, was nicht ganz der Wahrheit entspricht – bestenfalls daran kratzt. Erst als meine Mailbox mit Nachrichten von meiner Chefin vollgelaufen ist, habe ich mich endlich überwunden, Bescheid zu sagen, dass ich eine Auszeit brauche. Ob ich in Bamberg überhaupt noch einen Job habe? Gute Frage. Dabei bin ich so stolz auf diese feste Stelle gewesen, mit der ich mir und vor allem meiner Mutter zu beweisen versucht habe, dass ich mein Leben bestens im Griff habe.

»Ha!«, macht meine Schwester nur.

Ihre schwarz gefärbten Ponyfransen, die sie jeden Morgen sorgfältig mit dem Glätteisen schräg in die Stirn stylt, ziert eine Haarklammer mit pinkem Totenschädel. Zusätzlich zum großzügig aufgetragenen Eyeliner, der ihr den charakteristischen Oldschool-Emo-Look verleiht, hat sie sich zwei schwarze Sternchen unter die Augen geklebt. Einer der gestreiften Kniestrümpfe in Harry-Potter-Farben ist ihr bis zum Knöchel runtergerutscht. Aber noch nie habe ich meine kleine Schwester so ernst genommen wie in diesem Moment.

Mir fehlen die Worte. Widerstandslos lasse ich mich von ihr aus dem Wohnzimmer bugsieren, damit sie in Ruhe ihr Fantasy-Rollenspielzubehör aufbauen kann.

»Und wenn du dich hier noch länger mit Pudding mästen lässt, rollst du bald durch die Wohnung«, schießt sie hinterher und kneift mich in die Hüfte. Dann schließt sie die Tür.

Charlotte

Früh morgens aufstehen und joggen, bis meine Lunge brennt und ich in der eisigen Kälte meine Wangen nicht mehr spüre. Für die Kinder und Thomas kochen. Max mit Pudding versorgen. Mit dem Fahrrad den ganzen Weg zum Wochenmarkt fahren und frische Lebensmittel kaufen, weil ich mich seit *jenem Tag* nicht mehr hinter das Steuer eines Autos setzen kann, ohne in Panik zu geraten. Info-Broschüren aller guten Unis in der Nähe anfordern, weil Leonies Abi näher rückt und ich sie beim Schmieden ihrer Zukunftspläne unterstützen will, obwohl ich lieber die Zeit anhalten und sie für immer in der Schule lassen würde. Jede freie Minute, die mir darüber hinaus noch bleibt, mit meinen Hobbys füllen.

So sieht mein Alltag aus.

Aber in den letzten Tagen merke ich, dass sich etwas ändert, schwer in Worte zu fassen, wie ein Wetterumschwung in diesen vier Wänden. Max wird immer unruhiger – nachts höre ich ihn oft durch die Wohnung wandern, Stunde um Stunde. Als ich ihn das erste Mal gehört habe, bin ich hochgeschreckt und habe aus irgendeinem verrückten Grund gedacht, es wäre Jan, unter dessen Schritten der Boden sachte quietscht. Leonie, die sonst vor Leben übersprudelt, wirkt in sich gekehrt und nachdenklich. Thomas und ich? Festgefroren und gefangen in uns selbst. Das ist nichts Neues für uns, aber Max und Anna haben mit ihrer Liebesbeziehung schlafende Geister geweckt und Wrackteile an die Oberfläche gespült, die wir tief unter die Meeresoberfläche zu verbannen versucht haben.

Und dann kommt der Moment, in dem Leonie die Wahrheit ausspricht.

»So kann es nicht weitergehen.«

Ich lege überrascht meinen Pinsel beiseite, drehe mich zu ihr um und erschrecke vor dem Blick, den ich an ihr nicht kenne.

»Schätzchen, was meinst du?«

»Das alles.« Ihre Unterlippe zittert leicht. »Diese ganze verdammte Familie ist in eine … eine Schockstarre verfallen. Ihr müsst aufwachen, ihr alle. Mama, ich hab nie was gesagt. Ich hab es ja nie anders gekannt. Aber dann war ich bei meinen Freundinnen und konnte erst gar nicht fassen, wie anders es sein kann.«

Mir verschlägt es den Atem. Jahrelang habe ich alles getan, um für meine Kinder da zu sein. Habe sie behütet und mich für sie aufgeopfert. Mein ganzer Alltag kreist um sie. Der Vorwurf kommt aus dem Nichts und trifft mich wie eine Ohrfeige.

»Das meinst du nicht so«, krächze ich. »Was war denn nun bitte so schlimm? Leonie! Ich habe immer alles getan, um euch glücklich zu machen.«

»Erdrückt hast du uns!« Jetzt schreit sie, die Worte platzen einfach aus ihr heraus. »Du hast so große Angst, dass uns etwas passieren könnte, dass du uns die Luft zum Atmen nimmst. Du hältst uns fest, so fest, dass wir uns kaum bewegen können. Wie um Himmels willen kannst du das nicht sehen? Ich bin die Einzige hier, die Jan nie kennengelernt hat. Aber weißt du was? Ich verbringe jeden einzelnen Tag meines Lebens mit ihm. Er ist mein ständiger Begleiter, weil ihr, insbesondere du, ihn nie losgelassen habt. Wir leben alle in seinem Schatten. Und das wird sich nicht ändern, wenn *du* nichts änderst.«

Jedes Wort ein Felsen, der auf mich herabstürzt. All das, was ich nicht wissen wollte, wovor ich die Augen verschlossen habe. Ich möchte etwas sagen, ihr widersprechen, mich rechtfertigen, mich entschuldigen. Immer wieder beteuern, dass sie sich irrt, dass das nicht stimmen kann und dass ich nie, niemals in meinem Leben etwas täte, was ihr und Max schadet. Aber eisige Finger drücken meine Kehle zu und lassen kein einziges Wort heraus. Fassungslos weiche ich einen Schritt zurück, und sie folgt mir.

»Es tut mir leid, Mama.« Das Mitleid in ihrem Blick ist schwer zu ertragen. »Es tut mir leid, dass ich es sagen muss, aber irgendjemand muss es endlich tun. Diese Wohnung ist ein verdammter Totenschrein, genau wie die, in der wir davor gewohnt haben, und es jeder Ort sein wird, an den wir noch ziehen werden. Schau doch nur Max an, der ist echt am Ende. Ihr alle lebt noch immer in der Vergangenheit. Und wenn ihr damit nicht irgendwie abschließen könnt, geht ihr daran kaputt. Aber ich nicht, Mama. Ich will nicht mit euch kaputtgehen.«

Schweigend stehen wir einander gegenüber. Wartet sie auf eine Antwort? Weiß sie, dass ich ihr jetzt keine geben kann? Als sie den Raum verlässt, den ich manchmal großspurig als mein Atelier bezeichne, sinke ich langsam wieder auf meinen Stuhl. Ich sehe mein Mandala, die gleichmäßigen Formen und präzisen Linien, die die bunten Farben einsperren, und ich sehe mein Leben mit all den strengen Grenzen, die mich und meine Familie schützen sollen – vor den Erinnerungen, vor den Gefahren.

Ich weiß nicht, was am schlimmsten ist – dass sie all diese Worte mit sich herumgetragen hat – Gott weiß wie lange – und sie jetzt erst herausgelassen hat? Dass sie damit recht hat und dass ein Teil von mir, der es nicht wahrhaben will, das schon lange weiß? Dass ich beim besten Willen nicht mehr leugnen kann, dass mein Mädchen erwachsen wird und kein kleines Kind mehr ist, so gern ich sie auch für immer umsorgen würde?

Und plötzlich weiß ich, was ich zu tun habe. Als ich meinen Entschluss gefasst habe, geht es plötzlich ganz schnell. Ich rede mit niemandem, sage keinem Bescheid, schnappe mir Thomas' Autoschlüssel von der Kommode im Flur, schlüpfe in Mantel und Stiefel. Als ich unten vor dem Auto stehe, atme ich tief durch – oder versuche es, denn mein Atem ist so zittrig wie mein ganzer Körper. Meine Finger sind so steif, dass ich mehrere Anläufe brauche, um den Knopf am Autoschlüssel zu drücken.

Zum ersten Mal, seit Jan überfahren wurde, setze ich mich hinter das Steuer eines Autos. Alles in mir sträubt sich dagegen, Erinnerungen flackern in meinem Kopf auf – Bilder von Martins Firmenwagen, großen Reifen, Blut auf Asphalt.

Jans Kamera.

Jans Schuh.

Jans kleiner, regloser Körper.

Kalter Schweiß tritt mir auf die Stirn, aber ich schließe die Hände fest ums Lenkrad und gebe Gas.

Memmelsdorf.

Die Weite der grünen Landschaft erdrückt mich und gibt mir das Gefühl, winzig klein zu sein. Ich verliere mich in ihr.

All die Jahre sind nahezu spurlos an unserer Straße vorbeigegangen. Unser Haus ist ein Puppenhaus, niedlich und gepflegt, umringt von üppigen Sträuchern und Bäumen. Unser verlorenes Paradies, das sich für mich nur sehr selten, in einigen kostbaren Momenten, wie eines angefühlt hat – vielleicht weil ich nicht der Typ für diese Art von Paradies bin.

Erst, als ich genauer hinschaue, bemerke ich die Veränderungen. Die Hecke, die ich damals mit Friederikes Hilfe gepflanzt habe, ist viel höher geworden. Eines der Häuser in der Nachbarschaft war früher vanillegelb, jetzt erstrahlt die Fassade in leuchtendem Weiß. Die Teenager, die vorbeilaufen, gucken auf ihre Smartphones, und unwillkürlich frage ich mich, ob sie mit meinen einstigen Nachbarn verwandt sind.

Klar und beißend kalt strömt die Luft durchs offene Autofenster herein, aber ich sperre sie nicht aus. Vielleicht rede ich mir ein, ich würde es irgendwann schaffen, auszusteigen, wenn ich hier drin anfange, richtig zu frieren. Fast eine Stunde sitze ich hier schon, die leuchtende Ziffernanzeige ist gnadenlos ehrlich.

Ich bin die ganze Strecke ohne Zwischenstopp und Pause gefahren, den Blick starr nach vorne auf die Straße gerichtet, die Hände ums Lenkrad verkrampft – nur hin und wieder musste ich mir den Schweiß von der Stirn wischen, bevor er mir in die Augen rinnen konnte. Die ganze Zeit spürte ich meinen tobenden Herzschlag in meiner Kehle.

Und jetzt bin ich hier, schinde Zeit, drücke mich vor der Begegnung. Betrachte unser Haus und glaube fast, durchscheinende Schemen im Garten zu sehen: Jan und Max, den ich damals noch Theo nennen durfte. Erinnerungen an gemütliche, laue Sommerabende mit Thomas, an denen wir auf der Terrasse Sekt getrunken und er nach meiner Hand gegriffen hat, kommen hoch. Grillfeste und Lagerfeuer mit den Nachbarn.

Aber dann öffnet sich die Haustüre, ein junger Mann mit Kopfhörern und einem Golden Retriever an der Leine kommt heraus und zerschmettert die Illusion, in der ich mich verfangen habe. Das ist nicht mehr unser Haus, schon ewig nicht mehr. Nach dem Unfall hat es nicht lange gedauert, bis wir uns eingestanden haben, dass wir es hier nicht mehr aushielten. Weder Thomas noch ich konnten es ertragen, die Einfahrt zu sehen, in der unser geliebter Sohn überfahren worden war. Wir nannten es einen Neuanfang in der Stadt, in Wirklichkeit war es eine Flucht. Und Leonie hat entsetzlich recht, wenn sie sagt, dass wir Jans Geist mitnehmen, wohin wir auch fliehen.

Auch jetzt bringe ich es nicht über mich, zu der Stelle zu blicken, an der es passiert ist. Krampfhaft schaue ich daran vorbei, und trotzdem reicht der Gedanke aus, um mich in die Knie zu zwingen. Wieder greife ich nach dem Lenkrad, klammere mich Halt suchend daran fest, lehne mich vor und kauere mich zusammen, bis meine Stirn das kühle Leder berührt. Erinnerungen wühlen wie scharfe Krallen in meinen Eingeweiden, lassen mich keuchen, schlagen immer wieder in meinen Magen, bis ich würge und mich fast übergeben muss.

Jans Kamera auf der Straße. Sein blitzblauer Schuh unter dem Auto.

Trotz des offenen Fensters glaube ich plötzlich, im Auto zu ersticken. Hektisch zerre ich am Gurt und stolpere hinaus, taumle ein paar Schritte weit und stütze dann schwer atmend die Hände auf die Oberschenkel. Ganz langsam beruhigt sich mein Puls, ich schaffe es, mich aufzurichten.

Martins und Friederikes Haus sieht noch genauso aus wie damals, hier hat sich tatsächlich nichts verändert. Sogar das Vogelhäuschen, das Friederike immer liebevoll gefüllt hat, steht noch da. Wenn ich den Hals recke und über die gepflegte Hecke schaue, sehe ich eine Ecke des Wintergartens, in dem wir damals die Treffen des Buchclubs abgehalten haben.

Jetzt sind es andere Erinnerungen, die in meinem Kopf aufflackern. Martins himmelblaue Augen und sein Lächeln. Ich selbst als junge Frau, lebenshungrig und gelangweilt von meinem allzu beschaulichen Landleben. Seine Hände, die mein Kleid hochschieben und mich mit Leichtigkeit auf den Esstisch heben. Meine Beine, die sich um seine Hüften schlingen und ihn an mich heranziehen. Der Ausdruck auf seinem Gesicht, als er in mich eindringt.

Martin, der mit dem Auto heranrast, auf uns zustürmt und sich an den Sanitätern vorbeidrängt. Sein Blick findet mich, aber ich kann nicht mit ihm reden, ich klammere mich an Thomas, während immer wieder diese grauenhaften Schreie meine Kehle zerreißen.

Jetzt gibt mein hämmerndes Herz den Rhythmus vor, als ich Schritt für Schritt auf das Haus der Geigers zugehe. Die Luft scheint zähflüssig, honiggleich. Beinahe hoffe ich, dass sie nicht zu Hause sind – der Mann, mit dem ich eine Affäre hatte, und die Frau, die mein Kind überfahren hat. Die beiden Menschen, mit denen mein und Thomas' Leben verwoben ist, auch wenn sich unsere Wege getrennt haben.

Aber meine Tochter hat mir die Augen geöffnet. Ich muss mich der Vergangenheit stellen, sonst gibt es keine Zukunft für mich – für uns.

Martin

Sie steht vor ihm wie ein Geist aus der Vergangenheit. Im ersten Moment ist er so überrumpelt, dass er sich in einem seltsamen Traum wähnt. Aber sie ist es wirklich, nach all den Jahren steht sie einfach vor seiner Tür. Er erkennt sie auf Anhieb.

»Was willst du hier?« Es klingt barsch, vielleicht meint er es auch so – er ist sich selbst nicht sicher. Was er weiß, ist, dass die Vergangenheit sich auch ohne Charlottes Auftauchen gerade viel zu vehement in die Gegenwart drängt.

In ihrem eleganten bordeauxroten Wollmantel und den Wildlederstiefeletten wippt sie auf seiner Türschwelle auf und ab wie ein verunsichertes Mädchen und schaut sich um, als hätte auch sie das Gefühl, in einem merkwürdigen Traum festzustecken.

»Ihr wohnt also wirklich noch hier«, meint sie zögerlich, statt direkt auf seine Frage zu antworten.

Knapp schüttelte er den Kopf. »Anna ist ausgezogen, sie ist ja nun schon groß. Aber das weißt du mittlerweile wohl. Ich bin hier jetzt alleine.«

»Ich meinte nicht Anna. Du und … Friederike.«

Er merkt ihr an, wie schwer es ihr fällt, den Namen auszusprechen. Und noch eines wird ihm in dem Moment klar. »Du weißt es also nicht.« Seine Stimme ist flach und tonlos.

»Was? Was weiß ich nicht?« Aber er glaubt, dass sie es in dem Moment zu ahnen beginnt. Suchend blickt sie über seine

Schulter ins Haus, hält nach einem Zeichen von Friederike Ausschau.

»Sie ist gestorben.«

Ihre Wangen, ohnehin schon blass, verlieren noch den letzten Rest an Farbe. Sie schlägt sich beide Hände vor den Mund und taumelt einen Schritt rückwärts. Sie hat tatsächlich keine Ahnung gehabt.

Ruhig betrachtet er sie, lässt den Blick über ihr Gesicht schweifen. Viel Zeit ist vergangen, Zeit, die ihre Spuren hinterlassen hat. Aber ihre Katzenaugen haben noch denselben intensiven, tiefgrünen Glanz. Die Haare trägt sie wieder in einem glatten, dunkelglänzenden Bob, so wie damals, als er sie zum ersten Mal gesehen hat, bevor sie wegen der Kinder und des Haushalts die Haare meist zum Zopf gebunden hat. Die Frisur betont ihre feinen Gesichtszüge, die seit damals noch schärfer und ausdrucksstärker geworden sind. Wie lange ist es her? Er muss nicht nachrechnen, er weiß es noch genau.

»Komm rein«, sagt er schließlich, wendet ihr den Rücken zu und geht voraus in die Küche.

Beide schweigen sie, während er den frischen Kaffee aufbrüht. Der aromatische Duft, der die gemütliche Küche erfüllt, hat etwas Tröstliches, Solides an sich, etwas, woran man sich festhalten kann, um nicht den Boden unter den Füßen zu verlieren. Vermutlich trinkt Martin zu viel davon, viele Tassen über den Tag verteilt, aber irgendwann ist er zu dem Schluss gekommen, dass er sich *darüber* nicht auch noch den Kopf zerbrechen will. Friederike hatte immer gesagt, dass er besonders guten Kaffee koche, fällt ihm jetzt ein. Wenn sie am Wochenende ausnahmsweise mal länger liegen geblieben war – alle Jubeljahre mal –, und er ihr morgens eine Tasse ans Bett gebracht hatte, zusammen mit der Zeitung, die der Zeitungsjunge in den Vorgarten geworfen hatte, hatten ihre dunklen Augen jedes Mal zufrieden gestrahlt.

Als er sich wieder zu Charlotte umdreht, starrt sie auf die Tischplatte hinab, auf der ihre Hände flach liegen. Es ist immer noch derselbe Tisch wie damals in den Neunzigern, er hat kaum etwas im Haus erneuert. Der Tisch, auf dem sie einander geliebt haben – verschwitzt und trunken vor Leidenschaft. Denkt sie auch daran? Mit Sicherheit.

»Das mit Rike tut mir entsetzlich leid«, sagt sie leise. »Ich hatte keine Ahnung.«

»Es ist schon lange her«, entgegnet er spröde. »Anna war damals gerade mal zehn Jahre alt. Zweitausendzwei … Mein Gott, wie die Zeit verfliegt. So lange bin ich schon ohne sie.«

»Zweitausendzwei.« Sie schüttelt den Kopf. »Das ist … das ist Leonies Geburtsjahr.« Und als sie seinen fragenden Blick bemerkt, fügt sie hinzu: »Meine Tochter.«

Sie sitzen einander gegenüber, lesen ineinander, betrachten die Geschichten, die die Falten und Fältchen in ihre Gesichter geschrieben haben. Eine Tochter – sie hat noch ein Kind bekommen, viele Jahre, nachdem alles passiert ist. Während bei ihnen der Unfall die Zeit angehalten hatte und er Rike beim langsamen Sterben zugesehen hatte, hatten Charlotte und Thomas weitergemacht, waren weggezogen, hatten anderswo ein neues Leben begonnen und neues Leben gezeugt. Er weiß nicht, wie er sich bei dem Gedanken fühlt. Aber glücklich sieht Charlotte nicht aus.

Unruhig drehen ihre schlanken Hände die Kaffeetasse hin und her, bevor sie einen großen Schluck trinkt. »Darf ich fragen, wie …«

»Sie hat sich das Leben genommen.«

Ihre Augen füllen sich mit Tränen. Während sie den Kopf

senkt und auf die Tasse hinabschaut, die sie so fest mit beiden Händen umklammert, dass die Handknöchel spitz und weiß hervortreten, spricht er weiter. Normalerweise fällt es ihm unsagbar schwer, über Friederike zu sprechen, aber jetzt kommen die Worte wie von selbst und drängen an die Oberfläche.

»Vielleicht hätten wir auch von hier weggehen sollen. Vielleicht wäre es auch das Richtige für uns gewesen. Aber wenn ich das vorgeschlagen habe, hat sie so entsetzt reagiert, dass ich das Thema irgendwann nicht mehr angeschnitten habe. Das hier, dieses Haus, Memmelsdorf, das war unser Zuhause, unser Paradies, an dem sie festhalten wollte. Mit aller Macht hat sie sich daran geklammert, an das, was davon noch übrig war. Die Blicke und das Gerede der Leute – du weißt, wie es im Dorf ist. Du kannst dir vorstellen, was das für Rike bedeutet hat. Es hat sie verfolgt, nicht nur draußen auf der Straße, sondern in jeder Minute und Sekunde, sogar im Schlaf. Aber das war nicht das Schlimmste, bei weitem nicht. Die Schuld hat sie erdrückt. Sie ist unter ihr zusammengebrochen, konnte sie nicht länger tragen. Irgendwann ging es nicht mehr. Irgendwann hat sie Schluss gemacht mit allem.«

Bei jedem seiner Worte ist Charlotte weiter in sich zusammengesunken. Ihr weit geschnittener Kaschmirpullover kann nicht verbergen, wie schmal und zerbrechlich sie ist. Ihre Schlüsselbeine stechen hervor, die Augen wirken in ihrem zarten Gesicht unnatürlich groß. Aber immer noch ist sie schön. Nicht hübsch, sondern *schön.*

»Hör auf«, flüstert sie. »Ich muss dir etwas sagen.«

»Charlotte …«

Sie hebt die Hand und lässt ihn damit verstummen.

Ihre Stimme klingt nicht nach ihr. Dieses monotone Flüstern, leise wie raschelndes Laub, scheint gar nicht aus ihrem Mund zu kommen.

»Es war nicht Friederike, Martin. Sie hat Jan nicht umgebracht. Es waren nicht die Verletzungen durch den Unfall, die ihn letztendlich das Leben gekostet haben. Er hatte einen anaphylaktischen Schock.«

Er starrt sie an, unfähig zu begreifen, was sie da in diesem seltsamen Tonfall von sich gibt.

»Es war ein Bienenstich, Martin. Er war so schwer verletzt, sein kleiner Körper so zerstört, dass sich die Ärzte voll und ganz auf die Knochenbrüche, die inneren Verletzungen, die Blutungen konzentriert haben. Niemand hat auf die kleine Stelle an seiner Hand geachtet, auf die rote Schwellung, auf den Stachel in seiner Haut. Zuerst nicht. Erst, als er kollabiert ist und es zu spät war. Er hatte eine Allergie, Martin. Er war allergisch gegen Bienengift. Wir wussten es nicht, wir hatten keine Ahnung. Im Nachhinein hat man das herausgefunden, als man rekonstruiert hat, was passiert ist. Er hat auf der Straße mit seiner Kamera gespielt, so muss es gewesen sein. Hat in eurer Einfahrt gehockt, ganz vertieft in seine Fotografie. Du weißt, wie er war. Du hast ihn gekannt. Wir haben es nicht gewusst, wir wussten nichts von seiner Allergie, wir hatten keine Ahnung …« Ein einzelnes hysterisches Schluchzen kommt über ihre Lippen, ganz ohne Tränen, bevor sie mit ihrer sonderbaren, fremden Stimme weiterspricht. »Er wurde von einer Biene gestochen. Ist zusammengebrochen, konnte nicht atmen. Lag hilflos auf dem Asphalt – und war in Friederikes totem Winkel, als sie das große Auto raus auf die Straße manövriert hat. Wäre er nicht gestochen worden, wäre das vielleicht nicht passiert. Vielleicht …«, die letzten Worte würgt sie hervor, »würde er noch leben. Vielleicht würde Friederike noch leben.«

Stille legt sich über den Raum wie eine dicke Decke, unter der sich Hitze und stickige Luft stauen. Hinter seinen Schläfen pocht es, erst leise und dumpf, steigert sich zu einem Dröhnen, einem Hämmern, bis er seine eigenen Gedanken nicht mehr hört. Etwas reißt – seine Selbstbeherrschung, seine Kontrolle. Seine Faust hämmert auf die Tischplatte, lässt Porzellan klirren. Unmöglich, jetzt sitzen zu bleiben. Schnelle Schritte durch den Raum. Ein Poltern, als der Stuhl umfällt. Raue Atemzüge, die ihn erschüttern.

»Sie ist tot!« Er schreit, brüllt. »Begreifst du, was du getan hast? Tag für Tag hat sie sich zerfleischt, weil sie dachte, sie hätte deinen Jungen auf dem Gewissen. Immer tiefer ist sie in die Depression gerutscht, und ich konnte nichts tun, gar nichts, außer ihr dabei zuzusehen. Hast du eine Ahnung, was das für Anna bedeutet hat? Mit einer Mutter aufzuwachsen, die von Schuld und Selbsthass zerfressen ist? Mit zehn Jahren die tote Mutter zu sehen? Rike ist gestorben, weil sie sich die Schuld gegeben hat! Diese Schuld hat sie mit ins Grab genommen. Sie hat bis zu ihrem letzten Atemzug geglaubt, sie hätte ein kleines Kind auf dem Gewissen. Scheiße, Charlotte!«

Die Wut bricht förmlich aus ihm heraus. Er kümmert sich weder um den Schmerz noch um das Blut, das seine aufgeplatzten Fingerknöchel auf der weißen Raufasertapete hinterlassen, als er die Fäuste immer wieder gegen die Wand hämmert. Obwohl er rast und tobt, bleibt sie ruhig und steif sitzen.

So schnell, wie der Zorn aufgebrandet ist, ebbt er ab und schafft Platz für eine tiefe Traurigkeit und Verbitterung. Er lehnt sich an die Wand, mit dem Rücken zu Charlotte, und schließt die Augen. Seine Stirn presst er gegen die zu Fäusten geballten Hände. »Warum jetzt, Charlotte? Warum kommst du jetzt mit der Wahrheit an, nach so langer Zeit? Die Wahrheit hätte Friederike retten können.«

Er hört ihre leisen Schritte hinter sich, eine Hand legt sich federleicht wie ein Schmetterling auf seine Schulter. »Weil ich mir die Wahrheit all die Jahre selbst nicht ansehen konnte. Weil ich nicht weiß, ob es eine von meinen Bienen war, die mein Kind gestochen hat. Weil es sein kann, dass ich mit meiner verdammten Hobbyimkerei meinen Sohn getötet habe.«

Charlotte

Endlich ist es ausgesprochen, aber ich fühle mich nicht erleichtert. Die schreiend hässliche Wahrheit macht das alles nur noch unerträglicher.

Es ist das erste Mal, dass ich darüber gesprochen habe. Thomas und ich haben den Bienenstich totgeschwiegen, meinen Anteil an dieser Tragödie ignoriert, als würde meine Schuld dadurch irgendwie verschwinden.

Martins Schultern versteifen sich unter meiner Hand. Ein ganz leichtes Zucken geht durch seinen Körper, und ich weiß, dass er weint, aber ich kann ihm nicht helfen. Noch eine weitere Schuld, die ich auf mich geladen habe mit meinem jahrzehntelangen Schweigen. Auch Friederike habe ich auf dem Gewissen, die liebe, sanftmütige Friederike. Ich muss daran denken, wie sie mir entgegengerannt kam, mit diesem schrecklich verzerrten Gesicht und diesem Ausdruck in den aufgerissenen Augen, den ich nie vergessen werde.

Es war der Moment, der das Grauen einläutete. Die endlos scheinenden Stunden im Krankenhaus, gelähmt vor Angst und Sorge. Jans kleiner Körper, der inmitten der Apparate zwischen all den Schläuchen fast verschwunden ist. Thomas, neben mir auf seinem Stuhl zusammengesunken und schreckensbleich, der immer wieder beteuerte, alles werde gut werden, es *müsse* gut werden, der Albtraum würde enden, es würde ein Happy End geben – weil alles andere undenkbar schien. Er hatte versucht, mir Trost und Halt zu geben und mich in den Arm zu nehmen, aber ich konnte nicht, ich konnte das nicht annehmen, musste allein mit meiner Angst sein.

Jan ist nicht mehr aufgewacht, nicht einmal kurz. Es gab keinen versöhnlichen Moment, in dem ich ihm in die Augen schauen und ihm sagen konnte, wie sehr ich ihn liebte. Er starb in diesem kalten, kargen Krankenhaus.

Und dieser Bienenstich an seiner Hand. Diese kleine, geschwollene Stelle, die die Ärzte erst übersehen haben, weil sie damit beschäftigt waren, die großen und offensichtlichen Verletzungen zu behandeln. Das Gift, mit dem sein Körper nicht klarkam.

Als ich das erfuhr, wusste ich, dass ich mir nicht verzeihen würde. Es gibt keine Möglichkeit, so etwas hinter sich zu lassen.

Aber vielleicht kann ich kleine Schritte machen.

Vielleicht muss ich das tun, wenn ich je wieder ein Leben haben will.

Und vielleicht ist das für meine Familie mindestens genauso wichtig wie für mich.

»Martin, es tut mir so unendlich leid, was mit Friederike passiert ist. Ich bin hergekommen, weil mir etwas klargeworden ist. Ein Teil von mir steht immer noch genau da, wo es damals passiert ist, am fünfzehnten August 1995. Ich habe es nie geschafft, das hinter mir zu lassen. Jeden einzelnen Tag lebe ich in diesem Schatten, und ich glaube, dir geht es auch so. Wie soll man eine Zukunft haben, wenn man nicht vergeben kann, weder sich selbst, noch anderen? Vielleicht müssen wir uns der Vergangenheit stellen, auch wenn das verdammt weh tut, und sie hinter uns lassen, zumindest ein Stück weit, jeden Tag ein bisschen mehr.«

Eine Weile steht er ganz still, dann legt er seine Hand vorsichtig auf meine, die noch auf seiner Schulter ruht. Gemeinsam sehen wir aus dem Fenster, schauen über seinen Garten und das dahinterliegende Haus, das einmal meines, Thomas', das unserer Söhne war.

»Jeden Tag, es verfolgt mich jeden Tag«, stöhnt er leise.

»Ich weiß.« Sachte lehne ich meine Schläfe gegen seine Schulter.

Und hoffe, dass er diesen Schritt gehen und sich und mir und jedem, der in unsere Tragödie verwickelt ist, verzeihen kann. Und hoffe, dass auch ich es kann. Und spüre tief in mir – wie eine ganz leichte Schwingung –, dass ich bereits damit angefangen habe.

»Ich war damals verliebt in dich, wusstest du das?«, fragt er unvermittelt. »Versteh mich nicht falsch, ich habe Rike geliebt, sie und Anna waren das Wichtigste für mich. Und deswegen klingt es vielleicht widersinnig, aber das zwischen uns, das war nicht nur unverbindlicher Sex. Nicht nur eine Auszeit vom Alltag oder eine Flucht vor der Langeweile.«

»Ich weiß«, murmle ich.

»Von dem Tag an, als ich euch beide auf dem Grundstück gesehen habe, dich und Thomas. Ich habe dich angeschaut und gewusst, dass du nicht hierherpasst. Nicht wirklich. Du standest da mit deinen spitzen Schuhen und dem rosa Jäckchen …«

»Pfirsichfarben. Es war ein pfirsichfarbener Parka.« Auch ich kann mich so genau an die Situation erinnern, dass mir jedes Detail klar und deutlich wie ein Film vor Augen steht.

Als er sich zu mir umdreht, steht ein Hauch seines alten Grinsens auf seinem Gesicht. Die vergangenen Jahre haben ein paar Falten in seiner gebräunten Haut hinterlassen, aber seine himmelblauen Augen sind so klar wir damals. Wüsste ich nicht, wonach ich suchen muss, würde ich den Schmerz darin vielleicht gar nicht bemerken, aber mit Schmerz kenne ich mich aus. Ich erkenne ihn, wenn ich ihn sehe.

»Rosa oder Pfirsichfarben. Das ist egal. Was ich noch ganz genau weiß, ist, wie diese hübsche Frau mir vor die Füße gereihert hat.«

»Vielleicht war das ein schlechtes Omen.« Auch ich bringe ein schwaches Lächeln zustande.

Es ist das letzte Mal, dass ich hierher zurückgekehrt bin, an den Ort, der mein Zuhause gewesen ist. Es gibt keinen Grund für mich, noch einmal nach Memmelsdorf zu kommen. Der Abschied macht mich melancholisch, obwohl ich mich damals nie so ganz heimisch gefühlt habe. Trotz allem war es unser Zuhause, der Ort, an dem wir mit unseren Söhne gelebt haben. Ein letztes Mal sehe ich mich um, lasse den Blick über die gepflegten Häuser und Gärten schweifen, blicke zu unserem einstigen Haus und frage mich, wie wohl die Leute sind, die jetzt darin wohnen. Ob sie in dem Haus glücklich sind.

Als Martin und ich uns voneinander verabschieden, gibt es diesen kurzen, peinlichen Moment, in dem wir nicht so recht wissen, ob wir einander die Hand geben, auf die Wange küssen oder umarmen sollen. Schließlich lacht er kurz, zieht mich spontan an sich und schließt die Arme um mich. Erinnerungen an unsere gemeinsamen Momente überrollen mich, und für einen Moment halten wir uns einfach aneinander fest. Damals gab es keinen richtigen Abschied zwischen uns, jetzt gibt es einen. Als ich ihm den Rücken zukehre und zurück zum Auto gehe, habe ich das Gefühl, eine Seite weiterzublättern und ein Kapitel zu schließen.

Max

»Was weiß die schon?«, knurre ich.

Wieder ziehe ich meine endlosen Runden durch die Wohnung, fühle mich von Minute zu Minute mehr wie ein Geist. Habe das Gefühl, an Substanz zu verlieren, durchscheinender zu werden, als würde mein Blut nach und nach mit Wasser verdünnt, bis kaum mehr etwas von mir da ist.

Leonie ist fast noch ein Kind. Hat keine Ahnung, wovon sie spricht. Und trotzdem gehen mir ihre Worte nicht mehr aus dem Sinn.

Und wo ist überhaupt mein Pudding? Seit ich wieder hier bin, hat Charlotte mich umsorgt wie ein kleines Kind, und anders als sonst habe ich es mir gern gefallen lassen. Der cremige, süße Geschmack des Schokoladenpuddings hat die gleiche tröstende Wirkung wie damals als Kind, zumindest versuche ich mir das einzureden, um nicht über die Dinge nachdenken zu müssen, die in meinem Hinterkopf nach Aufmerksamkeit verlangen.

Aber jetzt? Eine Weile habe ich vergeblich in meinem Zimmer gewartet, aber statt um mich herumzuwuseln und zu sehen, ob ich etwas brauche, ist meine Mutter wie vom Erdboden verschluckt. Das irritierte mich so sehr, dass ich sogar im Fahrradkeller nachgesehen habe. Aber ihr Rad steht noch da. Dass sie das Auto genommen hat, ist ganz ausgeschlossen. Panisch schreckt sie davor zurück. Ein Spaziergang? Wenn, dann ist es eine ganz schön lange Wanderung.

Wo mein Vater ist, das hingegen ist keine Frage. Mal wieder hat er sich sein Rennrad geschnappt und ist losgerast, obwohl es draußen beißend kalt ist. Weder Wind, noch Regen halten ihn davon ab. Spätestens jetzt ist mir klar, dass das seine Möglichkeit ist zu flüchten, weil er, genauso wie wir, Angst hat, in diesen vier Wänden zu ersticken.

Leonie, die ganz offensichtlich nicht weiß, wovon sie spricht, trotzdem damit einen Nerv getroffen hat, auch wenn ich das nicht eingestehen will, ist bei einer Freundin.

Die Wohnung ist ganz leer, alle sind ausgeflogen. Nur ich bin hier, schleppe mich von Raum zu Raum, starre auf alte Fotos und spüre Jans Gegenwart so überdeutlich, als sei da tatsächlich ein kleiner Junge, der an meiner Seite durch die Wohnung wandert – so nah, als könnte ich jederzeit seine Hand ergreifen.

Zum zehnten, vielleicht auch schon zwanzigsten Mal öffne ich den Kühlschrank, als gäbe es irgendwie die Möglichkeit, dass der Pudding darin auf magische Weise nachwächst.

»Was tue ich da eigentlich?«, murmele ich – dann wiederhole ich es laut, rufe es in die drückende Stille hinein. »Was tue ich hier?«

Mein Gesicht spiegelt sich im Glas des Bilderrahmens, ein erwachsenes Gesicht neben Jans Kindergesicht, so ähnlich, dass man uns die Verwandtschaft ansieht. Ich lege die Hand auf das kühle Glas. So viele Jahre begleitet Jan mich jetzt schon – als Geist, als blasses Bild in meinem Kopf, auf Fotos, in den Augen meiner Eltern. Aber die echten Erinnerungen sind so spärlich, dass mein eigener Bruder längst ein Fremder für mich ist. Und von Tag zu Tag verschwimmen sie mehr. Ohne all diese Fotos hätte ich gar keine Ahnung mehr, wie Jan ausgesehen hat.

»Wer wärst du geworden, wenn du überlebt hättest? Was für ein Mensch wärst du jetzt? Ein Künstler, so wie Mama immer dachte?« Humorlos lacht ich. »Und wenn du uns sehen könntest … was würdest du darüber denken, wie wir hier alle leben? Würdest du das wollen?«

Willst du dich jetzt ewig hier verstecken, dich mit Pudding vollstopfen und an gebrochenem Herzen verrecken? Das hat Leonie mich gefragt.

Und nein, verdammt, das will ich nicht. Aber was will ich eigentlich? Und wer bin ich? Ich wende mich vom Bild ab und lasse mich auf die Couch fallen. Leicht vornübergebeugt stütze ich die Unterarme auf die Knie, verschränke die Hände ineinander und starre vor mich hin. Jans Bruder bin ich, aber was noch? Alles in meinem Leben, jede Entscheidung hängt mit Jan zusammen. Auch nach all den Jahren. Ich habe gegen meine Eltern und deren Fürsorge rebelliert. Habe mich um Eigenständigkeit bemüht, einen Job gesucht und gefunden, bin ausgezogen – um zu beweisen, dass ich es kann, oder doch nur, um vor Jans Schatten davonzulaufen? Bin Fotograf geworden, weil die Fotografie alles ist, was mich noch mit meinem toten Bruder verbindet, und weil mir schon früh klargeworden ist, dass man Bilder, die aus dem Gedächtnis verschwinden, so festhalten kann. Jan, immer nur Jan – alle Wege führen letztendlich zu ihm zurück. Versuche ich, den Verstorbenen für meine Eltern zu ersetzen – oder Jans Geist zu vertreiben? Oder beides gleichzeitig? Und spielt das überhaupt eine Rolle?

Was ich auch tue, wie ich es auch drehe und wende: Jan wird nicht zurückkommen. Kein Foto, sei es auch noch so gelungen, kann Tote zurückbringen. Als ich unwillkürlich fröstele, kommt mir wieder Anna in den Sinn. Der bloße Gedanke an sie wärmt mich. *Sie* ist lebendig, mit ihr fühle ich mich lebendig.

Die Sehnsucht brandet so heftig auf, dass ich nach Luft schnappe. Habe ich sie wirklich verloren? Die Vorstellung ist kaum zu ertragen. Die Vergangenheit *darf* keine Macht über die Gegenwart und die Zukunft haben.

Ein Geräusch an der Tür reißt mich aus meinen Gedanken. Mit federnden, geschmeidigen Schritten kommt meine Mutter herein und legt den Autoschlüssel auf den Tisch.

»Du warst mit dem Auto unterwegs?«, platzt es aus mir heraus.

Ihr Lächeln und der Glanz in ihren Augen lassen sie fremd wirken. Etwas an ihr ist verändert, aber ich komme nicht darauf, was es ist.

»Ich hätte mich schon viel früher dazu überwinden sollen«, sagt sie, und auf ihrem Gesicht liegt weiterhin dieses fremde Lächeln, das ich nicht verstehe. »Ich hätte so vieles anders machen sollen. Aber ich glaube, es ist noch nicht zu spät, um begangene Fehler auszubügeln.«

Ich runzele die Stirn. »Was ist denn passiert? Nimm es mir nicht übel, aber du bist … komisch. Anders als sonst.«

Das Grün ihrer Augen funkelt lebhafter, als ich es je an ihr erlebt habe. Irgendetwas muss mit ihr passiert sein, und ich vermag nicht einzuordnen, ob das gut oder schlecht ist.

»Komm, Schatz. Es gibt etwas, was du noch nicht weißt über den Tod deines Bruders. Etwas, was außer mir nur dein Vater all die Jahre wusste, und worüber wir nie gesprochen haben. Lass es mich dir erzählen. Die ganze Wahrheit muss ans Tageslicht, nur so können wir die Schatten irgendwann hinter uns lassen. Es tut mir so leid, Max. Unendlich leid. Ich hatte keine Ahnung, was ich dir und Leonie angetan habe. Aber das hat jetzt ein Ende.«

Martin

Sie ist wieder weg, aber ein Hauch ihres Parfums hängt noch in der Luft. Sie trägt immer noch dieselbe elegant duftende Note wie damals.

Sich selbst zu verzeihen. Allen anderen zu verzeihen.

Das klingt einfach. Und vielleicht ist es das auch, wenn er den Mut dazu findet.

Er trinkt den restlichen Kaffee mit einem großen Schluck leer und geht dann von Raum zu Raum. Überall sind Spuren von Friederike, Spuren aus der Vergangenheit. All die kleinen Details, mit denen sie das Haus liebevoll eingerichtet hat. Die Familienbilder an den Wänden erzählen Geschichten vom einstigen Glück. Rike ist hier so fest verwurzelt gewesen – dieses Haus, dieses Dorf ist ein Teil von ihr, ist ohne sie nicht zu denken.

Jetzt noch spürt er ihre Nähe, wenn er sich hier aufhält. Vielleicht ist das der wahre Grund, warum er sich nach dieser langen Zeit noch immer nicht von diesem Haus lösen kann – nicht etwa die Verantwortung, die er Anna, der Firma, Rikes Eltern gegenüber empfindet.

Tief atmet er durch, geht ins Schlafzimmer und holt einen Koffer vom Schrank. Mit langsamen, mechanischen Bewegungen, dann immer lebhafter, beginnt er, Kleidungsstücke einzupacken.

Anna

Aus aufgerissenen Augen schaut sie den Koffer auf dem Bett an. Ordentlicher, als sie es ihm zugetraut hätte, hat ihr Vater ihn gepackt.

In dieses Bett ist sie vor einer Ewigkeit, als sie ein ganz kleines Mädchen gewesen ist, gekrabbelt, wenn sie Albträume hatte. Zwischen Mama und Papa zu liegen, hat die bösen Bilder vertrieben. Seit dem Tod ihrer Mutter hat sie es kaum über sich gebracht, den Raum zu betreten – höchstens, um die Bettwäsche zu wechseln und staubzusaugen, als sie hier noch den ganzen Haushalt geschmissen hat.

Aber jetzt hat sie Papa im ganzen Haus gesucht, nachdem er auf ihr Rufen nicht geantwortet hat. Und nun versucht sie zu verstehen, was es mit dem Koffer auf sich hat.

»Du verreist?«, krächzt sie schließlich. »Wohin? Ich wusste ja gar nicht … Wie lange bleibst du weg?«

Das tut er nie. Der Alltag und die Firma lassen ihm keine Zeit für Urlaube, aber sie glaubt, es steckt mehr dahinter. Er ist einfach nicht der Typ, der gerne lange das Dorf verlässt. Zumindest hat sie das immer gedacht. Aber als sie ihn jetzt ansieht, fragt sie sich, ob sie ihren Papa wirklich so gut kennt, wie sie immer denkt.

»Ja, ich verreise«, sagt er ruhig. »Ich fahre nach Hamburg, gleich morgen früh.«

Verwirrt schüttelt sie den Kopf. Es ist keine große Sache, jeder macht mal Urlaub, oder nicht? Es ist nur, dass das so untypisch für ihn ist. »Wann kommst du denn wieder?«

Ein Schulterzucken. »Das weiß ich noch nicht genau.«

»Aber …« Das hier wird immer verrückter. »Die Firma!«

»Wird nicht gleich untergehen, wenn ich ein paar Tage, vielleicht eine Woche, weg bin.«

Sie kann gar nicht aufhören, mit dem Kopf zu schütteln. »Aber …«

»Ich habe eine Frau kennengelernt, Anna.«

Weiter kommt er gar nicht. Sie schreit auf, wie von einer Tarantel gestochen. »Du hast – was? Du verheimlichst mir eine Frau? Du hast eine … eine Beziehung? Du hast dich verliebt?«

»Hey, hey, stopp. Nicht so schnell. Wir …« Verlegen fährt er sich mit der Hand durchs Haar. »Wir haben uns im Internet kennengelernt, vor einer Weile schon. Ich möchte sie gerne richtig kennenlernen, Anna, das möchte ich wirklich. Ein Treffen, um zu sehen, was daraus wird. Vielleicht eine Freundschaft. Vielleicht mehr. Vielleicht überhaupt nichts. Aber ich muss herausfinden, was es ist.«

Was ist mit Mama?, fragt ein dünnes Stimmchen in ihr, aber die Frage verkneift sie sich, weil ihr bewusst ist, wie kindlich und unfair der Gedanke ist.

Sie lässt sich auf die Bettkante fallen. Die Vorstellung von ihrem Vater mit einer Frau, die nicht ihre Mutter ist, ist so fremdartig, dass Anna sie erst verarbeiten muss. Man sollte meinen, in ihrem Alter wäre das kein Thema, aber es ist dennoch ein befremdlicher Gedanke.

»Gut, dass du schon sitzt. Es gibt noch etwas, worüber ich gerne mit dir reden möchte.« Sanft, vorsichtig. Sein Tonfall beunruhigt sie. Aber nichts kann sie darauf vorbereiten, was er ihr zu sagen hat.

»In meinem Leben herrscht schon so lange Stillstand, Anna. Viel zu lange. Ebenso wie in deinem. Seit deine Mama von uns gegangen ist, sind wir wie eingefroren, halten uns an unseren Gewohnheiten fest und trauen uns nicht, etwas zu ändern. Keiner von uns versucht ernsthaft, sein eigenes Glück zu finden. Wir sehen die Chancen vorbeiziehen und schauen ihnen tatenlos hinterher und machen weiterhin nur das, wovon wir glauben, es tun zu müssen.« Sie hört seine Worte, aber kann sie nicht verstehen. Schweigt.

Sie müssten aufhören, in der Vergangenheit zu leben, versucht er ihr zu erklären. Müssten ihren eigenen Weg finden und gehen. Lauter Worte, um zu sagen, es müsse sich etwas ändern, am besten sofort, weil sich viel zu lange nichts geändert habe. Worte, die Anna behutsam auffordern, das zu tun, was sie glücklich macht.

»Aber ich gehe doch meinen Weg!«, bringt sie schließlich hervor. »Ich habe meine Ziele. Alles läuft bestens. Ich schließe bald mein Studium ab, ich arbeite in der Firma, irgendwann übernehme ich sie, ich habe tolle Freunde, und alles … alles ist gut.« Hilflos hebt sie die Hände und lässt sie wieder fallen. Alles ist gut, wiederholt sie im Kopf.

Er wuschelt ihr durchs Haar wie damals, als sie klein gewesen ist. »Und das ist es, was du wirklich willst? Oder ist es das, wovon du glaubst, es wäre deine Pflicht? Weil du meinst, mich unterstützen zu müssen, oder weil es Mama stolz gemacht hätte?«

»Das auch. Aber es widerspricht sich doch nicht.«

Seufzend schüttelt er den Kopf. »Anna, erzähl mir nicht, die Holzbau-Firma wäre das, wofür du brennst. In deinem Leben darf es sich nicht nur darum drehen, für andere zu sorgen.«

»Aber du brauchst doch meine Hilfe!« Sie schreit es fast. Warum will er plötzlich alles ändern, was seit vielen Jahren für sie funktioniert und ihrem Leben Struktur verleiht?

Nein. Sag jetzt nicht, dass du das Konstrukt, das uns beide seit Mamas Tod am Leben hält, auflösen willst.

Behutsam greift er nach ihrer Hand, die in seiner großen, gebräunten Pranke winzig aussieht. »Ich bin dankbar für alles, was du tust. Dankbar dafür, eine so starke Tochter zu haben. Aber mal ehrlich, Anna, es ist nicht deine Aufgabe als Kind, mich, deinen Vater zu unterstützen. Jeder von uns muss auf eigenen Beinen stehen und im Leben zurechtkommen, ohne sich allzu schwer auf den anderen zu stützen.« Er zieht die Mundwinkel hoch. »Schätze, wir müssen uns voneinander abnabeln. Allerhöchste Zeit.«

Die Heizung ist viel zu hoch aufgedreht, das Zimmer warm und stickig. Mit wenigen schnellen Schritten ist sie am Fenster, reißt es auf und atmet gierig ein. Die Luft kühlt ihre erhitzten Wangen.

Nicht heulen, sagt sie sich. Auch wenn es sie verletzt, dass er sie nicht ansatzweise so sehr braucht, wie sie immer dachte. Hat er recht? Kreist sie ständig nur darum, was andere ihrer Meinung nach von ihr erwarten und brauchen?

»Also … Was hast du jetzt vor?« Sie stellt die Frage nur widerstrebend, denn sie ahnt, dass ihr die Antwort nicht gefallen wird.

Charlotte

Schon als er im Treppenhaus ist, höre ich seine Wut. Er rennt die Stufen hoch, reißt die Tür auf. Steht mir gegenüber, verschwitzt und in seinen engen Radler-Klamotten aus Funktionsstoff, die dunklen Locken hängen ihm wirr in die Stirn. Seine Brust hebt und senkt sich unter seinen keuchenden Atemzügen.

»Verdammt, wo warst du? Das Auto war weg! Du bist einfach verschwunden. Ich habe hundertmal versucht, dich anzurufen. Ich habe mir Sorgen gemacht.«

Kein Lächeln. Wut in seinem Blick, die Augen aufgerissen, das Gesicht verzogen. Die ausgestandene Sorge macht sich in einem Ausbruch Luft.

Ich weiche nicht zurück, trete im Gegenteil einen Schritt auf ihn zu, recke das Kinn vor und blicke ihm geradewegs in die Augen, statt an ihm vorbei, wie wir es kennen. »Ich war in Memmelsdorf. Bei Martin. Ich musste mit ihm reden.«

»Mit ihm redest du?« Er brüllt jetzt, und es ist ihm egal, ob außer uns jemand zu Hause ist und ihn hört. *Und es tut mir gut.* Wir haben zu lange leise geredet und sanft gelächelt, im Grunde genommen fast gar nicht miteinander geredet, aus Angst, etwas *Wahres* zu sagen. Etwas, was an den Dingen kratzt, die wir zu begraben versuchten. »Was um alles in der Welt hattest du mit *ihm* zu bereden?«

»Eine Menge!«, fauche ich. Sein Tonfall steckt mich an, mein

Herz schlägt schneller. »Herrgott, Thomas, wir müssen endlich anfangen, miteinander zu reden.«

»An mir liegt das nicht, dass wir das nie tun.« Da ist er, der erste Vorwurf. Die erste Schuldzuweisung. »Und statt mit mir zu reden, gehst du zu *ihm*.«

»Ja, es ist meine Schuld.« Ich baue mich vor ihm auf. »Und vieles andere ist auch meine Schuld, ich habe viel verkackt. Hey, sollen wir damit anfangen, dass ich unser Kind auf dem Gewissen habe, weil ich mir eingebildet habe, meine Langeweile mit einem Bienenstock bekämpfen zu müssen?«

Er zuckt zurück, als hätte ich ihn geschlagen. Wird blass, fährt sich mit der Hand über den Mund.

»Himmel, Charlotte«, keucht er. »Das ist doch nicht … Sag doch nicht …«

Meine Direktheit verstört ihn. Er ist drauf und dran, zurückzurudern, zu beschwichtigen, Wahrheiten unter einem Lächeln zu bedecken. Er war immer sanft, immer lieb, immer verständnisvoll. Hat mir den Raum gegeben, den ich gebraucht habe, als ich nach dem Unfall zusammengebrochen bin, und mir eine Schulter zum Anlehnen angeboten, die ich verschmäht habe. Hat immer Rücksicht auf mich und meine Befindlichkeiten genommen, mich mit Samthandschuhen angefasst und viele Jahre lang diesen albernen Puppentanz mit mir getanzt, bei dem wir beide so tun, als wäre alles in Ordnung.

Sogar als er von meiner Affäre mit Martin erfahren hat, war er rücksichtsvoll. Die Wunde sitzt tief, auch jetzt noch, das macht sein Tonfall deutlich, wenn wir von *ihm* reden, aber er hat den ganzen Schmerz in sich reingefressen. Alles, worauf er bestanden hat, war ein Vaterschaftstest. Sobald festgestanden hatte, dass Max wirklich sein Sohn war, hat er das Thema nie wieder angeschnitten.

Und auch jetzt will er mich schonen. Aber ich will nicht geschont werden, nicht jetzt, nie mehr. Wenn wir eine Chance haben wollen, müssen wir gnadenlos sein.

»Aber es ist so.« Ich schmettere ihm die Worte ins Gesicht. »Jan ist tot, er kommt nicht zurück, ganz gleich, wie viele Bilder wir aufhängen! Und er kommt auch nicht zurück, wenn wir totschweigen, was passiert ist. Ob nun ich mit meinen verdammten Bienen schuld bin, oder Friederike mit ihrem Auto, oder die Ärzte, die ihn nicht retten konnten – unser Kind ist weg, Thomas. Jan liegt in diesem Grab, auf das du unzählige Blumen legst und zu dem ich nie gehe, weil ich es nicht ertrage. Wir werden ihn nie wiedersehen.«

»Hör auf, so über ihn zu reden.« Ein Beben geht durch seinen Körper.

»Worüber soll ich sonst reden? Darüber, ab wann es bei uns schiefgelaufen ist? Darüber, dass ich nie der Typ für ein beschauliches Landleben war und vielleicht im Grunde genommen auch nicht der Typ, um Kinder zu bekommen, und darüber, dass du dir nicht die richtige Frau für dieses Programm ausgesucht hast? Darüber, dass ich mich in Memmelsdorf manchmal zu Tode gelangweilt habe?«

»Und in deiner Langeweile ist dir nichts Besseres eingefallen, als dich vom Nachbarn vögeln zu lassen?« Grob fährt er mich an.

»Es geht nicht um Martin. Es geht um dich und mich und um unsere Kinder. Und darum, dass wir einander entgleiten, jeden Tag ein Stück mehr.«

»Hör auf! Herrgott, was ist bloß in dich gefahren?« Er fährt sich ruppig durchs Haar, tigert ein paar Schritte durch den Raum, hastet auf einmal auf mich zu, umfasst meine Handgelenke. Sein Blick bohrt sich in meinen und versucht, in meinen Kopf einzudringen. »Jahrzehntelang bekommst du fast eine Panikattacke, wenn du dich in ein Auto setzen sollst. Ich nehme Rücksicht, plane um dich herum, tue alles für dich! Habe ich nicht immer alles getan, um dich glücklich zu machen? Und jetzt haust du von einer Sekunde auf die andere ab, nimmst unser Auto, fährst die gesamte Strecke alleine. Triffst dich mit ihm, ohne mir ein Wort zu sagen. Kommst zurück und bist … bist ein anderer Mensch!«

Wir sind echt. Vielleicht zum ersten Mal seit damals, seit dem Tag, der unsere Welt auf den Kopf gestellt hat, sind wir echt und zeigen einander unsere Gefühle. Vielleicht verliere ich ihn dadurch, so wie ich Jan verloren habe, und wie ich irgendwann womöglich Nele verlieren werde. Aber das Risiko muss ich eingehen. Muss die schlecht vernarbten Wunden aufreißen, damit sie richtig heilen können.

»Ich sehe endlich klar, Thomas. Ich habe kapiert, dass sich etwas ändern muss und dass ich anfangen muss, zu reden. Friederike ist tot, wusstest du das? Dieser verfluchte Unfall hat sie nicht losgelassen, sie ist daran zugrunde gegangen. Und wir, Thomas, wir gehen auch zugrunde, wenn wir es nicht schaffen, das alles hinter uns zu lassen.«

»Ich will es nicht hinter mir lassen!«

Wir starren einander in die Augen, heiß spüre ich seinen Atem auf meinem Gesicht, und auf einmal scheint es mir, als hätten wir vierundzwanzig Jahre lang nicht geatmet, sondern die Luft angehalten. Ich sehe ihn an, sehe meinen Mann, an dessen Seite ich schon so lange lebe und von dem ich mich trotzdem entfremdet habe. Sehe den Schmerz in seinen aufgerissenen Augen und habe erstmalig den Wunsch, ihn zu trösten, statt mich nur um mich und meine eigene Trauer zu kümmern.

»Ich kann es nicht hinter mir lassen.« Rau bricht das Schluchzen aus ihm heraus, seine Anspannung verschwindet, schwer lehnt er sich gegen mich. »Ich kann doch Jan nicht einfach loslassen.«

Ich weiß so genau, was er meint. Das ist es, was ich auch seit damals mache – Jan nicht gehen lassen.

»Ich vermisse ihn jeden Tag. Ich vermisse ihn so sehr.« Seine Schultern zucken, er lässt sich einfach auf die Knie fallen, als hätte ihn jede Kraft verlassen, hält sich an mir fest. Weint jetzt hemmungslos. »Und ich vermisse dich. Schon so lange.«

Rastlos wühlen meine Finger seine Locken, dann sinke ich auch auf die Knie, umarme ihn, tröste ihn, finde bei ihm Trost. Ich kann die Tränen auch nicht mehr zurückhalten, sie strömen heiß über mein Gesicht. Wir trauern um unser Kind, wir trauern gemeinsam, endlich, nach all der Zeit. Wir verzeihen einander unsere Fehler und uns selbst unsere Unvollkommenheit. Wir reden über das, was war, und das, was wir empfunden haben und was wir seitdem empfinden. Wir sprechen über unsere Kinder, die ich nicht für immer behüten kann, und über unsere Ehe, die keiner von uns aufgeben will.

Wir weinen um Jan und um uns, und jede Träne birgt die Chance eines Neuanfangs.

Anna

Das Haus verkaufen. Den Ort aufgeben, an dem Anna so hängt, weil er voller Erinnerungen ist und weil sie ihre Mutter dort immer noch spürt. Aber es ist auch der Ort, an dem sie ihre Mutter verloren hat. Das Haus, in dem sie ihrem Leben ein Ende gesetzt hat.

Die Idee erscheint verrückt, aber je länger Anna darüber nachdenkt, desto besser versteht sie ihren Vater. Ein Neuanfang, ein klarer Schnitt und ein Schritt in ein neues Leben – vielleicht ist es das, was er braucht. Was auch sie braucht. Es macht ihr Angst.

Es hat zu schneien begonnen. Flocken segeln herab und schmelzen auf dem feuchten Asphalt, schmelzen auf ihrer Haut, als sie den Kopf in den Nacken legt, und sie wünscht sich, sie wünscht sich auf einmal aus ganzem Herzen, sie könnte mit ihnen schmelzen.

Ihr Atem bildet weiße Wölkchen und die Pflastersteine, auf denen sie sitzt, sind eiskalt. Ihre Jacke ist zu dünn für dieses Wetter, eigentlich, aber gerade kann sie Wärme ohnehin nicht gut vertragen. Etwas glüht in ihrem Inneren, glüht aus ihr heraus. Dinge ändern sich, Dinge geraten in Bewegung, und das ist grundsätzlich etwas, womit sie nicht gut umgehen kann – aber jetzt spürt sie auch in sich selbst eine Veränderung. Kontinente verschieben sich in ihr.

In der Wohnung hat sie es nicht ausgehalten, und das liegt nicht nur an der Wärme in der WG. Sie gönnt Fee und Silke das Glück aus vollen Herzen, aber es tut auch weh, zu sehen, wie innig sie sind, unzertrennlicher als je zuvor, und wie sie das zelebrieren, was sie – Anna – sich so sehr wünscht.

Er muss einsam gewesen sein, ihr Vater, das ist ihr jetzt klar. Aufgerieben zwischen der Verantwortung für sie, den Schuldgefühlen, weil er seine Frau nicht hatte heilen können, dem Pflichtbewusstsein seinen Schwiegereltern gegenüber und dem Haus und der Firma, die wie Gewichte an ihm hingen. Ja, er ist einsam gewesen, und sosehr Anna sich auch bemüht hat, die perfekte Tochter zu sein, hat sie ihn doch nicht davor bewahren können. Ebenso wenig, wie sie ihrer Mama das Lächeln zurückgeben konnte. Und nichts davon ist ihre Aufgabe gewesen.

Sie hat ihm angemerkt, wie schwer es ihm gefallen ist, ihr zu beichten, dass er möglicherweise eine neue Frau in sein Leben lassen will. Die Schuldgefühle standen ihm deutlich ins Gesicht geschrieben, als würde er ein Verbrechen begehen an ihrer Mutter, an Oma und Opa, an ihr, wenn er sich nach so vielen Jahren neu verliebt. Und so soll es nicht sein, das ist Anna klar. Er hat jedes Recht, wieder glücklich zu werden.

Und sie auch.

Sie solle nachdenken, was sie glücklich macht und was sie wirklich machen will, hat er gesagt. Aber was ist das? Ist es wirklich nicht die Firma, für die sie brennt? Nicht ihr BWL-Studium, mit dem sie schon so weit gekommen ist? Was dann? Was will sie wirklich?

Sie ist an ihren und Max' Platz an der Regnitz gegangen, dahin, wo sie glücklich war und wo sie ihr Glück verloren hat. Wie an unsichtbaren Fäden hat es sie hierhergezogen, sie musste ihre Schritte gar nicht lenken. Das Grau des Wassers verliert sich in jenem des Wolkenhimmels, als sie in die Ferne schaut und dem Fluss mit ihrem Blick folgt.

Schwer ruht die Tasche auf ihren Beinen, und sie beginnt darin zu kramen, wühlt vorbei an Müsliriegel, Listen, Powerbank, Erste-Hilfe-Zubehör und Mini-Nähset, bis ihre Fingerspitzen auf ihren Zeichenblock stoßen.

Vor ihr liegt eine weiße, leere Seite. Sie kann sie füllen, womit sie will. Nur einen Herzschlag lang schwebt der Bleistift unschlüssig über dem Papier. Mit den Handschuhen kann sie den Stift kaum greifen, und als sie sie auszieht, macht die Kälte ihre Finger klamm und steif, aber unbeirrt beginnt sie zu kritzeln.

Diesmal zeichnet sie keine fiktiven Welten, sondern sich selbst. Mit großen, intuitiven Zügen skizziert sie ihre Gesichtszüge. Ihre eigenen Augen blicken ihr vom Papier entgegen. Sie hört nicht auf, macht immer weiter, füllt das ganze Blatt mit allem, was ihr einfällt: Fee und Silke, Hugos treuherziges Gesicht, die Uni, die Fachwerkhäuser am anderen Ufer. Papa. Das Haus im Memmelsdorf. Mama.

Noch während sie zeichnet und den Block mit den Knien festhält, holt sie mit der freien Hand ein Foto aus ihrer Tasche, sorgfältig verstaut in einer Klarsichthülle: das Bild ihrer Mutter mit Flechtzopf und mit ihr auf dem Arm, unbeschwert lachend, noch ganz frei von den düsteren Schatten, die wenig später aus Tod und Schmerz geboren wurden und bis heute reichen, bis in die Gegenwart. Annas Zeichnung ähnelt der Fotografie so sehr, als hätte sie die Konturen abgepaust.

Das ist es, was sie will. Wofür sie wirklich brennt.

Sie will zeichnen. Bilder erschaffen. Mit Linien, Formen und Farben spielen. Comics zeichnen, aber noch so viel mehr. Gefühle in Bilder fassen. Ihr Weg liegt noch nicht klar vor ihr, aber die grobe Richtung kristallisiert sich heraus. Vielleicht ein Studium in Grafikdesign, ihr BWL-Studium hinwerfen und neu anfangen, ab Semester eins. Vielleicht gleichzeitig Webcomics veröffentlichen. Ihre Kreativität ausleben. Vielleicht etwas anderes. Etwas, was nur ihr gehört.

Zum ersten Mal in ihrem Leben hat sie keinen klaren Plan, der perfekt ausgearbeitet und bis ins letzte Detail ausgearbeitet vor ihr liegt. Und zum ersten Mal fragt sie sich nicht, womit sie Papa am besten unter die Arme greifen kann, oder was Mama sich vielleicht für sie gewünscht hätte, sondern nur, was sie wirklich will. Und es fühlt sich verdammt gut an, fremdartig, abenteuerlich – aber gut. Ein Kribbeln breitet sich in ihrem Bauch aus.

Der Bleistift kratzt weiter über das Papier, zieht forsche Striche, schraffiert Schattierungen. Die Motive beginnen sich zu überlagern, Linien kreuzen sich, aber sie blättert nicht um. Wellen. Eine Möwe, die am Himmel kreist.

Schneeflocken fallen sachte auf ihren Block, bleiben einen Moment lang liegen, bevor sie schmelzen. Sie lassen die Skizzen verschwimmen, aber Anna hört nicht auf.

Das Lagerfeuer am Strand. Ihre Hand in *seiner.*

Sie hält inne, hält den Stift zurück, bevor sie weitermachen kann, weil sie weiß, welches Motiv als Nächstes kommen würde. Ihre Hand krampft sich fester um den Bleistift. Sein Gesicht zu sehen, tut jedes Mal weh – wenn sie wider besseres Wissen durch die Fotos auf ihrem Handy scrollt, ihre bisherigen Zeichnungen von ihm betrachtet, an ihn denkt, von ihm träumt.

Gegen ihren Willen setzt sich ihre Hand mit dem Stift wieder in Bewegung, hat einen eigenen Willen. Ruckartige, verkrampfte Bewegungen. Max' Gesicht entsteht auf dem Papier. Nicht nur die Schneeflocken hinterlassen feuchte Flecken auf dem Zeichenblock, sondern auch ihre Tränen, die sie nicht zurückhalten kann. In ihrer Brust klafft eine Wunde – nicht die alte, schlecht verheilte, die ihre Mutter gerissen hat, als sie beschlossen hat, zu gehen. Sondern eine frische, die brennt und pulsiert und es ihr fast unmöglich macht, zu atmen. Sie vermisst seine Berührung und seinen Duft, den Blick seiner warmbraunen Augen, den Schwung seiner Mundwinkel, die Zahnlücke. Sie vermisst es, wie er ihren Namen sagt und wie sich sein Körper an ihrem anfühlt. Sie vermisst das Pochen seines Herzens, wenn sie ganz nah beieinander im Bett liegen und ihr Kopf auf seiner Brust ruht. Seinen Atem, der ihre Haut streichelt. Er ist in jedem ihrer Gedanken und jedem ihrer Atemzüge. Er fehlt in jedem Augenblick.

Das ist Schwachsinn, schießt es ihr durch den Kopf. Ganz gleich, welche Traumata ihre Familien entzweit haben: Sie dürfen sich nicht nehmen lassen, was sie miteinander gefunden haben. Sie müssen mutig sein und versuchen, die Vergangenheit hinter sich zu lassen.

Sobald sie den Entschluss gefasst hat, erscheint es plötzlich ganz sonnenklar. Ihre Finger sind mittlerweile so steifgefroren, dass sie mehrere Anläufe braucht, um das Handy zu entsperren und seine Nummer aus dem Telefonbuch zu wählen. Sie muss mit ihm reden, muss seine Stimme hören. Ganz fest presst sie das Handy an ihr Ohr – und hört nur den Klingelton. Er geht nicht dran.

Frustriert bläst sie die Wangen auf und lässt die Luft schnaubend entweichen. Die ganze Zeit hat sie versucht, sich vorzumachen, es wäre okay, einfach kampflos aufgeben, aber jetzt ist sie bis in die Zehenspitzen von einer kribbelnden Anspannung erfüllt. Es kann ihr nicht schnell genug gehen.

Und dann, ganz leise, ändert sich etwas. *Alles* ändert sich. Als würde sich alles – bis ins kleinste Teilchen – neu ausrichten, als würden die Schneeflocken plötzlich in der Luft stehen bleiben, als wäre die Atmosphäre schlagartig energetisch aufgeladen.

Als sie die Augen schließt, zittern ihre Augenlider, vielleicht zittert alles an ihr. In ihrem Mund breitet sich ein süßer Geschmack aus.

Sie hört das Klicken einer Kamera.

Und dann seine Stimme. »Wahrheit oder Pflicht?«

Ende

Danksagung

»Hallo, ich heiße Isabell und bin Autorin.« Das ist etwas, was ich immer schon gerne sagen wollte. Dass ich das mittlerweile tun kann, habe ich einer ganzen Reihe lieber Menschen zu verdanken. Auch, wenn das Schreiben manchmal eine ganz schön einsame Angelegenheit ist und man sich tage-, wochen- und monatelang in die Schreibhöhle zurückzieht, ist jedes Buch Teamwork. Den vielen Leuten, die an der Entstehung von *Wir zwei in diesem Augenblick* beteiligt waren, möchte ich von ganzem Herzen danken.

Tanja, Carla und Anja vom Fischer Verlag, herzlichen Dank für euer Vertrauen und dafür, dass ihr eure Idee zu unserer gemeinsamen Idee gemacht habt. Ich finde, wir haben da etwas wirklich Schönes erschaffen!

Frau Reutler, Ihre geschickten Eingriffe haben den Text bereichert und so viel runder gemacht. Vielen Dank für das Lektorat und die tolle Zusammenarbeit. Ohne Sie wäre dieses Buch nicht, was es ist.

Meinen Agentinnen Kristina und Gesa danke ich ganz herzlich dafür, dass sie mir den Rücken freihalten und mir mit Rat und Tat zur Seite stehen, so dass ich mich ganz auf das konzentrieren kann, was ich liebe: Manuskriptseiten mit Buchstaben zu füllen und inständig zu hoffen, dass daraus ein Text entsteht.

Eran, dir danke ich für alles und für unsere zwei großartigen Wochen, jetzt aber konkret für zwei Dinge: für deine starken Nerven, als du mir hundertmal versichert hast, ich könne sehr wohl schreiben (und würde nicht nur wie ein Affe nach Zufallsprinzip auf der Tastatur herumdrücken). Und dafür, dass du mich nicht verhungern lässt, wenn mir das entstehende Buchbaby keine Zeit zum Kochen lässt, weil es permanent nach meiner Aufmerksamkeit verlangt.

Lari und Toni, euch danke ich, weil ihr meine Autorinnenreise von Anfang an begleitet und mir immer Mut zugesprochen habt. Wer weiß, ob ich ohne unser erstes gemeinsames Schreibprojekt vor ungefähr hundert Jahren überhaupt Autorin geworden wäre! Außerdem danke ich Tini, weil du nicht nur eine Schreibkollegin, sondern auch eine Freundin bist, und Jan, weil du der tapferste meiner Korrekturleser warst.

Und vor allem danke ich dir, weil du dieses Buch in deinen Händen hältst.

Leseprobe aus

Lilian Kaliner

Sehnsucht in deinem Herzen

Firefly CREEK 1

Kapitel 1

Heute

Liz klemmte sich den Geldbeutel unter den Arm und eine Chipstüte unter das Kinn und griff mit den Händen nach den beiden anderen Packungen. Mit einem verschämten Lächeln verabschiedete sie sich von dem schlaksigen Jugendlichen, der hier an der Tankstelle jobbte, und trug ihren Einkauf nach draußen zum Auto. Was musste dieser Junge nur von ihr denken? In regelmäßigen Abständen kam sie hierher, um sich mit ihren Lieblingsknabbereien einzudecken. Alle zwei, drei Wochen schob sie eine Ausrede vor, üblicherweise, dass die Milch oder das Brot aus seien, um sich für eine Stunde von der Farm zu stehlen. Und genau wie heute wählte sie dafür meist einen Sonntagabend, wenn im Ort nicht viel los war. *Ach ja, die Milch!* Augenrollend öffnete sie die Beifahrertür und warf die Tüten auf den Sitz. Dann lief sie eilig zurück in die Tankstelle und nahm eine Milchflasche aus dem Kühlregal. Niemand sollte hinter ihren kleinen Schwindel kommen. Natürlich hatten sie noch Milch auf der Farm, sogar reichlich. Aber da nur selten jemand außer ihr die Vorratskammer betrat, würde es keinem auffallen. Sie schob dem Jungen eine Fünf-Dollar-Note über den Tisch. »Der Rest ist für dich.«

»Einen schönen Abend, Mrs. Bennett«, hörte sie ihn gerade noch rufen, als die Tür hinter ihr zufiel. Zufrieden stieg sie in den gelben Kleinwagen und legte die Milch auf die Rückbank. Als sie den Schlüssel ins Schloss steckte, dröhnte Discomusik aus den Lautsprechern. Ein Lächeln zog sich über ihr Gesicht, während sie auf die breite Hauptstraße fuhr und den Wagen dann kurz hinter dem Ortsschild auf den verwilderten Parkplatz lenkte. Sie schnappte sich die Chipstüten und stieg aus. Einen Moment lang stand sie nur da und atmete die frische Abendluft ein, bevor sie auf die ausgeblichene Holzbank zuging. *Ihre Bank.* Die Bank, auf der Samuel ihr damals den Antrag gemacht hatte. Wie lange war das jetzt her? Sie runzelte die Stirn und riss eine Packung auf. *Käsebällchen.* Während sie das erste auf ihrer Zunge zergehen ließ, genoss sie das herrlich künstliche Aroma.

War es tatsächlich schon sechseinhalb Jahre her? Die Zeit verging wie im Flug, wenn man viel zu tun hatte. Samuels Antrag war völlig unerwartet gekommen und ziemlich unspektakulär gewesen. Und doch in jeder Hinsicht perfekt. Anscheinend hatte er ursprünglich geplant, bei seinem nächsten Besuch in Melbourne, wo Liz damals als Lehrerin arbeitete, um ihre Hand anzuhalten. Doch dann hatte er es nach dem Wochenende, das Liz mit ihm und seiner Familie auf der Farm verbracht hatte, nicht aushalten können, so lange zu warten. Das war so typisch Samuel gewesen, wie er den Antrag mit einem verschmitzten Grinsen auf dieser altersschwachen Bank über eine Eistüte hinweg genuschelt hatte. Und natürlich hatte sie nicht anders gekonnt, als ihm strahlend um den Hals zu fallen, ohne sich darum zu scheren, dass sie sich die Bluse mit seinem Eis eingesaut hatte.

Die ganze Fahrt bis zum Flughafen in Adelaide hatte Liz es nicht fassen können, dass sie tatsächlich heiraten würden. Wie ein Wirbelsturm war Samuel in ihrem Leben aufgetaucht. Alles entwickelte sich so schnell. Gerade einmal einundzwanzig war sie bei seinem Antrag gewesen und er achtundzwanzig. Und sie hatten sich erst etwas über ein halbes Jahr lang gekannt. Als sie sich in dem Club in Melbourne, in dem Liz sich damals öfter mit ihren Freundinnen traf, begegneten, war es für beide Liebe auf den ersten Blick gewesen – ganz so wie in einem kitschigen Liebesfilm. Samuel war für einen Kurztrip mit seinen Freunden nach Melbourne geflogen und sprichwörtlich in ihr Leben gestolpert, als er versehentlich seinen Drink auf ihrer Hose verschüttete. Drei Wochen und unzählige Telefonate später flog er erneut hin, um mit ihr auszugehen. Und Liz hatte ihn mit einem Kuss belohnt, der ihr Leben auf den Kopf stellen sollte. Die Lehrerin aus Melbourne und der Rinderfarmer aus Südaustralien – in welch gänzlich gegensätzlichen Welten sie damals lebten. Und doch sollte seine Welt auch zu ihrer werden. Und das schneller als gedacht.

Liz griff nach der zweiten Chipstüte, riss sie auf und legte sie neben sich auf die Bank. Und dann folgte die letzte. Wie üblich reihte sie alle neben sich auf, streckte die Beine aus und sah in den Himmel. Das Wetter war zu schlecht, um den Sonnenuntergang beobachten zu können. Schon den ganzen Tag über war der Himmel ungewohnt grau. Sie zog die Strickjacke enger um ihren Oberkörper und bereute, dass sie nichts Wärmeres mitgenommen hatte. Auch wenn sie glaubte, den Frühling beinahe schon riechen zu können, so war es doch noch Winter. Und dieser konnte in Südaustralien mitunter unangenehm kalt werden.

Liz drehte den Kopf und schielte über ihre Schulter auf den Bachlauf, nur wenige Meter hinter der Bank. Natürlich würde es heute nicht die zauberhaften Glühwürmchen zu sehen geben, denen Firefly Creek den Ortsnamen verdankte. Doch auch wenn sie wusste, dass mit dem Auftauchen der Tierchen erst wieder im November zu rechnen war, versicherte sie sich dennoch jedes Mal aufs Neue, dass ihr dieses einmalige Schauspiel nicht entging. Die Glühwürmchen stellten so ziemlich die einzige Besonderheit dieser Gegend dar. Firefly Creek hatte keine spektakulären Berge, lag weit abseits der Küste, nicht einmal ein Kino gab es hier – dafür endloses Weideland und Rinderherden. Aber sie hatten die Glühwürmchen, und Liz konnte es jedes Jahr kaum erwarten, dass die wenigen Wochen begannen, in denen das entzückende Treiben in der Dämmerung zu beobachten war.

Ihre Hand angelte nach einem Bacon-Chip. Drei Monate nach ihrem ersten Treffen war Samuel die neun Stunden zu ihr mit dem Auto gefahren, um sie seinem älteren Bruder vorzustellen. Als John in seinem karierten Hemd, mit ausgeblichenem Lederhut auf dem Kopf und mürrischem Gesicht an dem kleinen Tischchen in ihrer winzigen Apartmentküche vor ihr gesessen hatte, war die Situation anfangs befangen. Doch kaum hatte er die tiefe Zuneigung seines Bruders zu Liz erkannt, wurde Johns Ausdruck milder. Ohne es zu wissen, hatte sie an diesem Tag ihren zukünftigen Schwager kennengelernt – und mit ihm einen Mann, der ihr später zu einer großen Stütze werden sollte.

Liz kratzte mit den Fingernägeln am spröden Holz. Zum Glück hatte sie damals, am Tag seines Antrags vor sechseinhalb Jahren, nicht geahnt, wie wenig Zeit ihr und Samuel noch bleiben sollte. Und sie war dankbar für die Unwissenheit, die ihnen zumindest zwei weitere unbeschwerte Jahre geschenkt hatte. Gerade einmal zwei glückliche Jahre mit ihrem Mann, bis sich alles änderte. Kurz vor der Hochzeit hatte sie ihren Job in Melbourne aufgegeben und war hierhergezogen. Wie immer hatte Samuel keine halben Sachen gemacht und ein kleines Häuschen für sie beide am Ortsrand gekauft. Wie hatte sie dieses Haus geliebt! Liz konnte zu Fuß zu ihrer neuen Arbeit an der Grundschule gehen, während Samuel jeden Morgen zur Farm seiner Familie fuhr. Sie versuchte, die Gedanken zu verscheuchen, die ihr an diesem Ort unweigerlich jedes Mal kamen. Und doch zog die Bank sie immer wieder magisch an. Das hier war *ihr* Platz. Nur selten kam hier jemand vorbei, und noch seltener hielt sich jemand länger auf dem trostlosen, von knorrigen Eukalyptusbäumen und kniehohem gelbem Gras umgebenen Parkplatz auf.

Auf einmal hörte sie Reifen knirschen und sah, wie ein für diese Gegend ungewöhnlich elegantes, teuer wirkendes Auto auf die freie Fläche vor ihr rollte. Frustriert schnaufte Liz und leckte ihre mit Krümeln überzogenen Fingerspitzen ab. Den Fahrer des Wagens konnte sie durch die getönten Scheiben nur schemenhaft erkennen. Dann öffnete sich die Tür, ein Mann stieg aus und schritt eilig auf eine Baumgruppe zu. Liz kniff die Augen zusammen. *Das kann nicht sein.* Sie betrachtete das weiße Hemd, das sich über seinen Rücken spannte und von einer anscheinend langen Fahrt verknittert war. *Oder doch?* Der Mann blieb vor der Baumgruppe stehen, und Liz hielt den Atem an, als sie sein Profil sehen konnte. *Ethan!* Genau in diesem Moment blickte er über seine Schulter und ließ von seinem Gürtel ab, an dem er sich eben zu schaffen gemacht hatte.

Ruckartig drehte er sich von dem Baumstamm weg. »Entschuldigen Sie bitte, ich habe Sie nicht gesehen!«, rief er und ging zurück zu seinem Wagen. Hatte er sie etwa nicht erkannt? Für Liz hingegen bestand kein Zweifel: Sie kannte diesen Kerl, der sich seit Jahren nicht mehr in Firefly Creek hatte blickenlassen. Trotz der langen Autofahrt, die hinter ihm liegen musste, waren seine dunkelblonden Haare akkurat frisiert. Sein ganzes Auftreten wirkte auffallend gepflegt. Nicht einmal die Ärmel des perfekt sitzenden Hemds waren hochgerollt. Scheinbar unschlüssig, was er angesichts ihrer Anwesenheit tun sollte, zog er sein Handy aus der eleganten Anzughose und lehnte sich gegen die Motorhaube. Mit zusammengezogenen Augenbrauen betrachtete er das Display, während seine Finger darauf herumtippten.

Sollte es sie ärgern, dass er sie nicht erkannte? Nein, sicherlich lag es an der langen Zeit, die seit damals vergangen war, und Liz hatte sich seitdem sehr verändert, nicht nur, was ihre Frisur betraf. Wie oft hatten sie sich schon getroffen? Liz dachte an eine Zeit zurück, die sowohl die schönsten als auch schmerzhaftesten Momente ihres Lebens enthielt. *Drei Mal.* Drei Mal hatten Sie und Ethan sich insgesamt gesehen. Bei ihrem ersten Weihnachtsfest auf der Farm, bei der Hochzeit und schließlich das letzte Mal bei Samuels Beerdigung vor etwa viereinhalb Jahren. Unwillkürlich griffen ihre Finger in den Stoff ihrer Hose, dann blickte sie wieder zu Ethan. Niemand hatte ihr gesagt, dass er vorhatte zu kommen. Sicherlich würde Harry ihr so eine Information nicht vorenthalten. Sie sollte aufstehen und sich ihm erneut vorstellen. Oder aber sie erlaubte sich einen kleinen Spaß mit ihm. Grinsend lehnte sie sich etwas vor. »Haben Sie Hunger?«

Mit hochgezogenen Augenbrauen sah er vom Handy auf und blickte dann auf die Chipstüten neben ihr. Er schien zu zögern, steckte dann jedoch das Handy ein. »Sie haben da einen beachtlichen Vorrat«, rief er zurück und lachte freundlich.

»Etwas viel für mich«, gestand sie.

»Dann werde ich mich wohl oder übel aufopfern müssen«, sagte er und trat auf sie zu. Ethan setzte sich an das andere Ende der Bank, so dass die Chipstüten zwischen ihnen lagen, und Liz nahm wahr, wie er sie unauffällig betrachtete. Ein Bennett mit blauen Augen und hellen Haaren, das war ein ungewohnter Anblick, fand Liz. »Also, was haben wir hier alles?« Er begutachtete das Knabberzeug.

Bedeutungsschwer deutete sie auf eine Tüte nach der anderen. »Käsebällchen, Bacon-Chips und mein Favorit – Zwiebelringe.«

Er nickte beeindruckt. »Eine ganz besondere kulinarische Zusammenstellung, das muss ich zugeben.« Er lachte auf, und sein warmer Tonfall hatte einen entspannenden Effekt.

»Vermutlich sind Sie Besseres gewohnt, drüben in Sydney.«

Aus den Augenwinkeln musterte er sie und legte den Kopf schief. »Woher wissen Sie denn, dass ich aus Sydney komme?« Nervös richtete er sich ein wenig auf.

Sie sollte es ihm sagen. Gestehen, dass sie sich einen Spaß mit ihm erlaubte. Und doch war die Situation einfach erfrischend amüsant. Stattdessen deutete sie auf sein Auto. »Ein Kennzeichen aus New South Wales. Und Sie sehen aus wie einer aus der Großstadt.«

»Einer aus der Großstadt«, echote er. »Ist das was Schlechtes?«

»Ich bin selbst aus Melbourne«, erklärte sie und gab ihm so einen kleinen Hinweis, damit er selbst darauf käme, neben wem er da saß.

»Ethan Bennett.« Er beugte sich über die Tüten zu ihr rüber und streckte seine Hand aus.

»Elizabeth Monroe«, stellte sie sich mit ihrem Mädchennamen vor und suchte in seinem Blick vergeblich nach einem Funken der Erkenntnis. *Dann hast du es auch nicht anders verdient.* Sie unterdrückte ein Kichern und hielt ihm die Käsebällchen hin.

»Danke für die Einladung, Elizabeth.« Zögernd steckte er sich eines in den Mund.

»Und, schmeckt's?«, hakte sie nach.

»Verdammt gut und vermutlich auch verdammt ungesund.«

»Das fürchte ich auch.« Entspannt lehnte sie sich wieder zurück und nahm sich ebenfalls eins.

»Drei Tüten?«, fragte er.

»Es schmeckt nur in genau dieser Kombination perfekt. Sie müssen sie der Reihe nach essen und am Ende Ihre Finger ablecken.«

»Die Finger ablecken?« Er lachte heiser auf.

Liz nickte ernst. »Das ist das Beste daran. Dann haben Sie den Geschmack von allen drei Sorten auf einmal auf der Zunge.«

»In Ordnung.« Demonstrativ folgte er ihrer Anleitung. »Eine wahre Gaumenfreude«, sagte er kauend und steckte sich Daumen und Zeigefinger in den Mund.

Tatsächlich wirkte der Mann neben ihr überraschend ausgelassen. Liz wusste nicht viel über Ethan. Die wenigen Informationen, die sie nach und nach über ihn aufgeschnappt hatte, waren seltsam vage. Nur selten wurde auf der Farm Ethan erwähnt, und dann drohte die Stimmung sogleich zu kippen. Warum war er hier? Sie betrachtete ihn neugierig. »Und, Ethan Bennett aus Sydney, was verschlägt Sie in dieses verschlafene Nest mitten im Nirgendwo?«

Erneut versteifte sich seine Haltung, und seine Gesichtszüge wurden starr. »Um ehrlich zu sein, weiß ich das selbst nicht so genau«, sagte er leise.

Auf einmal empfand sie Mitgefühl für diesen Mann, den sie kaum kannte. Etwas schien ihn zu bedrücken. »Kommen Sie von hier?« Innerlich tadelte sie sich, dass sie diese Scharade nicht rechtzeitig beendet hatte. Jetzt war der richtige Moment verstrichen, und sie konnte nur hoffen, dass er ihr im Nachhinein deswegen nicht böse sein würde.

»Sieht man mir das an?« Schon etwas entspannter linste er in ihre Richtung.

»Nein, sicher nicht.«

»Ist aber so.« Er nahm sich die Packung mit den Käsebällchen und schob sich mehrere in den Mund. Liz ließ ihm Zeit und knibbelte an ihren Fingernägeln herum. »Ich möchte meine Familie besuchen«, fuhr er nach einer gefühlten Ewigkeit fort.

»Sie freuen sich sicher darauf, Sie wiederzusehen«, entgegnete Liz und lächelte ihm zu.

»Daran habe ich so meine Zweifel.« Er schüttelte den Kopf. »Wechseln wir lieber das Thema. Was macht eine Frau mit drei Chipspackungen abends alleine auf diesem Parkplatz?«

Liz lachte und vergrub ihr Gesicht in den Handflächen. Sie wusste, wie merkwürdig das auf ihn wirken musste. »Das hier ist meine kleine Auszeit. Ich kümmere mich um einen großen Haushalt, und manchmal habe ich einfach das Bedürfnis nach etwas Ruhe. Dann tue ich so, als müsste ich dringend etwas einkaufen, und stattdessen setze ich mich hierhin und futtere heimlich Junkfood.«

Sein Lachen schallte durch die Abendluft und über den

Parkplatz. Amüsiert sah er sie mit feuchten Augen an. »Tatsächlich?«

»So ist es.« Schulterzuckend schnappte sie ihm die Käsebällchen weg und legte sie zurück an ihren angestammten Platz.

»Sind Sie Haushälterin, oder ist Ihre Familie so groß?«

»Beides.«

»Große Familien sind so eine Sache …«, sinnierte er und wirkte melancholisch.

»Fahren Sie jetzt gleich zu Ihrer?«, hakte sie nach.

Ethan schüttelte den Kopf. »Ich muss noch etwas Mut fassen, um ehrlich zu sein.«

»Aber es wird bald dunkel.«

»Sicher klingt das armselig, aber es kostet mich eine Menge Überwindung, nicht einfach ins Auto zu steigen und wieder zurückzufahren.«

»Das ist nicht armselig. Es klingt so, als ob das alles für Sie nicht einfach ist.«

»Man kann vor der Vergangenheit nicht davonlaufen«, murmelte er und lächelte ihr matt zu.

Liz strich über das raue Holz der Bank. »Nein, das kann man nicht.« Beinahe konnte sie schon das Ziffernblatt ihrer Uhr nicht mehr erkennen. Es wurde höchste Zeit, dass sie sich auf den Heimweg machte. Ruckartig stand sie auf und schlang die Arme um den Oberkörper. Mit jeder Minute wurde es frischer. »Ich schenke Ihnen den Rest der Chips. Und wenn sie leer sind, dann fahren Sie weiter zu Ihrer Familie, ja?«

Er erhob sich und hielt ihr erneut die Hand hin. »Dann vielen Dank für Ihre Gesellschaft, Elizabeth.«

Sie nahm die Wärme wahr, die von seiner Handfläche ausstrahlte und auf ihre überging. »Jederzeit wieder.« Sie ging zu ihrem Auto und stieg ein. Als sie gewendet hatte, blickte sie noch einmal zu dem einsamen Schatten auf der Parkbank zurück, bevor sie davonfuhr. »Bis gleich, Ethan.«

Unzufrieden rollte Liz sich in dem breiten Bett zusammen und starrte in der Dunkelheit auf die Umrisse des Fensters. Wegen der Wolken waren heute leider keine Sterne am Himmel zu sehen. Ethan war nicht gekommen. Vermutlich war er längst auf dem Weg zurück nach Sydney. Sie hatte niemandem erzählt, dass sie ihm bei ihrem Ausflug begegnet war, und sie hatte sich insgeheim auf Harrys überraschte Miene gefreut, wenn er Ethan nach so langer Zeit erblicken würde. Auch wenn er ein Raubein war, Harry musste sich einfach über die Heimkehr seines Sohnes freuen. Harte Schale, weicher Kern – auf niemanden traf dieser Spruch besser zu als auf ihren Schwiegervater. Nur mit großer Mühe hatte sie den Drang unterdrücken können, für Ethan schon das Bett im Gästezimmer zu beziehen. Doch sie wollte keine Nachfragen riskieren. Es war ihr nicht leichtgefallen, beim Kartenspiel mit den anderen Familienmitgliedern am Küchentisch ihre Aufregung zu verbergen. Schon lange hatte sie sich nicht mehr so aufgekratzt gefühlt, und sie behielt unablässig die Seitentür im Blick. Doch irgendwann hatte sie erkannt: Ethan würde nicht kommen. Er hatte einen Rückzieher gemacht. Es sollte kein Wiedersehen geben. Und niemand in der Familie wusste, dass es fast eins gegeben hätte.

Über eintausenddreihundert Kilometer lagen zwischen Firefly Creek und Sydney, das hatte sie vorhin recherchiert. Vermutlich war Ethan die gesamte Strecke in einem Rutsch durchgefahren, jedenfalls hatte er entsprechend müde ausgesehen. War es nicht gefährlich, sich nach so einer langen Fahrt erneut ins Auto zu setzen, um zurückzufahren? Was stand nur zwischen ihm und den restlichen Bennetts, dass er sich nicht zurück auf die Farm traute? Ethan war der einzige Sohn, der Firefly Creek verlassen hatte – um Karriere zu machen. Jedenfalls reimte Liz sich dies aus den wenigen Informationen zusammen, die sie aufgeschnappt hatte. Konnte das der Grund dafür sein, dass die Beziehung zwischen ihm und den anderen so angespannt war? An diesem einen Weihnachtsfest damals, als sie sich zum ersten Mal begegnet waren, erschien Ethan ihr schweigsam, doch wenn sie ehrlich war, konnte sie sich kaum daran zurückerinnern. Sie war an dem Tag einfach nur aufgeregt gewesen, ihren zukünftigen Schwiegervater kennenzulernen. Der Trubel dieser großen Familie hatte Liz beinahe überwältigt. Monate später war Ethan zu ihrer Hochzeit eingeflogen, doch auch da hatte sich nicht die Gelegenheit für ein Gespräch ergeben. Liz kuschelte sich ein wenig tiefer ins Kissen und blinzelte in die Dunkelheit. Und dann hatten sie sich ein drittes und letztes Mal auf der Beerdigung gesehen. Allerdings war dieser schreckliche Tag in Liz' Erinnerung als eine diffuse Aneinanderreihung von Beileidsbekundungen, Tränen und Händeschütteln abgespeichert. Aber sie glaubte, dass Ethan noch am gleichen Tag abgereist war. Er hatte am Abend jedenfalls nicht mit an dem alten Küchentisch gesessen, als sie nur im engsten Kreis ihres Mannes gedachten und Harry Geschichten aus Samuels Kindheit erzählte. Ethan hatte scheinbar kaum eine Rolle in dieser Familie gespielt, und das, wo der restliche Bennett-Clan doch meist wie Pech und Schwefel zusammenhielt. *Große Familien sind so eine Sache.* Mit seinen Worten im Ohr sank sie in einen unruhigen Schlaf.

Lilian Kaliner
Sehnsucht in deinem Herzen
Firefly Creek 1

Hedderichstraße 114,
D-60596 Frankfurt am Main
ISBN 978-3-596-70551-1

Lisa Keil

Bleib doch, wo ich bin

Roman

Im ländlichen Neuberg hat die lebenslustige Kaya alles, was sie happy macht: eine eigene kleine Buchhandlung mit Café, ihre beste Freundin Amelie und ihr heiß geliebtes Shetlandpony. Immer an ihrer Seite: der Tierarzt der Herzen, ihr Sandkastenfreund Rob. Für einen weiteren Mann ist kein Platz in ihrem Leben. Als Kaya auf der legendären Scheunenparty mit einem gutaussehenden Fremden flirtet, ahnt sie nicht, dass sie ihm schon einmal begegnet ist …

352 Seiten, broschiert